典当行
狂澜

何常在 著

北京联合出版公司
Beijing United Publishing Co.,Ltd.

图书在版编目(CIP)数据

典当行.狂澜/何常在著.——北京：北京联合出版公司,2020.9
　　ISBN 978-7-5596-3931-8

Ⅰ.①典… Ⅱ.①何… Ⅲ.①长篇小说-中国-当代 Ⅳ.①I247.5

中国版本图书馆CIP数据核字（2020）第151140号

典当行.狂澜

作　　者：何常在
出 品 人：赵红仕
责任编辑：徐　鹏
封面设计：三形三色

北京联合出版公司出版
（北京市西城区德外大街83号楼9层　100088）
河北照利印刷有限公司印刷　新华书店经销
字数289千字　700毫米×990毫米　1/16　21印张
2020年9月第1版　2020年9月第1次印刷
ISBN 978-7-5596-3931-8
定价：49.00元

版权所有，侵权必究
未经许可，不得以任何方式复制或抄袭本书部分或全部内容
本书若有质量问题，请与本公司图书销售中心联系调换。电话：010-58572848

目 录

第一章　仙星，迷踪／001

效率？何想的脑海里瞬间划过一道亮光，花锦年确实很注重效率，与其说是效率，不如说……他很急！他很想把人从地球上引流到空间站，他想做什么？理论上，当提出一个新概念时，一定会给一段时间让它发酵，再引出新的爆点，可这么快就筛选居民并送往空间站，仿佛在被什么东西疯狂追赶。

第二章　心思各异／021

花锦年的眉头蹙起。这和他最初的设想大不相同，如果他没有找到仙星，或许他会暂时把空间站项目停下来，偏偏让他找到了仙星，只有七千光年的距离，几乎就像摆在眼前，散发着难以言喻的致命诱惑。

第三章　到底是谁／045

"想动手？"莫名其妙丢了宝物腰带不说，还差点连命都丢了，等坐下来一冷静，樊力心中的无名火噌噌往上涨，从没吃过这么大的亏。可这件事又实在诡异，就算想发火，一时间也找不到对象。此时有个能泄愤的家伙摆在面前，正愁没理由找事。

第四章　强者陨落／066

刘连生和花流年的反应太过激烈，令花锦年又微微犹豫，但是监控视频中黑衣面具男人朝他看来的淡淡一瞥给他留下了太深的印象，任何事情都要防微杜渐，将危险扼杀在源头……

第五章　狩猎开始／093

为了不打草惊蛇，原本花锦年打算等花流年到达安全阈后，再公布让集团工作人员紧急避难，没想到时间根本赶不及。一想到集团内留守的工作人员同样危在旦夕，花锦年心中就异常焦虑。留下来彻夜工作的都是最优秀的人才，是全有集团的基石，他一个都不想损失。

第六章　向死求生／118

感应到监控数据的变化，人形机器人饶有兴趣地盯住花锦年二人。它虽然通过逻辑程序判断出面前的情况是时空冻结，可它的数据里只有这个名词，却没有形成时空冻结的具体原理和数据，就像求知的路途被阻挡，这让它感到几分不悦。

第七章　好整以暇／139

何老头在临走前心痛地给了他一张卡。据说是他老人家攒了一辈子的棺材本儿，本来准备拿来养老，不给何想增添负担。现在何想既然困难重重，未来还不知道会遇到什么艰险，就勉为其难拿出来应急一下，事情过后一定要加倍奉还他。

第八章　神奇世界／164

何想与花流年晕晕乎乎来到集市，虽然此时有了目标，但依旧感觉自己仿佛踩在云端，有种不真实感。他们始终感觉自己忘了什么重要的东西，需要快点想起来，否则会迷失自我，但脑海里仿佛笼罩了层层迷雾，怎么都想不起来一些事情。

第九章　执法者／184

没想到的是，年轻人也是一名执法者，还是七种职业中的记录官，恰好与何想、温之光都来自不同的星球。他积分颇高，由于上任小队的队长在任务中失败丧命，团队解散，他现在是独身一人，也在寻找团队。

第十章　不听老人言／208

何想脑中一个个分散的点，此时终于连接成线，血色渐渐回归面庞，低声说道："原来如此。从一开始，全有集团的事业就是个幌子，就不可能成功，你所有的目的只不过是……"忽然，他微微停顿，"不对，时间不对，时机很重要，如果你缺少其他七传人配合，你还是开启不了空间通道！"

第十一章　末世乐园／232

此时何子天的演讲已接近尾声，他的激情已被耗尽，声音有些低沉，显得落寞。

他可以看到地球上的每一个角落，人类对他的反应各不相同，有的木讷，有的谩骂，也有人好奇，甚至崇拜。

第十二章　跟时间赛跑／261

何子天听着音乐，关注地球上的争斗冲突打发时间。曾如风安静地看书，依旧拥有着与世独立的优雅。樊力像个快乐的傻子围着梅之心直打转，世间的一切对他来说都没有眼前的小姐姐重要。梅之心则百无聊赖地戏弄他，偶尔看着地板或者更远的地方发愣。

第十三章　豪赌／286

"哈哈。"何子天大笑，"这才对嘛。你我虽是师徒，其实情同父子，一起去仙星，才是最该做的事。古话说得好，君子藏器于身，待时而动。和整个广阔的宇宙空间相比，一个小小的蓝星又算得了什么？心量无限，世界就无限。何想，不要太小气了啊。"

第十四章　总有想要守护的理由／307

故事显然是以何子天为主角的，说从前有一个只有高山没有河流的国家，有一个聪明踏实又肯干的年轻人，因为出身平民，并没有多少资源，但他并不放弃，而是不断努力积累资本。终于，有一天，他即将从二等公民晋升到一等公民，却因为得罪了特权阶级，而被以莫须有的罪名流放到荒芜之地。

第一章　仙星，迷踪

效率？何想的脑海里瞬间划过一道亮光，花锦年确实很注重效率，与其说是效率，不如说……他很急！他很想把人从地球上引流到空间站，他想做什么？理论上，当提出一个新概念时，一定会给一段时间让它发酵，再引出新的爆点，可这么快就筛选居民并送往空间站，仿佛在被什么东西疯狂追赶。

太阳一如既往地照耀在全有集团尖尖的塔顶上，浮动的白云和水雾泛着斑斓的色彩。

塔顶董事长办公室内，花锦年正与温之光通话。

花锦年轻笑："温小姐，有没有兴趣朝仙星更进一步？"

"仙星？"电话的另一端，温之光的声音带着些许疑惑。

"没错，目前仙星的位置已经确认，去往仙星的船票已经替你准备好，温小姐赏光即可。"花锦年磁性的声音中带着一丝魅惑。

温之光微微凝滞了一瞬，陡然迸发出不可思议的惊呼："你是说找到仙星了？不可能吧？你不是逗我？到底是怎么找到的？"

听着温之光声音拔高好几度、连珠炮似的发问，花锦年的脑海里瞬间浮起温之光瞪圆了一双大眼睛的夸张模样，不由得笑了，说："我怎么会在这样的大事上逗你？上次得益于温小姐的提示，终于找到破解难题的方向，现在一找到仙星，我第一个告诉的就是你，希望能和你共享这份喜悦。"

"上次？你是说你被人抢了手机的那次？对，你好像是说在烦恼什么难题，你的难题就是仙星？"

烈士林园外，温之光瞪着眼睛，感觉自己耳朵是不是出现幻觉，否则怎么会接到花锦年如此不可思议的电话，他还煞有介事地跟自己汇报说找到仙星。

而在她的身边，何想神色几度变化，在电光石火之间做出了决定。

何想朝温之光打了个手势，引起她注意，提醒道："跟他约个时间见面。"

"啊？"温之光一愣，后知后觉地点头，"哦，好。"

电话另一端正在说话的花锦年微微一怔，意识到温之光身边还有人，问道："怎么了？"

"啊，是何想，他说想跟你见一面。你有空吗？"温之光有点心虚，毕竟何想和花锦年的关系怎么也说不上好。

花锦年微微沉默，声音忽然冷淡了许多，笑意也变得幽深起来："好，温小姐的面子我不能不给。三天后，全有集团见。"

挂断电话，花锦年倚靠在桌边陷入沉思。他没想到何想竟然在温之光身边，更没想到何想会在得知仙星定位后提出要跟他见面。难道仙星的位置暴露，让何想后悔了？他又想合作了？

自从上次设计将何想抓到全有集团，获得何想全部基因序列和宝物戒指的研究数据后，花锦年对何想就不如以前在意了，虽然戒指在全有集团被盗、再度回到何想手中让他感到恼火，但夺回戒指在他看来并不是一件困难的事，需要的只是一个恰当的时机。

反倒是新的七传人信息更能吸引他的注意。到目前为止，七传人还没有完全凑齐。

"董事长，这是整理好的有关仙星的材料，请您过目。"刘连生带着报告走进来。

第一章　仙星，迷踪

花锦年一边看着资料，一边问道："最近温之光遇到什么变故了？"电话里的温之光虽然活泼依旧，但他还是感觉出和以前有些不同。

近段时间花锦年带领全有集团八成以上的世界级顶尖科学家，对那幅奇异的星系图全力以赴地挖掘，几乎无暇再顾及其他，直到研究结束，他才踏出实验室，开始处理集团事务。

刘连生恭敬地回道："温警官的父亲——中心市副总警监温景阳，三日前在军方驻地爆炸事件中不幸逝世，刚举行完葬礼。"

花锦年的手微微一顿，说："这么突然？说说具体情况。"

刘连生将情况跟花锦年说了说，并将新的推断和证据分析一并交给花锦年。

花锦年愣了愣："你怀疑新的七传人当时就在军方别墅内，可能是其中某一个特种兵？"

刘连生点头："是的，当时在别墅内的成员，除了温景阳和原战的秘书李贤外，只有护卫基地的特种兵。并且，事后何想也曾跟两名特种兵有过单独的密切联系，虽然具体联系内容不可知，但不排除嫌疑。"刘连生调出了两名特种兵的资料图像。

"为什么要排除温之光的嫌疑？"花锦年意识到了一个关键问题。

刘连生微微讶异，回道："当时天网系统指示别墅位置的时候，何想跟温之光还在山路上。"

"是吗？温景阳死了……"花锦年的目光仿佛穿透了塔顶董事长办公室的落地窗。他忽然回想起十多年前花天下过世前那些殷切的叮嘱，他知道义父还有无限的事情想要做，还有很多不可割舍的情感，只可惜……人类的寿命真的不是自己所能控制的。

如果能控制就好了，如果人类拥有更多的时间、更长的寿命就好了。或许……人世间就不会有那么多未完成的遗憾了。

没关系，再等等，用不了多久，人类终将迎来长生的时刻！

花锦年很快收回视线，淡淡的伤感在心间一绕，很快消散于无形，他对刘连生说："准备一下，三天后何想和温之光会过来。"

"是。"刘连生躬身应答。

烈士林园外。

何想盯着温之光,虽然笑意盈盈,却让人感觉一股无形的压力扑面而来。

温之光眨眨眼,平时张牙舞爪的她,此时莫名有些害怕。面对何想无声的注视,她心虚地晃动了一下眼珠子,突然绽开笑容,灿烂道:"你看,他同意见面啦!"

"嗯。"何想淡淡地,继续看着她。

"干,干什么?怪里怪气的……"饶是温之光脸皮够厚,也有点架不住,反而板起脸来训道,"看什么看?没见过啊?信不信我揍你,再看就把你眼珠子挖掉!"她举起拳头示威。

何想眉头一挑,似笑非笑道:"我记得你一向都很讨厌全有集团的行事风格,没想到跟花锦年倒熟得像是老友?这么重要的消息,他都特意通知你。"

"呃,"温之光眨眨眼,"也没有那么熟吧?我也不知道他为什么会找我,就是……我前些天见过他,他还被个流浪汉抢劫了手机,我过去帮了他……"

"嗯,然后呢?"何想眉头一挑。

"什么然后?哪有然后?然后就认识了呗。喂,你这种质疑的态度是几个意思?我为什么要跟你解释,你算老几啊?"温之光双手叉腰,昂起下巴,姿态要多高傲有多高傲,如果没有用眼尾的余光瞟向何想的话。

何想气笑了,摇了摇头,刚准备说话,就听见一声高喊:"老大!光光!"樊力飞一般从远处蹿到何想跟温之光面前,笑嘻嘻勾住温之光的肩膀,说道:"我去,你们俩怎么回事?竟然把我一个人扔到林园里,害我差点迷失了人生的方向。说,偷偷跑到这儿,你们有什么不可告人的事非要避开我?"

"哪有什么不可告人的事?一边去!"温之光伸手去推樊力的脸,樊力却不肯松手,还鼓着脸颊笑嘻嘻地往温之光跟前凑。

第一章 仙星，迷踪

何想满不在乎地说："既然是不可告人的事情，又怎么可能告诉你？"

"我去！老大，你吃子弹了？真是风水轮流转，今天神经到你家？"樊力夸张地瞪着眼，一句话得罪了两个人。

"你说谁发神经？"温之光飞速照樊力脑门拍了一下。

"嗷！"樊力受到袭击，郁闷地看着温之光，可怜又无辜地说："我刚才说错什么了吗？没有啊，你一定是听错了。"

"是吗？"温之光并不买账，还捏了捏拳头示威。

"嘤——"樊力瞬间化作受惊的小媳妇样，往温之光怀里拱，"嘤嘤嘤，你们怎么能这样，不仅老大越来越过分，就连光光也来欺压英俊潇洒、风流倜傥、娇弱无力又可怜的我。我怎么这么悲催，真是叫天天不应，叫地地不回，苦哇——"

"行了，别喊了。"温之光实在是受不了他的魔音穿耳，把他往外推。

"你也老大不小了，总是拉拉扯扯、勾勾搭搭像什么样子？"何想喝止。

"啥？"樊力耳朵一动，这时候终于觉出味来了，眼珠子在何想跟温之光之间来回转悠，"噢，你们？"

樊力不由得坏笑起来。他就说老大怎么总感觉哪里怪怪的，原来老大和光光……

三天前军事驻地一场突如其来的爆炸，樊力虽然在爆炸之初就被甩落山崖，对后面发生的事不太清楚，但他也知道是何想和温之光硬挺着解决了爆炸的危局。在整个过程中，或许发生了他不知道的一些事情。

这么一想，樊力的神色忽然一暗。他只见过温景阳一次，第一次见面，就是在全有集团被围困到绝路时，温景阳带军队营救了他们。当时的温景阳，强大而潇洒，气魄雄浑而儒雅，温景阳和温之光父女间温馨而喧嚣的打闹给他留下了极其深刻的印象。他打心底里羡慕温景阳对温之光的温柔宠爱，没想到的是，第二次见面，就是在葬礼上了。

温之光敏锐地发觉樊力的神色发生变化，连忙又拍了一记他的肩膀笑道："什么你们、我们的？说话能不能清楚点？本来脑子里就已经长得都是肌肉了，现在都快笨成脑梗死了。"

"嘁！"被温之光一拍，樊力重振精神，他原本就是个不喜欢想太多的乐天派。他抽回手，歪着脑袋看向何想，咧嘴笑出一口大白牙："要说这里脑子最好用的，当然是老大了。"

"对吧，老大？"樊力侧身弯腰凑向何想，眼睛往他腕表通信端上瞅，"你看什么呢？能不能严肃认真点，老大？我们现在可是在探讨重大的男女作风问题，你这样——"

"别闹。"何想手一扬，打断了樊力的调笑，正色对温之光道："刚收到原老爷子的消息，封锁的驻地别墅区发生山体崩塌，线索断了。"

"什么？"樊力一愣，眼中瞬间划过一抹戾气。

一个多小时后。

何想、温之光、樊力站在军方驻地所在的山脚下，被红黄两道警戒线拦截在外，看着面前乱石横立、树木摧折的山体滑坡情形一时无言。上百名工作人员将山体围起，正在做勘查工作，半空中救援直升机不断盘旋。

原老爷子望着狼藉不堪的山体，面色冷肃，恼怒道："是人为！如果之前还怀疑过是意外，现在不用怀疑了。那场爆炸也是人为。是谁这么大胆子，能越过重重勘测和探查，悄无声息地在山里布局？如果说别墅爆炸或许是临时混进了内奸，那么山体崩塌一定是许久以前就埋下的隐患。"

"这次伤亡严重吗？"何想眉头紧锁。

原战摇了摇头说："之前发生过爆炸事件，我们的人都很小心，身上都连接了直升机的救援绳索，在山体崩塌的瞬间就紧急避险，比起之前，这次好了太多。"

"呵，真是没想到啊！哈哈，老头子我在这里驻守了这么久，竟然天天枕着炸弹睡觉……"原战长叹了一口气，苦笑道。

何想也不知道该如何安慰原老爷子，转了话题："原本建设驻地的技术人员和施工队呢？"

第一章　仙星，迷踪

"都控制起来盘查了，最开始为了提高保密性，施工队本就是由经过特殊训练的军人组成。"原战微微一顿，忽然平静地说道，"看来时间真是太久了，久到让人认为……老头子不会杀人了。"原战目光平淡，平淡中藏着幽深的漩涡，带出一股阴森的杀气，他身边的何想和樊力不由自主地屏住了呼吸。

樊力猛地转头，惊讶地看向原战，但还是什么也没说。

何想重重地吐出一口气，虽然驻地整个被毁，但只要人控制住了，线索就没有真正中断。

任何事情，人，才是真正关键。

原战过了一会儿又说："卫星监测报告已经出来了，曾经在驻地捕捉过能够毁灭整座山体的超高频能量，但最后能量又消散了，小何……"

何想伸出手说："不瞒老爷子，能量被我手上的戒指吸收了，想必温叔叔跟您提过七宝的情况。"

"不错。"原战看着何想无名指上黑色古朴的戒指，样式简单到没有丝毫雕琢的痕迹，一枚看起来再普通不过的戒指，能够有如此神奇的力量？

"全有集团之前对你下手，也是为了它？"

何想点头："对，同时还是为了战机飞船。"

"等等！你不能进去！"不远处，两名特种兵拦住偷偷闯入封锁线内的温之光的去路。没想到温之光速度更快，轻巧地越过特种兵的拦截，一溜烟往满是乱泥碎石的山上蹿去。

"这丫头，又添什么乱子？回来！拦住她！"原战眉头一挑，厉喝。顿时，七八名特种兵朝温之光扑去。

"樊力。"何想轻轻一喊，樊力应声而动，飞身而起，一跃七八米，以远超普通特种兵的速度，几步追上温之光。与此同时，何想也紧追其上。

只可惜温之光蛮干起来，就连樊力也抓她不住，就见温之光左蹿右躲，铁了心要往山里深处查探。

"小光，站住，我已经有线索了。"何想朗声叫道。

听到"线索"二字，温之光的身形微微一滞，以不可思议、带着哀伤无助又有几分混乱的目光望向何想。就在她停滞的一刻，樊力追上并拦住了她。

温之光躲掉了樊力抓来的手，而是看向何想，带着几分固执和倔强，认真地说："我只是上去再查看一下，也许会有什么发现。线索不应该就这么断了。"

"没错。"何想点头，平静地道，"线索不会断，我已经有线索了，这里太危险，相信我，跟我回去。"

温之光定定地看了他一眼，然后重重地点了点头："我知道了。"她没再固执，而是跳下乱泥石坡往回走，在经过何想身边时低声说了一句"给你添麻烦了"。众多特种兵这时也赶了上来，站在两旁，夹道注视着她。

"不麻烦。"何想同她一起往下走，"我再说一遍，小光，这件事情，你不要想一个人调查，我们是一起的。温叔叔的事情，绝不是你一个人的事。"

"对，没错。光光，你不要自己扛着，我为了兄弟两肋插刀，刮了胸毛，还有法宝，人多才力量大，不要怕，老大给你出脑子，我给你出力气！"樊力连忙跟上。

温之光没有说话，只是闷声闷气地点了点头，垂着脑袋，眼泪瞬间盈满了眼眶，却又很快消散无踪，再抬头时已是满脸灿烂笑容："知道了，你们真是的，婆婆妈妈的，我这不是关心则乱吗？以后肯定先跟你们商量，不要啰唆了。"

"嘿嘿，那就好。"樊力见温之光笑了就开心，挠挠脑袋。

何想注视着她的笑容，心中感慨万千，隐隐有刺痛感。温之光一向都是没心没肺、嚣张跋扈、叱咤风云的，如果可以，他一点也不希望她学会为了不让旁人担心而强颜欢笑。

"你……"犹豫一瞬，何想也笑了笑，"这两天准备一下，我们借花锦年的风,去一趟却望庄。如果我没想错的话,一定会有新的发现。"

"真的?"温之光睁大了眼睛,好奇道,"你说的线索,是在却望庄?"

原战接话道:"全有集团的郊外庄园?你怀疑是花锦年下的手?"

"什么?"温之光登时脸色一变,就在刚才,花锦年还给她打过电话,如果是花锦年,那他也太浑蛋了。

"这个无耻浑蛋!"樊力双目猩红,咬牙切齿,"我就知道他不是什么好东西,这次绝不能再放过他!"

"不,还不能确定,现在下定论为时过早——"何想话说到一半。

樊力不客气地打断他:"老大,你为什么老是维护他?他之前那么对你,把你抓到实验室往死里整,让你那么惨,你还替他说话?他又是想尽办法找仙星,又是不择手段抢法宝的,我看他就是黑衣仙星人传人,不会有错了!你醒醒吧,不要老是顾念小时候的兄弟情了,你顾念旧情,可人家不拿你当回事!"

樊力这么一说,不仅原战用颇有深意的眼神看向何想,连温之光的目光里也充满了怀疑和疑惑。不得不说,花锦年实在太像黑仙传人了,他的所作所为,他的言谈举止,他的身份地位,无一不像。可正是因为如此,何想内心始终有一份怀疑。

或许他确实是过于重感情,无法接受小时候相依为命的好兄弟何像,会变成一个手段毒辣、罔顾人命、无所不用其极的伪君子,因为何像曾经是那么温柔善良,对世间充满了美好的幻想。就连在垃圾堆里翻找到被咬了一个缺口的苹果,都不忍心碾死从里面爬出来的小虫子。人们总说三岁看老,何像不应该是一个为了一己之私而让整个人类陪葬的卑劣凶手。

更何况,假如他是黑仙传人,他一定会想尽办法隐藏自己,毕竟历史上大张旗鼓地返回仙星的黑仙传人一次次失败,他不应该会这么轻易地暴露自己。花锦年却像个天真狂热的理想主义者,把自己的目标轻易地公之于世,难道说,他真的认为自己的实力已经可与天下人为敌?

何想只是觉得,潜藏在黑暗里与七传人争斗了数千年的黑仙传人,不该是这样一个人。

见何想一言不发，原战开口道："景阳曾经跟我聊过不少关于七传人和黑仙传人之争的故事，我也算有一定的了解。如果真的是花锦年利用数千年前的外星遗物，也就是你们所说的法宝，制造出了三天前的驻地别墅爆炸事件，那么就是说，它是一种超越现实科技水平的技术。"

军方驻地的选择和建造都慎之又慎，一切的潜在危险早就排查过无数次，根本不该出现几天前防不胜防的恐怖的爆炸，可如果是超越当下水平的技术就另当别论了。

"他会不会是知道我爸……"温之光情急之下，差点脱口而出温景阳是前任七传人的事，好在何想迅速地瞥她一眼，才让她自知失言。

何想有些无奈地道："这些都是你们的猜测……"见樊力和温之光要抢话，他立即掐断，快速道："当然，我从未排除过花锦年的嫌疑，花锦年也不可能洗清嫌疑。但我之所以选择却望庄，是因为却望庄有一个跟别墅驻地附近几乎一模一样的宇宙观测装置。"

"宇宙观测装置？"这都哪儿跟哪儿？温之光一脸疑惑，樊力更是丈二和尚摸不着头脑。

"你怀疑是装置出了问题导致爆炸？"原战立时反应过来，"你的意思是，那场离奇爆炸还可能在别的地方复制？"

想通此节，原战的神色瞬间变得严肃。

"我之前就觉得装置的能量级别不同寻常，几天前跟温之光、樊力一起上山也是为了再次确认，没想到就在这时发生了爆炸。如果我猜得没错的话，同一类的装置恐怕不止这两个地方，可能会有很多。"何想神情凝重。

原战点头道："不错，毕竟是外星计划，战略性都是大陆区域化乃至全球化的。"

"全球化……"何想目光垂下，脑海里瞬间浮现出几个清晰的光点，观测装置、驻地爆炸、戒指吸能、七传人、外星计划、地球磁场、能量……

第一章　仙星，迷踪

"难道说……是全有集团刻意在地球上做一些能够打开空间通道的小型试验？"何想喃喃自语，难道土星空间站只不过是个迷惑人心的巨大谎言？他们被误导并且放松警惕了？

可是全有集团对空间站的投入有目共睹，花锦年真的会如此大费周章地布一个这么大的局吗？

何想又下意识摇了摇头："宇宙观测装置应该在花天下时代就开始布置了吧？"

原战一怔，沉吟："不错。这么说……确实还不一定是花锦年。"

樊力一听，急了，大喊："啊？怎么又不是花锦年了？肯定是他！除了他，谁还会一天到晚搞这些把戏，并且有这样的实力？"

"不。"何想抬手打断樊力，"有实力的人有很多，全有集团是很强没错，但这个世界从来不缺有实力的人。"

"哎呀，我说你们不要总是这么疑神疑鬼好不好？今天怀疑这个，明天怀疑那个，到时候反而把真凶给放跑了！"樊力咋呼道。

真凶？放跑了？樊力的话令何想的脑海里蓦地闪过一道光，谁是真凶？何想将脑海里的所有信息搜索一遍，却找不到任何目标人物，要成就这样一件事情，当然不会只有花锦年一个人，他恐怕还有别的合作者……

樊力生怕何想不怀疑花锦年："我说老大，你不会还在犹豫吧？这不都是摆在明面上的事了，你怎么总还怀疑——"

温之光打断道："既然不确定，不如直接去问花锦年好了。三天后不是要见面吗？"

樊力一愣："啊？见谁？"

温之光微笑："花锦年，已经约好了。"

温之光的神情明亮且坚定，让本想要反驳的樊力一时愣住，有些不知该说什么才好。

见状，何想笑了："小光就是小光，从不拐弯抹角，好，就这么办。"

温之光也笑了。

何想又想到了一个问题："对了，还有个疑惑得先问问老爷子，总数上，大概有多少这类装置？"

"具体数目不得而知，这是各个国家的军事战略机密。根据以中心市为中心辐射的八区装置总和，推而广之来算，保守估计，加上陆地、海洋的面积，有六万个这样的装置。"

"这么多？"温之光惊讶。

"开玩笑吧？搞这么多？"樊力咋舌。一个装置爆炸就恨不得炸平一座山，六万个是什么概念？毁灭地球也不过如此了吧？

原战脸上露出忧色："毕竟地球早已不存在秘密，也几乎没有未经开发过的区域，经过几十年的精心布局，有这个数目也不奇怪。"

何想点头："我知道了。那就三天后，全有集团见吧，这之前，我还要做些准备。"

原战又自信得笑了："有什么需要直接跟老头子开口。"

何想一笑，正色道："确实有需要原老爷子帮忙的地方。还有这小子，他也是。"何想指了指樊力。

三天后。

全有集团。

当何想再度迈进全有集团时，有种恍如隔世的感觉。一个月前他曾被抓到全有集团，进行了惨无人道的实验，他费尽心机才从集团内逃离，可现在，他又主动再次前来。

一进全有集团的大门，温之光本能地绷紧了身体，不久前在此处的遭遇让她现在想起来都觉得惊心动魄。曾经满是血污、奄奄一息的何想，她这辈子都不想再次看到。她下意识地看向何想，发现何想目光直视前方，笑得云淡风轻，忽然，她的心也安定下来。

樊力站在何想身侧，挑着眉头，目光里饱含挑剔和厌恶。他永远都忘不了全有集团地下基因实验研究室里泡在培养槽中断肢残臂的实验体，更何况不久前他曾经真切地看过那么多失败的"残次品"。原本都是一条

第一章 仙星，迷踪

条鲜活的生命，却被全有集团摧残得不人不鬼，连正大光明地活着的机会都没有。

这远比地下拳场更卑劣和可恨，偏偏这一切的罪魁祸首花锦年还受到万人敬仰，被誉为人类未来宇宙征程中最伟大的先驱者，人们简直瞎了眼！最重要的是，老大不知道被灌了什么迷魂汤，到现在都不肯完全认定花锦年就是黑仙传人，还要主动送上门，真是羊入虎口。

何想三人刚踏进全有集团的迎宾大厅，刘连生就带着两名秘书迎了上来。

刘连生笑得满面春风，上前握住何想的手说："何先生，好久不见。"又握了握温之光的手："温小姐，幸会。"随即目光掠过满脸不耐烦的樊力，笑着轻轻地点了个头。

何想庄重地说："刘秘书，不，刘总真是日理万机，难得一见啊。"

刘连生忙说："实在是不好意思，最近真是太忙了，刚刚准备好新一轮的新闻发布会，听说何先生来了，连忙赶过来，没想到还是来迟一步。"

何想摆了摆手说："刘总太客气了，最近仙星和长寿因子的事闹得沸沸扬扬，刘总作为负责人，必然分身乏术。"

听到仙星和长寿因子，樊力眉头一扬，温之光的注意力瞬间集中。

"确实。"刘连生微笑，并不吝啬透露点消息给众人，"第一批基因治疗及移民人选已经筛选完毕，明日就会公布名单并启程前往土星空间站。"

短短三天时间，全有集团新的研究成果又给整个世界带来了天翻地覆的变化！

就在所有人为了空间通道和未来殖民太空的梦想而紧锣密鼓地准备时，全有集团忽然向全世界公布，他们已经找到智慧生命、文明星球仙星的所在，并列举了大量"实证"，证实几千年前我们美丽的蓝色星球就曾有过外星访客，我们的先辈早就和宇宙文明有过密切接触。

而曾与我们有过"外交"的智慧星球，距离我们只有不到一万光年，全有集团将其命名为——仙星，其上的居民被古老的地球人称为——仙人。

消息一出，举世瞩目，一片哗然，围绕仙星的争论席卷全球，有人斥责全有集团哗众取宠，有的人却不断找出佐证来证明真实性。不论事实真相如何，全有集团再度点燃了全世界的热情，成为当之无愧的弄潮儿。

何想对此并没有太多意外，虽说花锦年公布消息的时间比他想象中提前了一些，但他早就知道当神奇瑰丽的星系图摆在花锦年的面前时，不论立场如何，他从不怀疑花锦年破解星系图的天赋和实力。让他感到迷惑的是长寿因子的提出。

与仙星的存在一同公布的，还有研究历时二十年的长寿因子。全有集团声明，得益于土卫六的天然磁场和特殊环境，长寿因子在土星空间站的研究进展神速。经过临床验证，平均可延长人类三十年寿命。

即使是针对癌症，也能大幅度降低癌症病毒的扩散速度，达到延缓衰老、延长寿命的作用。但长寿因子只有在土星空间站上才能发挥最大作用，为此，全有集团在空间站建设了大型高精尖疗养院，并以中心市为蓝图建设出一个集教育、医疗、生活、工作、经济、政治、娱乐于一体的太空之城，打造地球之外第一个真正的人类家园。

不仅如此，全有集团还声明，前往土星空间站的疗养及工作名额，不拘身份地位和财富，而是以疾病情况、工作熟练程度和对太空的热忱来确定。

这个决定再度轰动了世界，无数咨询电话和邮件蜂拥而至，据说全有集团的通信系统一度瘫痪，可以想见民众的热情之高涨。可何想对此疑惑万分，全有集团怎么会在此时公布这样的消息？且不论事情的真假，简直像是在故意吸引大量人口奔赴土星空间站定居，可在花锦年的布局中，土星空间站不是一开始就被当作开展空间通道用的"弃星"吗？除非……花锦年想要的正好相反！

何想收回思绪，眉头一挑，笑问："这么快？"

刘连生笑得很谦虚："全有集团做事，最讲究的就是效率，这也是花总十年如一日强调的重点。"

效率？何想的脑海里瞬间划过一道亮光，花锦年确实很注重效率，

第一章　仙星,迷踪

与其说是效率,不如说……他很急!他很想把人从地球上引流到空间站,他想做什么?理论上,当提出一个新概念时,一定会给一段时间让它发酵,再引出新的爆点,可这么快就筛选居民并送往空间站,仿佛在被什么东西疯狂追赶。

难道说……花锦年果真是黑仙传人?他这么着急,是因为后续还有别的安排?或许某一天,花锦年真的会悄无声息地在地球上展开通往仙星的空间通道?

刹那间,一股难以言喻的感觉将何想攫住,心中的危机感空前高涨,在这一刻,他终于不得不第一次将花锦年摆在黑仙传人的位置上。以往他始终对此有所保留,事实证明,花锦年所做的一切,不管在外面包裹了多少层美丽的外衣,假借多少人类大义的名义,最终还是要将魔手伸向人类!

何想的心,无限下沉。

小时候那个温柔得连虫子都不肯捏死的何像,一直都深藏在何想心底,即使他在全有集团饱受折磨,经历无数痛苦,也依旧在心底里存有一丝幻想:何像或许有不得已的苦衷,或许并不知道他当时的遭遇……此时此刻,曾经手拿被啃烂了的苹果也将虫子安全送到沙土地上的温柔的小小身影,终于在他的心底彻底破灭。

无论花锦年披多少块遮羞布,都掩盖不了他企图毁灭地球的卑劣行径。不仅掩盖不了,还因为他所谓的为人类留下少许火种的"善良"心思,将部分人转移到土星空间站上存活,而显得更加可恨!

何想再度笑了笑,他的笑容明媚而灿烂,目光却无限幽深,轻易安抚了樊力和温之光按捺不住的躁动,笑道:"花总这一步棋下得太漂亮,真是叫人拍案叫绝。我迫不及待想再见到他,烦请刘总带路。"

刘连生也微微一笑,说:"请。"

"叮。"电梯到达声轻轻一响,再开门时,全有集团塔顶董事长办公室映入眼帘。

塔顶董事长办公室,是全有集团乃至整个中心市的最高点。站在视野开阔的办公室内，不仅可以在云开雾散时俯瞰整座光彩多姿的中心市，更可以触及远方雄浑又连绵成片的巨大山脉，仿佛整个天下尽在脚下，让人平白生出一种踏在云端、宛若神祇、掌握世间命脉的感觉。

何想是第二次踏入花锦年的办公室，上一次来是两年前。当时花锦年对众人做了一场饱含激情的演讲，邀请七传人加入他远征仙星的梦想，并实时向世界展示了万众瞩目的伟大成果——土星空间站的建成。何想依稀记得，花锦年曾信誓旦旦地向所有人打包票，空间通道将在土星空间站展开，经过精密计算，如此遥远的距离，绝不会对地球有丝毫损伤。

今天，昔日豪言壮语犹在耳边，泼洒的热血还未凉透，可整个境况已完全反转。地球将面临毁于一旦的重大危机，土星空间站却成了人类最后的避难所，而青空之下还在快乐生活着的人们，对此仍旧一无所知。

花锦年……是从一开始就这么设计的吗？

何想的目光沉静且幽深，踏着沉稳的步伐率先走出了电梯，迎向办公桌边的花锦年。温之光和樊力紧随其后。

见客人到来，花锦年立即起身，笑着上前跟何想握了个手，又朝温之光伸出手，微笑道："温小姐，上次通话时，我刚从实验室里出来，才知道令尊的事，未能参加葬礼，深表遗憾。"

温之光忙道："没有的事，花总日理万机，当然以自己的事为主，您能这么想，我已经很感谢了。"说罢，温之光心中疑惑更浓，她直觉花锦年的话并不像假装，毕竟他也没必要跟她客套，可爆炸的事难道真的跟他无关？

"哼，假惺惺。"樊力低声咕哝了一句。见到花锦年本人，樊力心中厌恶更深，在地下拳场，他见过太多衣冠楚楚却人面兽心的家伙。他们只是喜欢看暴力来麻痹神经，花锦年却将人类当成小白鼠，毫无心理负担地进行各种惨无人道的实验，还打着肩负人类大义的动听旗号，他的无耻超过了所有人。

花锦年瞥了樊力一眼，并没有说什么。何想侧目扫了樊力一眼，让他稍微老实点，但也没有刻意出声喝止樊力的意思，好在这时，花流年

第一章 仙星，迷踪

招呼道："别站在那儿了，都过来喝茶吧。"

花流年今天一身水蓝色的露背鱼尾形长裙，将姣好的身材包裹得玲珑有致，柔顺的长发披散在后背，隐约间露出白皙的皮肤，优雅含蓄中带着几分惹眼的性感。她轻轻将茶杯摆好，抬头一笑道："极品的龙井，难得一尝。"

众人落座到茶桌边，何想与温之光坐一边，花锦年和花流年坐另一边。樊力一个人坐在侧面，跷起二郎腿，两手搭在扶手上，一副大爷做派。

花锦年对侍立一边的刘连生挥手道："去忙吧，把王重叫来。"

"是。"刘连生低头退了出去。

花锦年办公室里的茶桌十分现代化，纯黑色镜面合金玻璃光亮得能清晰映照出人影，智能主脑无须吩咐就及时加水控温，等花流年临时加装好新的茶叶盒，水已烧好，伴随着叮咚的流水声，沸水在滑道上稍许降温，落入杯中的瞬间，茶香四溢，沁人心脾。

何想闻着茶香，鼻尖微动，轻抚在茶桌上的手却没有动，早在落座的瞬间，他的手已经搭在桌上。不得不说，花锦年酷爱使用电子产品的习惯十分对他胃口，因为对现在的他来说，有电子和数据的地方，就可以获得一切。

自上次军方驻地发生爆炸，何想与温之光凭借宝物戒指的威力强行突破能量乱流封锁线，将恐怖而暴虐的能量收归于戒指，整个戒指发生了巨大变化，像是打开了某个临界点的开关，从原本的单向吸取能量，变成能吸能和释能的双向法宝。不仅如此，戒指结构的改变和能量的收放变化，使得何想对能量的掌控和理解上了一个全新台阶，甚至可以说远超现阶段世界上任何一个人，不仅是人们常见的水、火、风、电、磁是能量，其实数据流本身也是能量，而掌控了能量的人，就掌控了一切核心。

此时的何想，一手插在上衣口袋里，指间黑色戒指莹莹闪着微光，被上衣口袋遮挡无遗，另一只手随意搭在全自动化智能茶桌边，轻松地攫取全有集团的海量数据。不辨析，不破译，只以吸收能量的方式截取并复制，就连防火墙也一并复制获取。

当着花锦年和花流年的面窃取全有集团的数据，饶是何想心大，也不免觉得刺激。好在获取数据的时间并不长，毕竟他的目的只是归拢到花锦年办公室来的核心数据与研究成果。

很快，获取完成。何想收回手，整个人往后靠了靠，戴戒指的手从口袋里掏出，带出几粒细如微尘的小颗粒，落到沙发上，仿佛是衣服抖落的灰尘。

随后，何想对花流年笑了一下。

"发什么呆，傻笑什么？"花流年从刚才就注意到何想似乎一直在呆呆地看着自己，虽然她从不怀疑自己的美貌，但这家伙也太不知道收敛了，而且还是在哥哥面前。

何想一边欣赏着花流年如行云流水般优雅的茶道，一边笑道："我一方面在想，怎么能劳烦花大小姐亲自烹茶？另一方面又觉得，花大小姐烹茶的姿态娴熟美丽，叫人赏心悦目。"

花流年笑着白了他一眼："光说不练，也没见你给我帮忙。"说着，一边将茶盏推向何想，一边扫了一眼花锦年的反应。

花锦年坐在沙发中，神色平淡。

何想注意到了花流年的小小心思，说："我这是不舍得打断你的进程。"他端起茶杯在唇边虚晃了一下，又摊开手，让茶杯落在掌心。

恰在此时，急促的示警声在办公室内响起，一幅巨大的中心市地图倏忽横亘在视野半空中，并在短短一秒之内，指示出七传人使用能力的标注地点——全有集团，塔顶董事长办公室。

标注的能量颜色为紫色。

微微诡异的静默后，所有人瞬间将目光投注到何想身上。

温之光一脸无辜，樊力夸张地怪叫，花流年动了动嘴巴却没开口，唯有花锦年眉头微动，似笑非笑："很好玩？"

何想眨了眨眼，笑得很灿烂："抱歉，茶杯有点热，我想让它凉凉。

第一章 仙星，迷踪

这不，现在就不热了。"

何想眯眼笑，一点也没有不好意思。

谁也不知道，就在何想端起茶杯的同时，几颗细如微尘的微型监测装置，迅速地贴合融入玻璃壁内。

"有需要的话，我也可以帮花大小姐冷却水温。"何想继续转移视线。

花流年挑眉："是吗？你有这么好用？"

何想哈哈一笑："那当然，绝对是居家必备、体贴入微的良品，走过路过千万不可错过。"

"哼。"花流年冷哼一声，却是带笑。

听着何想时时表露出几分亲近甚至显得有些暧昧的话语，花锦年在心中无言地叹了一口气，抬头对温之光道："温小姐三天前约我见面，是有什么事？"

听到这话，花流年眉头一动，朝温之光看了过去。

何想见到她的动作，暗自摇头，花流年真是被花锦年吃得死死的。

突然被点到，温之光有些愣，她的注意力刚才也被何想和花流年的互动吸走，但很快反应过来："花总知道，几天前曾发生过一起爆炸事件，我爸爸在爆炸中丧生，经过警方和军方的联合侦查，怀疑是驻地的宇宙观测装置出了故障。我听说全有集团的郊外庄园却望庄也有一个类似的装置，想过去调查一下，不知道花总是否方便？"

早在来全有集团之前，何想就跟她商量过，由她来向花锦年提出却望庄一行的事。如果花锦年不同意，再拿出军方的调令，强令花锦年配合调查。

花锦年神情平静，问话却叫人意外："是你怀疑？还是何想怀疑？"

何想立即接话："是观测数据和证据怀疑。花总难道不担心自己的庄园会出意外吗？还是说，是否会出意外，完全在你的掌控之中？"

花锦年轻笑一声，睨了一眼何想，神色逐渐转冷："脑袋长在你脖子上，胡思乱想也不犯法，但说出来，就可以定为诽谤罪了。"

"诽谤？"樊力一听这个词就跳脚，"开什么玩笑？谁有空诽谤你……"

樊力刚从沙发里弹跳起来，就被何想一把按了下去。

温之光立即打圆场："还请花总不要怪罪，这两个家伙都关心则乱，只是毕竟有驻地爆炸的前车之鉴，相信如果能够排查出危险，对花总来说也是件好事。"

温之光看着花锦年，脑海里不由自主浮现出花锦年穿着T恤、休闲裤、踩着拖鞋、顶着鸡窝头的形象，始终有些难以将他跟眼前气场强大、衣冠楚楚、头发梳得一丝不苟、举手投足中决定乾坤的男人联系在一起。

或许是温之光神游物外的模样吸引了花锦年的注意，他认真凝视了温之光一秒，没有在她脸上看到无措与哀伤，有的只是贯彻到底的坚定，他轻轻一笑，说道："既然是温小姐的提议，我又有什么理由拒绝？"

第二章　心思各异

　　花锦年的眉头蹙起。这和他最初的设想大不相同，如果他没有找到仙星，或许他会暂时把空间站项目停下来，偏偏让他找到了仙星，只有七千光年的距离，几乎就像摆在眼前，散发着难以言喻的致命诱惑。

　　温之光微微一怔，花流年忽然转头。两个风格迥异的美女脸上，是如出一辙的惊讶。
　　"你答应了？"温之光的脸上流露出惊喜，喊道，"太好了！真的谢谢你，花锦年。"
　　温之光兴奋得差点跳起来，她的眼睛亮得好像星辰。
　　花锦年也随之微笑。
　　花流年眉头一皱，不知道为什么，她感觉今天的花锦年有些不一样，平时花锦年绝不会这么好说话，毕竟哥哥是个对自己和对他人都十分严格的人，况且却望庄的宇宙观测装置一直都是机密中的机密，怎么能轻易展示给外人？可他刚才就简简单单地答应了温之光！
　　花锦年站起身来，说道："事不宜迟，现在就出发吧。"
　　"好。"众人也随之起身。
　　一个多小时后，却望庄。
　　自从十多年前分合食料理机成功问世，却望庄就仿佛卸下重担，从全封闭性机密科研场所摇身一变，成为高端私人聚会场所，无数上流社会人士蜂拥而至，想要一睹伟大成就诞生的圣地。

沿着贵宾特殊通道，何想三人跟随花锦年、花流年与王重一起走在庄园内幽静的小道上，耳边悠扬的音乐如潺潺小溪流淌，各色机器人侍者井然有序地穿梭其间。绿草如茵，繁花似锦，一处一景，完美实现了园林景色与现代科技的结合。

即使是一直躁动的樊力，此刻也不由得安静下来，他的眼睛里好像盛满了小星星，好奇地四处张望。温之光对他不屑地撇了撇嘴："没见识。"

"你说谁没见识？"樊力回头瞪她一眼。

"喊，对号入座喽。"温之光两手插进口袋里，就差没吹两句口哨应景。

何想笑着制止道："不要闹。说起来，我第一次见到可水姐，就是在这里，不知道她现在怎么样了。"

闻言，花流年侧身看了他一眼。

何想失笑："当然，上次的事情对花大小姐来说就不是什么美好的体验了。"毕竟花流年曾经有过差点丧命于方可水之手的经历，以花流年高傲的性格来说，这恐怕是永远都过不去的坎。

温之光叹息一声："可水姐应该还在照顾她弟弟吧？只可惜不知道为什么，方可胜事件之后就一直联系不上她。"

"是啊。"何想顿了顿，注视着身前的花锦年，问道："方可胜这个人，之前也是全有集团的核心科研骨干，不知道花总有没有印象？"

花锦年微微侧头，说道："一个星期前方可胜离开集团后无故失踪，我们也派人搜寻过他，最后从方老爷子那儿得到消息，他跟他姐姐方可水回了方家，听说受了伤，正接受治疗。"

"到了，跟我来。"花锦年忽然驻足于院落后一片遮了篷子的空地上，片刻之后，空地轻微震动，一道下行的阶梯出现在幽深的四方入口内。谁也想不到，原来却望庄外东北角被圈得严严实实、密不透风的圆塔形

第二章 心思各异

宇宙观测装置的入口在一公里外的却望庄内。

随着众人步行进入隧道内，周围忽然亮起灯光，在隧道里几度左拐右转，众人停在一面墙壁外。只见花锦年轻轻将手掌按在一块看起来平平无奇的砖面上，整面墙壁仿佛瞬间被激活，亮起光芒，从中伸出一个电子探头，快速验证花锦年的瞳孔，才真正打开通往宇宙观测装置的入口——仅供单人单向通行的电子轨道。

等众人都踏上轨道后，入口关闭，轨道的速度忽地提升，将人很快送到观测圆塔内。

一进入观测圆塔内，何想等人就被塔内景象深深震撼，仿佛一瞬间跌入了宇宙的怀抱，漫天星河近在眼前，你只要挥挥手，整个天地随之变化。如果你定下心神，一颗炽热的恒星就会悄然落到你的身边，让你体验什么是真正的手可摘星辰。

塔中营造出奇异瑰丽的空间感，重重叠叠的宇宙世界，到处都从未见过的星空幻影，不断地进行着规律性的变换，让你体验浩瀚宇宙、生出无限向往的同时，永远也不会有枯燥感。

不同于温之光、樊力陷入浪漫而美妙的星空之旅不能自拔，何想很快回过神来，开始打量四周。四周都是金属墙壁，整个宇宙观测塔都由合金、光晶等材料组成，中心有一个巨大的倒扣半圆形封闭金属球，球顶上一根粗壮的金属芯直达塔顶，仿佛一根接收宇宙能量和数据的吸纳型指针。整座塔身四周悬浮着无数光屏，让人目不暇接地刷新着难以计量的数据。从塔底到塔顶大约有数百米的高度，每十米有一个环形检修观测台，可通过电梯登上去。

何想站在塔内，用手抚上巨大的半圆形金属球外的合金玻璃罩，轻轻闭上眼睛。在他黑暗的"视域"中，整个观测塔像一个吸收着能量并不断壮大的能量源，恍惚中，他感觉他们好像待在一头饥渴的巨兽体内。

"就是这里了，你们可以随意转转。"见何想闭上眼睛，似乎没有开口的意思，花锦年也不多话，直接对温之光和樊力说道。

樊力早就心痒难耐，花锦年一发话，他立马四处逛了起来。

温之光还算规矩，毕竟有了军方驻地的爆炸事件在先，她不敢妄动，生怕一个不小心会给所有人招致灾难，并且对樊力猴子一样上蹿下跳的举动十分不爽。

"何——"温之光抬眼想叫何想给自己解说一下，没想到何想正闭着眼睛，根本无暇顾及周遭。

"温小姐有什么想了解的，可以问我，方便的我都会回答。"花锦年及时出声，又让花流年一阵讶异。

"啊，好的，谢谢。"温之光受宠若惊，花锦年对她的态度未免也太好了。

花锦年保持笑意，说道："温总警监的离世，我也深表遗憾。又是一颗星辰坠落，是国家巨大的损失。温总警监也曾对我有过照拂，如果能帮得上忙，我也能多几分宽慰。"

见温之光眼神讶异，花锦年只是笑笑，却没有再多解释什么，平静地移开目光。

温之光感谢的话到嘴边，却又不知道该怎么开口。最近她说过的客套话实在太多，可她隐约觉得，花锦年安慰的话语中好像有几分真意，倒让她不想这么敷衍地道谢。

花流年看看温之光，又看看花锦年。她觉得自己患得患失、想得太多，但是又无法不留意，这让她对自己感到厌弃和烦恼，不由得将目光投向何想，只见他一直闭着双眼，似乎对外界完全不在意。

花锦年顿了顿，再度看向温之光，问道："温小姐，温总警监最后留下过什么话吗？尤其是有关凶手的。我知道你可能会怀疑我，但我可以负责地告诉你，此事与我无关。"

见温之光一脸诧异地看着他，花锦年继续说："别人怎么看我，我并不在意，但我希望温小姐不要误会我。我自以为，某种程度上，温小姐和我是一类人，不管旁人怎么怀疑和阻止，只要自己认定了，就一定会坚定地走到底。"

"没错。"温之光正色道。在当刑警的道路上，她就是如此。

第二章　心思各异

花锦年趁热打铁："军方驻地的爆炸情况，我们的天网系统曾经密切关注过，毕竟当七传人的异常能量波动出现的瞬间，天网就已经锁定目标，只可惜虽然锁定却无法深入观察到灰色能量球内部的情况，因此无法提供更多的线索。单从科技水平上来说，军方的科研水平并不比全有集团弱多少，我们只是在某些特殊领域较为领先罢了。在防护领域和监控领域，平衡从未被打破过。况且，如果高能灰色能量球是人为的，我也想知道是谁有这样超一流水平的科技水准，或许能对我们现有的研究课题有所帮助。"

温之光眨眨眼，问道："现有的研究课题是指……空间通道？"

花锦年微笑说道："不错。"

"你一定要打开空间通道吗？"温之光专注地看着他。

花锦年呼吸微微一滞，随即问道："你可以放弃追查害死温总警监的凶手吗？"

"当然不行。"温之光斩钉截铁地回答。

"同样，我也不行。"花锦年的回答掷地有声。

温之光眨了眨眼睛。

花锦年缓和了语调，继续说道："如果有需要，我可以帮你一起找出凶手。"

温之光摇了摇头，说道："爸爸过世前并没有特地指出凶手，事出突然，恐怕他也不是特别有头绪。"

花锦年目光一闪，果然温之光见了温景阳最后一面。他继续问："他都跟你说了什么？是他的身份引来的暗杀？还是他误中了别人的圈套？"

身份？温之光眉毛一挑。她爸爸的身份，除了总警监就是七传人，可有人知道他是七传人吗？况且，如果真的知道他是七传人，又怎么会这么鲁莽地杀他？不可能。

难道真是因为总警监的身份对他动手？又或者其实对方的目标是原战老爷子，爸爸只是误踩了别人的圈套，做了替死鬼？

这么一想，温之光眉头皱起来。

花锦年很想弄清真相，又问道："或者换个问题，你们是临时决定过去的？还是有人将你们引过去的？"

"什么？"温之光一愣，旁边一直注意他们对话的花流年也微微一怔，露出思索之色。

"你的意思是……"温之光从未这么想过，她的目光一直放在军方内部的暗鬼和全有集团身上，从未想过自己这边。

花锦年满意地笑了："我只是提供一种可能，也许潜藏的杀手，目标既不是原总司令，也不是温总警监，而是你，或者说，你们！"

"我们？"温之光失声，心里咯噔一下。对，没错，确实有这种可能。就算何想只是临时起意，可或许对方一开始就设下了这个局，知道他们一定会去……如果是这样，老爸其实是被她害的。

温之光目光闪烁，神思不定，脸上表情不断变换。

花锦年用一种奇异的目光凝视温之光，不放过她一丝一毫的表情变化，轻声问道："你感觉自己有什么变化吗？"

变化？温之光猛地心中一跳！她抬头看向花锦年，问道："什么变化？"

她紧盯花锦年，一颗烦乱的心在瞬间沉静下来。温之光就是如此，越是危急关头，越能保持超出常人的冷静。

难道花锦年发现了什么？他前面所有的问话都是试探？

"你说的变化是指什么？"温之光直直地看向花锦年，问道。

花锦年看着她，忽然觉得，以前还是小看了温之光。

没问出答案，花锦年并不恼，反而有几分欣赏和喜悦。"没有，可能是我想错了。"花锦年矢口否认，见好就收。

温之光怔了怔，收回目光，低头一笑，说道："是吗？你要是发现了什么线索，一定要第一时间告诉我。"

"那是自然。"

花流年忽然开口道："信息是要共享的，温警官有什么信息也要不吝告知才对。"

第二章 心思各异

温之光轻应了声,立即转移话题,说道:"这里是宇宙观测装置的核心塔,周围好像还有不少其他装置,它们是连在一起的吗?"

花锦年微微点头:"不错,四周有不少辅助监测塔包。"

温之光抬头,一脸期待地问:"等会儿可以一并看看吗?"

花锦年笑着回答说:"好。"

"你们要去哪儿?"樊力四处转完,该玩的也玩遍了,一回头就听见温之光跟花氏兄妹要去别的地方,顿时来了兴致。

"老大,走了!老大,你干啥呢?"樊力回头招呼何想。

听到喊声,何想睁开眼,搭在半圆形金属球上的手轻轻收回。宇宙观测装置不负其名,确实能够解析宇宙射线和各种光波数据的变化,不仅如此,装置里的能量好像在不断增长,好似一棵扎根大地的巨树,吸取四周围传递来的能量,同时也在缓慢地消耗。总体来说,增长比消耗多上一点。虽然只是一点,但日积月累下来恐怕也是一个可观的数字。

难道军方驻地的能量爆炸其实只是个意外失误?也不对,装置本身就有能量监控系统,过多的能量肯定会被系统转化和消耗出去。

奇怪的是,却望庄的能量好像处于关闭状态,没有他在军方驻地感受到的那么"活跃"。当初他手里没有戒指时,都能隐约感觉到驻地的宇宙观测装置能量级跃动频率极高,怎么到了却望庄,却觉得十分平缓,一切正常?难道是军方驻地被人动了手脚?

"老大,怎么啦?发什么呆?"樊力伸手在何想面前晃了两下。

"怎么了?"温之光也关切地问道。

何想摇头笑了笑,问道:"装置平时有人打理吗?"

见花锦年没开口,花流年接话道:"有的,一直都有科研人员时时监测,定期汇报。"

"这样……"何想的手又随意搭上了金属球的外罩。

一刹那,整个装置骤然震动,仿佛一瞬间火山息止、长江断流、冰霜冻结,空间一片静止,仿若瞬间堕入真空,一股难以言喻的力量正抽取着什么。

所有的屏幕在瞬间出现大大的红色"Error"字样。

还没等众人弄明白情况，下一刻，冰冻瓦解、江水继流，一切又恢复原样，仿佛刚才的一瞬间只不过是众人的错觉。

"怎么回事？"所有人不约而同地看向花锦年，而花锦年正目光深邃地盯着何想，一言不发。

"你干的。"花锦年开口，语气很肯定。

何想仿佛也愣了一下，忽然露出歉意："不好意思，刚才走神了。"

"走神？"花流年有些意外，但她很快反应过来，看向何想的目光不由得有些复杂。

"哈？"樊力满脑袋问号，"这也能走神？老大，你这神走得很不一般啊！"

王重则一言不发，尽责地护卫在花氏兄妹身后。

花锦年深深看了一眼何想，不紧不慢地说道："有能力是好事，但拿着黄金出来招摇，是件很危险的事。一旦装置内的平衡被打破，程序出现重大错误，或许我们几个人都要交待在这里。又或者说……军方驻地的装置出问题，跟你的走神也脱不了干系？"

这句话说得诛心，何想还没开口，樊力就脸色剧变，反驳道："你胡说什么？我们还没找你碴儿，你还先开始唱上了？贼喊捉贼，戏唱得不错啊。"

樊力话音刚落，一道黑色的身影就朝他迅猛袭来，快若闪电。樊力不怒反笑道："哈，来啊，谁怕你？"

"住手。"花锦年制止了王重。

"老实点，樊力。"何想也喝阻了樊力。

王重瞬间收手，退回花锦年的身后。樊力冷笑一声："喊，没意思。"

何想带着歉意，笑了笑："真是非常不好意思，刚才我分神想到别的事情了。"虽然何想也吓了一跳，但毫无悔意。就在刚才，他抽走了装置内的稍许能量，并借主脑错误判断的机会向装置内投射纳米级微型能量

第二章 心思各异

监测钮。原本以为这么点能量对装置的总量来说是九牛一毛，没想到装置会发出这么严重的警告，这更印证了他的猜想。军方驻地的事，一定是人为。不仅如此，每一个装置都可以看作一个危险的炸弹，只要用恰当的方式引爆它，就能造成无法挽回的恐怖后果。

该怎么办好呢？原老爷子恐怕也没有那么大的权力停止这项研究。何想一边思考着，一边又跟着花锦年、花流年与温之光转过剩下的观测塔包。他们问了很多问题，花锦年和花流年却十分敷衍地回答大家。在有了大致的全局观后，他二话没说，向花锦年告辞。

花锦年也没多说，十分尽责地将众人又送回市中心。

就在何想等人离开却望庄宇宙观测装置大约一个小时后，忽然，何想的戒指上微光一闪。

何想神秘一笑，露出了然之色。他留在装置内的微型能量监测钮有动静了，捕捉到高频能量异动，跟他的设想一致。有了这个，今天就不虚此行。

半个小时后，全有集团停车场。

一下车，何想就热情地来到花锦年身前伸出手，说道："非常感谢花总与花大小姐今日的陪同，让我们大开眼界。花总放心，装置暂时没什么问题，一段时间内继续使用，不会有什么差错。"他笑了笑，"当然，花总主要是买温之光和温叔叔一个面子。总的来说，今天跟花总相处愉快，想必花总和花大小姐日理万机，还有很多事要忙，我们就不再上楼去耽误你们的时间了。"

花锦年也同何想握了握手。半天的时间虽然不长，但也不短，他隐约感觉到何想有些变了，不再得过且过、推一步动一步，反而主动进攻。只可惜，做人和做事一样，要抢占先机，事情既然已成大局，何想此时再想做什么都于事无补。

花锦年忽然说了一句："明天第一批医护人员、患者和工作人员会移民土星空间站。"

何想一笑，知道花锦年是在暗示他，不管他现在做什么，都为时已晚，说道："恭喜花总，全有集团近些年的飞速发展，离不开花总的英明领导。"

花锦年轻笑一声，好像在嘲笑何想张口就来的套话，说道："何想，时光匆匆，不是每个人都有那么多次机会，也不是每个人都能抓得住机会。如果你现在后悔，还来得及。否则终将被时代淘汰。"

何想怔了怔，没想到花锦年会这么说，笑着说："我很感谢花总的好意，只可惜，我是个懒骨头，跑不了那么快，恐怕只能辜负花总厚爱了。"

花锦年平淡地收回手，说："有许多人，直到死时才会幡然醒悟。"

何想点头表示认可，事不关己地说道："不然怎么说不到黄河心不死，不见棺材不落泪呢？古语是很精辟的。说到死，我记得有句话叫'聪明正直，死而为神'，我很好奇，不知道花总死后会成为什么？"

花锦年哈哈一笑，答道："没想到你的问题还是这么天真。我从不考虑死后的问题，我只会活着的时候努力，并衷心希望所有人都能够活得更长久，去做更多没有来得及做的事，让心中不留遗憾。"

"是啊——"何想轻轻地感叹，意味深长地说，"你也知道，活着是基本人权，所以没有任何人有权力决定谁有资格活着。一个可以掌控别人寿命的人，不是人，是神。但神不应该在世间。"

花锦年微微一顿，深深看了何想一眼，没有接话，转身跟温之光打了个招呼，便带着花流年和王重离开。

刚迈开步子，花流年又停了下来，回头说道："我不知道我有没有猜错，如果是我猜的那样的话，你错怪哥哥了。他并不着急在空间站展开空间通道，一切还需要准备得更完善才行，所以在这之前，先用土星空间站做一些事。另外，关于病患的选择……我们确实没有权力决定他人的生死，但我们已经尽力了。虽然这一点确实会被外界诟病，我们全有集团也愿意一力承担下来。毕竟被选中的人有机会延长寿命，没被选中的只有按部就班地等死，可是资源只有这么多，我们也是无奈的选择。"

花流年再度看了一眼温之光，最后目光落在何想身上，也转身离开。

何想有些意外地看着她的背影，不由得低声呢喃了一句："原来她并

第二章 心思各异

不知道……"

"不知道什么?"温之光疑惑。

何想摇了摇头,不想明说,突然被樊力扯住了。

"老大,他们可都走了。"樊力瞪着眼睛说道。

何想一脸无辜:"我知道,怎么了?"

"还怎么了?大爷我最看不惯这种横得恨不得鼻孔朝天的人!你怎么能让他们就这么走了?嘿,你今天哄花锦年出来,难道不是想以牙还牙、以眼还眼地揍他一顿?要我说,机不可失,时不再来啊,老大!"

何想笑着捶了一下樊力肩膀,说道:"行了啊你,走吧,我们也回去吧。"

"可是——"樊力满眼的不可思议。

"没什么可是,今天我想知道的已经知道了,揍花锦年一顿也不顶事,何况他要真出了个好歹,全有集团被人乘虚而入,反而是个麻烦事。"何想说得很诚恳。

"啊?什么意思?喂,你又不怀疑花锦年了?你该不是觉得还有别的黑仙传人吧?"樊力有点晕了,老大怎么就转不过弯来呢?

何想一把揽住樊力肩膀往外走,说:"走吧,回去再说。温之光也一起。"

"噢!"温之光立即跟上。

全有集团,塔顶董事长办公室。

花锦年站在巨大的落地窗前,脑海里考虑着七传人的事。

今天对温之光的试探并没有结果,温之光的表现无懈可击。不出意外的话,他断定她不是七传人了,可不知道为什么,心里总有一个声音在告诉他,温之光就是七传人。

现在一切事都按照他的意愿在有序进行,唯独剩下的七传人迟迟没有浮出水面。好在,他已经有了怀疑目标。花锦年的脑海中瞬间浮现出几个人影,曾如风、青者以及两名特种兵。

"或许，应该换一种方式……"花锦年自言自语。

不知何时，花流年也来到办公室内，就站在花锦年身后不远处，静静地凝视他的身影。

哥哥比起几个月前好像瘦了一点，这段时间集团内部琐事繁多，每到关键时刻，哥哥又从来都冲在最前面。他大概三餐也都没有好好吃，每天就是应付一下。

渐渐地，花流年的视线开始变得模糊起来。

她知道，哥哥一直都是气定神闲，好像一切尽在掌握之中。他又天生就是个衣服架子，身材修长，无论再怎么瘦，只要西装一上身，都散发出一种强大且自信的气场，让众人只要一看到他，就想追随他。偶尔，他又会露出忧郁的神情，让人无意识地沉醉其中。

当然，在个人魅力上她也不遑多让，她的追求者多得都可以排几条街。可她一直都不明白，为什么她明明一直都是站得离他最近的人，却始终还是不能触碰到他。

他总是那么超然物外，除了他的目标、他的伟大理想，他就看不到其他一丁点东西，也看不到她一直以来的默默付出。在他的心里，难道她真的跟别人一样，只是他的下属、他的同事吗？

自从前不久跟他吵架，她匆匆逃离以后，她就再也没有跟哥哥坐下来一起好好地吃顿饭、聊个天，就连往常习惯性的撒娇，现在做起来也倍感艰难……她最近甚至故意装得冷淡高傲，今天还刻意与何想亲近，可哥哥看起来始终不在意，甚至还对温之光的态度出奇地好。

花流年神情微微一顿，哥哥以前从不会对哪个女人假以辞色，那么是不是可以说，他发现了她的小伎俩，故意在用这样的招数对付她？他其实还是很在乎她的？

从花流年进来站在他身后起，花锦年就已经有所察觉，但花流年不开口，他也不会主动说什么。对于花流年的心思，他多少也能猜到，但只感觉无奈。仙星和空间通道的事迫在眉睫，整个全有集团全速运转，可花流年的心里始终是些儿女情长的东西。他都有些担心，花流年是否

第二章 心思各异

会在关键时刻闹情绪，给公司带来麻烦。

花锦年微微叹了一口气，转过身来。

花锦年一回头，花流年的目光就亮了起来，正准备说话，没想到七八个3D投屏瞬间亮起，横在半空中。

花锦年大步走上前，快速浏览过光屏，听着红星飞船研究部的主任跟他汇报飞船的安检进度以及物资准备情况。

"花总，一切准备已然就绪，预计明早六点与地面空间站调度处接轨，全面开放登船系统，已向调度处发送确认文件，请指示。"

"好，按部推进。"花锦年神色平静地看着半空中的汇报情况，平静深处有一丝不易察觉的狂热。他知道，他等的这一天就快来临了。

何想或许已经猜到了什么，但并不能妨碍他。他这些年所背负的压力，没有任何人能够了解和体会。他把所有资源、所有理想都堆在长寿星和空间通道上，他不容失败也绝不能接受失败。可是近来无数次模拟实验的研究成果逐渐表明，随着土卫六地表的可燃冰不断剥离，土星空间站不会成功，土卫六乃至土星的地磁核心的能量还远达不到开启通往仙星的空间通道的要求。一旦强行实施，恐怕土卫六毁灭也难以达到目标，届时人类就会丧失希望。

如果保存土卫六，保存空间站，或许人类还有一丝希望。如果空间通道真的非在地球打开不可，至少人类还有可以转移的地方……

花锦年的眉头蹙起。这和他最初的设想大不相同，如果他没有找到仙星，或许他会暂时把空间站项目停下来，偏偏让他找到了仙星，只有七千光年的距离，几乎就像摆在眼前，散发着难以言喻的致命诱惑。

他不能失败，否则这辈子都不会原谅自己。

为此，他还需要做更多的准备。

但不会多久了……

"哥哥……"见花锦年皱眉，花流年不由得有点担心，在她看来，飞船汇报各方面都很详尽，难道还有什么错漏？

花锦年看向她，展眉一笑，说道："没事。对了，测试载人通过空间通道的条件的实验已经开始做了,流年有兴趣也可以多关注和参与一下。"

"好的。"花流年点头,又望向花锦年,笑道,"快到晚饭时间了,哥哥要不一起……"

"不了。"不等她说完,花锦年就拒绝道,"我等下还有个技术部的会要开,晚上恐怕要一起做实验测试,等会儿跟大家一起吃点工作餐就行了。"

"好吧,哥哥也不要太累了,还是要适当休息的。"

"嗯。"花锦年匆匆应声,快步朝电梯走去,留下花流年一个人在身后。

就在电梯门关上的瞬间,花流年眼中落寞再度显现,低头微微一笑,低声说:"看来,我也该去忙了。"

一进典当行的大门,樊力用游鱼般的速度往前飞速一送,啪的一声精准地落在沙发上,就势一摊,一个人占据了所有面积。

"行了,再来个游戏头盔和一盘小零食,感觉人生完美了。"樊力咧嘴笑道,"光光,去,给哥把这两样圣物呈上来。"

樊力大模大样地摆摆手指头。

"哈!"温之光气笑了,瞪着眼睛上前就朝樊力屁股上踹了一脚,喝道:"行啊你,三天不打上房揭瓦!使唤起你姐姐我来了?滚下来,坐好。"

樊力边站起来边埋怨道:"光光,你一个姑娘家,注意点形象行不行?以前我敬你是条汉子,现在既然有了人家,多多少少也有点自己是个姑娘的自觉成不?还这么没大没小的,小心老大不要你了。"

"呸!什么有了人家,信不信我打断你的腿?"温之光的脸迅速变红,偷偷瞥了何想一眼,又迅速朝樊力踹了两脚,压低声音,咬牙道,"让你乱说。"

"扑哧——"樊力偷笑一声,口中含糊地嚷嚷着什么"母夜叉也有人治了"之类的话,之后飞快躲开温之光恼羞成怒的连击,跑到何想身边,

第二章 心思各异

一手撑在何想的肩膀上笑道:"老大,今天查出什么来了?"

何想坐在柜台边上,打开腕表连接的电脑终端,一边导出和整理数据,一边说道:"我怀疑得没错,却望庄的宇宙观测装置也有高能反应,而且是在我们走了之后。"

温之光打了个寒战,本能地想起军方驻地毁灭一切的恐怖灰色能量球:"就是说却望庄也可能发生爆炸?"

"不排除这个可能。"

樊力一愣,立即怒道:"我去!我就知道花锦年混账得不是个东西,狼子野心。光光,之前那场爆炸肯定是他干的!"

温之光目光骤然发狠,锐利无比,可想到之前花锦年的态度,又有些犹豫地问道:"可他为什么要搞出这场爆炸?他不应该会故意和军方敌对,难道要销毁什么证据?我在想……会不会有潜藏的第三方势力故意搅浑水?"

花锦年对她的提醒让她十分在意,如果是为了对付他们几个七传人,花锦年没必要做得这么复杂,他肯定有各种不同的招数,何必舍本逐末、舍近求远地招惹麻烦。但第三方势力就不同了,可说是第三方,她又毫无头绪。

"唔,这个还需要再想想。"何想对此也是百思不得其解。为什么会出现爆炸,如果他们没有碰上,爆炸最后的结果会是什么?军方科学家的分析报告基本和全有集团一致,由于受到巨大能量磁场干扰,具体情况难以解析,只能说灰色能量球内很可能有复杂的能量乱流,是另一重空间。

难不成是在为空间通道做前期实验准备,那只是一次失败的实验?

樊力想得比较简单,说道:"说不定是他们知道温叔叔在驻地,故意设计报复他之前带军队上门救咱们,给军队难堪?"

温之光面色一变。

何想摇头,否定道:"不可能。"

樊力气闷,问道:"为什么不可能?"

何想瞥他一眼，说道："你不要以己度人。报复的方法有很多种，犯不着这么惊天动地。而且以花锦年的野心，他还不至于为了一次报复而打乱自己的计划。"

樊力一愣，顿时跳起来大叫："喂，老大，你什么意思？还能不能愉快地当老大了？花锦年能跟英俊潇洒、风流倜傥的我相提并论吗？"

何想笑了，瞪了樊力一眼，又安抚似的看了看温之光，温声道："不要胡闹。你的假设毫无意义，一个一天到晚想着人类大义、拓展宇宙的人，不会盯着这点小事。他一路走来，遭遇的压力、质疑、诋毁肯定不少，要是对谁都下狠手，他走不到这一步。只要他能坐上这个位置，那么他的境界必然是跟他的地位匹配。"

"我去，你被洗脑了吧？"樊力瞪着眼惊声道，受不了何想的酸样。

"我不是帮他说话，而是告诉你事实。很多人认为自己只是没有机会，没有投个好胎，以为只要给他机会，他也可以身居要职。其实这都是不切实际的妄想，真给你那个位置，你一个小时都坐不下去。"见樊力已经被他的歪理说得傻眼，何想笑了，说道："常言道，宰相肚里能撑船，所以才能做宰相。樊力，只有心量足够大，能容忍得更多，才能撑起一个帝国。学着点儿吧你。"

温之光怔怔地看着说出一番大道理的何想，忽然觉得，他的身影跟爸爸的有些重合，曾几何时，老爸也是这么对她谆谆教诲……温之光不由得低下头去。

说着，何想话锋一转，继续说道："当然，一码归一码，虽然我不认为花锦年会因为之前的事利用爆炸蓄意报复温叔叔，但并不代表我不怀疑他是黑仙传人，恰好相反，这次见过他之后，我几乎确定了这一点。"

"为什么这么说？很简单，这次医患及工作人员的移民，有可能真的是为了人们谋福利。既然如此，他就没必要过早地公布仙星所在。你可以说他是故意给大家抛个概念，吸引大家眼球，但他太急了，这么迫不及待的他，难道能等着一批又一批患者慢慢治疗吗？既然等不了，又做出如此自相矛盾的事就等于欲盖弥彰。他的目的就是在地球上展开空间

第二章 心思各异

通道！"

温之光眉头一挑，问道："他已经找到打开空间通道的方法了？"

何想摇了摇头，说道："这个我就不知道了。"

樊力想明白了一部分，说道："依我看，长寿因子恐怕也是骗人的，我赞成老大的想法，花锦年就是想骗一部分人去移民，我靠，那剩下的人，他准备全都葬送了？心真黑，一将功成万骨枯哇！"

"乱用什么词语。"何想笑骂道。

"对了，老大，今天你做手脚了吧？嘿嘿嘿，够狠琐，我喜欢。"

何想回他一个意味深长的微笑。

温之光有点蒙，问道："什么手脚？你干了什么？"

"想知道啊？自己悟！"

温之光一愣："哼！死何想、臭何想、烂何想，你不说，信不信我揍得你连你师父都认不出来？快说！坦白从宽……"

遥远的西南地区，一望无际的丛林。

丛林深处，掩映着一座古老而庞大的方家老宅。

正主位的屋子里，宽阔明亮，木质的镂空雕花窗户显得明净而古朴。

屋内一方宽大的金丝楠木茶桌横在北方位，主座背后镶嵌了一幅巨大的极乐佛国图，各色菩萨与护法围绕着中间说法度众生的佛陀，虔诚地献上自己最名贵的宝珠与璎珞。两边贴靠着造型古拙的博古架，上面陈列着各色各样的奇珍异玩，都是搜集网罗的几千年来的稀世珍品。茶桌前的视野也十分开阔，遵循着古老的风水布局，左青龙右白虎，青龙抬头古画高悬，白虎低伏绿植娇卷，正对面摆了几重书架，摆满了各种几乎已经绝迹的珍本古籍。

方老爷子方远东和陈元泽正一脸笑容从门外走进来。

"老陈，坐，快坐。"方老爷子招呼道，"稍等，我给你泡壶茶喝。"

陈元泽满嘴胡楂，笑道："怎么好意思劳动老爷子动手，还是我来吧。"

"那也行，我好久没有喝过你泡的茶了，怕是有十年了。来，让我也好好享受一把。"方老爷子笑呵呵地落座。

茶香四溢，白雾缭绕，两个许久未见的老朋友聊了聊这些年各自的情况，生疏感在无形中已经消失殆尽。

方老爷子靠在靠椅里笑道："这两年带何想那个小子，感觉怎么样？"两年前，他将何想推荐给陈元泽，希望他能教导何想，也为未来埋下一颗希望的种子。毕竟陈元泽是花天下最得力的左膀右臂，要说当今世界对全有集团最了解的，莫过于他。

陈元泽笑道："还成，那小子挺聪明的，学得都挺快。这不，该教的也教了，我就让他先回去了。"顿了顿，他又说道："我今天来，是想和你说说全有集团的事。"

"哦，怎么了？你说。"方老爷子好整以暇，神色中带着点好奇，毕竟自从十多年前花天下逝世，关闭所有关于空间通道的研究后，陈元泽也带着核心团队里最重要的几个人离开了全有集团。后来团队中的人有人去了国外，有人进了军方的研究所，只有陈元泽一直过着隐姓埋名的生活。

如果不是他早年跟陈元泽交情不错，后来又一直向他提供资助，恐怕连他都不知道陈元泽的行踪。可陈元泽一向都十分忌讳提及全有集团，怎么今天主动提起？

陈元泽说道："两天前，全有集团公布了仙星的位置以及长寿因子的事，并向大众发起医疗移民的号召。"

"没错，长寿因子的事还是我亲自过问的，万方集团近年来也一直在研究，我也算是这个项目的受惠者，只不过代价高昂。既然现在全有想出这个头，就让他们出，众人拾柴火焰高嘛。"方老爷子笑呵呵地说。

陈元泽笑意加深，声音显得有些悠远，说道："看来老爷子还是不想收手啊，您老既与时俱进又贪心不足，在长生的问题上，谁也不能免俗……"他微微犹豫，直接问道："他们打算用多少年来完成移民这件事？"

"都是老朋友了，我也不瞒你，十年。"方老爷子说道，"十年的时间，大家都等得起，你也少安毋躁，或许中间还会有转机。"

第二章　心思各异

陈元泽眉头一动："你就这么确定，十年内能够相安无事？倘若真正的黑仙传人出现——"

"那就抓住他。"方老爷子神色淡淡，笃定无比地说。

陈元泽微微沉默，露出一抹嘲讽的笑容。连在什么地方都不知道，还妄谈抓住？方老爷子的自信令他感到有些烦躁。

"老陈啊，你太投鼠忌器了，难道就因为黑仙传人的存在，就饭也不吃了，事也不做了，每天就在恐慌中等待他的到来？"

陈元泽笑意淡下来，说道："你是个赌徒，我不是。赌输了的后果，你我都担待不起。"

"你放心吧，这件事我心里有数。"

"好吧，事已至此，我也没什么要说的了。"陈元泽站起身来。

方老爷子讶异："这就要走了？你这家伙，还这么说风就是雨。"

陈元泽满脸的理所当然，说道："我还有些事要做，等一切都尘埃落定，有的是时间闲扯淡。"

"你……唉，算了，走吧。"方老爷子十分无语，对陈元泽过河拆桥、用完即丢的无赖模样一点办法也没有。

没想到的是，陈元泽刚起身迈步，门外有个年轻的小辈飞一般朝屋里飞奔来，跑得气喘吁吁，两只眼睛里带着明显的不安和惊惶。

"怎么了？冒冒失失的。"方老爷子皱眉，这些年，方家的小辈越来越没个样子了，有客人在还这么冒失。

年轻人吞咽了一下口水，看了陈元泽一眼，又看了看方老爷子，见方老爷子没有阻止不让说的意思，立即说道："族长，可水姐和可胜哥都不见了。"

"什么叫不见了？"方老爷子沉声道。

"我到处找了一圈也没有找到他们，打他们电话也关机，医院里也没办出院手续，人就突然不见了。"

方老爷子眉头一挑，喝道："那还在这里戳着干什么？还不赶紧派人去找？"

年轻人被唬得脖子一缩，低头道："是，是，已经在找了，我就是来跟您汇报一下……"

"行了，下去吧。"方老爷子摆手道。年轻人一溜烟跑掉。

"这……"方老爷子看向陈元泽，不由得露出一丝苦笑，摇了摇头，叹道，"家里人多事情就多，有时候还真是羡慕你一个人闲云野鹤，了无挂碍。"

"方可水是你那个七传人孙女吧？"陈元泽一语中的。

"是啊。这件事，我也得让何想替我留意一下。"方老爷子说道。毕竟比起遥远的还不太摸得着的空间通道，孙女失踪才是更令他觉得不安的因素，何况他的一对孙子孙女从来都不是什么听话的娃娃。

"你心里有数就行。"陈元泽也不多说，戴好帽子，迈步离开。

半个月后。

距离何想等人在却望庄会面花氏兄妹已经过去了半个月。半个月内，全有集团似乎在医患移民治疗工作上下足了功夫，不时有满载的飞船朝空间站进发。

热情迅速燃烧至全球，一时间连边境的入关申请都暴涨许多。

何想、温之光等人也恢复了日常的工作状态，温之光抓着罪犯，樊力打理着典当行的日常，何想在美丽大学和原战主导的作战司令部之间来回转悠，一边进行着曾如风给他布置的课题，一边尽职地当着军方战机飞船研究部的高级顾问，还跟军方科学家一起联合发表论文，尽可能让自己展现出更大的价值，逐步打入上层学术圈。

一直以来，何想自认为跟花锦年最大的差异，就是手下可用的人太少。其实真正的人才本来也不需要太多，关键的一个人就可抵得上千军万马，只可惜，原本在学术圈他最看重的人是他课业上的导师曾如风。没想到，曾如风未经过他的同意就直接将星系图匿名发送给全有集团。这一点他也曾找曾如风求证过，曾如风十分坦诚地回应，承认自己一时半刻解不开谜团，所以匿名往全有集团发了一封邮件，以全有集团的人

第二章　心思各异

力物力，或许可以解析这个庞大的星系图。事实证明，曾如风所料不错。但何想吃了哑巴亏。

曾如风还反问过何想星系图的来历，并解释说他之所以将星系图转发全有集团，纯粹是从学术角度考虑问题，希望能尽快破解谜团。如果知道是有关七传人和仙星的东西，他绝不会轻易交给全有集团，让他们占尽先机。

一番话令何想对曾如风有了全新的认识，摸不准曾如风到底站在哪一边。从曾如风严辞拒绝全有集团的邀请来看，他不像心向全有集团，但现在看起来也捉摸不定。

或许在曾如风眼里，真相和知识远比七传人的立场甚至人类的危机更重要。

何想基本确定，曾如风不是七传人。之前因为方可水的关系，他曾抱着怀疑的态度，将星系图交到作为当代天体物理学权威人士的曾如风手里，现在，他需要重新结交新的人脉和培养新的力量了。

除去曾如风，这段时间何想还见过青者一面。毕竟温之光作为七传人的身份已经确定，目前已有六个七传人浮出水面，还剩下最后一个。遵循何老头说的"太阳中心"定律，七传人会无意识围绕在守护者的身边，上次青者私下里摒除一切信息干扰与他交谈，给他留下极深的印象。

只可惜青者再度否认了七传人的身份，在听了何想告知他是曾如风将星系图交给全有集团的真相以后，他还十分奇怪地要求何想，一定要告知其他七传人，务必保护好自己，甚至隐晦地提示了可能有第三方势力的威胁，让何想即使找到了新的七传人，也一定要保守秘密，隐藏起来。唯有如此，才能保证他们的安全。只可惜当何想询问他缘由的时候，他说还需要进一步确定之后才能给出何想正确的答案。

与青者的会面短暂且匆匆，认识到严重性的何想很快将得到的信息与原战进行了交流。

在对内部工作人员进行高压清洗之后，原战总算揪出了军方内在的嫌疑人。只是三名嫌疑人在同一天暴毙，一名知名科学家，一名副总工程师，还有一名副军级的参谋长，所有相关资料都被付之一炬。

事已至此，原战也回过神来，才觉得爆炸事件恐怕确实不是全有集团所为，毕竟全有集团在军方并没有多少势力，主要人脉还是在商政两界。要找到幕后黑手，恐怕还需要一定时间。

何想也没多纠结，直接将自己从全有集团获得的数据交了一份给原战，并把自己的怀疑告知原战。为了取信于原战，还亲自在原战眼前"表演"了戒指对于能量收放的威能。原战惊叹之余严阵以待，立即发动军方科学家进行系统研究。与此同时，在原战的帮助下，何想又以学者的身份参观了中心市附近的几个朝向市中心有拱卫之势的宇宙观测装置点，内心渐渐明晰起来。

总共六万个宇宙观测装置、六万个待激活转化的高能活动体，如此大的一盘棋不是一般人能够布置的。然而，即便军方驻地的爆炸事件不是全有集团所为，事情的症结恐怕也还是要回归全有集团身上。

原战直言不讳地告诉何想，但凡全有集团有任何切实危害人类的异动，他会不惜一切代价对全有进行武力镇压。

得到原战承诺的何想，也不再多浪费时间，将日程排得十分紧密，尤其是接到方老爷子关于方可水姐弟失踪的电话后，他觉得进度更需要加快。既然六万个宇宙观测装置既可以观测天体，又能够吸取磁场能转化为动能和电能所用，那么，他应该也可以反其道而行之，根据装置的原理，研制出逆向的导流装置，让能量回归宇宙和大地。

很快，无事可做的樊力也被扔到原战的特种兵部队里，跟着一起进行高强度的操练，并学习使用各种武器。何想还忽悠他说部队里面可能有新的七传人存在，这使樊力热情高涨，每天都如同打了鸡血般四处搜寻。

就在这紧锣密鼓的日子里，军方新一批战机飞船终于完善，号称史无前例的全新机型，加装了多方位的高能激光炮、超电磁炮，可以三百六十度无死角射击，续航能力极佳，战斗力是老式战机的七十倍以上，完全可以参加真正的太空战争。

第二章　心思各异

这一工作完成,原战心中的大石头才算落下,特许何想放两天假,回去放松一下,毕竟这段时间何想几乎以研究所为家,忙得脚不沾地。

得到批假,何想也松了一口气,找原战要回差点被部队操练成好战分子的樊力,两人一起回了典当行。

经过一夜的休整和安眠,第二天一大早,何想只觉神清气爽。他给温之光打了个电话,问了问近况,约了晚上一起吃饭。去敲樊力的房门,没想到手才轻轻碰上,门就自己开了。

"你没锁门?"何想也没客气,直接走进屋内,见樊力正坐在桌前带着游戏头盔聚精会神地打游戏。"你是早上刚起来就开始奋战,还是昨晚上压根儿就没睡?"

听到声音,樊力取下头盔,露出一双熬得通红的眼,咧嘴一笑,说道:"哈哈,还是老大懂我。谁叫部队里禁止打游戏,这不是要了哥们儿的命吗?还好老大你及时把我从水深火热中捞了出来,让我能在有生之年跟游戏里的父老乡亲重相见。这不,有一段时间没玩了,大家一起刷刷副本、聊聊天,就天亮了,真是春宵苦短呀。"

"得了,收拾一下,补个觉,晚上跟温之光一起吃饭。"

"噢噢,光光吗?行,没问题!哎,等等,要不……就你们俩去?过二人世界一下什么的?想干啥就干啥,多爽,唔嘿嘿嘿——"樊力两个大拇指对了对,笑得很猥琐。

"一边去。"被樊力这么一提,要说何想他完全不动心,那肯定是假的,再怎么紧张有压力,生活中也不能一点调味都没有。更何况他们虽然互相见过家长了,但两个人还从来没有单独出来聚会过,这能算是约会吧?

约会?一向都自恃淡定的何想突然感觉心跳漏了一拍,脑海里不由得浮现出温之光在军区大院的别墅里穿一身淡雅湖蓝色长裙的模样,温柔甜美,剔透纯净,挠得他心头痒痒的。

何想动了动嘴巴,刚打算改口,腕表上的电话提示惊醒了他,是消失许久的方可水的来电。

"可水姐？"接通电话，听到久违的声音，何想心情不错。

女魔头？樊力耳朵很尖，立即凑了上来，冲何想的腕表喊道："大姐头，你去哪儿了？你不在，我们可想你了，啥时候回来呀，大姐头？"

电话那头扑嗤一笑，说道："我回中心市了，你们呢？在典当行吗？"

"在的。你现在在哪儿？"何想问道。

"我在学校里办点事，晚上叫上如风师兄和温之光，咱们一起吃个饭。晚上有空吗？"

樊力喊道："那必须的！大姐头请吃饭，能没空吗？上刀山下火海也得去啊！"

何想笑道："当然有空，你跟温之光说了吗？"

"正要去说，那晚上六点'有一间酒吧'见，现在那儿可是你的地盘了。"

"好的，我肯定尽地主之谊。"

挂断电话，何想一笑，说道："看来今天真是运气不错，该来的都来了。"

"可不是，"樊力也咧嘴笑，欠抽地说道，"女魔头回来得真及时，就是老大你的二人世界计划又泡汤了，嘎嘎。"

第三章　到底是谁

"想动手？"莫名其妙丢了宝物腰带不说，还差点连命都丢了，等坐下来一冷静，樊力心中的无名火噌噌往上涨，从没吃过这么大的亏。可这件事又实在诡异，就算想发火，一时间也找不到对象。此时有个能泄愤的家伙摆在面前，正愁没理由找事。

晚间。

日落西山，新月如钩，暗蓝色的天幕笼罩大地，影影绰绰剪出无数个高低不平的剪影。华灯初上，霓虹闪烁，"有一间酒吧"门前如往常一样停满了车辆。

何想跟樊力也在街边下了车，恰好温之光也赶了过来，三人在店门外碰头。因为方可水的归来，温之光显得极其兴奋，还没见到人就一直傻笑个不停，三个人说说笑笑地朝酒吧里走去。

跟之前来"有一间酒吧"还需要曾如风的引荐不同，现在的何想进出畅通无阻。谁叫之前青者大手一挥，将这座极为著名的酒吧赠给何想了呢？他现在是这里的主人。

一进酒吧，代理店长就殷勤地迎上何想三人，亲自将他们送到准备好的大包间内。包间里一应俱全，酒水瓜果和小食摆放得精致且整齐，种类齐全，应有尽有。

"老板，您看，还需要点什么？这是电子菜单，请过目。"代理店长热情周到，语调亲近而不让人腻烦。

何想摆手，说道："先不着急，我还有两个朋友没到，等他们来了再点，你先去忙吧。"

"好的，那我先出去了，门口给您留了个服务生，您有事随时喊他。"

"好。"

代理店长一出门，樊力立即甩掉两只脚上的鞋子，跳上大沙发，发疯鬼叫，还跑去跟温之光击掌，摊在沙发上大笑道："哇，老大是这家酒吧的老板了，我以后出去也有地方跟人炫耀了！以前花公主出一千万让老大卖身，我就觉得这是老大的人生巅峰了，没想到后面还有更大的惊喜在等待着，果然跟着老大有肉吃——"

"啥？什么一千万？什么卖身？什么鬼？"温之光作为女人的雷达立现，狐疑问道。

"你不知道吗？哈哈，我跟你说——"樊力顿时来了兴致，刚准备讲故事就被何想拍到一边。

"别听他瞎说，之前花流年想拉七传人加入全有集团，故意抛出金钱诱饵，也就在那天，遇到了可水姐。"何想避重就轻地说道，他绝不会因为温之光的脑子简单，就不把温之光当女人，毕竟女人钻起牛角尖来连她们自己都害怕。

"哦，好吧。"温之光成功被带偏，听到方可水的名字，她就不会多想了，毕竟在她心里，方可水跟曾如风才是天生一对，两个人都极有个性且漂亮得不像话，又是从小一起长大的青梅竹马。

包厢的门再度被推开，方可水和曾如风在霓虹灯光中走了进来，两个人都是一水的素雅唐装。

"可水姐——！"温之光目光骤亮，飞一般朝方可水扑去，将她抱了个满怀，她激动地大喊道，"啊啊可水姐可水姐，我好想你好想你，你都好长时间不见了，你有没有想我……"

"呵，你这个小东西，当然想你……开心了？"方可水笑得宠溺，温

第三章 到底是谁

柔地摸了摸温之光的脑袋。

"嗯!"温之光很开心,从方可水的怀里抬起头来,笑得阳光灿烂。

"还有我,还有我,我也要抱——"樊力凑热闹不嫌事大,也学温之光朝方可水扑去。

"滚。"方可水飞起一脚,将樊力倒踹回去,随即优雅地冲何想笑笑,妩媚的目光在他身上上下一扫,感叹道:"哟,一段时间不见,还挺人模狗样。"

何想的目光落在方可水身上,她今天难得一见地穿了一身淡藕色的唐装,将本就玲珑的身材衬托得惹眼无比,一路上不知吸引了多少人的目光。他轻轻一笑,说道:"托可水姐的福,还算过得去,毕竟许久未见,不能拉低了我在可水姐心中八十分以上的印象值不是?"

"八十分?那可没有,你顶多在及格线上下徘徊。"方可水睨他一眼,反驳道。

何想笑了笑,又冲曾如风点了点头,招呼道:"曾教授,来,快别站着了,都来坐吧。温之光,把门外的服务生叫进来,咱们点东西。"

"好。"温之光兴奋地跳了起来。

点完东西,樊力一个人猫在角落里画圈圈,刚才只有他一个人被推在圈外,让他十分受伤害。悲伤的是,他独自画了半天圈,原本想吸引何想等人过来安慰,没想到几个人聊得热火朝天,俨然一副把他给忘了的模样。

"真是不能忍了,你们几个!"樊力憋了几分钟就憋不住了,立即跳回酒桌主位嚷嚷道,"你们这是人干的事吗?我都还没开始,你们就已经喝上了,不知道我是这里老板的铁杆兄弟吗?得罪了我,让你们都吃不了兜着走!"

"哈哈!"温之光大笑,装了半天就等他自己露出马脚,果不其然他就上套了。

何想也笑,举杯道:"好了,快站好,早点老实过来一起多好,非要再要耍宝。"

方可水的眼中也盛满笑意，果然只有跟这几个家伙在一起，才会由衷地感到简单开心。

曾如风眯眼笑得沉静优雅，不管在任何环境里，他都能恰到好处地融入，绝不会让人感觉丝毫不和谐。

几个许久未见的七传人一起举杯，共祝年年有今日、岁岁有今朝，将杯中酒一饮而尽，才又坐下。

何想转动着手中酒杯，有些意外地说道："今天的酒好像味道有些不一样？你们觉得吗？"

温之光摇摇头，她不是个爱喝酒的人，对酒没多少研究。

"酒，不都一样？辣爽辣爽的，哪有多少区别？"樊力在这方面是个粗人，对待酒只有够味不够味的区别。

"可水姐呢？"何想侧头问。

方可水凝视着面前的空杯，回味道："好像是有些不一样，清新绵长，香味醇厚悠远，是原生食做的？刚刚是你点的酒吧，师兄？"

"不错。"曾如风笑着点头道，墨色长发随着他的动作在肩头轻柔飘荡，"这是'有一间酒吧'的新品种，你们不常来，对此不了解。"

他自顾自地又倒了一杯，放到唇边抿了抿，发出满足的叹息声，醉人的笑意落到他好看的桃花眼里，说道："这酒可是很贵的，今天要不是有店主坐镇，我都有些舍不得点。"

"看来我们还是享了何想的福。"方可水媚眼如丝地说。

何想笑道："可水姐这么说可折煞我了。要知道自古美酒配美人，曾教授不点，我都还不知道有呢。"

"哦？"方可水脑袋微偏，娇俏地看向曾如风，调笑道，"听到了没？说你是美人呢。"

曾如风失笑，回视她道："我怎么觉得在说你？"

"哼。"方可水轻笑一声，媚眼一翻，对何想道，"许久没来了，酒吧里倒是大变样了。"

何想点头，微有感慨道："是的，我也有些意外。"

第三章　到底是谁

自从两个月前刘开带人将酒吧砸个稀烂，何想也有许久没有来过，看起来酒吧经过了翻新装修，只是装修风格与以前截然不同。以往"有一间酒吧"主打经典怀旧风，到处都是原始朋克的古典元素，现在却有种超越当前科技、翱翔无限宇宙的太空感。酒吧里随处可见悬空飘浮的3D光屏，无不是播放着有关仙星、太空和空间通道的假想，无数最前沿科学家的研究充斥了每一个角落，还有不少经典又爆笑的科幻娱乐节目吸引眼球，召唤着全人类对美好太空的无限向往。

方可水的目光在3D光屏上停留片刻，问道："一路走来，真是不知道听到多少人在谈论仙星。嗯？还想殖民仙星？作为被地球同化了的假仙星人或者说仙星人后代，你有什么看法？"

何想一脸严肃，回答道："可水姐，彼此彼此啊。对酒吧来说，仙星只是个营销手段而已，没看到来的人不减反增。刚听代理店长说，还有不少制片厂没日没夜地加急赶制相关的科幻片，剧作家都供不应求了。至于看法，我的想法一直很简单，七传人的立场就是我的立场。以阻止在地球上展开空间通道、保护地球为己任。"

何想笑得轻松写意，方可水忽然垂目，笑得有些恍惚。七传人的立场啊，几千年传承下来，谁还在恪守当初的承诺？靡不有初，鲜克有终……

曾如风忽然开口说："何想这话说得不够准确。"

"哦？"何想眉毛微挑。

"七传人并不是铁板一块，看看全有集团的花流年和王重，就是一心致力于打开空间通道，前往仙星。你的立场应该用守护者的立场来形容比较恰当。"

何想故意一笑，说道："哈哈，说的也是。"

曾如风继续道："好在你还坚守了守护者的立场。其实我一直很好奇，毕竟时间已经过去了漫长的五千年，再怎么坚定的誓言都会随时间慢慢磨灭，七传人产生分化并各自为政也是再寻常不过的事。只要守护者还坚守，誓言就依旧牢不可破。历史上真的没有守护者改变立场，从而导致守护者联盟一度解散的吗？还是说，守护者本身就与其他七传人不同？"

何想微微一怔，这个问题，他以前确实没有想过！

他的性格虽说有些市井小民的无赖，但总体上中正平和，守护几乎只是一种本能。可曾如风的怀疑并非没有道理，或许背后还有一些他不曾了解到的东西，毕竟他自认并没有真正完全获得传承。就好比经过意外的爆炸事件，宝物戒指在吸收能量到达某个临界点时，就发生了意想不到的变化。为什么会发生变化，以及未来还会不会有新的变化，他对此全然未知。

虽然他已经尽力去研究，但戒指就像是一个巨大的宝藏，有无穷无尽的地方等待开发。了解得越多，对仙星的技术就越感到敬畏。

何想无奈笑道："我还真没法回答你。"他说着又摇了摇头，转移话题："可水姐呢？近段时间过得怎么样？还没听你具体说起呢，你弟弟还好吗？"

谈到方可胜，方可水的笑容不由自主地淡了淡，虽然还在笑，却仿佛有无限的感慨，说道："他啊……就那样吧，手臂是接回来了，但总没有以前用着方便，发了不少脾气，也不愿意好好跟人相处。前段时间还从家里的医院里跑了出来，我费了不少劲才找到他，把他安顿在一个度假小岛上。他不想回家，我也不想成天拘着他，索性就让他一个人散散心，好在他情绪还算稳定。我就先回来了，毕竟我也不放心你们，尤其我听说了光光父亲的事……"

温之光听到后，眨眨眼，安慰道："我没事的，可水姐不要担心！现在我全部精力都用在抓捕可恶的凶手上，精神着呢。"

方可水摸了摸她的脑袋，笑道："乖。"

方可水问道："小想呢？最近怎么样？课题做得还顺利吗？全有集团最近这么大张旗鼓地宣扬仙星和长寿因子，你们就没去过问一下？"

不等何想回答，樊力立即抢话道："大姐头，你太落后了！我们都去全有集团大摇大摆地溜达一圈又回来了，差点把花锦年揍了一顿，要不是老大拦着，花锦年必须变成猪头！"

"呵，是吗？看来我错过好戏了。"方可水笑意嫣然地回答道。

樊力继续道："你错过大发了，我跟你讲，这次老大终于跟我们达成

第三章　到底是谁

共识，花锦年就是黑仙传人，绝不会错……"

"什么？"方可水微微一怔。

曾如风飞快地抬眼看了樊力片刻，目光又落回何想身上。

方可水同样立即看向何想，发现何想明显是默认的表情，她眉头微蹙，问道："你们确定了？怎么确定的？"

樊力被这么问，狐疑地看向她，说道："……不是吧？大姐头，该不会你也被花锦年洗脑了吧？他是黑仙传人这不是明摆的事实吗？怎么你们一个两个都怀疑，到底是我太聪明，还是你们太笨？上大学上傻了？果然现代教育都是无底坑。"说着眼神飘忽地看向曾如风。

曾如风笑了笑。

方可水没理他，看向何想。

何想有意测试二人，就说："我是觉得花锦年太着急移民了，仙星又直接暴露在众人的视野里，全世界都在探讨仙星的热潮中……对仙星过度的热衷，不是黑仙传人又能是谁？"

方可水摇头，说道："因为他举止可疑，你就把名头安在了他身上，而不是有切实证据？"

曾如风笑容轻浅，略带宠溺地看向方可水，笑道："看来阿水有不同看法？也是，这么久不出现，说不定有新的线索。"

方可水一噎，顿了顿，又笑了，笑得迷人而魅惑，说道："倒不是，只是觉得有些奇怪而已。以何想的性格，会这么轻率地下定论，看起来是有些心急了，嗯？"方可水举杯朝何想敬了一下，又跟身边的曾如风碰了一下，放到红唇边轻轻一饮而尽。

何想一怔，不知道为什么，他总觉得方可水这句话似乎话中有话，可明显方可水不愿意多说，难道是他的错觉？

"可水姐的话我会放在心上，再好好斟酌斟酌。"何想以退为进。

方可水意味深长地说道："你有你的判断，毕竟你才是七传人的老大，是守护者，出了任何事，责任都在你身上，任重道远哦。"

何想咳嗽一声，说道："可水姐的帮助和支持也必不可少。"

"喀！"温之光故意跟着咳嗽一声。

"当然还有樊力、曾教授和小光。"何想失笑，加上了其他几人。

"为什么我排最后？你看不起我吗？"温之光不爽地说。

"哈哈。"众人大笑起来。

方可水扑过去捏温之光的脸蛋，说道："光光，你怎么可以这么可爱……"

温之光跟她笑闹成一团。

就在这时，包间的大门突然又被人推开，何想等人下意识朝门看。等看到走进来的人时，所有人都面色微变。

"是你？"樊力猛地站起来。

何想笑意转淡，方可水眉头一挑，曾如风还是一副笑盈盈的模样。

温之光也站了起来，说道："你来干什么？这里不欢迎你。"

"砰"的一声，重物倒地。王重的身后，守在门外的服务生被一击即中，软倒在地。

王重的目光扫过众人，没有打招呼，没有多余的废话，从怀中拿出一个上下半球形中间向内收缩、仿佛有液体晃动的金属球，轻轻启动。

只见金属球内霎时流光溢彩。

何想本能地感觉不妙。

樊力第一时间冲上去，问道："这是什么鬼把戏？"

王重面无表情地说道："这是新研制的醉酒声波仪，正好拿你们试试手。"

话音刚落，众人感到一阵天旋地转，温之光踉跄倒地，何想企图用戒指来吸取能量，可还没等他发力就眼前一黑，不省人事。方可水和曾如风不约而同在心底暗道一声"糟了"，却也无可避免地中招。

众人之中，唯独樊力拥有超乎常人的体能，勉强欺身至王重身前。几道黑衣人身影瞬间闪现，一同攻向樊力。樊力头晕眼花，力竭之下，没几个来回就被人一个手刀劈在后颈，彻底昏了过去。

王重招招手，让几名黑衣人进屋搬运倒在地上的众人，自己则端起

第三章　到底是谁

桌上的一杯红酒，轻轻在手中晃荡了一下，看着色泽鲜艳的酒液在摇荡中芬芳四溢，不由得冷笑一声。

酒确实是个好东西，但七传人也不过是吹得厉害罢了。毕竟，连个工具都打不过。

目光闪了闪，王重的神色在炫舞的冷色灯光下显得有几分扭曲，脑海里瞬间划过这段时间以来他配合全有集团做过的许多实验场景，不由自主地浑身哆嗦了一下。在强大的科技面前，他无数次感觉自己的弱小，所谓的七传人，真的可以保护地球、挽救危局吗？明明随便一个科技工具加点小花招就可以让他们一败涂地……

王重神情微微恍惚，但很快清醒过来，对搬运的几名黑衣人说："重点是曾如风和温之光，一定要带回去。"

"是。"几名黑衣大汉应声。

王重轻出一口气，整理思绪，快步朝外走。

走出门的瞬间，心头突然警示。王重面色一变，猛地偏头，视线右移，几乎不假思索，一只手飞快握住右侧伸来的枪杆，子弹无声，擦着耳际进射。王重飞起一脚，猛地踹到埋伏者的鼻子上，直接将人踢晕。

然而，没等王重落地，门的左侧面闪出一道黑色的影子，一根细长的透明的针，从黑影中"嗖"地射出，既快且准，直直刺入了王重的脖子。

王重身形一僵，眼中顿时流露出不可思议的神色，怎么会？

眼前一黑，王重倒地不起。

王重一倒，他身后的几名黑衣大汉登时一愣。可潜伏在暗的人并没有给他们太多思考的时间，两道虚影瞬间发动，几乎以风卷残云的速度迅速将剩下的人解决。

"把人带上，走。"一名戴着黑色面具的披斗篷男人低声说道。

震荡，震荡。

黑暗中，樊力感觉无比颠簸。

他被震得头昏脑涨，四肢酸痛，感觉自己好像在油锅里被翻炒，"哐

"当"一下撞上铁壁，脑子才稍微清醒一点，勉力睁开眼睛，入目的是几具七歪八倒的"尸体"。

尸体？

樊力定睛一看，什么尸体？根本就是老大、光光他们！

"喂！怎么回事？你们都给我醒来！睡个毛线啊？不许再睡了，再睡就死了！"樊力大喊大叫，想起身去推他们，却发现自己浑身都被绑住，不仅是他，何想等人也被绳子绑了个结实。

他们真的没事吧？樊力心中染上一抹惶恐，下意识继续大喊，想把何想等人叫醒。

到底怎么回事？谁干的？想做什么？他们现在在哪儿？

震荡的车身使得没站稳的樊力一个翻转，滚到角落处，砸到何想、温之光等人身上，总算将人弄醒。他沿着货车后车身边沿往外看，可刚看清楚情况，樊力顿时吓得魂飞魄散！

"啊啊啊啊啊——翻车了！"

整辆货车"轰"地震动一下，以无法拦截的速度猛地冲出悬崖，跌入深渊。

刚刚苏醒过来的何想、温之光等人顿时感觉自己凌空飞起，悲剧的是，他们被绳索捆住了，没有任何办法。

方可水下意识地想发动水的能力塑造冰桥，没想到宝物根本不在自己身上，水滴形耳坠不翼而飞。

同样发现问题的还有何想和樊力，他们手中的戒指和腰带也都消失不见。几个七传人头一次同时丢失宝物，毫无倚仗地面对危机。

"樊力！"疯狂下坠的过程中，何想猛地喊了一声。

无须何想提醒，樊力第一时间全力挣脱绳索，这几人中若说有人的体能可以崩断专用绑缚索，非他无疑。

好在樊力并没有辜负众人的希望，几乎在一秒之内解决绳索，一把抓住不远处的温之光，双腿夹住坠落在最下方的何想，毫无意识地抓住身边的一条粗绳，使他们三人不继续掉下去。

第三章　到底是谁

绳子？

樊力愣了愣，哪儿来的绳子？他抬头往上一看，头顶高处上百米的距离正横飞着一架天蓝色的直升机，声音细小，震动微弱，若不仔细查看，十分容易忽视。

绳子就是从直升机上扔下来的，虽然不知道是谁救了他们，但对方一口气扔了两条绳子，另一条绳子上正挂了王重一个人，那么他这根绳子上……

樊力向下一看，顿时乐了。

方才千钧一发之际，樊力只来得及顾上温之光和何想两人，方可水和曾如风完全是自救。好在方可水从来都不是坐以待毙的性格，身上随时都配备必要的刀枪等武器。在察觉宝物耳坠消失的第一时间，她的腕间就瞬时划出一柄尖刀，以最快的速度割断绳子，拉住离得最近的何想的一只脚。同样，曾如风也如法炮制，拉住何想的另一只脚。

此时，何想一只脚上挂了一个人，两个人的重力顿时让他有点吃不消。最让他担忧的是，樊力这小子要是来个么蛾子，腿一松，他们三个可要交待在这里了。

没等方可水和曾如风顺着何想往上爬，旁边绳子上的王重就掏出一支枪，直指几人，目光又在他们手里拽着的绳子上晃了晃，显然以他的枪法，想要打断救命绳索不过是不到几秒钟的事。

见状，何想等人顿时心头一凛，也不多话，一起盯住王重。方可水直接偷偷将枪支握在手中。

何想说道："王重，如果我是你，绝不会选择在情况未明的时候开枪。"

王重目光微闪，他们现在明显绑在一根绳子上，很明显这个局面不是对面几个家伙造成的，那么会是谁？

就在这时，"刺拉——"，一声不合时宜的撕响，拽在方可水和曾如风手中的何想腰间摇摇欲坠的裤子终于被联手扯下来，飘落到二人腕间，而何想，此时正穿着一条被剐到尾椎骨下的骚包花内裤，半个屁股及两条白花花的大腿迎风招展。

王重目光一震。

"我去！老大耍流氓了！"樊力登时怪叫，"时机简直太合适了，耍完还不用负责，嗷嗷！"。

"……看不出你还挺白？"方可水淡定地评价道。

曾如风一向云淡风轻的脸则抽搐起来，他实在不习惯脑袋上顶个内裤男，一抬头就长针眼。

何想也怔了怔，完全没想到自己一世英名，在今天毁于一旦。

愣了两秒，温之光后知后觉地补刀，大喊道："哇！何想，你个大变态！还不快把裤子穿上，你暴露狂啊你？"

何想大翻白眼，我也想穿，但真的有心无力啊……

"哈哈哈哈哈——"樊力狂笑不止，边笑边抖，还得注意别把何想给抖下去，顿时感觉进入游戏里最难的模式。

几个人面面相觑，大概是何想的脸实在太黑，大家都不由得一起大笑起来。

一脸蒙地看着眼前几个劫后余生却傻笑的家伙，王重实在理解不了他们的脑回路。不过这么一打岔，他也收了要射击的心思，将枪支插回后背，顺着绳索不断往上爬去。

闹归闹，何想等人也没耽误爬回直升机。

令众人意外的是，救人的竟然是与何想有一段时间未见的陈元泽，也是教导他电子机械物理应用的导师。

简单地互相做过介绍后，何想坐到驾驶座上陈元泽的身边，问道："老师怎么会突然来中心市？"

陈元泽剃着光头，只是花白的短发总是一茬一茬地长，头发半个多月没打理，又显得一团乱。他身材健硕，锻炼得极好，待手动操作拉升直升机高度，躲进云层上朝远方山里行进后，才回答何想的问题。

"我也是刚回，正好想找你，就追踪你的定位，没想到撞到个烂摊子。"陈元泽边说边看了王重一眼。

何想头皮一紧，也有些尴尬，没想到再见面却弄得这么狼狈，今天

第三章　到底是谁

要不是老陈救援，他们这些人还不知道怎么收场。

提到这件事，众人都如同霜打的茄子，今天实在太过蹊跷，原以为是全有集团下的黑手，可看到王重也一脸黑地坐在这里，他们又打消了这个念头。

"喂！"樊力朝王重喝了一声，"到底怎么回事，你讲清楚。"

王重皱起眉头，目光扫过何想几人，虽然不想开口，但还是说道："我刚出门就遇到两个人围攻，着了道，昏过去，醒来就在这里了。"

"也就是说，你连凶手是谁都没看清楚？"樊力挑眉，一脸嫌弃地说，"怎么这么笨？"

王重默不作声。

"说话！"樊力大喊。

王重目光如闪电，猛地看向樊力。

"想动手？"莫名其妙丢了宝物腰带不说，还差点连命都丢了，等坐下来一冷静，樊力心中的无名火噌噌往上涨，从没吃过这么大的亏。可这件事又实在诡异，就算想发火，一时间也找不到对象。此时有个能泄愤的家伙摆在面前，正愁没理由找事。

"樊力。"何想沉声喊道，让他克制点。

丢了宝物，却连对方是谁都不清楚，在场的人都觉得极其丢脸，尤其平时大家都自视甚高，现在的结果无论如何也无法接受。

王重忍了忍，还是没忍住，反唇相讥道："没错，我没看清，你满意了？"

"哈！你还有脸——"樊力刚开口，就被何想压了下去，他看得出大家都情绪不佳，此时更需要冷静。

收起心里的后怕，何想打起精神，说道："我先分析着，你们帮我参考下，老师也听一听。首先，我们几人的行踪一直在全有集团的掌握之中，所以当我们几人齐聚时，王重带人出现，想要将我们一网打尽。"

"先别说话，听我说完。"何想阻止了樊力插话。

"其次，在我们中招倒下后，王重遭遇了敌人，对方实力很强，他很快就落败。等我们醒来后，宝物被偷走，我们被扔到一辆冲出悬崖的货车上,又被老陈救下。"在自我介绍时,陈元泽并未说出真名和具体身份,只让大家称呼他为老陈,何想也继续称呼他为老陈。

"很明显,黑仙传人或许真的另有其人,以前是我想错了,错误的抉择导致错误的后果,我向大家道歉。"

何想态度诚恳,众人一时默然。谁都在想,落到眼下如此糟糕的境地,到底该怪谁呢?谁也没想到,何想主动出来承担责任。

何想现在基本不再怀疑花锦年就是黑仙传人了,他说道:"对方也不是真正想要我们的命,重点只在夺走宝物,可又让我们经历一场前所未有的危机,在你们看来,目的何在?"

"我想说话!"温之光举手。

"你说。"

温之光现在也是脑洞大开,问道:"会不会是想要引出新的七传人?"

樊力目光一亮,说:"很有可能!"他左拳击右掌。

方可水也点了点头,王重皱起眉头,曾如风笑了笑。

"啊!"樊力突然大叫一声,吸引了众人注意力,他一脸惊喜地看着陈元泽,说道,"会不会老陈就是新的七传人?"

"不是。"陈元泽无情地摧毁了他新建立起的希望。

"啊?为什么呀?你出现得这么巧都不是?"樊力郁闷地说,"会不会你还没觉醒啊?"

"不可能。"陈元泽再度地斩钉截铁说道。

樊力噎了噎,疑问道:"最后一名七传人到底是谁啊?"他十分烦躁。假如不是全有集团干的,又会是谁?到底谁又是黑仙传人?

"说来说去都是王重搞事情,他要不这么干,我们也不会被人乘虚而入。"樊力恨恨道,"要不杀了王重算了。"

王重挑眉,反驳道:"你如果有用,也不会傻坐在这里。"

"你说什么?"樊力骤然暴怒,飞身而起,速度快得身边的温之光完全来不及拉住,如果他拼尽全力,光凭体能,王重怎么会是他的对手?

王重几乎是毫无防备的,被樊力一拳砸到脸上,力道大得整个直升

第三章 到底是谁

机都狠狠震荡了一下。

方可水的修眉倏忽竖起,然而不等她动手,"嗖"的一下,一根麻醉针骤然飞射,樊力似有所觉,下意识偏头躲开,"哧!"麻醉针射到王重身上,顿时,他半边身体都僵硬了。然而樊力也没有讨到好,直升机壁上迅猛伸出四五把枪支,从各个不同的角度直指樊力的眉心、太阳穴、心脏以及下体,吓得樊力一个哆嗦。

"哈,哈哈,别激动,别激动……"樊力侧目看向陈元泽,露出一脸比哭还难看的讪笑。

陈元泽面无表情地说:"再打架,就跳下去。你们也一样。"在得到众人乖巧发誓后,他才将直升机壁伸出的机械臂及枪支收回,樊力长出一口气,总算老实了。

方可水又靠回去,闭目养神。

何想犹豫一瞬,过去将王重扶起来靠在机壁上,毕竟他也确实太倒霉了。

被这么一闹,王重越发低落,几乎肉眼可见地消沉下去。最近他时常觉得,如果不是七传人的身份,花总和大小姐恐怕根本不会允许他待在他们身边,他其实什么也不是……

见众人都没说话,曾如风突然开口道:"今天温小姐倒是很沉得住气。"

温之光一怔,有些淡然地说:"大概是世上最糟糕的事情都经历过了,反而觉得这都不是事了。"说着,她又鼓励性地朝大家笑了笑。

望着温之光的笑颜,樊力瞬间有种醍醐灌顶的感觉,真正冷静下来。没错,他们经历的事情,跟温之光比起来,又算得了什么?他也不是第一次把腰带弄丢,再去抢回来就行了,何况他现在并不是孤独的一个人。

温之光的话,仿佛有奇异的力量,轻描淡写地,就安抚了在场所有人。

何想长叹了一口气,笑了笑。方可水烦躁的情绪也冷静下来。曾如风眼中流光溢彩,算是真正意识到,各种不同的人在不同的情况下可以发挥各自的作用,每一颗螺丝钉都是有价值的。

温之光又嚅动了一下嘴巴,她想鼓励大家,七传人的宝物并没有都被夺走，比如她的就没戴在身上，还好好放在家中的暗格内，可想了想，还是没有开口。何想再三强调，绝对不能暴露自己，隐藏秘密是对她最大的保护。

曾如风问道："我们现在是去哪里？"

陈元泽并未回答，反问道："你们有什么打算？"

何想微微一想，说道："我想去一趟军方司令部。"

"明天吧，今天可能还会有埋伏，何况你们也不够冷静，容易出岔子，都先跟我回山里住住。"陈元泽拍板道。

众人一起大翻白眼，那你还问有我们什么打算？

就这样，陈元泽半劫持性质的，带着所有人回到西面的大山深处，找了个事先准备好的隐蔽洞窟，将直升机藏了进去。

山间，野外。

群山耸立，乱石堆砌。

众所周知，中心市西面有绵延几千里的巨大山脉。由于山体林立，加之水少，部分地区风化严重，山区始终没有被规划成居民区，除了极少数分布较远的观测站外，这里几乎是个无人区。

陈元泽就是利用这个盲点，在大山深处建立了一个独属于自己的小基地。

虽说是山洞，但是照明、饮食、衣柜、睡袋以及研究据点，一应设施都十分齐全。如果是个不爱凑热闹的性子，倒是可以住上许久。

在将何想等人放下后，陈元泽就十分大方地宣布他们可以随意行走，不用多顾忌。本来何想有点担心这样会对老陈不利，没多久，他就明白老陈的倚仗了。

曾如风很快将基地转了个遍，恰好碰到何想也转完回来，问道："这地方好像什么信号都没有！"

何想也发现了，说道："是的，卫星信号也屏蔽了。"

曾如风微微皱眉，说道："原来如此，在直升机内没信号时我就疑惑了，原来这里也……本来我有篇学生的论文需要紧急回执，还有几个视

第三章 到底是谁

频会议,看来都要缺席了。"

何想耸了耸肩,安慰道:"这里离市中心挺远,没车下山也难,节哀吧。先渡过眼下的难关再说,比起性命来说,这些都可以推迟。"

四处转了一圈,在确定无法凭一己之力离开后,众人索性把心放下,宝物丢就丢了,天塌下来也得明天再说,日子还是得过。

一群人吵吵闹闹地吃过饭,也说不出个凶手,便三三两两地转悠消食。

不多久,夜渐深,风渐冷,人渐困。陈元泽给众人分发了睡袋,各自找了地方安眠。

何想躺在睡袋里,睁眼看着昏暗灯光下斑驳的石壁,却翻来覆去难以入睡,索性爬起来朝洞外走去。

听到动静,方可水也起身,紧接着,曾如风也跟了出来。

山风凉爽,头顶的天空一望无际,漫天繁星好似凑热闹般堆积在一起,争先恐后地散发出微光。

"在想什么?"方可水站在何想身后问道。

"在想……天上星星怎么这么多,多得都让人有点烦了。"何想说道。

"呵——还第一次听人说烦星星,一般人不都会向往它吗?"方可水笑道,声音悠远。

"是啊——"何想叹了叹,"可惜都太遥远了,向往永远到达不了的彼岸,有意义吗?"

"咔嚓。"枯枝被踩断的声音传来,在万籁俱寂的夜里,清晰得让人发怵。

何想转过头来,见是曾如风,不由得笑道:"看来睡不着的人真的很多。"

曾如风也笑了笑,说道:"第一次在山洞里过夜,如果就这么睡过去了,岂不可惜?"

此时山洞里,樊力正呼呼大睡,鼾声震天,吵得温之光不胜其烦,一旦被吵醒,她发现自己再也睡不着了,猛地坐起。她注意石壁边的王重正盘腿坐着，两只眼睛一眨不眨地盯着樊力，似乎随时可能暴起攻击。

王重见温之光注意他，又收回目光落在腕表上，没有信号，就没法和花总联系，花总会不会以为他任务失败后跑路了呢？

温之光没理会王重，烦恼地踢了樊力一脚，低喝道："臭家伙，侧着睡，鼾声小一点。"头一偏，发现何想等人的睡袋空空，眨眨眼，也跑了出去。

山风呼啸，吹动方可水的长发如波浪飘舞，她问道："还是毫无头绪吗？"

"没有。如果幕后的人不是花锦年，可能性的范围就大了。军政界，又或是国外势力。"何想平静地说道。

方可水看了他一眼，说道："或许，威胁就在身边？"

曾如风眼中光芒一闪，笑了笑说道："不错，也许我们一直在灯下黑。能设下这么一个大局，说明对我们了解很深，说不定就是我们身边的人，甚至是我们自身。"

方可水目光平静。

何想疑惑地看向曾如风，说道："你知道什么？"

曾如风摇了摇头，笑得优雅，说道："我只是给你提供一个思路。"说着话锋一转，"对了，老陈以前是全有集团的人吧？"

何想微微一怔，似笑非笑地看向曾如风，有些意外又感觉他有点可怖，意外于他的敏锐，可怖于他在这样一个时间点抛出带有离间性的话题，一不小心，或许七传人就能窝里反，反而让人有机可乘。

何想越看越觉得，曾如风不像是最后一名七传人，他摇了摇头，一语双关，说道："没有证据，随意猜测不好。"

曾如风笑了笑，说道："即使是警方办案，也不全然讲究证据，而是怀疑在先，再去搜集证据。对吧，温小姐？"

温之光刚走出山洞，恰好听到他这句话，立即反驳道："并没有这么简单，你的说法很偏执，警方办案也是有疑点才会怀疑，绝不会平白无故把帽子往人脑袋上扣。当然，具体情况要具体对待。"

第三章 到底是谁

对温之光义正词严的发言，曾如风只是轻笑了声。

何想说道："怎么一个两个都出来了？现在时间也不早了，大家还是都回去休息吧，明天恐怕有不少事要办。"

"走吧，小光。"何想拍了拍温之光的后背。

"啊？哦。"温之光眨眨眼，心里想着也行，反正也挺困。

第二天，一大清早。

陈元泽依言将何想等人送到中心市郊区，自己又跑得无影无踪，只给何想额外留了个频谱波段，让何想有事就可以随时联系他。

将温之光、曾如风、王重分别送上车后，何想、樊力、方可水打算先回典当行，然后再去一趟军方司令部，毕竟他们可以没有头绪，但卫星监控上肯定会有线索。

只是不知道为什么，何想感觉今天市内有种骚动的氛围，明明还只是郊区，行人数量却比往常多了许多。带着疑惑，他给原战打了个电话，想约个时间见面，没想到一拨通电话，原战立即劈头盖脸喝了过来："何想，你个臭小子！你昨晚上到底去哪儿了？老子差点以为你个浑蛋被绑架了！怎么联系都联系不到！"不等何想回答，他语调急切地说道："你看昨天半夜的新闻没有？还有今天早上刚出的？全有集团这次毁了，土星空间站彻底毁了！"

"什么？"何想一怔，一种糟糕的预感顿时攫住他，让他呼吸都有些不畅。

"你还跟我什么？赶紧看新闻去！等下再跟老头子汇报！"原战"啪"地挂断电话。

何想愣了愣，招呼樊力和方可水，各自打开新闻页面。顿时，铺天盖地的负面新闻充斥眼球。

"大家好，这里是全球新闻。今天凌晨一点一十九分，位于遥远的土卫六上的土星空间站，毫无征兆地突然爆炸，基地毁于一旦。虽然全有集团驻空间站办事处已经竭尽所能采取紧急施救措施，临时发动了七艘抢险飞船升空，但仍旧有百分之八十左右的市民朋友们被彻底留在了毁灭的空间站内，这一不应该发生却切实发生的事故，举世震惊……"

"观众朋友们好，地月卫视为您实况转播。在这之前，先请观众朋友们看个视频，没错，视频上就是时隔一个半小时后传回地球的土星空间站的爆炸情况。从视频上可以看出，几艘抢险飞船在短时间内疯狂过载后仓促升空，险而又险地避开爆炸核心冲击波，得以脱离土卫六的引力圈。目前这些仅剩的两千多名幸运儿正在悲痛的返程之中，只是不知道，他们想起那些永远留在空间站的同伴，心中作何感想……"

"大家好，科技之光为您报道一则消息。今天清晨五点五十九分，全有集团终于对世界发布公告，公开承认此次土星空间站爆炸事件，完全系全有集团自身数据与决策错误造成的，对于因此导致的各种恶劣后果，他们愿一力承担所有责任，并公布说，所有相关受损部门与人员，可及时与全有集团联系，他们会尽快做出应对。全有集团的态度看起来十分诚恳，只是众怒之下，不知道他们这次是否能过关……"

"观众朋友们，这里是财经一套，我是主持人庄能飞。今天我们的早间新闻30分，来谈谈关于土星空间站的话题，相信有不少朋友已经听说，今天凌晨空间站发生重大爆炸，整个基地毁于一旦。临时乘坐抢险飞船逃出来的不过是人口总数的两成，可以预见，如此重大的人员伤亡将令全有集团背上巨额债务，那么是否有朋友关注过全有集团目前的财政状况呢？大家来看今天早上新出炉的股市曲线图，很明显，股票疯狂跌落，简直比跳楼速度还快，早上大盘才开盘，全有集团的市值就蒸发了上千亿，不敢想象几天后会是个什么情景……"

何想盯着层出不穷的新闻，一时间脑袋有点发木。

土星空间站毁了？彻底毁了？

那空间通道的计划不也就……

可怎么会突然毁了呢？花锦年最近不是天天都折腾移民空间站的事吗？怎么会突然就让它爆炸了？

何想本能地有些不敢相信，可是数不清的各种版本的空间站爆炸剪辑视频，其惨烈的情况让他不得不信。

第三章 到底是谁

"这……搞什么鬼?"樊力也有点不能理解,他才刚刚开始怀疑黑仙传人另有其人,花锦年就给他疯狂掉链子?

方可水目光闪了闪,沉下眉说道:"没有后路了。"她看向何想。

何想呼吸一滞,好半天才吐出一口浊气:"是啊……"

整个太阳系内,恐怕再也不会有比土卫六更适合移民的星球了。

"可是,好蹊跷。"何想皱眉说道。

"哪方面?"方可水心情不好。

何想深思道:"花锦年怎么会这么快就公开把责任全揽到自己身上,短短几个小时,事故发生地点又远在土卫六,能这么快找到原因吗?"

方可水想明白了其中的环节,问道:"你觉得他被人摆了一道?无奈之下才承担了责任?"

"是的,马上承认错误的行事风格也不符合他的性格。"何想说道,"而且……也太奇怪了。我们昨天才被人抢夺了宝物,凌晨空间站就发生爆炸,如果说这两者之间毫无联系,我真是不敢相信。"

方可水也是察觉到了其中的关联,问道:"你有头绪?"

何想摇了摇头。他掌握到的信息还太少。

何想关闭网页,说道:"我决定先不回典当行,直接去军方司令部。樊力,你给小光打个电话,让她注意安全,趁早回警局。"

"好。"樊力答道。

何想想到了曾如风,提醒道:"可水姐,曾——"

方可水会意,打断道:"我会提醒师兄的。"

何想放心了,说道:"我们走吧,边走边说。"

就在何想准备叫车的过程中,曾如风已经收到方可水的提醒。他唇角微弯,看着3D光屏上充斥了整个屏幕的爆炸、坍塌以及空间站内亡命奔逃的嘶吼、哭喊,突然幽冷地哼笑一声。

"游戏开始了。"呢喃的轻语,飘散风中。

第四章　强者陨落

刘连生和花流年的反应太过激烈，令花锦年又微微犹豫，但是监控视频中黑衣面具男人朝他看来的淡淡一瞥给他留下了太深的印象，任何事情都要防微杜渐，将危险扼杀在源头……

中心市，郊外。

"车来了。"何想叫了一辆智脑驾驶的车，自己直接坐上副驾驶座。方可水与樊力也很快坐上后座。

"樊力导航一下。"何想提示道，自己则翻开通信录。

在拨通原战电话之前，他觉得有必要先给青者打一个。毕竟青者曾经切实提醒过他有关第三方的威胁，那么现在，第三方已经浮出水面了。

令何想意外的是，电话拨过去，显示对方已关机。可他分明记得青者曾经说过，留给他的这个手机号不到万不得已绝不会关机。

何想的心头，瞬间笼罩上一层阴影。

此时青者失联，恐怕只有两种可能：要么青者始终在骗他，要么青者遭遇了巨大危机！

中心市，城东。

一座占地面积极广的私人会所，"青者偃月"四个银钩铁画的霓虹灯字招牌正闪闪发亮。

第四章　强者陨落

清晨，狂欢了一夜的人们有的刚刚因疲惫而入眠，也有的从沉睡中苏醒。

一间装饰温馨的暖色调豪华套房内，几件女人的衣服随意扔在地上。宽大柔软的床上，一名姿色冷艳的女人蜷着身体，睡得正香。她的身上只盖了一条薄薄的真丝被，搭在胸口处，露出雪白的香肩，褐色的波浪长发披散在脑后，显得温柔缱绻。

忽然，女人像羽毛般的长睫动了一下，她缓缓睁开眼，发现身边的男人已经消失，她迷糊地坐起来，拖长了音，慵懒而妩媚地喊道："青青？"

听到喊声，窗边办公桌前的青者转动座椅回头，细长而锐利的眉眼变得温柔，问道："怎么了？"

"还以为你走了……"女人撒娇说道，真丝被彻底从身上滑下，露出紫色的一片式吊带睡衣，大片雪白的肌肤暴露在外，玲珑有致的身材展露无遗。

"不要着凉了。"青者起身走过去，替她捡起地上的衣服，将外衣搭在她的身上。

女人撒娇道："青青……"

青者有点头疼，他强调了多次让宋星儿不要这么喊，可她非要这么喊，他也没有办法。

业内的人都知道，地下拳场的幕后主人青者身边跟有四大护卫，常见的有排行第四性格沉稳的老齐、讨厌人群的阿二和以及外表是幼童、实际已年近四十的老三童童。除此之外，还有被他时常带在身边、当成亲弟弟一样对待的赵珞。然而赵珞只是他的司机，负责他日常行程规划，并不是他的护卫。真正的护卫另有其人，并且还是四大护卫之首，而这个极少有人见过的护卫就是——宋星儿，同时也是他的女人。

宋星儿作为四大护卫之首，当然是所有人中实力最强的，作为贴身护卫再好不过。宋星儿又是个极其美丽可爱的女人，陪伴青者多年，一直独占他身边唯一的位置。两个人除了没有领证结婚，可以说相濡以沫，几乎与真正夫妻无异,但宋星儿的存在并不为多少人知晓,毕竟暗卫最重要的一点就是"暗"。

替宋星儿捡好衣服后,青者又回到了办公桌前,继续处理手中的事务。

宋星儿穿好衣服,轻步走到青者身边,白皙纤长的手指自然地抚上青者的额头,替他捏着额角轻声问:"头还疼吗?看你一直皱着眉,有什么事这么难处理?"

"今天凌晨一点多,土星空间站爆炸毁灭,逃出来的人只有两成。"

"是呢,你也是全有集团的几大股东之一,这下损失定然不小。"宋星儿环住青者的脖子,将脑袋搁在他肩膀上,故作惋惜地道。

"你啊。"青者轻轻捏了一下她秀挺的鼻子,"明知道我烦恼的不是这个。"

"哼。"宋星儿轻笑,"民族大义、人类未来什么的,我才不管,我只要你好就好。"

青者笑了笑,不仅没有指责宋星儿的小女人心思,反倒觉得女人就该如此,在男人拼杀疲累了以后,像港湾一样对他包容温柔、呵护鼓励,让他重拾信心,重振旗鼓,再上战场。

只是……青者回想着方才收到的老师的指令,感到疑惑和矛盾。

一周前,老师曾让他买断了80%以上频道从今天凌晨起至后天总共三天的档期,留空待用,没想到所谓的安排竟然是土星空间站的爆炸以及针对全有集团的全面攻讦,而在此之前,他一点消息都没有收到。

老师将少时的他从泥潭里拖出来养大,教会他无数东西,并一步步将他送上地下拳场主的位置,对他人生的意义不言而喻。近年来,老师的所作所为却让他感到越来越迷惑,有时他看不惯,也会小小地阳奉阴违。

"全面控制和获得全有集团实验室数据,抓住花锦年和花流年。"一大早,老师就发来了一个让他震惊且不解的指令。

青者坐在靠椅上,闭目养神,享受着宋星儿温柔的揉捏,忽然睁开

第四章 强者陨落

眼，起身，拿起架上的外套："我出去一下。"

"欸？等等！"宋星儿拉住他，"怎么这么匆忙？出什么事了吗？你还说今天要陪我一天的。"

青者一怔，想起今天是宋星儿的生日，犹豫一瞬，说道："我会早点回来。"

"那也不行。"宋星儿难得地耍脾气，拦住青者的去路，质问道："你先告诉我，你要去见谁？"

青者叹了口气，在她脸上捏了一下，说道："一个很重要的人。"

"是跟今早的事故有关的吗？"

"是。"

"可是现在外面肯定一团乱……人家不放心你！"宋星儿贴近青者撒娇道。

青者立即捉住她乱动的手，故作严肃，低喝道："不老实。"

"乖，等我，很快就回来。"青者在宋星儿额头上落下一吻。

在青者松开手准备离开时，宋星儿又猛地拉住他，急急说道："我怀孕了。"

"什么？"青者一怔，几乎以为自己听错了。

宋星儿扁了扁嘴巴："本来今天就是人家生日，打算告诉你的……"

"你……再说一遍？"青者的声音有种压抑下的微微颤抖，用力捏住她的手腕。

宋星儿皱眉瞪眼："再说多少遍都一样，我怀孕了，怎么的？你不高兴啊？还冲我吼。"

"我……"青者一噎，"当，当然不是，我只是有点意外……我……"青者磕巴解释道。即使做了防护措施，也不是绝对的，确实会出现意外情况。

霎时间，青者的内心既悲又喜，一会儿高兴一会儿感动，又突然感到难过，复杂得难以言喻。他一路走到今天，是踏着无数尸山血海，即便现在，也依然是刀口舔血，他没想过这样的他会有孩子，但又无比庆幸上天给了他机会。

"是真的？"青者轻轻问道。

"你就当是假的好了。"宋星儿气得转身就走。

"别走，我……"青者猛地拉住她，呼吸一滞。

"我什么我？"宋星儿柳眉倒竖，一双妙目瞪着他，大有一言不合就开战的架势，毕竟她护卫之首的名头也不是白叫的。

青者立即反应过来，笑道："哈哈，我是太高兴了，真的，太高兴了……"青者一把抱起宋星儿，大笑着抱着她在屋内转圈，两个人亲昵地脑袋抵着脑袋，青者笑得眼睛都眯成一条线。

"哼。"宋星儿哼了一声，得意地弯着唇角，说道："那你现在是不是不走了？"

青者一顿，喜悦之余，烦恼又重回眼前，说道："你放心，我只出去一会儿，马上就回来，今天肯定要陪你一起过。"

宋星儿面色一冷，又转为娇嗔道："哼，说来说去，你还不是要走。"

"乖，听话。"

"那你带我一起。"

"这可不行，你现在要好好休息。"

宋星儿定定地看他一眼，知道再说什么都无法挽回了，索性从他身上跳下来，说道："那好吧，你先忙吧。"她转身朝办公桌走去，背对青者，眼里的光一点一点沉寂下去。

"好。"青者套上外衣，出了门，收起所有的温柔，又恢复了位高权重、冷酷强大的地下拳场主姿态。

私人停车场内，赵珞正笑眯眯地靠在车边打游戏，看见青者到来，殷勤地替他开车门，问道："去哪里？"

"得胜路。"

"有点偏呢，不过正好，今天市内堵死了，到处都是奔往全有集团游行找碴儿的人，避开人流最明智。"赵珞笑嘻嘻地说。

青者应了一声，打开腕表新增的局域网终端，其上七个点分别布置

第四章 强者陨落

在中心市内的七个方位。他将跟老师约定好的地点分发给其他七个位点，在群内发布召集令："出发。"

同一时刻，中心市区内东南至东北的七个方位，七辆装甲精良的黑色改装私家车一齐发动，朝目的地高速奔去。

私人会所的豪华包间里，宋星儿站在窗前看着青者的车平稳地驶离会所，脸上满是疏离和冷艳之色。她放下窗帘，人很快消失在屋内。

清晨的阳光一如既往，明媚灿烂地照在全有集团高达1400米的圆弧形尖顶塔顶，可全有集团没有如往常一般明朗。

继凌晨一点多土星空间站爆炸事件后，一大清早，员工们还未到全有集团上班时间，担责声明在没有经过花锦年首肯，甚至连秘书长刘连生都不知晓的情况下，贸然被人以全有集团官方的名义公布出去，顿时遭到全世界的攻讦。

可声明已出，覆水难收，花锦年纵然跟吃了苍蝇一样恶心，也只能将苦果吞咽下去。

前不久军方驻地刚刚发生过爆炸，虽然在人为的压制下，影响被降到最低，花锦年也对此深感惋惜，没想到比之更严重无数倍的爆炸几天后发生在自己推进的土星空间站上。

同样的突如其来，同样的瞬息间毁灭一切，让人连反应的机会都没有。

花锦年感觉极其不可思议，事情在瞬间脱离自己的掌控。空间站毫无预兆地爆炸，土卫六的大气层遭到严重破坏，人类至少二十年都不会再找到一个适合移民的星球……太艰难了。

站在塔顶董事长办公室的落地窗前，花锦年目光深沉地落在底下密密麻麻围住全有集团讨要说法的游行人群上，思绪无比紊乱，内心却坚定清醒。

不会是空间站的员工失误，是有人在有意针对全有集团！

是谁？与军方驻地爆炸是同一个凶手？

理由？

一定还会有后招……

"花总，空间站死亡名单及抚恤金已列好。集团所有出入口都已封锁加防护，严令内部工作人员严守岗位。网络通信已断，保留内网。所有官方发声渠道已封锁，对前往空间站的医患飞船已发出召回声明。目前正查找擅自发布公告的内鬼，集团内昨夜加班的在职人员是员工总人数的9.7%。现在……"刘连生安静地站在花锦年的身后，他的身边悬空飘浮着十多个3D光屏，有空间站的爆炸视频，有各大新闻媒体发来的采访邀请，有股东发来的质问邮件，还有几种紧急应对措施的提案……

"通过天网系统，发一封公告，说前言不实，等后续查明。核对空间站回程所有人员名单及详情，不要放过曾往来过地球与空间站的人员，尤其是科研及技术人员。"花锦年平静地说道。

"是。"刘连生应声，默默地抬眼看了一眼曾经叱咤风云、依然镇定如山的男人的背影，默默退出。

"哥哥！"顶层的电梯突然打开，花流年差点跟刘连生撞了个满怀，她没空跟刘连生废话，直接奔向花锦年，急切地说道："哥哥，你看了早上的新闻……"

花流年慌张开口，却一眼瞥见悬空的光屏，顿时闭嘴。很明显，在她一夜安眠到清晨的情况下，花锦年已经做过应急处理了。

花流年顿了顿，一脸难过地问："怎么会突然这样？"80%的人永远留在了废弃的空间站上，并且毫无遮掩地被公之于众，全有集团真的还能支撑下去吗？

花锦年当然清楚，能够在初期奔赴空间站的，除了工作人员外，大都非富即贵，这些人倘若拧在一起，会变成一股能摧折一切的恐怖力量。更何况短短几个小时内，不说外部声讨，就连内部工作人员都人心浮动，罢工的呼声渐起。

现在，他只希望，暂时不要再出新的问题，给他一点时间来扭转时局。

只是，真的能如他所愿吗？

第四章 强者陨落

中心市郊区，得胜路。

青者的车一路行驶平稳，道路十分畅通，很快就到达目的地附近。

青者看着局域网屏幕上正朝目的地移动的七个光点，内心平静。他并不是要将他的老师彻底留下，但是，他想要一个公平公开对话的机会，而不是到如今，他都只见过老师戴面具的虚影。

"老大。"车身缓缓地停下，赵珞提示青者目的地已到。自跟随青者以来，赵珞很清楚，青者每隔一段时间就会单独来见一个神秘人，只可惜青者从来都不允许他一同随见，导致他至今也没能摸透对方的身份。

"再等十分钟。"青者说道。

"好的。"赵珞睁大眼睛盯着青者面前的光屏，秀气的娃娃脸上满是好奇，但他没有发问，如果青者有意思要说，通常会给他点提示，既然一声不吭，就不是他该问的。

光屏上的七个光点移动速度都非常快，有的离目的地近一些，已然就位，有的离得稍远，还在赶来的途中。忽然，有个光点晃动了一下。

青者的眉毛倏忽挑起。

可那个光点就只晃动了一下，随即正常行驶，或许刚才只是为了躲避障碍物。

青者却不太放心，迅速调出更为精细的实景实时监控图，画面中显示出车内几个轻松靠坐的人影，音乐声开得有些大。他略带疑惑地关掉视频图像，以至于没有注意到后座下贴地躲藏的宋星儿的身影。

即便确认此时已经没有监控，宋星儿依旧没有第一时间爬起来，而是谨慎地保持原状，也没动这些早就被她入侵、待解决的"羊羔"，等待车内智脑驾驶到约定的目的地。

十分钟时间已到，青者下车，命赵珞原地待命，自己则如往常一样穿过一片高大的烂尾楼，又经过一段黑暗安静的空间。其实老师每次约他见面的地点都不一样，但是地点不同，过程却相似，背后，还有一段不为人知的历史。

青者并不是唯一被老师选中带走的孩童,除他以外,同一批还有好几百个。据说老师弄了不少类似的地方,每个区域都选拔一些来历各异的孩子,教导他们文化知识和格斗技巧,再让这些孩子到极端的环境里互相拼杀,脱颖而出的就会受到他大力扶持,一路青云直上。

没有人知道老师的具体来历,就如同没人知道为什么他会有那么大的能量一样。只要在老师的"青苗圈子"里待过的人,无不对这个越走越黑暗的安静空间印象深刻。小时候,这个空间里会有无数的暗箭和陷阱,轻易地夺取尚且幼小而孱弱的生命。时至今日,那些如同小把戏的机关在他眼里已毫无意义,但老师依旧每次都让他们走这一遭。这或许对他们来说是一种提醒,提醒他们要时刻记得自己的身份。

以往青者对此毫无感觉,可是今天,他忽然有了将这一切都掀翻、让真实曝光的冲动。

他早已无数次地针对老师出现过的方位进行定位侦查,每一次见面都做了庞大的数据分析,整个中心市早已被他建模成功,任何一个可能性的光影投射点都完善到极致。只要光是直线传播的,那么任何复杂的汇聚、分散与折射都必然有角度、有痕迹可以追寻,只要有痕迹,就不怕不能精准定位。

于他来说,现在万事俱备,只差老师现身归位!

"啪嗒"一声响,在寂静的黑暗里清晰得让人心头一颤,一道看似无源的雪白光束打下来,照得其内黑色的身影高大且神秘。

"老师。"青者神情平静地喊道。

黑影背对着他,虚空且缥缈的声音传来:"你着急找我,有什么事?"

"是有关土星空间站的事。我想知道,老师是怎么打算的。"青者的语调十分缓慢。在今天以前,青者曾经对他的老师有过无数猜测,他觉得老师是一个十分骄傲自满且喜欢享受刺激的人,因为他总会奔赴最危险的前线,近距离观察自己的对手。今天,老师肯定也在附近,说不定正观察着他脸上的表情以自娱。

他以前曾认为,老师是个嗜好血腥犯罪的人,但后来发觉,或许他

第四章 强者陨落

只是因为无聊而已。无聊就总想找刺激,他的老师对世界各地的东西都如数家珍,有时候青者真不理解他到底哪里来那么多时间可以了解如此繁复而琐碎的知识。但不可否认,这很了不起。

直到今天,青者才认定,他的老师或许是个来自外星的疯子。

"这件事无须你动手,不必理会太多。"黑影淡淡说道。

"一旦全有集团被摧毁,人类科技水平可能倒退十年以上,对整个世界来说也将是一场巨大灾难。"

"那你想如何?"黑影直接问道,语气中微有不满。

青者顿了顿。他想如何?他想阻止。地球是个好地方,有他的女人、兄弟,还有众多不成器的下属,现在还有他即将出世的孩子,他不允许它被摧毁,他希望所有人能够活得更长久。但这件事还需要老师,又或者说这位传说中的黑仙传人的配合。

算算时间,30秒已然过去,他的七支小队恐怕也已完成光波与磁场的变化分析。青者默了默,最后笑着开口道:"老师想回仙星吗?"

听到这句话,黑影微微一动,就在这时,围绕在目的地四周的七个定位点,同时完成搜索,成功定位!

宋星儿坐到前排,将碍事的人推到一边,盯着屏幕上显示的定位,目光幽深,凝视一秒后,立即打开腕表的通信终端,找到"义父"这个名字,发送了一条示警信息:"有埋伏。"

直线距离800米开外,一栋高达七十八层大楼的顶层。

一个办公室内,一名身着黑色休闲服、套在黑色斗篷里、戴黑色面具的男人腕表终端轻轻震动。他的面前是一道黑色光幕,光幕里青者的神态动作分毫毕现。他用余光瞥了一眼短信息,同时察觉到屋外有人蹑手蹑脚地靠近,不由得轻笑出声,说道:"想知道?我可以当面告诉你。"

说完,黑衣面具人骤然从地面弹跳而起,"哐当"撞破一面墙的落地玻璃窗,从七十多层楼的高度垂直坠落!

与此同时,"嗒嗒嗒嗒嗒嗒——"密集的机枪扫射声中,大门像块烂木板般被人一脚踹掉。一名身材壮硕、两米多高的壮汉举着制式火箭筒，正笑得豪放，快步跨入碎碴遍地的屋内。跟在他身边的，还有另两个人。一个身材消瘦、戴着暗红色隐形眼镜和半圆形网状头盔的男人，还有一名身材高大却消瘦、口中吹着泡泡糖的金发男人。

杀手魍魉，任务多多，但他最喜欢的就是接青者的任务，没有别的理由，就是因为钱多。

魍魉带着同伴一步跨入屋内，目送撞碎的玻璃纷乱下落，说道："尽量抓活的。"

壮汉咧嘴一笑，说道："不是说尽量吗？一不小心打死了，也是意外。"

魍魉说道："少废话，追。"

三人同样追随黑衣面具人，毫无惧色地跳窗坠落。

在跳窗的瞬间，黑衣面具人注意到下方墙壁上趴着的一名身穿胶状薄体紧身衣、像只壁虎一样的男人。他目光一冷，黑色面具上忽然浮起一层薄薄的黑光。

霎时间，一道炽亮的光束突然从他身上迸射而出，"砰！"墙壁上的杀手不见人影，原本所在的方位破了一个巨大的窟窿，乱石碎屑扑簌簌落下，两层相邻楼层的墙体都被破坏殆尽，大片玻璃化为齑粉。

那名杀手危急时刻强行飞进楼内，依然受到波及，此刻已经血肉模糊。

"哇靠，好变态！"壮汉怒骂了一句，终于认真起来。还没等他动手，"嗒嗒嗒嗒嗒嗒……"一连串的子弹从大楼外射击而来，外面狙击手竟然有上百人之多，三架直升机从高空飞近。眼见三名浑身包裹在战斗服里的男人举着火箭炮正凌空瞄准他们几人，壮汉面色一变。

魍魉当机立断道："收手，分散。"

黑暗的空间里，青者听完黑影的话，微微一怔。

"我可以当面告诉你？"这么说……他的所有安排都被发现了？

青者心中顿时感觉不好，强烈的危机感让他第一时间转身奔逃！

刹那间，那道笼罩在雪白光束里聚合成的黑色虚影，骤然爆裂成无

第四章 强者陨落

数光线，铺天盖地，遮蔽所有视野，疯狂爆射！

青者的速度不可谓不快，无论他如何想尽办法躲避奔逃，都避无可避、躲无可躲，瞬间被无处不在的光线穿透！

在黑色虚影爆射后，整个空间又被白色光芒所笼罩。青者感觉自己像被黑色光线粉碎、撕裂成无数个小碎块，又融化进白色光芒里，又像是被太阳的光热一点点渗透进自己的身体里，渗透进每一个细胞。他感觉自己被融化成一摊水，又被光热炙烤得挥发、散灭，甚至连意识都已荡然无存。

一切都显得极为漫长，其实不过只是短短的一秒。

青者仿佛失去了对身体的控制，猛地扑倒在地，再也无法动弹。在跌落尘埃的瞬间，他才仿佛找回了一点自己的意识，才忽然明白发生了什么，可到底发生了什么，为什么会变成这样，他骤然迟钝的思维无法想得通。

"轰隆——"庞大的能量如摧枯拉朽般向四周疯狂爆裂，废弃的烂尾楼仿佛被密集的穿透性子弹扫过，被射成孔隙致密的筛子。楼体在支撑结构被破坏后，轰然倒塌。

听着连绵的崩塌声，青者才感觉自己的脑子稍微转动，他身上穿了最精密结实的防弹衣，飞身奔逃时用了最好的躲避角度，精密计算下，几乎可以达到100%躲避子弹的程度。可他没想到，对方的攻击不是子弹，是比子弹恐怖千万倍的高频高热高破坏性的能量流光束，就像高阈值的恐怖辐射，带有腐蚀性的，瞬间入侵体内免疫系统。

他以为那道黑色虚影是光影成像做成的3D效果，事实上，它也确实应该是，可为什么光影里会蕴含如此恐怖的能量？

是科技水准和维度的差异吗？青者的意识中，忽然一颤。如果是这样，何想应付得了吗？

一公里外。

"轰隆——"大楼坍塌声惊醒了原本沉溺于游戏中的赵璐，"当当当……"一连串飞沙走石被狂风裹挟着击打到车身。他有些呆滞地抬眼，从车内向外看了一眼，瞬间面色一变，烟尘四起的方向，不正是青者老大所在的位置吗？

他再也顾不上青者原地待命的命令，掏出枪，飞速跳下车，顶着狂风飞沙，朝事发地奔去。

此时，青者的身前，一个身披漆黑斗篷、戴着黑色面具的人，居高临下地站着。他用十分平缓的语调，不带任何感情地说道："这就是为什么我不喜欢出手的原因。我一出手，对方就只有死路一条，所以没有人见过我出手。可你非要逼我出手，自己找死，我也很无奈啊。"

"可惜。"黑色面具男人口中说着可惜，但是眼中冰冷一片，望着跌落尘埃里的青者，不知道在可惜什么。

或许是在可惜称手的工具坏了，又或者可惜浪费了自己诸多资源。

听到声音，青者勉强转动眼珠，用尽全力地伸长脖子，抬眼看向他，随即微微一怔。

与从小见到的雪白光束里的黑色虚影不同，眼前的人，他的身材一点也不高大，他的背脊算不上多宽阔，反而看起来有些矮小。

这就是他的老师真实的样子吗？

青者并没有多失望，反而在脑海里迅速搜索起相似的身影。他的大脑和眼球都秘密经过科技改造，早就储存了无数人的数据和头像，只要看过一眼，就绝不会忘记。

这个人是谁？快点，再快点。青者的眼中波光闪动，分析比对着无数人的数据，他几乎浏览过整个中心市的在册人口资料，只要让他见到，给他时间，就算有面具和斗篷的遮掩，他也一定能找出来！

忽然，青者目光一滞，他感觉大脑一片空白，仿佛脑内主管意识和思考的核心机制坏掉了，刚才的飞快运转只不过是他的错觉，是回光返照。

他想要动弹，可是身体一动不动。然而，他已经找到老师的真身了，他知道老师是谁了！他必须立刻告诉何想，否则何想一定会吃大亏！

青者趴在地上，他极力地想要爬起来，可即使是晃动一根手指也无

第四章　强者陨落

比艰难。他向来身体强健，做任何事都轻而易举，从没想过自己也会有如此痛苦和不受控的情况，他痛恨这种无能的感觉！

青者的神情一瞬间变得扭曲，想要咬牙却无力咬，想要皱眉却只有眼神凶恶。他瞪着一双布满血丝、几乎要突出的眼睛，忽然注意到，他手中的腕表已然开机。

对，就在他翻身躲避奔逃的瞬间，他就将手中的腕表开机。他只有来见老师的时候才会关机，这是老师一直以来的要求。

他之前完全是下意识想要求援，将腕表护得极紧，却根本没有来得及求援。

此时目光落在腕表上，第一条消息就是何想发来的关切询问。青者忽然感觉自己的目光有些模糊。这令他心头一紧，目光失焦涣散，他快看不清了。

不行，再等一会儿，再给他点时间，一丁点儿就好！耗尽平生所有的意志力，青者终于驱动一根手指飞快地在腕表上点动三下。

仅仅三下。

"乓！"一发子弹瞬间射碎青者手中的腕表，一同被射穿的，还有他的掌心，可他已经没有了疼痛的感觉。

一名身穿紫色休闲运动服的女人瞬间降落到黑衣面具男的身前，替他抵挡潜在的危险，枪尖直指青者。

她姿容冷艳，目光淡漠，而青者的眼睛已经十分模糊，如果不是早已在心中刻画过无数次她的模样，青者一定不会这么容易认出她。

是你？

青者有些意外，却又不那么意外。他的布置如此周全，能够破局的除非是他最亲近不设防的人，或者是赵珞，或者是她。

宋星儿站在黑衣面具男人的侧前方，背对着他，持枪注视着青者，目光中无悲无喜。她已经尽力了，是青者自己放着好好的地下拳场的主人不做，非要去死撞南墙，当个热血的愣头青，也不看看自己多大年纪了。

"照……照……"青者想要说话，虽然嘱托未必有用，但依旧想进行最后的嘱托。他忽然明白，为什么花锦年明明不是黑仙传人却总是想要长生，因为人类寿命实在太短暂了，有太多遗憾没能完成。

星儿……往后乖一点，照顾好自己，照顾好赵珞，照顾好……或许根本就不存在的我们的孩子！

电光石火之间，青者早已明白。

可在他心里，他们本身就像孩子……

伴随着视野越来越黯淡的，还有越来越模糊的听觉、嗅觉，最后五感仿佛瞬间一起断绝，四周围一片黑暗。

依然是从小到大所熟悉的黑暗，充满无数危机、恐怖的黑暗。

青者有点难过，但更多的是高兴，难过星儿是卧底，或许这多年她并不爱他，却还是担心自己走了以后她会不会受到波及，会不会陷入危险。

原来这就是他一直在等待的结局。

也不错。

无限的黑暗，再也没有丝毫光彩。

青者的眸子凝滞，眼睛像蒙上了一层雾，再也不会有新的色彩。

宋星儿顿了顿，嘴唇忽然有些发抖。她轻轻一抿，极强的自控力让她自如地收回枪支，回身对黑衣面具男复命。

"义父。"宋星儿恭敬地喊道。

黑衣面具男人教养和扶持过的孩童很多，如果是特别听话的，他还会让他们拜自己为父。

黑衣面具男人似乎感叹了一声，说道："这小子也是太笨了，他是我从小带起来的，那点小心思，难道我还能不知道？又怎么会没有准备？真是得了失心疯了，白白浪费我一颗棋子，我把他养这么大，多不容易啊。"

说着，黑衣面具男人仿佛真的有些烦躁，他这么多年的布局，养过的孩子极多，一般的孩子，在受到极度的摧残和折磨后，会丧失希望，变成机器；有极少一部分会假装丧失主见，变得听话乖巧。事实上，随

第四章　强者陨落

时都伺机反咬主人一口。

不得不承认，第二种孩子是优秀且卓越的，就如同青者。但是，第二种孩子也是十分叛逆的，终有一天，只要他们长大，就一定会反叛。

他不知道曾经处理过多少个类似的例子，但是青者一直出乎他的意料，每次都只是擦着边沿试探他的底线，极其懂得隐忍，用尽一切办法壮大自己的实力。

如果没在青者身边设置暗桩，或许他今天真的要和青者"坦诚对话"。

哈哈，真要是那样，或许也会很有趣啊！

黑衣面具男人忽然乐了，对宋星儿好奇地问道："他最后想对你说什么？"

宋星儿恭敬道："他想说让我照顾好孩子。"

黑衣面具男人一怔，狐疑道："你怀孕了？"

宋星儿一脸平静地说："当然没有。"

"哈哈，精彩。"黑衣面具男人大笑，随即抬手一指，命令道："那你去做他的情妇吧。"

宋星儿顺着黑衣面具男人手指的方向，看到正一脸焦急、飞奔赶来的人——赵珞。

在察觉异样后，赵珞的速度不可谓不快，可他再快再着急，依旧没能赶上见青者最后一面。

在跨入一片黑暗地带时，赵珞遇上了无数想象不到的危机和陷阱，潜藏的埋伏与暗杀者一拨接着一拨，他几乎是连滚带爬地闯过，身上多处挂彩，但他完美地避开了所有致命打击。他必须保持自己的战斗力，只有这样才能帮得上青者老大！

当赵珞终于越过一切障碍，看到的却是倒在地上睁着眼睛、无声无息的青者。

刹那间，赵珞感觉呼吸被抢夺，胸腔里所有空气都被急速压缩，脑袋里嗡的一下，头昏眼花，如坠梦幻。

好半天，他才抬起头，眼神里充满恐怖杀机，目光呆滞地落在黑衣面具男人和宋星儿的身上。

宋星儿他认识，是老大的情人兼护卫，他习惯称呼她为"二嫂"。但宋星儿喜欢让他喊"二当家"，因为大当家是青者。

他没想过是宋星儿。她没有理由啊……她跟老大相互扶持了那么多年！

"为什么……"赵珞低声问道，他没有第一时间冲到青者的身边，反而与宋星儿和黑衣面具男人保持了相当的距离。以身手来说，宋星儿可以绝杀他，四大护卫之首的名头从来都不是虚的。他也绝不会丧失理智地送死。

黑衣面具男人玩味地盯着赵珞，往昔满是笑意的娃娃脸此刻阴云密布、刚硬冷酷，他觉得有点意思，说道："星儿，去，把这个交给他，让他吞下去。"他从怀里掏出一颗半厘米见方的黑色金属球，看起来像颗小药丸。

他目送宋星儿接了东西朝赵珞缓步走去，带着淡淡的笑意说道："你不错，是个人才，恰好我很惜才，也希望你能珍惜自己得之不易的小命。"

等黑衣面具男人说完话，宋星儿也已走到赵珞身前，一只手拿枪支指着赵珞，另一只手手心摊开，黑色药丸型小金属球一动不动，散发出幽幽光泽。

宋星儿开口道："要么死，要么听话。"

赵珞的神色，像一口无波的古井，幽深冷漠，毫无光彩，仿佛就在刚才他已经死去。

可他毕竟还没有死，他用尽全身力气压制冲动。一动手，就完了。他的对手毫无破绽，并且人数众多。就算此刻他脑海里有无数个疯狂的念头，叫嚣着"杀死她，杀了他们！"……但他依然稳稳地站在宋星儿面前，喉咙里的血腥气充斥到头上。

忽然，他唇边露出一抹轻柔的残酷笑意，用少年人独有的嗓音说道："选择死可不是我的风格呢，星儿姐姐。"

赵珞笑着伸出手，一把捏住那颗黑色小金属球，吞进肚里。

第四章　强者陨落

中心市西面，军方司令部。

由于事先跟原战打过招呼，何想等人的车在关卡处畅通无阻，直接开入司令部的私人车库，秘书李贤正等着他们。

跟随秘书老李来到原战的办公室，一进门，何想等人就被堆得满屋子乱飞的文件和3D光屏吓了一跳。

原战随手推开了七八个碍事的光屏，快步走到何想身前，精神矍铄得一点都不像个八九十岁的老头。

"你们昨晚去哪儿了？"原战神色严肃，语调极快。一连几个人断联，又出了土星空间站爆炸的事，原战十分担心何想等人的安危，好在他们几个人安然无恙地出现在他面前，但想来昨晚情况也绝不轻松。

何想也不废话，先替原战和方可水之间做了介绍，又简单交代了几句昨晚的情况，说道："原老爷子帮我查查监控，绑架我们几个人的到底是什么来历？"

"老李。"原战眉头一皱，喊道。

"好的，我马上让他们查，您稍等。"秘书老李应道，很快退出办公室。

原战舒了一口气，说道："先等着，很快就会有结果。全有集团和土星空间站的事，想必你已经了解了吧？"

"是。老爷子已经有眉目了？"何想问道。

"算不上眉目，不过也有些线索。你也知道，但凡出现80%以上的电视频道在同一个时间段播出同一个消息，必然是事先有人买过那个时间段各电视台的档期。"

"不错。"

"你知道空间站爆炸的消息是谁买的档期吗？"

何想一怔，既然原老爷子问起，那必然是他认识的人，可他认识的人中有实力做到的，不外乎是花锦年、曾如风、青者、原老爷子……

"曾如风？青者？"何想试探性地问道。

"是青者。"原战沉声说道。

何想微微沉默，问道："那么播放空间站爆炸视频的人呢？"

"你倒是敏锐。播放视频的确实另有其人，你们不仅想不到，也根本不认识。他叫齐子坤，在中心市科技和游戏圈内颇有名气。虽说本人是个业余的，但家中长辈在中心市很有名望，最高的还是个省部级官，用你们的话说，他算是标准的官富二代，年纪也才二十多岁。我们查过他的履历，他曾在三个月前去过土星空间站，算是半个科技杂志方面的记者，经常喜欢跑到论坛里写文章煽动群众，但一直以来也都只是小打小闹。"

"哼，这次倒是弄了个大的。"原战冷笑一声，"一个小时前，我们联系过他，只不过这小子忽然玩起了失踪。即使动用特别权限，定位腕表内的身份模块也找不到他的位置。他家人更叫人恼火，不仅推说不知道儿子去哪里了，还演戏一样哭诉儿子是不是因为揭穿真相而被不明人士绑架，陷入危机，要求警方和军方全力找到并保护他。"

原战烦躁地推开眼前碍事的光屏，找到相关当事人的详细报告，拉到何想等人面前，说道："喏，你们看看。"

就在何想等人浏览有关信息时，秘书老李推门进来，说道："老爷子，查到了。这是他们刚发送来的视频，您看看。"

何想等人立即凑上来，然而看完视频，众人一时都有些沉默。

王重带人过来时的路线和情况都十分明晰，然而真正击昏王重、将他们几人扔上冲向悬崖的货车的凶手，是几个戴着黑色面具、披着黑色斗篷的家伙。不仅如此，他们来去都十分蹊跷，都是出自一家百货大厦的仓库。可百货大厦恰好在两个时间段里发生紧急停电事故，自然也就无法从电子监控里真正捕捉这几人的去向。

"这两个家伙实力倒是不错。"樊力忽然嘟哝一句，他指的是瞬间将王重击昏的凶手。

何想点头，问道："百货大厦是属于谁的？"

原战看向秘书老李，秘书老李立即说道："也是青者旗下的产业，他

第四章 强者陨落

占51%的股份，另外还有三家联手控股。"

又是青者？

何想眉头蹙起。

樊力瞪眼："该不会就是青者干的吧？"

"不像……"何想喃喃道。

"什么不像？这还有长得像的？"樊力无语。

"他没理由。"何想说道。

原战也是疑问："为什么这么说？"

"目的。他这么干，能得到什么？倒不如直接怀疑，他是不是黑仙传人来得靠谱。"何想快速说道，心中却觉得总有让人想不通之处。

"那他到底是不是黑仙传人？"樊力瞪眼，接话更快。

何想噎了噎，就在他疑惑间，腕表轻轻震动，他打开信息一看，是一个"#"的字符，青者发来的。

青者发这个是什么意思？

何想纳闷，旋即面色一变，立刻拨打电话过去，只可惜电话那头显示"您拨打的电话不在服务区"。

何想的心，陡然一沉。

以青者的睿智和谨慎，他绝不会犯发出无意义字符这样荒谬的错误。退一万步讲，就算真的是不小心触碰到按键，也不该在立即回拨的情况下显示不在服务区。

青者出事了？

何想心一揪，猛然捏紧拳头。

他最不愿看到的局面，还是出现了。

眼见何想面色突然难看，饶是樊力惯常心大，也不由得担忧起来，问道："咋啦？搞得一惊一炸的，出什么事了，说啊！"

方可水也将目光凝聚过来。

面对原战的审视以及方可水询问的目光，何想缓缓地重重地吐出一口浊气，说道："黑仙传人不是青者。"

"啊？"樊力一怔。

原战发问："为什么？"

何想将青者发来的无意义字符以及联系不到他的情况及猜测说了说。

何想似笑非笑说道："我曾怀疑青者是七传人。现在，说一句让您觉得儿戏的话……恐怕真正的黑仙传人该出来了。"

"您想，只要是还想赚钱的人，没人会在这个时候故意打击全有集团，就算是搞科研的，恐怕也铆足了劲研究外星的开拓项目。从某种意义上来说，打击全有，就等于打击整个世界范围的经济、学术体系，甚至因此而产生连锁反应，从点到面地打击全球经济、科技文化乃至日常生活……

"并且，虽然全有集团之前诡异地出过一个担责公告，但没多久，撤回前言的公告也随即出现，出尔反尔，自行打脸，如此滑稽的事情出现在全有集团这么庞大的经济体内，这也说明，全有集团有内鬼。"

"还有一种可能。"原战也被何想的思路带动，"不顾一切的人，是疯狂的复仇者。"

何想一怔，猛地从座位上站起，喊道："糟了。"

"又怎么啦？"樊力本来就听得一愣一愣的，又被何想吓了一跳。

"花氏兄妹有危险！"何想低声道。他们几人连同王重的宝物都被夺取，但花流年的还没有，既然连青者都遭遇不测，那么他们……

原战眉头一皱，当机立断："老李，传令，命二大队和七一七部队整装出发，围住全有集团，保证花氏兄妹的安全。"

"是！"秘书老李行了个军礼，迅速退下。

何想朝原战欠了欠身，告辞道："多谢老爷子，我们也该出发了。"

"嗯，去看看也好。但要注意安全。"

"一定。"何想应道。

"等等，你们坐直升机过去。"原战立即安排下去。

高高的全有集团圆弧形塔顶，耸立在一千多米高的云层上方，只有

第四章　强者陨落

天清气朗、万里无云时，在地面上才可以清晰地看到上面的全貌。

花锦年站在云端上方，俯瞰脚下挤满密密麻麻的人群的街道，内心一片漠然。仿佛他正隔着一层电视屏幕，看屏幕内的人表演，而他站在屏幕外，并不能真切感受到他们的悲哀喜乐。

一大清早，集团内部的内鬼刚公布担责声明不久，王重就通过内网给他递来了消息，说不仅任务失败，他和何想等其他七传人的宝物也被不知名的人夺走，希望能先回集团。花锦年拒绝了他的要求，让他先在外围观察形势，有任何异动及时汇报。

之后没多久，果然不仅集团外出现大量要求全有集团开门负全责、游行示威的民众，集团内部也出现员工的罢工潮。好在集团出入口紧急封闭后，内部员工人数控制在总数的10%，尽量将危险降到最低。目前核心机控室的工作人员全部被控制起来，但内鬼还未找到，肯定还在集团内。

花锦年清楚，蛰伏在暗处的对手肯定还会有新的招数。

短短几个小时内，花锦年已经联系多名与他有高度合作、关系良好的政要与集团负责人。虽说他们都表示会帮他渡过难关，但生意场上的事瞬息万变，时空变了，事情也就变了，没有任何人绝对靠得住。

忽然，花锦年想起花天下当年一意孤行、强行关闭空间通道的研究并毁坏所有资料的事，或者当年，义父就预见到会出现如今这样的情况？

"哥哥……"花流年站在花锦年的身后，凝视着他穿着一件衬衣、显得单薄的背影，一双美目中深含担忧。她走到花锦年身侧，看着底下聚拢着越来越多的人群，拉着一道道要求以命抵命的讨伐条幅，如果不是一直有警方控制局面，恐怕早就打砸起来。花流年说道："真的不用我再做些什么吗？我有些朋友，或许可以……"

"不用。"花锦年转身，面色平静，甚至带着安抚地说，"你就待在我身边，哪里都不要去。"

花流年微微一怔，眼中骤然蓄满泪水。

她没想到，竟然会听到这样一句话。

是她一直以来梦寐以求想听到的话，甚至梦过无数次……只是没想到，此时此刻在如此紧急的情形下从花锦年的口中说出。

花流年猛地垂下头，眼泪在眼眶里不断打转，她努力不让它掉出来，忍得肩头都有些颤抖。

"你不要怕。"花锦年误会了她的意思，他一只手揽过花流年的肩膀，拍了拍她的后背，安慰道，"你现在很不安全，或许随时会有潜在危险。不要怕，好好待在这里，不会有事的。"

花流年微微一顿，深吸一口气，再抬头时，情绪已经平缓下来，问道："哥哥，如果真有万一，我们还可以去专门的安全阈？"

全有集团的智慧生态大厦在修建之初，为集团董事长设计过一个专门用于危急时刻紧急避难的场所，配备充足的食物和水，休息用具一应俱全，防空、防恐、断网、屏蔽所有信号源，因断绝一切外界联系，所以绝对安全。一旦入住，若非从内部主动打开，外界绝无可能找到。

"为时尚早。"花锦年轻描淡写地笑了笑。

"如果——"不等花流年继续设想，天网系统突然发出一阵急促的示警声，巨大的中心市地图横亘半空，一个醒目的黑色标识出现在郊外废弃烂尾楼群中，实时监控视频同步打开，炽亮的白光铺满整个屏幕，下一刻，"轰隆——"坍塌声此起彼伏，屏幕内景象终于逐渐清晰起来，隐约可见的，烂尾楼群不断倒塌。

等硝烟散尽、一切尘埃落定时，一个身披黑色斗篷、戴着黑色面具的男人出现在屏幕中，他的身边趴着一个让花锦年万分熟悉、与他合作过无数次的男人。几乎是下意识的，花锦年拉近特写镜头，熟悉的面庞映入眼帘，细长的眉目、刚硬的脸，只是神情再不似往常气定神闲，而是带着三分迷惘、七分惊怒，好似根本不明白为什么会落得这样的下场。

是青者？

是青者！

第四章　强者陨落

花流年猛地发出一声惊呼："哥哥！怎么会？"

花锦年的神情骤然冷厉，紧盯住天网系统上的黑衣面具男人，耳朵里听到天网系统鸣叫不止的声响，是异常情况示警的动静，是通知新捕捉到的远超一般七宝的高能反应。

花锦年心头一凛，瞬间意识到眼前的人是谁。

黑仙传人！

对，没错！只会是他，只可能是他！

似有所感，黑衣面具男人忽然抬头，直接对上花锦年的目光。

花锦年心头一惊，冷汗刹那间打湿后背。他有一种感觉，好像在瞬间被对方洞悉一切的眼睛看透，下意识地生出一丝胆怯的心理。

花锦年微微一怔，瞬间排除了不安的想法，他怎么会觉得对方在看自己？他可是通过天网系统在观察对方。应该只是错觉，又或者……他被发现了？面具男人真的是在反窥伺他？

花锦年顿时感到一丝不安，只一眼，他就明白为什么七传人古训中一直要求七传人遇到危机必须联合起来才能对付黑仙传人，因为单一的七传人与之相比，根本不是一个量级。

甚至在心中，花锦年隐隐地产生了一丝遗憾的情绪。

他终究不能成为黑仙传人，他果然不是天选之人。他甚至隐隐对对面的黑仙传人感到羡慕嫉妒。

花锦年很快轻轻晃动了一下脑袋，将杂乱无章的思绪抛弃，再睁眼，却发现天网系统上的视频忽然消失，取而代之的，是满屏白光中一条醒目的黑色消息："你的一切，我接收了。"

什么意思？接收什么？

他果然在反监视！

花锦年猛地转头，看向四周，像是在寻找办公室内可能的窥视摄像头。他忽然回过神来，拨通刘连生的内部短号，通知道："上来一下。"

"哥哥……"花流年担忧地出声，忽然发现自己像是哑了，开了口却不知道该说什么。是关心青者的安危问题？还是担忧集团内外的忧患？

她的心像是裂开了一个孔隙，冷冽的寒风不断往里灌，刚才那双黑色面具下的眼睛，不带有丝毫感情，花流年几乎哆嗦了一下，担忧恐惧，想要退缩，但又不得不问，"刚才的人……是谁？"

"黑仙传人。"花锦年面无表情地回答道。

咚！仿佛巨石突然砸入湖面，花流年的心中掀起轩然大波。她身形晃荡了一下，又被花锦年稳稳扶住。

"他真的出现了？"

花锦年突然面色一变，拉着花流年快步走到沙发边，几乎是甩脱一个包袱似的让她坐好，恰好刘连生走进办公室。

花锦年立即关闭办公室内网络，快速说道："你来得正好，两件事，第一，摧毁天网系统。"

"什么？！"两声同样的惊呼分别从刘连生和花流年口中发出。天网系统作为全有集团中央智脑的核心组块之一，监控全国乃至世界范围内的大数据变化，尤其是中心市的城市模块，更是细致到纤毫，一直以来从未出错。不仅如此，它还能随时捕捉新出现的七宝能量异动。

毁坏如此至关重要的天网系统，等于是自戳双目，全有集团以后将变成盲人和瞎子。

刘连生和花流年的反应太过激烈，令花锦年又微微犹豫，但是监控视频中黑衣面具男人朝他看来的淡淡一瞥给他留下了太深的印象，任何事情都要防微杜渐，将危险扼杀在源头。既然他已经确定此人就是潜伏已久的黑仙传人，那么他就不可以再抱有任何侥幸，就算不把天网系统毁掉，至少也……

"把七传人能量监控模块毁掉。"花锦年做出决定。不同于许多人只是将工作当成工作的性质，仙星与空间通道是花锦年毕生的追求，所有相关资料他比任何人都更仔细、更了然于胸。

他清楚地记得，方家历代传承的资料中有一次曾猜测过，黑仙传人法宝有可能在与七传人的多次争斗中损坏，无法再自行返回仙星并与七传人斗法，所以后期才会蛰伏，伺机抢夺七传人的七宝。

第四章 强者陨落

在花锦年看来，只凭法宝可能无法让一个人轻易穿越空间通道，理论上应该还有其他媒介。

事实上，他的猜想可能十分接近现实，否则黑仙传人不会在等他一切准备即将就绪时，突然行动，妄图抢夺全有集团的科研成果，坐享其成。

既然如此，不能让黑仙传人找到其他剩下的七传人。只要七传人一天没有全部浮出水面，至少地球一天就是安全的。

只是花锦年没料到的是，他虽然想得很好，但事情往往不会按照他的预想发展。

"我亲自去毁掉模块。"花锦年下定了决心。

花流年焦急道："可是哥哥……"

花锦年抬手阻止花流年，对刘连生说："第二，再去排查集团内监控系统，有没有外界附加系统在窥伺集团内部数据。董事长办公室也不要放过，一旦发现异样，立即全力狙击。"

"是。"刘连生转身出去。

二十分钟后，花锦年顺利摧毁了天网系统的七传人捕捉模块，并在中控室监控过董事长办公室的一应数据后，才回到办公室。

没想到一回到办公室，花流年就略带惊恐地拉着他来到新出现的新闻光屏前，说道："哥哥，你快看！青者，青者他真的……"

花流年的神情带着哀伤。

此时，众多新闻频道在早高峰发过一波关于土星空间站爆炸以及全有集团担责声明的报道后，此时又集中火力直击地下拳场幕后老板青者的死亡讯息。

报道显示，青者于十多分钟前被发现独自逝世于城西一片坍塌的废弃烂尾楼中，发现人是他的司机兼弟弟赵珞。据赵珞说，青者今天出门原本是与全有集团的一名高管约定了私下会面，命他留守在一公里外待命，可他没想到会突然发生坍塌，等他飞快赶到时，青者已经倒在地上，周围一个人也没有。他立即报警，呼叫急救中心，没想到等来的结果是青者已经死亡。

"目前赵珞十分悲痛，正在配合接受警方询问。从我身边被机器人担架抬着经过的青者身上可以看出，浑身上下没有丝毫破损与伤口，脸色如常，仿若入睡，收殓人员也表示目前死因不明，需待法医进一步解剖后才能认定。地月卫视，现场为您报道。"

不仅如此，除了十几个赶到现场的新闻频道记者现场直播外，还有不少善于捕风捉影的娱乐频道立即跟踪报道相关花边新闻，采访日常与青者有过接触的合作者以及下属等，各种关于青者死因的猜测频频出现在当日头条上。

最关键的是，无论是正宗新闻媒体，还是面向大众的网络媒体，在谈到青者死因时，总是若有若无地跟全有集团联系起来，尤其是青者的司机兼弟弟赵珞的供词，再联系全有集团当下的情景，更是引发人无限遐想。

短时间内，网络上铺天盖地飞满了"全有集团与地下拳场的生死对决？""青者与花锦年殊死搏斗？""是暗杀？还是明抢？全有集团急需填补金融窟窿！"这类标题党新闻。各种长文分析有理有据，还补贴了大量有关花锦年与青者的通话记录与短消息记录，引来无数吃瓜群众围观。

第五章　狩猎开始

为了不打草惊蛇，原本花锦年打算等花流年到达安全阈后，再公布让集团工作人员紧急避难，没想到时间根本赶不及。一想到集团内留守的工作人员同样危在旦夕，花锦年心中就异常焦虑。留下来彻夜工作的都是最优秀的人才，是全有集团的基石，他一个都不想损失。

紧接着，几分钟的时间内，新的爆炸新闻再度出现，更大地刺激了民众，引发无数声讨。

据说是一位地下拳场的高管匿名揭露，其实多年来，全有集团一直利用地下拳场的职业便利，向众多格斗类选手提供不会被监测机构检验出来的基因类辅助药剂和相关道具，以此大敛横财。不仅如此，多年来还联合地下拳场的相关部门组织负责人暗地里贩卖人体做基因实验，制造出众多可怕的怪物。前段时间，青者作为地下拳场的幕后主人，意识到手下有人违法犯罪，联系警方抓捕罪犯，没想到警方办事不力，还让罪犯潜逃，最后是他亲自出手清理门户。

高管声称，青者这么做完全出自维护人类道义，没想到给自己招来杀身之祸。他断绝了全有集团的人体犯罪来源，拒不合作，引得全有集团丧心病狂，对他进行暗杀。

一通感人肺腑的语音后，附上了所拍摄的清理门户的现场格斗视频和图片。

从图中可以看到各种奇形怪状、似人非人的东西，形貌可怖，威力巨大。

新闻一出，各界一片哗然，尤其是相关的视频和图片立即获得权威人士确认真实性，无数针对全有集团的声讨井喷式爆发。

有骂地下拳场与全有集团一样一丘之貉的，认为青者不可能不知道下属作恶；也有叹息青者其实做人一直不错，也主持了诸多慈善事业，没想到被全有集团害了；等等。

随即，网络上突然出现大面积抵制全有集团产品的宣言，一切都引爆得极为迅速。还有权威科学家公开分析，号称当代人类最伟大的发明——分合食，其实对人类基因有着重大危害。

据大量实验论证，分合食会导致人类不孕不育，现在越来越多的夫妻依靠人工授精配对生子。之所以会出现生育率严重下降的情况，跟分合食有莫大关系。研究数据表明，分合食出现的短短十多年时间，人类自然生育率下降了近30%，如果继续迭代下去，恐怕未来会成为全人工胚胎时代。一旦人工授精技术中间某个环节出现问题，或者人类精子与卵子因为父母大量食用分合食产生衰败坏死，人类或将灭绝。

全有集团宣称的长生不老，根本就是个谎言！

或者全有集团近年来不断宣扬移民外星，探求长生道路，正是因为预见到人类未来会堕入地狱，而企图让生命不死。很显然，这种做法违反了世界的根本规则，才导致一连串天灾人祸。

土星空间站的爆炸，或许正是自然规律对全有集团逆天而行做出的最沉痛警告！

全有集团不仅不是人类的救世主，正相反，它是业界的毒瘤、人类的祸害，应该被彻底驱逐！

花锦年静静地站在办公室内浏览完全部新闻，一言不发，直到花流年带着惊慌催促时，才说道："不要等了。"

"什么？"花流年有些愣怔，巨大的信息量轰击下来，她的大脑感到

第五章 狩猎开始

麻木，从云端迅速跌落深渊，她的反应都比平时慢了许多。

"关机去安全阈吧，流年。"

花流年一怔，呆呆地看着他。

"走，不要耽搁。事不宜迟。"花锦年说走就走，无比迅速地抓住花流年的手臂，扯着她往电梯间走去，力道大得她痛呼出声。

"嗡嗡——"一连串震颤从腕表传来，花锦年飞快地瞥了一眼，跳出来的信息都是多方合作者提出质问并撤资全有集团的申诉。

这些都不是重点，口水战想怎么打都可以，但集团内部之前已经被人潜伏入侵，他和花流年的人身安全都不能保证了。而且花锦年很清楚，现在，不会有人关心真相。

或许只要他们再慢上一点，就有无数人冲上来，将他们一点点活生生地拆骨吃掉……

此时，全有集团外围早已人山人海，由人群和游行条幅组成的波涛在中心市中心广场四周的大街上不断涌动。人们互相推搡拥挤，叫嚣谩骂，巡警机器人用播音喇叭不断维持秩序，却屡遭行人拆卸殴打，不时发生踩踏事件。头顶上，救援直升机不断盘旋，随时准备救治伤员。

有原战安排军用直升机，何想、樊力、方可水以最快速度赶到现场，正发愁没法突破人群阻碍、进入全有集团查探情况，方可水突然提醒道："何想，快看新出来的新闻，青者出事了。"

何想心中咯噔一声，立即翻看新闻网页，一条视频瞬间弹出："观众朋友们好，现在为大家插播一条消息。就在刚才，有人爆料，地下拳场幕后老板青者被人发现在城西一片废弃烂尾楼附近意外逝世。据他的司机兼代理人说，青者原本与全有集团高层领导会约密谈，没想到突然丧生。目前凶杀案的可能性很高，进一步情况有待验证。"

随后，大概三四秒的机器人担架抬着尸首的视频被播放出来，毫无疑问，就是青者。

何想愣怔地看着视频，又去翻出了好几个其他官方频道的视频报道，再一个个比对，暂停、倒退、重看，等看过后又重复刚才的动作，直至看了七八遍才突然停下动作，找到一个时间暂停得最巧妙的点，堪堪可以清晰又模糊地看到青者的脸，又放大了几遍。

青者虽然睁着眼睛，眼白里布满血丝，但似乎又看起来很平静，还有些许遗憾……

遗憾？

他遗憾什么？

何想注视着青者毫无焦距的眼睛，不由得焦急地想要读取更多，青者到底在这之前看到了什么？是什么人对他下的手？什么人竟然能如此疯狂并且不顾一切地对青者下手？

何想的心中突然被懊丧、疯狂、挤压爆炸的情绪所充斥，第一次，他认识的、亲近的人里，有人莫名其妙地死得不明不白，连真凶都没有找到。

关键是，他一点办法也没有，鞭长莫及，爱莫能助！

他从青者手中接受过那么多帮助，金钱的、物质的、精神的……他连一点点回报都没有，青者就这样死了。

何想感觉自己像一脚陷进了泥潭里，并越陷越深，四周充满压迫，各种恶臭的淤泥不断往口鼻里灌，呛得他头晕眼花，直至窒息。

"何想，何想？"方可水关切地看着他，目露担忧。

何想意识回归，抬头看着她，目光中流露出一丝迷惘，很快又恢复清明，他看了樊力一眼。

樊力也有些愣怔，没想到曾经在中心市叱咤风云、跺跺脚就让无数人匍匐在地的青者，竟然会这么轻易地死了。他甚至觉得新闻肯定是假的，即使一连换了好几个频道，依旧不敢确认，疑问道："老大，这是假的吧？是有人恶搞吧？"

他虽然厌恶甚至恐惧青者，但从没想过青者会英雄末路，死得这么窝囊狼狈。

"是真的……"何想低声应道。

"当啷！哗——"就在这时，何想曾设置过的独特的转账提示音忽然

第五章 狩猎开始

响起,更是让他一怔。

为了区别转账金额的大小,并给自己前期精神建设,何想曾十分恶趣味地按照不同级别的转账金额设置过不同的提示音。

如果是十万以内的金额,没有音响效果,只有振动音;十万以上的金额,系统会提示一个"当"的声音;百万以上的金额,会提示"当当——"的音效;如果数额达到千万以上,则会有"当啷——"的拖长音;假若达到亿级,才会出现"当啷!哗——"的模拟无数金币落袋的声音。

他一直只当这是个游戏,也从没有想过会出现亿级转账的声音,没想到,游戏般的动态音效会在今天突然响起。

何想立即打开腕表客户端上的转账页面,发现自己账户上在几秒钟前被人转入巨额财产,转账落款人是——青者。

何想一怔,忽然生出一丝怀疑和期望:或许青者没死?电视报道里是个假死替身?

何想心中的欣喜只存在了一瞬,在下一瞬看到转账备注栏的消息后,神色又骤然黯淡下来。

"备注:剩下就看你的了。"

页面上方,一封署名青者的邮件收件提示悬浮框闪现了一霎,何想急切地打开邮件。

何想,你好。

虽然这么说有点奇怪,因为我不知道收到这封邮件的你现在具体情况好不好,但我大体上是不好的,毕竟这是一封死亡公布后的转账邮件。

我不知道你会在什么样的情况下收到这封邮件,但你收到它时,说明我已经不在了。很抱歉,没能给你提供更多的帮助。对于我的故去,你不用感到难过,我随时都做好了这样的准备,虽然没想到会来得这样快。

多余的话就不说了,接下来你要做的事还有很多,保护家园是一份沉重的责任，这笔钱算是我对你有限的帮助。

有事你可以安排魍魉，就是上次协助救你的那批人。我已事先给过他们佣金，这是他的联系方式：136915838555。

你手上的钱，好好用。后面的，就交给你了。不要辜负我的信任。

后会无期。

随何想一同看完信，方可水微微沉默，泪光闪动。她的视线忽然飘到十分遥远的某个地方，脑海里瞬间想到在远方闹着脾气的方可胜，目光又忽地沉寂下来。

"老大……"樊力叫了声何想。他觉得自己本该是高兴的，老大账户上多了这么多钱，作为他的好兄弟，肯定跟着沾光，可他怎么也高兴不起来。他甚至觉得……青者这些年活得太委屈了，每天谋划那么多东西，到死还要想着把钱分出去让人接着操未完成的心，青者到底图什么啊？

何想愣了半晌，关掉页面。

在关掉的前一刻，屏幕上青者一双睁着的眼睛深深刻入他的心底，仿佛是看着他，对他说：好好接力。

何想站起来，神色平静而坚定，说道："想办法突破人群，进全有吧。"

说完，给魍魉发去一条短消息。

十多公里外，魍魉和几个杀手同伴窝在一家胶囊咖啡厅里，点了几杯加酒的苦咖啡，味道酸爽得心里直冒泡。

就在刚才，几个人同时收到了青者发来的邮件加转账，没想到这家伙死了都要煽情一把，搞得大家伙心里都不好受。

杀手并不是全都没人情味，只是少数以替天行道、杀富济贫为己任、情感泛滥的"中二病"患者缺乏人情味而已。他们大多把有限的个人感情固定到仅有的几个重要的人身上，其他人对他们来说，无非是任务对象和非任务对象罢了。

其实这么多年来，也不是没有前赴后继的大雇主跑来找他们买青者

第五章 狩猎开始

的项上人头，奈何青者极对他们胃口，还曾经私下帮过他们几次，久而久之，他们这群人倒有点像是青者的私人杀手组织了。

"接吗？"魍魉问道。

身材壮硕、扛着惹眼火箭炮的虬髯大汉，代号狂上加狂，眼睛一瞪，说道："废话！钱都收了，还能不接？"

智脑："人都死了。"

狂上加狂："那又怎么样？本来就是死后的任务，你也不是第一次接！"

智脑："你说的是复仇类任务，发布任务的人并没有死。"

狂上加狂气得吹胡子瞪眼："青者能跟他们一样？"

智脑："有什么不一……"

亿万跷起二郎腿，两条手臂都搭在椅子扶手上，吊着嗓子道："青者救过你的命，可没救过我们的。"

狂上加狂怒喝："难道他没帮过你？"

亿万："是帮过我，但我也……"

伪装者突然轻笑，说道："打断一下，你们是不是搞错重点了？指定发布任务的人是何想，青者只是事先垫付佣金，你们再看看邮件？"

果不其然，正如伪装者所说，刚才众人都因青者的死而一时动摇，反倒没有注意这点。

"三件事……"魍魉有点犹豫。

"冲佣金的数目，三件也不算多，就当替青者完成一个心愿！"狂上加狂说道。

智脑："好吧，毕竟佣金不菲。"

亿万："有钱天下可去，无钱寸步难行呀，嘎嘎！"

李白还不太在状况，歪头问道："何想是谁？"

一秒钟后，收到了众人默契的无视。

魍魉："那现在……"

话未说完，"嗡——"魍魉的腕表轻轻振动，他打开短消息，是何想发来的："魍魉，你好，我是何想，方便见个面吗？"

"呵。"魍魎轻笑，将何想的信息公之于众，"看，说曹操，曹操就到了。看来，没时间给大家休息了。"

通往地下拳场方向的高速环路上，一辆黑色加长私家车在众多保镖车环卫中，跟在一辆医疗车、两辆警车身后，以平稳的车速飞快行驶。

赵珞一如往常地坐在驾驶室上，开着加长型私家车，只是本该有青者在的副驾驶座空着，而宋星儿坐在车后座上，两个人一句话也没说。

就在刚才，赵珞看到了腕表通信端的转账与邮件，他匆匆地又仔细地一遍遍浏览，什么也没有说，就这么一言不发、呼吸细微，眼泪却在无声中潸然落下，一滴一滴，连成了串串珠子。

他长着一张好看的娃娃脸，俗话说得好，相由心生，他是一个聪慧机敏、见多识广又实力出众的少年，可不论他多么聪颖机灵，他的内心始终像个长不大的大男孩。他一直或快乐或张扬地跟在青者的身边，被他当弟弟一样护起来，跟着他走南闯北，打拼天下。

忽然，护在自己身边的高山大石已然倒塌，从此以后，他要一个人面对世间的一切诡谲，一切尔虞我诈、重重危机，再也不会有人提醒他，再也不会有人保护他，他要一个人在黑暗的路途中踽踽独行……

赵珞无声无息，泪如雨下。

宋星儿没有看他，甚至没有察觉赵珞有什么反应。她看着手中的转账金额和青者发给她的邮件，邮件里字字句句都充满关切和无奈、担忧和爱护。她没想到，青者早就准备过遗产的安排，没错，这很符合他的性格习惯。

她不由得默默地摸了摸自己的肚子，里面有个不存在的孩子。

或者那个时候，青者想要她照顾的，不是孩子而是她？

但她想了想，好像也不是多难过。

或许，她本就没有心吧。

喧嚣，吵闹，打骂，声嘶力竭的怒吼……全有集团大门外，放眼望

第五章 狩猎开始

去一片人海，群情激昂。自从新的新闻公布，直接将全有集团推上毁灭人类的罪魁祸首的高度，民众的愤怒被彻底点燃，疯狂地想摧毁一切。

面对黑压压的人群，何想感到有些头疼。

"为什么我们一定要去救花家两兄妹？"樊力有点消极怠工，说道，"你忘了上次咱们怎么被围困的？以全有集团的实力根本不用太担心吧？"

何想瞪了樊力一眼，反驳道："正因为上次我们成功突围才有了经验，你该知道，全有集团也没有我们想象中的强大。况且，我们主要是去救花流年的。"

"啊？"樊力眨眨眼，瞬间来了精神，一双眼睛贼溜溜地扫射，笑得要多猥琐有多猥琐，"嘿嘿嘿，不愧是老大，果然吃着碗里看着锅里，家花不如野花香。脚踏两条船，还健步如飞，哇哈哈哈，真是我辈楷模！"

他贱兮兮地一拍何想肩膀。

"少来。"何想拍开他的手，无语地瞥了他一眼，说道："花流年可是七传人之一，现在就剩她的宝物还在自己手上。"

"哦，对。我要是黑仙传人，我也得去把她抢过来，来个人财两得，爽歪歪。"樊力对此接受良好。

何想微有忧色："就是不知道时间来不来得及，只可惜电话打不通，外网限制让现在所有人都跟里面联系不上。"

樊力想了一个办法："找王重看看？"

何想摇头："我没他的联系方式。"

"我有呀！"樊力得意地道。

十多分钟后，何想等人与王重碰头，没想到王重是奉命守在外面，换言之，他也进不去。

何想又想到了一个突破口："方便借用下内网电话，再联系下花大小姐，确认一下她的安全吗？"

王重虽然有些狐疑，还是说道："我来打。"出乎意料的是，对方显示"您所拨打的电话已关机"。

关机？该不是已经出什么事了吧？

王重连忙重新又给花锦年打了一个，没想到早上还打通过的电话此时也显示关机。

方可水秀眉一挑，问道："有没有可能是为了防干扰？"

"不可能。"王重回答得斩钉截铁，喃喃自语道，"一定是出了变故……不行，我得赶紧去看看！"

"先等等。"何想拉住他，"你现在根本进不去。再说了，你现在进去，一个人又能起多大作用，现在宝物也不在身边。"

提到宝物，王重回过神来，是的，没有宝物，他就跟普通人差不多，单论格斗技，他比樊力都差得远。

"你想怎样？"虽然有些不想跟何想打交道，王重还是咬牙问道。

"我们跟你一起进去。保护七传人不受损伤，也是我身为守护者的责任。"顿了顿，何想又说，"不过还要再等几分钟，有一批很厉害的家伙，马上就要到了。"

几分钟后。

一辆外面贴满了谩骂全有集团的条幅、挂着辱骂喇叭的装甲型黑色房车内。

何想、方可水、樊力、王重坐在左侧，身材壮硕得占据三人座位的狂上加狂、瘦弱的李白、精瘦的亿万、纤瘦的伪装者坐在右侧，魍魉和智脑坐在南侧车头。此时挡板收起，驾驶座椅掉转，也算一群人围坐在长桌边。车内布置十分舒适柔软，桌上摆着精致的果品、酒水和点心，看起来不像是杀手与雇主的初次会晤，倒像是正准备开一场家庭聚会。

落座后，魍魉开口，冰凉地说道："正式来说，我们应该是第一次见吧？"

"这家伙不是第一次见。"樊力抢先指着伪装者说道。

"嗨，又见面了，多关照。"伪装者一笑，招呼道，"上次那个漂亮的小姐姐没来？"

"她最近比较忙，这次的活动她不参与。"何想诚恳地说道，"上次多

第五章 狩猎开始

谢你们了。"

"客气。都是拿钱办事嘛。"伪装者眉眼一飞，笑得潇洒。

打过招呼，魍魉继续道："现在自我介绍一下，我是魍魉，暂代这次任务的团队领头。刚跟你们打招呼的是伪装者，何想对面的是狂上加狂，他旁边依次是李白、亿万。"

说完看向何想。

何想点头，说道："我是何想，想必你们对我并不陌生，上次你们去全有集团的目标就是我，只不过这次反过来，我来发布任务。樊力你们知道，我旁边的美女是方可水——万方集团的大小姐，樊力旁边的是王重——全有集团花锦年的得力下属。"

"废话我也就不多说了，这次找你们来，主要有两件事。首先，我想知道你们有多少关于青者的消息；其次，我想再去一趟全有集团。"

"青者的消息，就是你的第一个要求？"见何想微微惊愕，魍魉继续说道，"你只有三个机会，也就是说；你可以提三个要求，或发布三个任务，青者事先已付过佣金。"

"这样……"何想微微沉吟，"那么，第一任务，找到杀死青者的真正凶手。"

李白掀起眼皮，问道："是找到而不是杀死？"

"找人不是警察的事吗？"魍魉翻了翻白眼。

何想轻轻一笑，说道："自然是因为在找人方面警察不如你们，找到就行。对了，麻烦设置一下智能驾驶，我们边说边往全有集团开，先找一个防卫最薄弱、最易入侵的地方。"

王重立即说道："我知道有个地方。"他迅速打开准备好的地图，指示出位置所在，"从这里的下水道下去，可以到地下五层，走到这里，就是全有全封闭状态下防守最薄弱的环节点。"

樊力吹了个口哨，说道："你小子不错呀，该不是成天就想着怎么攻破全有、自己当老大吧？"

王重很讨厌这种玩笑，皱眉道："这是几个核心成员都知道的位置，也是留给自己人逃生的点。一旦从内部被人锁死，可以从此地突围。本来不应该告诉你们……不过现在也顾不了那么多了。"

毕竟花总和大小姐都危在旦夕。

魍魉迅速操作，设置好导航，车辆缓缓行驶。巨大的黑色车身带着一车的谩骂横条幅和不重复的脏话喇叭穿梭在人群外围圈，显得既嚣张又惹眼，却一点也不异类，反而不断有人震惊于他们的骂架创意而让出空位，供他们前行。王重则不时地关注行车进度与目的地的距离，心焦不已。

魍魉还是不太明白，问："去全有集团，想干什么？"

"协助我们安全救出花流年和花锦年。"

狂上加狂一愣，大嗓门道："你们不是敌对关系吗？"

魍魉做了个噤声姿势，说道："形势比人强……两个任务了，第三个任务呢？"

何想无奈一笑，说道："第三个暂时还没想好，以后再说。"

"可以。"魍魉也不多想。

"那么，现在可以继续说说有关青者的事情吗？就当跟雇主汇报任务情况了。"何想很想知道青者到底发生了什么。

魍魉透过网格头盔以及暗红色的隐形眼镜，凝视何想一瞬，说道："当然可以。"

何想右手一挥，说道："另外，请你们现在就做出突破全有集团的计划，等故事讲完，我们也该出发了。"

魍魉轻声喊道："智脑，规划路线，找漏洞。"

"你们在说的时候就已经开始了。"智脑戴着黑色大边框眼镜，盯着屏幕上的3D大楼模型图，头也不抬地说道。

魍魉简单将这两天来的情况交代一番，原来青者给他们的任务也不是暗杀，而是让他们协助抓住一个据说实力强大的人。目标并未给出真实的模样，只有一个戴着黑色面具裹在黑色斗篷里的大致形象，具体的时间和地点也是实时公布。

只不过目标确实是出乎他们意料的强大，攻击方式更可以用诡异来

第五章 狩猎开始

形容。原本他们是七人小队行动，可铅笔一个照面就被对方击成重伤，不得不缺席后续任务。

他们每一个都是杀手榜上的佼佼者，近几年来极少失手，更不用说反被目标重伤。魍魉更是以任务零失手率而稳坐杀手榜排行第一的宝座，恐怕今天的失利导致排名会受到影响。

听完他的讲述，何想惊讶于面具者的强大，问道："你的意思是说，他的攻击方法是光束炮？"

魍魉脸上微有后怕之色，说道："看起来像，但并没有见他出手。"

何想惊讶道："厉害得过分了。"

魍魉叹息一声，说："这才是最蹊跷的地方，任何人出手都会有痕迹，但他没有，仿佛突然有道光束从他身上射出，威力却比老狂的火箭炮还要强大。"

狂上加狂一听，顿时不服，宽厚的手掌在桌上一拍，震得水杯哐当响，喝道："谁说我的火箭炮比不上他的？老子怎么可能比不——"

"至少是三倍火箭炮效果。"智脑插嘴，音色清晰地说道。

"我……"狂上加狂张了张嘴。好家伙，连倍数都说出来了，得，跟这个数据狂没啥好说的。有鉴于以往多次论战被打得生不如死的经历，狂上加狂瞬间闭嘴。

"没有痕迹……"何想微微沉思，"真的没有任何异常的地方？不一定是出手方式，而是他本人有没有什么特殊之处？"

魍魉想了一想，说道："一定要说的话，他脸上的黑色面具发过光，黑色的光。"

"面具发光？"何想一愣。

方可水的身形忽然一动。

何想注意到，问道："怎么了？可水姐有线索？"

方可水说道："没有，只是稍微有点猜测，会不会是七传人？"

樊力目光一亮，笑道："有可能！说不定是最后一个七传人，老大！"

"不可能。"何想一口回绝，不等樊力发问就继续道，"如果是七传人，就不可能是杀害青者的凶手。"

"什么?"樊力一愣。

"你说什么?"狂上加狂腾地站起来,一把揪住何想的衣领,速度快得何想完全反应不及。

方可水微微皱眉,樊力瞪大眼睛,谁也没料到狂上加狂雄壮到臃肿的身材竟有如此伶俐的身手。

"你说清楚!"狂上加狂瞪眼喝道。

"老狂。"魍魉喝止。

何想微讶,没想到老狂的反应会这么大。他认真解释道:"难道你们都没有注意到,黑衣面具人所在的位置,距离青者被发现尸体的地方,直线距离不到一千米?"

狂上加狂忽然顿住,猛地看向智脑。智脑飞快调出之前的目标地形图,果然,距离青者事发报道的地方并不远。

何想见众人愕然加不解,摇了摇头:"关于这一点,或许,我可以跟你们讲一个故事。"

何想将七传人的事情以及与青者的联系简单说了说:"几天前,青者曾出来与我会面,说过黑仙传人很有可能并非花锦年,而是另有其人,叫我注意危险。没想到,他自己先遇到危险。所以结合魍魉刚才的描述,我猜想,他遭遇的就是黑仙传人,你们的捕捉目标在逃离后恐怕第一时间赶往青者所在的位置,并以想象不到的手段击杀他。当然,这一点还需要另一个人的确认。"

"赵珞。"魍魉声音微沉。

"等等,什么七传人?什么黑仙传人?你们都在说啥?"狂上加狂反应不过来,他感觉自己每句话都听了,可加起来就是有点听不懂。

魍魉喝了一声,说道:"老狂闭嘴。"

狂上加狂一怔,他很明显地感觉到,魍魉好像有些生气了。

魍魉的声音依旧没有多少起伏,却比平时快上两分,说道:"你的意思是,青者的死与全有集团无关,真正的凶手是同时对他以及对全有集

第五章 狩猎开始

团下手的——所谓黑仙传人。你们现在找不到他,而他,有可能会毁灭地球。"

何想郑重地点头:"是。"

也许是何想的神情太过郑重认真,如此荒谬的事情在魍魉听来竟然也有了几分真,就连智脑都不由得一时呆住,盯住何想。他们只是杀手,杀手从来不爱追究事情的前因后果、是非对错,他们只关注目标是谁,又该如何杀死目标。

魍魉回到了任务本身上面:"智脑专心。"

智脑一笑,回应道:"马上就好,老大,上次咱们已经有经验了,只是现在全有集团全面断绝外网,现在没法查看内部的实时状况,可能会和几个小时前开放的数据有所出入。另外就是,咱们的目的地定在哪里?1400米高的塔顶董事长办公室?你们确定花锦年和花流年就在那儿?"

王重开口道:"如果没有内部暴乱,他们就会在。如果有,就不知道会在哪里了。"想到这里,他越发焦急,催促道,"还没好吗?"

何想问道:"专用的逃生避难区域在哪里?"

王重拧眉,想了半天又沮丧地说道:"员工和董事长的避难区不一样,以前曾经听大小姐说过,但具体的地点,我并不清楚。"

智脑从黑框大眼镜里扫了扫众人,说:"那就先这样吧,我们先进去,等我接上内网,再做判断。"

车辆骤停,目的地已到。

"出发。"魍魉起身,脚下忽然一踩,整张餐桌骤然翻转,桌面上的各种果品、酒水全都坠落,被下方的清扫机接走消失。

整个车内地面顿时平滑如镜,众人围成一圈,只见中间金属地面忽然旋转分开,露出半径七十厘米大小的黑色圆形入口,下方正对着下水管道标识处。

"等我一下。"智脑笑眯眯地带着手中的电磁感应工具,叉开两条腿站在洞口的两边,低头向内一坠,迅速打开通道口,"后面的跟上了。"一声提示,他钩住圆洞两边的脚背一松,整个人坠入其中。

魍魉第二个跟上，接着是狂上加狂、李白、伪装者，随后亿万怪叫一声也跳了进去。

等众杀手相继进入，何想也喊一声"跟上"，跳入洞内。很快，车内的人消失无踪，一切又恢复原样。

有了智脑分配给大家的全有集团 3D 大楼目镜以及区域跟踪追索模块，众人迅速按照规划的路线来到目的点，由狂上加狂负责火箭炮突破薄弱点。在跨入全有集团内部的瞬间，魍魉轻拍了一下狂上加狂的肩膀，说道："老狂无须懊悔，当时我们准备不充分，杀不了他。但不代表以后杀不了。"

狂上加狂一愣，立即振作道："没错！"

全有集团封锁被破，警铃骤然大作。在急促的报警声中，智脑笑眯眯展开 3D 光屏客户端，说道："游戏开始。我看看是谁入侵的官网发布担责声明？真是太美妙了。"

"嗒嗒嗒嗒嗒——"亿万手持机关枪，密集又精准地开枪扫射，将天花板上伸出的射击口成片击破。

"咕噜——咕噜——"几枚小型炸弹快速滚落到巡视的机器人身边，"轰！"爆炸起火，机器人被炸入半空，仍不忘回击。只可惜还未开火，就被炸成碎片掉落。烟尘中，魍魉那仿佛能切割一切的丝线在空中飘舞，晶莹得摄人心魄。

爆炸声中，何想、樊力、方可水也跨入集团内。何想一把抓住不管不顾想往里冲的王重，不让他过于冒险，问智脑："找到了吗？"

智脑摇头，回答道："塔顶果然没有人。有意思，在我看来，全有集团最安全的地方就是塔顶，比任何实验室的防空防恐安全区域都要更强大，更何况塔顶本来就可以组装成一个动态的攻防机器人，别说是内部难以突破，就是有空军从外部进攻，都可以抵挡一阵子。竟然会舍弃塔顶——"

"攻防机器人？变形金刚？"樊力来了兴致。

智脑笑眯眯地说："对，一开始就是这么设计的。"

"我去！牛啊！"樊力赞叹道。

第五章　狩猎开始

王重有些不耐烦地说："不要打岔，快找人。"

智脑睨他一眼，哼笑："人嘛，一时半会儿是找不到了，他们俩关闭了腕表客户端，定位不到。"

"不过，战斗，集团内已经打响了哟。"智脑眯眼笑道。

"什么？"众人一惊。

"轰隆——"剧烈的爆炸声，接二连三地在花锦年和花流年的身后响起，二人在走道上全力奔跑。

原本花锦年当机立断，切断腕表终端的网络连接，关闭一切联系方式，拉着花流年从直达电梯走快速通道，赶往专为董事长所开发的安全阈。没想到的是，他已经够快了，却还是慢了一步，又或者，他们两人的一举一动早就落在有心人的眼中。他的任何行动都会造成全有集团内部整个联动！

恐怖的爆炸在瞬间展开，短短几秒钟内，全有集团所有电梯均被炸毁。花锦年费了不少力气才拉着花流年从悬吊在半空中的电梯中脱离出来，奔往最后的救援地。

谁也没有想到，全有集团竟然早就被渗透得千疮百孔，花锦年更是以为一切早已在他掌控之中，现实却将他的脸打肿。

不过现在不是执念的时候，他必须尽快将花流年带到安全的地方。好在他们距离目的地已经不远了，直达电梯恰好停在第60层至第61层的中间，而他们的目标是第53层的仓库，只要快点，再快点，一定可以赶到！

"呼——呼——"花流年感觉冷风不断灌入肺中，肺部快要爆炸了，明明只是短短的一段几百米的路程，她却仿佛经历了数千米的长跑，整个人都感觉支撑不住，尤其身后不断有爆炸的热浪袭来，让她产生了幻觉，她好像不是在跑，而是被推拉着飘。怎么会这样？

这是爸爸的全有集团，是哥哥和她的全有集团啊！

"流年！"奔跑中，花锦年看到花流年脚下一崴，猛地将她拉起，恰在此时，面前不远处的楼梯大门忽然打开，一连串激光束从中猛烈射出！

"糟了。"花锦年躲之不及，好在护卫机器人尽忠职守，飞速蹿到二人身前，直接挡下攻击，同时予以反击。

"咻咻咻——"七八枚追踪弹从后方射来，一个身形高大的人形机器人原本在奔跑追赶花锦年二人，似乎嫌跑步不够灵活快速，脚下突地转变成滚轮，在长长的走道中以优雅的姿态溜冰滑行，手臂和大腿上接连射出追踪弹。

与笔直攻击的激光束、电磁炮不同，追踪弹锁定目标后会自动避开阻拦的障碍物，一心追逐目标。

"砰！砰！砰！——"护卫机器人连续精准射中七枚追踪弹，在半空中不断爆开，不料爆炸的碎片直冲花锦年二人而去。

"小心！"花锦年脸色一变，猛地扑到花流年身上，二人滚作一团，花锦年惨叫一声。

"哥哥！哥哥，你怎么了？"花流年吓得血色尽失，连忙推开自己身上压着的花锦年，发现他半边肩膀血流不止，众多碎片嵌入其中，很明显是刚才被爆炸波及到了。

"怎么办？你没事吧？"花流年的泪水瞬间涌出，一边心疼花锦年，一边又从心底里生出无助和惊惶。她学过很多东西，拿过许多学位，她有丰富的学识、优雅的谈吐、美丽的外表，她甚至还拥有超越现代科技水准的时空静止的能力，可她唯一没有学的就是仓皇奔逃和与人搏斗。她本来也不需要学这些。

等等，时空静止？

花流年忽然清醒。

就在这时，回援主人的两名护卫机器人，一个被楼梯通道内射出的激光束报废，另一个被追踪的人形机器人的高频电磁炮销毁。一切阻碍瞬时消失，走道两端，不同方向，同一种攻击，瞬间袭来！

花流年惊叫一声，时空静止霎时展开，半径五十米范围内，一切静止！

第五章 狩猎开始

五十米范围的边缘外，追踪的人形机器人愣了一下，它看到自己屏幕内的画面忽然停止，以为是程序出错或者屏幕损坏，否则自己发起的攻击怎么会半路停下来？这完全违背了当代物理学原理。但追踪机器人的速度极快，并没有过多思考，就在惯性之下进入静止的范围内，瞬间停止行动。

一切静止，花流年终于有了些许安全感，得以稍作喘息，叫道："哥哥？"她一转头，发现花锦年也一动不动，连忙替花锦年解封。

花锦年刚刚能动，就意识到周围的情况，立即站起来朝花流年伸出手，说道："趁此机会，我们快走。"

花流年呆了一瞬，看着花锦年明明半边肩膀血肉模糊，额上冷汗不断落下，却一声不吭地朝她伸手。

"好。"视线再度模糊，花流年一咬牙，自己爬了起来。

二人趁机逃跑，飞快冲进楼梯通道，果不其然，通道内挤了十多个攻击型机器人，看情况，恐怕后面还有更多。如果不是有时空静止技能，恐怕他们今天真的走不过短短的几层楼。

"走。"花锦年抓住花流年的手，谨慎且快速地穿梭在众多攻击型机器人中。不可能有人能在这么短的时间内就掌控和改写集团内的机器人程序，这明显就是对方布局已久。好在花锦年对各种最坏的情况都有过估计，故而在每层楼都布置两个完全独立于编制机器人体系外的护卫机器人。这些机器人平时待机，它们只会在关键时刻受创始人激发。如果没有它们，今天就真的危险了。

为了不打草惊蛇，原本花锦年打算等花流年到达安全阈后，再公布让集团工作人员紧急避难，没想到时间根本来不及。一想到集团内留守的工作人员同样危在旦夕，花锦年心中就异常焦虑。留下来彻夜工作的都是最优秀的人才，是全有集团的基石，他一个都不想损失。

只是不知道，对方的目标只是他们，还是整个全有集团。如果是后者，恐怕……

花锦年料想得不错，攻击在最开始，就是针对整座集团大楼。

同一时间，全有集团所有楼层电梯瞬间爆炸，在集团内，作为交通的"枢纽"被切断，也就切断了快速通行的可能。

首先是全体实验室及高级秘书办事处，催眠瓦斯密集型释放，所有实验员和工作人员在无声无息中中招倒下。其次是保镖室及安保巡逻队，高度的警戒心令保镖们瞬间行动，只可惜，依旧晚了一步。

"嗒嗒嗒嗒嗒嗒——"保镖室内天花板攻击机械臂骤然伸出，疯狂射击！

保镖们面色骤变，猛地向两边扑倒，躲过攻击，寻找掩体，回击扫射天花板上的攻击机械臂，随即迅速相互交换个眼色，离大门最近的两名黑衣保镖借着众保镖的炮火掩护，朝大门飞扑过去，开门，扫射。众保镖依次跟上。没想到的是，冲出去的瞬间，保镖室发生爆炸，有逃跑速度稍慢的黑衣保镖永远留在了燃烧的室内。

只是，室内情况危险，外面也不遑多让。巡逻警卫机器人紧急程序错乱，"滋滋"地电弧闪烁片刻，立刻开始无差别胡乱攻击。

众保镖一边应付多方位的攻击，一边掩护同伴立即把情况反映到中控室，与此同时，他们甚至毫无防备地遭到内鬼的暗袭，一时人心惶惶，敌我立场开始模糊，所有人不得不渐渐各自为战。

中控室。

全有集团的核心中控室素来都有两个，第一个广为人知，处于大楼的中心地带，集团内所有信息都会汇总到此，是核心大数据的指挥枢纽。另一个前段时间曾稍微浮出过水面，作为中控室出现纰漏的暂代品，完美地执行了所有任务。

此次全有集团担责声明一出，花锦年意识到恐怕上次的内鬼并未彻底清理干净，紧急情况下，再度封锁中控室，启动了平日潜伏不动的地下中控室。

此时，刘连生正在地下备用中控室中监控着全有集团的一切，巨大的光屏上又有无数个小屏幕，飞速切换并报备着各处信息，各个工作人员正紧锣密鼓地工作。

第五章　狩猎开始

突然，屏幕上多处出现爆炸信息，紧接着，一秒之内，跳出了几百几千个示警屏幕，无数爆炸和赤焰充斥着光屏。现场状况惨烈无比！

一瞬间，刘连生感觉自己像被炽烈的火势包围，冷汗顷刻间湿透后背。

他吞咽了一下口水，眉头一冷，喝道："怎么回事？"难道内鬼又有动作了？

"报告秘书长，是电梯，集团内所有电梯都在同一时刻被人炸毁，目前有三十多部电梯内有人被困住……"正在工作人员汇报间，一个紫色示警屏幕突然跳出，屏幕上显示着连通塔顶董事长的直达电梯内，花锦年正拽着花流年匆忙且狼狈地从悬空在60至61层楼之间的电梯内跳出，紧接着被身后的一连串爆炸和程序错乱的机器人追得奔逃的情景。

"花总？大小姐？"刘连生面色一变，"来人！去救……"

然而，不等刘连生呼救并联系花锦年，一把枪冰凉地抵住他的后颈。

刘连生猛地一震，立即挺直腰背，耳边同时传来腕表终端的回复"您所拨打的电话已关机"。

花总联系不上了？后面又是谁？

刘连生小心翼翼地微微侧头，没想到映入眼帘的，竟然是地下中控室的一名工作人员。

"你？"刘连生惊疑不定。他一直以为地下中控室秘而不宣，平时都是雪藏状态，人员几乎在组织开始之初就没怎么换过，按理来说应该是最安全的区域，竟然也被入侵？到底是什么人能有这么大的手笔，又是花了多少年才能完成这样的渗透？对方处心积虑，谋划已久，到底想要得到什么？

再扫一眼被追得无比狼狈的花锦年二人，刘连生的心中忽然生出一丝惶恐，难道对方想要的是吞掉整个全有集团？

"不要动，都老实点。"持枪的人是一个看起来二十七八岁的年轻人，此时他一边用枪抵住刘连生后颈，一边烦躁地扯着脖子上的领结，随手扔掉，露出轻松的笑意，阴森森的目光环视一周，成功阻止了其他想要离开座位的工作人员。

然而，他似乎又感觉众人太听话了，没意思，他撇撇嘴，又笑道："当然，你们一定要动，我也是阻拦不了的，毕竟脑袋长在你们自己身上，非要砍下来给我当球踢，我也是乐意的。你们也知道，我一向都是个喜欢替人排忧解难的人，是不是？要觉得脖子上的东西太重了，不要紧，我给你们解决。"

在场的工作人员脸色顿时难看起来。谁也没想到这个一向谨言慎行、成绩优异、实力超群、被提拔为副手的机电学博士竟然会玩这么一手，说出来的话简直跟疯子一样。

"袁思阁，你发什么疯？还不快把枪放下！再不放下——"作为全队老大，又将袁思阁带在身边悉心培养的中控室主任魏明恼怒喝止，只可惜他话未说完，"乒！"被侧面一枪崩了脑袋，睁着不可思议的怒目直挺挺倒下。

"啊——！"中控室内顿时惊叫四起，工作人员们惊慌地后退躲藏，局面霎时间乱成一团。

"哈哈，真爽，真开心！真是的，竟然让我忍了那么久，都快憋不住要开启自我毁灭模式了。怎么样？二哥，我干得还不错吧？"中控室总共有十六个座位，坐在最中间的是主任魏明和他的副手袁思阁，两边依次按照级别排列座位，越是坐在边上的，相对来说地位越低。说话的少年就是坐在左边最边上，他穿着一身卡通图案的卫衣，戴着圆形的彩色边框眼镜，头发挑染了一缕亮银色，手中把玩着黄色钢笔枪支，细长的枪杆在指尖灵巧地飞舞。

所有人的注意力都在袁思阁以及他身前被枪支抵住的秘书长刘连生身上，谁也没料到，袁思阁不仅有同伙，并且还如此猖狂地杀人。

刘连生立即皱眉，不等他开口，开枪的少年又翻身从活动靠椅上跳下来，身形纤巧，身手灵活。他一动，又吓得附近躲起来的工作人员骚乱起来。

似乎是嫌弃众人吵闹，少年用枪朝天扫射一圈，终于满意而嫌弃地瞥

第五章　狩猎开始

了四周跟鹌鹑一样躲着的工作人员一眼，笑嘻嘻地说道："我老早就看这个臭老头不爽了，天天说我这不好那不对，小爷明明就是凭本事做事，关我的衣服和头发什么事？难道你们一群老东西穿得跟棺材板似的，操作水平就能比我高了？"说完，又自己把自己逗乐了，"哈哈，我可不是说二哥你啊。再说了，我把作威作福的臭老头收拾了，以后再也没人压在你头上，二哥就要变成大哥，二把手就要变成一把手了，是不是？"

"哼。"袁思阁冷哼一声，懒得跟这个小疯子多废话，拿枪又敲了敲刘连生的后颈，说道："你呢？也少废话，你们也都老实点。只要你听话，我就可以不杀你。毕竟像秘书长这样的人才太难得，我也有点舍不得，你说是不是？"

有了袁思阁这句话，刘连生稍稍心安。别的都可以再说，少死点人也是好的。

"行了，Linda，过来把这些家伙都绑上，害我把时间浪费在他们身上，真是不值得。"袁思阁轻蔑地将枪支在刘连生后颈一敲，打得刘连生身形一个踉跄，立即坠入朝他发射来的绑缚网绳中，整个人被绑成一团，重重砸到地面。

被称呼为Linda的女人一头黑色长直发，穿着黑白色的职业裙装，黄皮肤，却是个混血儿。她向来中规中矩，一切按规章办事，从无任何跳脱行迹，所以当她走出来发射绑缚网绳将中控室内的工作人员一一绑缚住时，所有人都感觉做梦一样。

"好了，现在，盛宴开始。"袁思阁张开双臂，笑得迷离而畅快。他站在大屏幕的中央下方，感觉整个中控室都清爽起来，喊道："来吧，让炮火来得更猛烈，让音乐奏响起来！"

回应他呼喊的，是光屏四处的炮轰声声、烈火焦灼、子弹唱响，汇聚成一首独特的混合交响曲，一片盛大乱象！

地上，全有集团，第58至第59层楼，楼梯过道间。

花锦年拉着花流年快速向楼下奔跑，不时撞到被定住的攻击型机器人，踉跄一下继续跑，越跑越是一身冷汗，不禁深深认识到，如果没有花流年的时空静止辅助，面对数量如此庞大的威胁，他们根本不可能到达目的地。

然而，就在二人奔跑间，忽然，周围的气氛一变，一切静止的东西重新又活了起来，几乎顷刻间，四周围的攻击型机器人重新修正数据、锁定目标，转向奔跑中的二人。

花锦年微微一愣，花流年下意识惊叫一声，又再度展开时空静止，她喘息着边跑边带着哭腔说："对不起，对不起哥哥……我，我刚忘了，我是有距离限制的……我能掌握的就是50米范围，不，跑动状态下更少，我……"

"不要说话，减少体力消耗。"花锦年提醒，拉着她继续跑。

花流年望着身前一直紧拽住她的花锦年，将泪水咽下，重重点了点头。

就在前一段路程的时空静止被解除后，滞留在第60层走道上的追踪机器人终于恢复行动。它电子眼视频上的数据上一刻还停留在花锦年和花流年摔倒在地的画面上，下一秒却发现眼前空无一人。不仅没有人，在它的搜索中，它发现两人已经跑到第58层楼的楼梯间，以它对二人跑步速度的数据分析，不可能在短短的0.5秒时间内跨越那么长的距离，更何况系统提示它时间数据错误，它的时间数据保留在上午10:41:37，但现在系统与外界时间校正，发现目前已经是10:41:48，中间少了11秒。它自认为是一个十分强大且精准的智脑，不会出现数据记忆空白期，那就说明有什么干扰了它的程序，让它短时间内处于静止状态。

人形机器人迅速将四周围的情况与之前数据相比，发现除了目标花锦年和目标花流年以外，在11秒内，其他所有东西都处于静止状态，只有他们的距离发生了变动。

"初步结论：小范围空间冻结，冻结范围，50米，数据共享其他联网机器人。数据校准开始。"人形机器人做出程序判断，所有的一切在瞬间完成，随即飞速向前滑行，滑行过程中两条手臂忽然伸长，直插入走道两边的金属墙壁内。"滋滋——"墙壁上顿时燃起两长道电弧火光，肉眼可见地，墙壁内的金属和晶体管在瞬间熔化，并飞速吸附上人形机器

第五章 狩猎开始

人拉长的手臂上，充溢的电能击打出惹眼的电光，疯狂涌入人形机器人体内。

人形机器人的外貌迅速发生变化，身材越发高大，体格愈加强健，越来越多的晶体管线暴露在体表外，蕴含强大而充盈的能量，仿佛一个注射了违禁药剂、瞬间膨胀的肌肉人。只是没有人会想到，不仅人类可以使用违禁药物激发潜能，机器人也会用类似的方式强大自身。

这还是一切按照人类编制程序行事的普通机器人吗？

很快，加强版人形机器人收回手臂，两只手的十指瞬间转换成两支喷吐能量的能量枪，仔细观察，还可以看到两个小型的灰色能量球正在枪身极有规律地绕行旋转。如果何想在这里，必然会觉得它们看起来有点像军方驻地爆炸产生的异形能量球，只是体积小了太多。

一切完成得极为迅速，人形机器人顷刻间到达楼梯间，红色的电子眼飞快跳跃，四处旋转，仿若一个新生的人活动着眼珠观察周遭。

"适应良好，数据正常。开启协作模式，入侵！"人形机器人程序自洽，在楼梯间滑行过程中飞速抓住两名身前追踪花锦年二人的机器人，不断喊着："程序入侵！程序改写！"

两个攻击型机器人的电子眼骤然闪亮，在脱离人形机器人的钳制后，疯狂俯冲，几乎如法炮制地，抓住其他未被入侵的机器人进行侵蚀和融合。

"制订新计划，完成！"人形机器人的电子屏幕视野内，整栋大楼瞬间网格化、透明化，已经奔至57层楼的名为花锦年和花流年的热能体变得清晰无比。

屏幕锁定中，花锦年被标注了红色的叉图，是可击杀对象。花流年则是绿色的圈，代表捕捉。

"狩猎，开始。"人形机器人用低沉的声音开口说道。

第六章 向死求生

感应到监控数据的变化,人形机器人饶有兴趣地盯住花锦年二人。它虽然通过逻辑程序判断出面前的情况是时空冻结,可它的数据里只有这个名词,却没有形成时空冻结的具体原理和数据,就像求知的路途被阻挡,这让它感到几分不悦。

在进入全有集团后,何想与魍魉等人并没有着急迅速向内行进,而是一边抵挡着各种攻击,一边等待智脑的反馈。

"还没找到?"王重问道。

何想略有焦虑之色,问道:"现在整体情况如何?"

智脑说道:"集团内电梯全面爆炸停运,实验室被施放催眠瓦斯,实验人员基本处于休眠状态,保卫人员正在内部斗争中,巡逻机器人感染病毒,程序混乱,无序攻击。正在按楼层排查花氏兄妹的身影。"

何想一阵心惊,说道:"既然花锦年他们在逃,必然有人追踪,你重点搜寻一些有武力交战的地方,以及……又突然安静下来的地方。"

智脑奇怪地看了一眼何想,依言行事。

地下中控室内。

袁思阁看着面前跳出来的地下五层被人入侵的光屏,眉头微皱。等看清楚入侵者的样貌时,他冷笑一声:"哼,何想……还真是老鼠天天有,

第六章　向死求生

今天特别多。我不找你，你自己还送上门来了？"虽然老师的任务中没有要求捕捉何想，但真要抓了，恐怕老师也不会不高兴，毕竟何想也是他们大业中关键的一环。

"小五，把那几个家伙抓起来。"袁思阁对卡通卫衣少年喊道，指了指光屏中的何想、樊力、方可水、王重这几人，"其他的，格杀勿论。"

"好嘞！哈哈，又有靶子可以打了，开心！"少年开心地笑道，"Linda，中控系统交给你了，我来和这几个家伙玩一玩。调兵遣将，星际争霸开始咯！"

躺在地上被绑住不能动弹的刘连生勉力看了看光屏，心中忧虑更深，何想跟一群杀手此时闯入全有集团，是想趁火打劫？还是冲着大小姐而来的？

地下五层。

几秒钟后，何想等人面临的压力骤然增加，四周围的攻击顷刻间变得密集。

魍魉明白了："我们被发现了。"

"哈，来得正好，呀呼！"亿万飞身跳起，咧嘴笑得放肆，手中两挺机枪疯狂扫射。

"这才有点打架的意思，天天跟老鼠一样缩着有什么意思？来吧！"狂上加狂重心一沉，小山一般的身形快速向前跑去，火箭炮筒中不断飞射出各种小型炸弹。

李白护卫智脑，伪装者身形突然消失，魍魉身形不动，漫天丝线却如刀如雨，"砰！"天花板上的攻击机械臂粉碎式爆炸，大量的金属碎片坠落。

"酷啊！"樊力大赞一声，也加入亿万的扫射之旅，之前在部队学习的制式武器操作，此时终于派上用场。

方可水和王重更不会多话，直接开战。

有亿万打前阵，狂上加狂冲锋，众人攻势势如破竹。

恰在此时，智脑提示一声："找到了！花氏兄妹的位置，已经发送到你们护镜终端。我来黑一下对方的监控，嘿。"

"哈哈，来得正好。走！"狂上加狂大笑一声，其他人迅速跟上。

何想也笑了，说道："如果可以的话，智脑麻烦你再黑掉全有的所有系统。"

"哟呵，野心不小，我就喜欢你这种高要求。"智脑精神一振，说道，"那就来试试，看看是担责声明的家伙厉害，还是我更棋高一着！"

地下中控室。

原本监控着何想等人行动的众多视频，忽然在同一时间全都黑屏，袁思阁眉头一挑。

Linda立即说道："有部分是被攻击破坏，还有一部分被黑。"

"被黑？呵。"袁思阁冷笑一声，"这不是你最擅长的领域吗？不知道黑回去？"

"是。"Linda领命，面无表情，中规中矩。

此时，全有集团，第56层。

炮火声依旧，角逐依旧没有停息。整栋大楼仍笼罩在烟火中，唯独以第56层右侧的楼梯间为中心的半径十米范围内，无比安静，任何硝烟都无法入侵。

可花锦年和花流年的行进也被迫终止，他们呆呆地看着眼前楼梯上熔融的金属岩浆，几乎怀疑自己的视觉出了问题。事实活生生地摆在眼前，他们下去的安全通道被堵上了。

"怎么办？"花流年焦急地问道。他们只差三层楼就到达第53层了，只要再三层楼就好。

半径十米。花锦年在心中再度估算了一下花流年在奔跑中可以维持的空间静止范围，如果强闯，是否可以成功？无论如何，他们也必须成功，整个全有集团只有两条路可以到达安全阈：一个是顶层直达电梯直接通行到本来不该存在的楼层；另一个，就是第53层仓库内一道七十厘米厚的伪承重墙，通过墙体内仅供二人并排站立的隐蔽电梯到达。除此之外，别无他法。

第六章 向死求生

眼下，楼梯肯定无法再走了。对方已经知道对付他们的方式了。是机器人推理出来的？花锦年心中有丝不好的预感。

"我们换条路。"花锦年拉住花流年的手，一脚踹开第56层楼的楼梯间大门，进入大楼主体办公空间。

一瞬间，映入他们眼帘的就是站在五十米开外的人形追踪机器人。与此同时，它的一条机械手臂里，正钳住两个不断挣扎叫喊的工作人员，举在半空中，似乎看着他们惊恐挣扎是件很有趣的事，直到花锦年和花流年出现，它才将头转过来。

"你们来了。"人形机器人忽然说道。

花锦年心中一跳，这个机器人过于人性化了，不仅在等他们，还和他们交流？

由于时空静止的关系，外界一切声音都无法传入空间内。花锦年除了看到机器人的口型发生变化，从而判断它在与他们交谈外，并不能真切地听到它说什么。但这并不妨碍他对它进行初步判断，同时，他注意到它的另一条手臂此时呈能量枪状，能源蓄势待发，有一个灰色的小能量球围绕枪杆不断地规律旋转。

花锦年的瞳孔顿时一缩。看来，导致军方驻地爆炸和进攻全有集团的，果然是同一批人！

眼前被改造过的机器人也是对方的手笔。

花锦年握住花流年的手紧了紧。

步伐停下，花流年也在无声无息中将时空静止的范围重新扩大到五十米。

感应到监控数据的变化，人形机器人饶有兴趣地盯住花锦年二人。它虽然通过逻辑程序判断出面前的情况是时空冻结，可它的数据里只有这个名词，却没有形成时空冻结的具体原理和数据，就像求知的路途被阻挡住，这让它感到几分不悦。

"放我下来！放我们下来，你这个疯子……"被人形机器人抓住的两名工作人员惊慌不已，他们从未遇到过主动袭击人类的机器人，并不是程序出错导致的混乱，而是十分有条理且清晰地抓住他们，不断收缩钳臂围度，还观察他们受到压挤后的痛苦反应。

现实中怎么会有如此疯狂的机器人存在？难道电影作品里机器人反抗人类的时代终于来临了？

时空静止范围内，花流年担忧地看着被人形机器人高举的两名工作人员，一时间有些不明白它的意图："哥哥，它到底……"

花锦年也紧盯住人形机器人的反应，它举着两个工作人员拦在他们的去路上，难道是想拿人威胁他们？

"我们谨慎点往前走，或许可以笼罩住它。"花锦年拉住花流年，慢步朝前走去。

像是印证花锦年对它不普通的判断，人形机器人脑袋一偏，似乎有些腻烦了两名工作人员的哭喊谩骂和无谓的挣扎，恰好花锦年和花流年动了，它眼中的电子火光一闪，直接开枪射杀二人。

"乒乒！"两声枪响，无声的又极其震动地响起在花锦年的耳朵边，震得他头脑发昏，耳朵嗡嗡作响。

"不可能！"花锦年猛地一震，下意识开口，不可思议地看着眼前的一幕，觉得自己是不是在做梦。

"不！"花流年骤然哭喊出声，泪水顷刻间涌出，"不！为什么？你怎么可以这样？你违反了'机器人不可杀伤人类'的铁律！"

情绪激动之下，花流年能力支撑的时空静止空间突然崩坏。

花锦年几乎是下意识地朝人形机器人开枪。

"嗒嗒嗒嗒嗒！"

可人形机器人的速度更快，直接挥舞两具被爆掉脑袋的无头尸身挡住花锦年的子弹。

"哧哧哧——"子弹尽数射入尸体里，发出沉闷的声音，冲击着花锦年的神经。

他眼睁睁地看着两名还算眼熟的工作人员被一枪爆掉，再被当成垃圾一样抛掉，心中的震撼无法言述。

第六章 向死求生

怎么可能?

怎么会这么脆弱?

人怎么会这么简单被干掉?

太可笑了吧? 轻飘飘地就变成一摊烂泥?

没人会记得,无人会知道,要是没有收殓的话,恐怕连墓地都不存在。

那活着的意义是什么? 生命的存在又是什么? 如果一切到最终都会腐败散坏,为什么还要如此痛苦和愤怒地挣扎?

花锦年的心中,骤然升起一股无法形容的愤怒与悲怆! 不知道是哀怨于两名工作人员的惨死,还是懊恼于自己的无力。

这是人生第一次他对自己的信念产生动摇,也第一次开始考虑,或许自己真的是错了,他的坚持出了差错? 他做的事也不完全是正确的。

他一直都秉持着牺牲少数人、保全多数人的他认为的正确抉择,毕竟一将功成万骨枯,自古以来为将相者皆是如此。

那么他混乱什么? 他怀疑什么? 他错了吗? 不一定,不知道,或许有哪里不对,他还需要再梳理一下。

花锦年的脑子在顷刻间无比混乱,什么是对,什么是错,逻辑紊乱起来。

他一向都是思路无比清晰冷静的人,像现在这种大脑混乱的感觉已经不知道有多少年没有出现过了。但他很清楚,现在不是时候。

"流年!"花锦年高喝道。

花流年浑身一激灵,醒悟过来,再度展开时空静止区域,只是盯住人形机器人的目光充满了切齿的憎恨,以及深藏其中的恐惧。

就在花流年展开时空静止空间的同时,人形机器人的攻击也已再度来到,只可惜,就差那么0.1秒,十多发射向花锦年的子弹被凝在空中,再也无法寸进。

人形机器人则站在空间范围外,冷眼看着面前超出已知物理学领域的现象,红色的电子眼不断闪烁,显示出"内心"的不平,嘴中不断重复着:"铁律……践踏……嗒嗒嗒……快感……修正用词,快乐。"

机械的、毫无感情和起伏的、冰冷的笑声,回荡在逐渐安静下来的空间里,给人一种毛骨悚然的感觉。

人形机器人的电子视野界面内,黑色的"禁止杀伤人类"的铁律程序方框不断跳出,又不断被"对象予以反击,击杀"的病毒程序击溃。

此时在它眼中,花锦年已经成为必杀对象。

"乒乒乒——"几声枪响过后,两名曾被人形机器人入侵修改程序的机器人也成功毁掉这层楼的护卫机器人,并抛掉阻止它们未果的黑衣保镖的尸体,阻拦在花锦年与花流年的身前。

花锦年目光一沉,说道:"往前走,流年。"

"好。"或许是花锦年坚定的声音给了她勇气,花流年顶住压力继续朝前走。

"咻咻咻咻咻——"密集如雨的攻击不断射入时空静止范围圈内,人形机器人与另外两名机器人且战且退,不断尝试替换新的更强大的攻击,去冲击花流年的能量圈。

终于,花流年的能量圈开始不断晃动,她咬紧牙关苦苦支撑。毕竟时空静止也是能量转换,需要精力的支撑,就好比枪支作为一种工具,有弹尽粮绝的可能。一旦使用者精力耗尽,再强大的武器都会形同虚设。

花锦年担忧地扫过花流年,见她脸色发白,知道她恐怕支撑不了多久,不由得频频看向地面,低喝一声:"流年,跑!"

与此同时,花锦年的目光多次扫过的地面以及它后面的楼梯通道,仿佛对人形机器人形成一种提示。人形机器人瞬间做出判断,高强热轰击地面,阻断二人去路!

"轰隆——"大块的地板被腐蚀坍塌,坠落到下面楼层,地板两边的距离至少五米,以花锦年和花流年的身手绝无可能跨越,但人形机器人没有料到的是,花锦年原本的目的地就不在它后面的楼梯通道,而正是——楼下!

花锦年二话不说,拉着花流年直接跳下,反倒让人形机器人一愣。

第六章　向死求生

等它反应过来追击时，下层楼的护卫机器人被激活，朝它发动了进攻。

借着两名护卫机器人的掩护，花锦年拉着花流年飞奔至走道左边的一间闸门紧闭、被封锁的办公室外，飞快输入董事长独有的开门密码，同时对花流年说："流年，暂停时空静止一会儿。"

花流年依言行事，注视着闸门快速抬起，刚抬起大约三十厘米，花锦年就将她往下一拉，两人就势滚过缝隙，并直接冲出门对面的窗玻璃，混合着玻璃碎碴儿坠入楼下。

恰在此时，大门再度合闸。人形机器人和两名被入侵的跟班一起解决掉守卫在楼层内的护卫机器人。

"乓！"人形机器人举起能量枪，灰色能量小球迸射而出，大门应声而破。

"啊——"两声惊恐而绝望的尖叫在屋内响起，人形机器人忽然停下，被两个抱头缩在屋子角落里的人类吸引了注意力。

它机械臂一伸，飞快将这两个人类抓住，举到眼前，看着面前的一雄一雌两个人类。雄性人类被抓后不断挣扎，捶打它的机械臂，雌性人类却只知道抱头哭。

"乓！"人形机器人一枪干掉挣扎的雄性人类，又歪头盯住雌性人类。奇怪的是，不管它怎么恐吓她，她只知道尖叫和哭泣，一点攻击性也没有。

"没意思……不能杀。"人形机器人终于无趣地扔掉手中的雌性人类，哐当撞到乱成一团的桌椅里，身形向前一跃，纵身跳入大楼窗外，继续追踪。

虽然人形机器人只稍微耽搁了一点时间，但也给花锦年留了足够的空间，借用手臂上绑缚的伸缩纳米钩，带着花流年从56层的窗外跃下，直接降落到53层并破窗而入。

混合着崩碎的玻璃滚落到楼层内，花锦年毫无耽搁，立马拽着花流年击毁少量的电子监控，飞奔至仓库目的地。

仓库拐角处一面不起眼的墙外，花锦年飞快地用不同的手指在墙面上进行点击。很快，墙面亮起光芒，金属电子门迅速拉开，一部令人意想不到的狭小电梯出现在二人眼前，仅供两人并排站立，再没有其他空间。

安全电梯在全有集团大厦设计之初就已经保留，一直在图纸上作为支撑结构存在，除了花天下、花锦年和花流年三人外，当世无人知晓。为的就是预防直达电梯被毁后，他们还有第二条路通往安全阈。

只可惜，花锦年二人的速度虽快，但人形机器人也丝毫不慢，就在电梯门拉开缝隙的瞬间，人形机器人已然赶到。

花锦年面色微变，高喊："护卫！"

顷刻间，专职守护仓库的八名护卫机器人同时出现，一同出击！

八条黑色金属链从八个不同的角度迅猛射出，然而人形机器人动作灵活非常，以优雅的姿势、精准的角度，轻描淡写地躲过射来的金属链，没想到金属链回首一钩，直接缠绕在它的四肢与躯干上。

人形机器人被突然绑住，红色电子眼骤然明亮，不断闪烁，似乎是发现了什么新奇玩法，盯住不远处正将花流年塞进电梯门缝隙间的花锦年，机械的冷漠声音说道："人类，狡猾。"

它的数据中分明没有眼前的电梯存在，但电梯又真实地在它视野里。

人形机器人猛然飞至电梯门前，距离花锦年几乎不到三米，"当——！"一名护卫机器人飞身挡在花锦年的身后，挡住了人形机器人手臂化形出的金属刀。"滋滋——"护卫机器人被人形机器人一刀贯穿，噼啪的电流急速闪过，终于"砰！"地爆炸。

"哥哥！"好不容易被花锦年塞入电梯门缝隙内，花流年一回头就看见这一幕，惊惧尖叫。

"趴下！"花锦年大喝一声，自身也猛地抱头倒地，滚向一侧。电梯中的花流年也迅速趴向一边。

"砰！"在剧烈的爆炸声中，机器人被炸得七零八落。人形机器人距离最近，首当其冲，但它似是毫无所觉，任由爆炸冲击，与之相对地，通往安全阈的电梯受到攻击，自动感应系统开启。为保护电梯内乘员，

第六章 向死求生

电梯门迅速关闭，电梯飞速坠落。

"哥哥！"花流年焦急大喊，只可惜声音再也传不出去。

乍然发现自己被孤零零地留在电梯外，花锦年的大脑有一瞬间的空白，甚至刹那间出现"完了"的念头，但他马上将念头舍弃，飞速爬起来，向外跑去。没想到刚跑了几步，"嗒嗒嗒嗒嗒——"一连串子弹射击从破碎的窗外袭来，两个紧跟人形机器人的机器人借助助推器从楼上飞下来，正好阻挡了花锦年的去路。

花锦年几乎连滚带爬，借助护卫机器人的掩护堪堪躲避致命攻击，"砰！"其间一个护卫机器人又因此报废。

"03号过来！"花锦年召唤道。不同于其他楼层只设置了两名护卫机器人，仓库所在的救援地从一开始就有八个护卫机器人，为的就是应对突发情况。八名护卫机器人相互之间联系紧密，可以协同作战。不仅如此，花锦年还清楚地记得，就在仓库附近，有一个超级大杀器，假设真的遇到难以对付的强大敌人，可以起到力挽狂澜的作用。

花锦年再不犹豫，飞身跳上03号护卫机器人的背上，一拍它头盔后的细小按钮，说道："走！"

03号机器人舍弃手中的黑金属链，托起花锦年飞到半空中，笔直前进。

与此同时，其他剩下的五名护卫机器人，有三名同时用黑金属链拽住人形机器人，另两个则直接伸长机械臂围抱住人形机器人的腰身，试图阻拦它的去势。只可惜在其他两个跟班机器人的干扰攻击下，三名护卫机器人根本无法拽住人形机器人，而其他两名将它抱住的护卫机器人突然出现不同程度的程序紊乱。

从人形机器人的身上，肉眼可见地伸出不少金属触手，直插入两名抱住它的护卫机器人体内，顷刻间，能量如流水般注入它的体内，护卫机器人紧急拉响警报系统。与此同时，人形机器人丝毫不耽误行进速度，眼看着就要追上花锦年。

花锦年一直关注着人形机器人的举动，此时见它公然强行同化和融合其他机器人，顿时觉得心惊胆战。

这到底是什么样的怪物？制造出它的人又是什么疯狂而可怕的存在？

眼见护卫机器人已经拉响警报，花锦年再不犹豫，直接下令开启自爆。

"砰——！"两大护卫机器人的全力自爆，巨大的能量在如此贴近的距离，即使是人形机器人也难以抵挡，尤其它正处于融合期，是防护最薄弱的时候。

人形机器人猝不及防受伤，胸口处核心组件受到损坏，程序出错，频频跳出故障框，行动开始变得不协调，红色电子眼四处乱转。

即便如此，花锦年也没有停下片刻，始终对人形机器人保留一分警惕，反而催促03号机器人加速逃跑。人形机器人立即奋起直追。

快了，快到了，还有一点距离……到了！

在跨过一片彩色空间，来到间隔色彩用的浅灰色区域后，花锦年与03号机器人戛然而止，猛地回头。

见花锦年停下来，人形机器人也停下，堪堪保持了五十米的距离。虽然在它的数据中，拥有时空冻结能力的是花流年，但是方才在仓库内遇到的不存在的电梯令它更谨慎了些。在人类的表现来看，这叫作——多疑。

只可惜，不论是谨慎还是多疑，有时候片刻的耽搁都可能让机会稍纵即逝，对于机器人来说，这一点同样适用。

就在人形机器人犹疑的刹那，另外两个跟班机器人也已来到它的身边。就在这时，浅灰色的区域内，四周墙壁颜色忽然变深，无数道暗红色光线顷刻射出！

人形机器人的电子视野光屏内，一道紫色示警程序疯狂闪烁，"高能反应！高能反应！危机！"从来只有它在入侵过程中瓦解其他机器人的示警程序，从没想过自己也会出现。

只是瞬间，人形机器人就做出反应，想要逃离深色区域，没想到它

第六章　向死求生

刚刚一动，就察觉到暗红色光线的高能穿透已具有切割作用，它挪动了一微米，体内就被无数光线切割了一微米。其他机器人则没有人形机器人的敏锐，几乎在瞬间就被切割分裂成许多块，掉落在地，"滋滋"电弧光不甘地闪烁。

人形机器人依旧不死心，红色电子眼急促闪烁，分析眼前的数据情况，并企图解读仓库附近的结构与数据，因为整片地方都与它的原始数据库完全不符，否则它绝不会让自己陷入如此被动的危机状态。

然而，人形机器人的愿望是美好的，可现实根本不给它这个机会，从它出现在灰色区域内起，短短一秒之内，四周温度暴涨，下一秒，"轰——"两边金属墙猛然合闸！

两秒钟后，高温金属墙壁缓缓分开，被挤压成扁平红铁的人形机器人掉落在地，发出"当啷"的脆响。

花锦年下意识用手臂挡住眼前的热浪，护卫机器人自动后退，直退到安全距离才停下，静静悬空在地面上，等待主人新的指示。

花锦年呆呆地看着眼前一幕，有些蒙，又毫无表情。直到好一会儿，他才感觉刚才因紧张到极致而听不见的声音渐渐回归，停顿的大脑才慢慢苏醒。

四周的打斗声、哭喊声、爆炸声，才开始声声入耳，吵得他头晕眼花。

花锦年慢慢地从03号机器人身上爬下，脚下一个踉跄，却没有摔倒在地，而是跌趴在眼疾手快、躺在地上的03号机器人身上。

花锦年愣了愣，却忽然失笑，继而笑个不停，最后大笑起来，笑声中饱含毕生心血毁于一旦的悲凉，又有着劫后余生的庆幸。

笑罢，花锦年整理衣衫，站了起来，喃喃自语道："那么，现在去哪里呢？"

对方对全有集团、他和流年全面下手，定然不会轻易放过他，如果他被抓住，流年也会有危险。全有集团这个目标太大，不能再待了。

想到这里，花锦年忽然感觉心里空落落的，一点根也没有，一点底都踩不到。仿佛飘在半空中，踩在云朵上，稍有不慎就跌落下来。

明明是自己费尽无数心血建立的全有集团，却差点成为埋葬自己的地方，花锦年感觉内心酸辣苦咸一起打翻，五味繁杂，直熏得他想要涕泪横流。但他不会哭，哭是弱者的表现，除了把事情弄得更糟，毫无意义。

花锦年的喉咙吞咽了几下，粗重地喘了口气，仿佛想要吸回更多被夺走的空气。

然后，他毅然朝前走。

没走多远，花锦年看到路边躺着一具已经断气的尸体。03号机器人快速替他清理了周边游荡的执行清扫任务的巡逻机器人，破坏了附近的监控设备。

花锦年在尸体边站了一秒，忽然低下身来，替尸体的主人合上他已经涣散的眼睛。

他的目光沉静中带着冰冷，冰冷里又深藏几分火热，仿佛冰下之火，燃尽一切，终有破冰之时！

死了好多人。

或许，是因为他的决策导致。

或许，都需要他来背负和偿还。

花锦年的手一缩，酸涩和痛苦瞬间袭上心头，差点将他淹没。

他的手猛地捏成拳，又忽然伸出，从尸体身上扒掉工作服，穿到了自己身上。

然后他抓乱了早已被汗水和血水打湿的头发，拿着对方的门禁卡，让护卫机器人监控附近敌人的情况，开始逃亡。

无论怎样，至少，他把流年送到了安全的地方，也算没有完全辜负义父对他的期望。

全有集团，第39层。

何想等人依旧在飞速朝楼上奔去，虽然四周围阻碍极多，但有众杀

第六章　向死求生

手保驾护航，行动还算顺利，距离目标层第 53 层，还有 14 层的距离。

"轰隆——"巨大的清晰的爆炸声，即使隔着十几层楼的距离，也依旧清晰可闻。

王重神情骤变。

何想皱眉，问道："什么情况？"

智脑说道："几秒钟前，花锦年带着花流年从第 56 层楼的窗户跳下，进入第 53 层楼内。那里是仓库地带，监控极少还都被毁，目前是个盲区。爆炸从盲区内传来，恐怕跟追赶他们的机器人有关。"末了，他还赞赏性地补充一句，"挺会找地方的，说不定他还布置了陷阱。而且我不知道，中控室也不会知道。"

花锦年跳窗？何想微微有些讶异，忽然又露出些许笑意，也对，花锦年从来都不是一个坐以待毙的人，有他在，或许花大小姐还可以支撑一下。

何想又扫了一眼身边的杀手组合。智脑反应迅速，一边操控系统与中控室展开斗争，一边给他们实时汇报监控情况，还能一边逃跑不掉队。狂上加狂是重量级的推进强攻手，近战实力强大，火箭炮威力非比寻常。魍魉是速度型杀手，思维缜密，冷静自持，擅长古法攻击，远攻近战皆可。亿万和李白是灵活机动的远程机枪射手，枪法精准。伪装者在暗处，出其不意，扫除漏网之鱼。除了受伤颇重的那个，听说还有三名队员在国外执行任务。这些人训练有素，分工明确，配合默契，每个人都在自己位置上做得很好。

反观七传人，单打独斗都还不错，但是配合方面就差了很多，恐怕也是他作为守护者的失职吧。

何想心中暗叹了一口气，甩了甩脑袋，他要更专心才行，提醒道："现在还剩 11 层了。"

"哈哈，大家加把劲，快到了！"狂上加狂大嗓门地喊道。

"这句话是我要说的，你不要老抢我话！作为一个大块头，你的任务是憨厚！"樊力也不甘示弱地喊道。

地下中控室。

袁思阁盯着屏幕上的黑色区块，眉头皱得如山峰。

第53层所有仓库区域，自从花氏兄妹进入后，全都黑屏。两个人到底在里面干了什么，后续什么情况，他全不知道。

唯一知道的，是一分钟之内，老师留给他和齐子坤的"巨人号"机器人的信号突然中断。

难道"巨人号"被花锦年毁了？

袁思阁下意识地拒绝接受这一点，在他看来，"巨人号"几乎是他见过的最聪慧、实力最强大的机器人，关键是它还能够主动汲取周围一切可用资源，化用到自身。如此恐怖的能力可以说是前所未有的。即使是齐子坤向来不着调，也对"巨人号"推崇备至，怎么可能这么短时间内被花氏兄妹干掉？还是说仓库区有什么他不知道的巨大杀招？可是整个全有集团的布局，他已经研究得很透彻了，说不定仓库区是一个假象？

袁思阁忽然一激灵，或许从最初建造大厦的时候仓库区就被伪造过，蒙蔽了后来所有人的眼睛，只有花氏兄妹才知道其中的秘密。

"我靠。"袁思阁一个感叹，脚下打着拍子，自言自语道，"真是卑鄙呀，下流呀，无耻呀……妙啊。"

唔，就是有点不好跟老师交代了，就推到齐子坤身上吧？反正"巨人号"本来也是由他负责的。

哈！真是机智如我也。

袁思阁在心里得意地扶着下巴，一眼瞥到Linda神情严肃的模样，问道："怎么了？"

"抱歉，还未能攻破对方的终端系统。"Linda低声道，"他将自己的终端与中控系统贴合在一起，攻击它，就会被转嫁到我们的系统自身，最好的方式是予以封闭驱逐……"

"胡闹，现在怎么能封闭。"袁思阁不耐烦地皱眉，说道，"仓库里的花锦年和花流年还没出来？"

"是，暂时没有他们离开仓库区的图像。"Linda说道。

第六章 向死求生

"哼,算了。"反正老师交给他的任务也只是夺取全有集团的控制权,又不是让他抓住花氏兄妹,那是齐子坤和"巨人号"的任务。没抓住更好,不就能显出齐子坤的无能了?哈哈,有了这种对比,老师肯定就更宠爱他,教他更多东西。老师果然是老师,就连青者都可以说舍弃就舍弃,整个天下都在老师的棋盘上,想想真是太美妙了。

袁思阁内心几乎笑翻,外表看起来还是淡淡的。

"对了,齐子坤人呢?"袁思阁想起来,问道。

Linda 说道:"按照老师的吩咐,去接人了。"

"啧,真是个讨厌的家伙。"就知道拍马屁,袁思阁心中不快。

四周围的灯光很明亮,她却感觉一片昏暗。

前面的空间很广阔,她却觉得狭隘无比。

室内的温度是最舒适的恒温,她却感到寒意凛冽……

花流年正侧坐在狭小的电梯中,背靠着金属壁,整个人蜷缩成一团。电梯的门敞开着,面前就是视野开阔、物资丰富的安全阈。看得出来当初的设计者花了不少心思,安全阈很有家的感觉,有沙发,有录像电视,有书架,有咖啡机,还有毛茸茸的地毯和抱枕,装修的色调十分温馨。如果她能和哥哥在一起,两个人生活在这里也许不错。

哥哥……

花流年的身形又缩了缩,内心中冰凉一片,身上更是阵阵寒意,遇到安全阈中的暖空气,更是激起了一层鸡皮疙瘩。

眼泪在刚才仿佛就已经干涸,花流年的心已麻木,眼神空洞地盯住两脚间的地面缝隙,一时间大脑有些空白。

她没有起身,也没有离开电梯进入安全阈,仿佛电梯狭小冰冷的空间更能给她安全感。

哥哥……

两个字仿佛魔咒一般,让思维停止,脑海里却又无意识飘起。

花流年眼中的眼泪瞬间坠落。她沉寂如死的思绪顿时波涛汹涌,翻江倒海!

哥哥现在怎么样了,他真的还好吗?他……活着吗?在那么恐怖的机器人的威胁下,还有生还的可能性吗?

为什么是她得救?为什么要把机会让给她?是不是说哥哥其实把她看得比自己的命还重?他还是很在意她的?

为什么这个时候还会想这些没用的事情?感觉真的好讨厌自己!

花流年的泪水不断落下,一个人在偌大的安全阈,像个无助的孩子大声地哭出来。

明明她比哥哥没用得多,为什么他不自己先进来?

她曾经怀疑,哥哥是不是真的草菅人命。

她曾经怀疑,哥哥是不是真的不在意任何人。

她还曾怀疑,哥哥光鲜亮丽的外表下是不是有一颗黑暗冷漠的心。

可是现在,所有的怀疑顷刻间崩碎。

花流年哭得无法抑制,她明明是离他最近、最应该相信他的人,可是……

如果哥哥知道,是不是会对她很失望?

如果他知道她这么想,会不会讨厌她?

如果他知道,还会愿意再拉着她继续走下去吗?

花流年忽然睁大模糊的泪眼,抬起头。

不,她不要在安全阀待着。

她不要自己一个人可悲又可怜地活在一个封闭的世界里,否则她的余生都会生活在悔恨中。

花流年微微偏了偏头,再度看了一眼安全阈中丰富的物资、温暖的布置。

所有的灯光都因为她的到来而开启,可再温馨的环境,如果只有一个人,只会加倍孤独。

花流年站了起来。

其实她很怕死。她很怕一上去就会面临无法躲避的攻击。

第六章 向死求生

她忽然有些理解，某些古早时期的文学作品里所描述的、悍不畏死的情形。

因为没有后路。

一个人活在暗无天日的地方比死更恐怖。

她要辜负哥哥的好意了。

花流年擦干脸上的泪水，告诉自己：你可以，花流年。现在是你该独自面对的时候了。

她从地上捡起花锦年之前一道扔进来的枪支，紧紧握在手里，神情坚毅，重新关上电梯门，电梯上行。

她紧贴在电梯侧面，举起枪，深呼吸，安静狭小的空间只听到她沉重的呼吸。

突然，"叮！"电梯到达提示音响起。

开门的瞬间，举枪，射击！

"嗒嗒嗒！"

一连三枪，毫不犹豫，迅速无比。

子弹飞快地从电梯内射出，笔直射向对面的走道上。

谁也没有料到，原本是仓库墙壁的地方会突然出现一道门，更不会想到，电梯门打开，毫无预兆地从中射出三发子弹。

正因为没想到，所以争斗中的众人并没有注意到，唯独一直有些心不在焉的方可水看到，惊叫提醒道："何想！"

何想听到喊声，几乎是身体快过脑袋地，瞬间偏头侧身。

"咻！"子弹擦过何想的耳际，直中他身后赶来追击的强化人。强化人脖子中弹，顷刻间飙出一股血，立刻惊恐地捂住脖子后退。可大动脉被射穿，又哪里可以轻易按住，更何况旁边杀手乘虚而入，直接解决了他。

何想讶异转头，看向子弹来处，恰好和刚刚定睛看清楚情况的花流年对上视线。

花流年顿时感到后怕，叫道："何想？"等看到何想没事，眼泪再也忍不住，朝何想奔去。

何想额角一跳，叫道："小心！"

花流年出电梯太仓促，以至于没有注意到电梯侧面已有人暗中埋伏，一左一右，同时朝她出手。

花流年微微一怔，就在她愣怔之间，"嘶嘶！"仿佛被利刃瞬间斩断，两名夹击者的胳膊泼洒着鲜血飞入空中，飞过花流年的眼前。"砰砰！"王重速度稍慢，立即踹翻两名断臂惨叫的袭击者，同时瞪了魍魉一眼。

魍魉收回丝线，轻轻一弹，血珠挥洒，丝线晶莹剔透，不染一丝杂尘。他毫不犹豫转身加入战局，根本不理会王重的态度。

王重目光一沉，这帮疯子根本只听何想的招呼，他转头关切地问道："大小姐，您怎么会在这儿？花总……"

"何想。"花流年并没有太多关注王重的问题，而是看向已经飞奔到她面前的何想。王重目光一暗，心中的喜悦瞬间沉下去，沉默地退到花流年身后，做一个尽责少语的护卫。

"你没事吧？"何想扶上她的肩膀，大致看了一下她的情况，发现只是有些擦伤和摔伤，伤势不算重，又问道，"花锦年呢？"

"哥哥，哥哥他……"说起花锦年，花流年又红了眼睛，她努力吸了吸鼻子，皱眉强行将泪水抑制住，虽然思维混乱，但还是简单将情况跟何想说了说。

花流年说得断断续续，何想却听得明白，问道："你是说，他把你推进电梯后，他自己留下来对付人形机器人？"

"没错，哥哥不知道现在情况怎么样了，也不知道是不是……"花流年紧咬嘴唇，下颌轻轻颤抖，不想说出花锦年出事的话来。

何想心中叹息一声，偏头问道："伪装者呢？"

"我在。"伪装者悄无声息地出现。

何想环视四周，问道："周围有发现什么吗？"

伪装者目光奇异地瞟了何想一眼，忽然觉得，青者会看上他还是有道理的，在任何情况下都思维冷静，逻辑清晰，并且知人善用。他回答

第六章 向死求生

道:"附近有不少打斗的痕迹,以金属链剐痕与枪支弹痕为主。另外九十米外有个红灰色的区域,虽然紧急冷却过,但仍有残余高温,地面上有一块厚实的金属板。打斗痕迹在红灰色区域消失,再往后又过了几十米才接上。对了,还有个被扒了衣裤的工作人员尸体。另外,周围的监控设备都被人为毁坏,但具体数据,恐怕还是智脑更清楚。"

智脑接话,说道:"仓库区的监控被破坏得太彻底了,而且有时间顺序。追踪的机器人不会刻意破坏监控,必然只能是花锦年破坏的。保守估计,花锦年有60%以上的可能逃出去了。"

"60%?"听到判断,花流年不知道自己心中是喜还是忧,问道,"他现在会去哪里?"

智脑耸耸肩,说道:"这个就不得而知了,这家伙躲藏功夫还挺不错。监控被破坏线路有好几条,但是一直没有露过身影。"说着,对伪装者开玩笑道,"我感觉这家伙有做你徒弟的潜质,要不要考虑收个弟子?"

伪装者笑道:"我学费很贵的。"

"我们去找他好不好?我不放心他……"花流年抓住何想的手,急切道。

何想看了看她,说道:"我们还是先离开吧。"

"为什么?"花流年急道。王重也猛地抬头,目光尖锐地看向何想。

何想说道:"目前集团内部太危险了,先离开再做打算。"

"不!"花流年想也不想就拒绝。

何想的神色骤然严厉,喝道:"难道你要因为你一个人的任性,就让所有人都陪你陷入危机乃至丧命?你还嫌死的人不够多?"

花流年瞬间如遭雷击,讷讷开口道:"我……不是的,我……"

"何想!"王重急怒道,何想算是哪根葱?凭什么敢对大小姐这么说话?只可惜他还未动,旁边樊力一把抓住他的胸口,将他拖到一边,阻止他说话。面对樊力的蛮力,王重根本难以反抗。

何想十分用力地抓住花流年的肩膀,厉色道:"你睁开眼,看一看全有集团的现状。比起花锦年，拥有宝物吊坠的你对黑仙传人来说显然更重要，只要你一天还在集团内，一天还没被抓到，全有集团就要一直乱下去。到时候可能就会变成一片废墟，你想看到这样的结果吗？"

何想继续道："如果跟你在一起，花锦年绝无可能逃得掉。如果只有他一个人，他照顾得了自己。你明白吗？"

花流年微微一颤，想起哥哥强行把她塞入电梯中的模样，忽然低声道："我真的那么没用吗？"

第七章　好整以暇

何老头在临走前心痛地给了他一张卡。据说是他老人家攒了一辈子的棺材本儿，本来准备拿来养老，不给何想增添负担。现在何想既然困难重重，未来还不知道会遇到什么艰险，就勉为其难拿出来应急一下，事情过后一定要加倍奉还他。

"这不是有没有用的问题……"何想解释，但又觉得多余。

"在你眼里，我真的是那么没用吗？"花流年打断他，泫然欲泣。她不再想伪装，不想再克制，只想放声大喊。她在短短的时间里经历了太多死亡、太多恐惧，赤裸裸的断肢残臂随着喷出的鲜血从她眼前划过。她也不想死人，她也受不了……可她必须克制，她所受到的教育是在任何时候都要优雅，她咬紧牙关，却控制不了眼泪顺着脸颊滑下。

她低垂着头，点了点头，说道："我知道了……按你说的办！"

何想叹了一口气，抬手摸了摸花流年的头，说道："你明白就好。不是你没用，只是，这不是你擅长的。"

稍稍安抚了花流年，何想对众人下达了撤离的命令。

费力打了这么久，成功接到花流年，此次也算不虚此行，要撤走，众人自然不会有异议。何想还要求伪装者帮助花流年和方可水相互易容，换个身份，更便于花流年安全逃出去。

然而，当众人准备好离开时，王重提出脱队离开。

"你要走？"何想微微蹙眉，说道。

王重下定了决心，说道："是的。我还想再去找找花总。你们先带大小姐离开吧。"虽然不愿意就这么轻易将大小姐交给何想，但王重心里清楚，大小姐也是七传人之一，还是手中唯一握有宝物的七传人，何想作为守护者，肯定会拼了命地保护她，毕竟现在全有集团太不安全了，大小姐离开，是个正确的决定。

花流年也感到讶异，但更多的是欣慰。哥哥当初全力救助王重父亲的抉择没有错，他收获了一个忠心耿耿的下属，即使如此危难的时刻，也不离不弃。

"你……注意安全。"花流年有些担忧王重的安全，但她说不出让王重不要去找哥哥的话，毕竟，她更担忧哥哥，多一个人去找他，也可能多一份帮助和希望。

"知道了，大小姐，您多保重。"花流年的关心让王重心中微暖。对于花流年看见何想像是找到依靠，他感到很难过。其实他并不如外表一样坚强得像是个硬汉，正相反，他有些优柔寡断，又容易心软，突然丢失宝物，他的第一反应是自己以后还能待在全有集团吗？还能继续留在大小姐身边吗？如果他失去了价值，他不是七传人，或者有人代替他了，他又能去哪里？

即使是现在，王重也并不知道该怎么办，只是看着何想和花流年互动，本能感觉刺眼。虽然他只是一个护卫甚至跟班，但他还是情难自已，他不想留下来，那就去找花总吧。或许，他还能发挥自己的用处。

目送王重一人落寞地离开，何想心中暗叹道：果然自古情字害人，它让多少人失去理智。

忽然又觉得自己的感叹酸得很，何想摇了摇头，回身道："走吧，出去还有一场硬仗要打。"

"噢！"樊力大吼一声，成功压过狂上加狂的喊声，得意地瞥他一眼，弄得狂上加狂十分郁闷。

第七章　好整以暇

"手底下见真章！"狂上加狂瞪眼道。

"谁怕谁啊？"樊力立即回敬。

随着何想等人带着花流年突破层层障碍、安全撤退，花锦年悄无声息地消失，又有原战安排的军队护航，全有集团终于逐渐安静下来。

硝烟散尽，尘埃落定，全有集团也在外人无知无觉的情况下，悄然易主。

由于全有集团在内乱之初就开启了全封闭模式，所有一切暴动都在内部进行，加之全有集团大厦耗费巨资建立、隔音效果极强，以及集团外人声鼎沸，吵闹无比，察觉到内部情况变化的人并不多。大多数民众只是凑热闹地围在集团外游行喧闹一整天，到了傍晚开始渐渐散去，此时，全有集团也已平复下来。

三五成群的民众在警察的指挥下疏散离去，全有集团的事件成了他们茶余饭后的谈资，没有人察觉到真正的危机即将到来。

夜，逐渐暗下来。

晚风，轻轻地吹拂。

在一切谢幕后，全有集团骤然寂静如死。

陷入昏迷的人依旧在昏睡，清醒并活着的人寥寥无几，袁思阁带着自己两大得力助手Linda和小五回到空中的中控室。他的身后，跟着被机器人拎在手中、绑缚得结实的刘连生。

刘连生勉强抬着脑袋，一路沉默地看着狼藉一片的全有集团，看着散落在地上的鲜血、尸体、乱七八糟的金属零件和碎片，心中一片冰凉，感叹道：全有集团，真的完了。

袁思阁踢开脚下拦路的昏睡的原中控室主任，自己跳上主控座椅，跳舞一般扬起手臂打了个转儿，一屁股坐下，一手撑住下颌，歪头笑道："视野是不同，哈哈！"

地上中控室位于全有集团大楼的中心，虽然不似顶层可以打开整个天窗，拥有开阔的视野，但四周围也都是明亮的落地窗，可根据需要随意变换色彩和厚度。

在将中控室安置在此地之初，花锦年曾说过，他希望核心中控组的成员能够拥有宽阔的视野，从而拥有宽广的胸襟。只有这样，才能高屋建瓴地建设整个全有集团，带领集团走向更加辉煌。

这句话因此让全集团上下都以进入中控室工作为荣，多少人削尖了脑袋往里钻。

与之相比，作为被雪藏起来、不为人知的地下中控室，则承受了太多寂寞。

"呵呵——"袁思阁忽然笑了起来，窝在椅子里狂笑不止，忽然伸开双臂，喊道，"从今天起，我不会再被深埋地下，我们将瞩目于世界！"

"嗡——"腕表振动，有消息来。

袁思阁低头瞥了一眼，站起身来，无谓又无聊地说道："行了，有东西要来，咱上楼，开天窗迎接。"

"噢，对了，现在该修修，该补补，别搞得这么难看，上个楼都费劲。"袁思阁交待道。

"是。"Linda 应声答道。

全有集团，塔顶董事长办公室。

夜风凉爽，圆形的塔顶如莲花绽开，露出内部宽阔的露台，以及通向办公室的阶梯。

直升机稳稳地落在露台上，从中走出两个人。

一个是袁思阁的老熟人兼老对头，同样作为老师的学生——齐子坤，另一个是老师最近新收的弟子——方可胜。

方可胜？刘连生勉力去查看露台上的身影，震惊不已，怎么会是方可胜？难道他也投靠他们了？之前说他受伤回方家养病，难道只是假象？方家也叛变了？

刘连生心中惊疑，却一动也不能动，越发感到悲凉无助。

齐子坤上前一步，笑道："哈喽！老袁，看起来气色不错嘛，是不是因为我要来了就开心欣喜又激动？一激动就小脸红扑扑的，看起来真可爱！"

第七章 好整以暇

袁思阁额角突跳，见到这么个恶心玩意儿感觉隔夜饭都要吐出来了。他斜着睨了齐子坤一眼，也不和他废话，而是转头问身边的Linda，说道："还没有抓到是吗？"

Linda明知道袁思阁的意思，但还是回道："是的，确认花流年已经与何想等人逃离，花锦年不知所踪。'巨人号'被毁，任务失败。"

闻言，齐子坤眉头一挑，刘连生耳朵一竖。

齐子坤注意到他的小动作，扑哧一笑，扔下身边的方可胜，几步跑下阶梯，蹲到被捆绑扔在地上的刘连生身边，伸手戳了戳他紧绷的脸颊，笑道："哎哟，这不是秘书长刘连生吗？怎么被绑得跟八爪螃蟹一样？还指望他们回来救你吗？别想了，他们自己都自顾不暇了，没看连大楼都扔了逃跑了吗？你也不用怕，像你这么有才干的人才，我齐子坤最欣赏了，早就向老师保举了，只要你好好跟我们混，啥事也没有，还保证吃香喝辣。"

袁思阁瞪着齐子坤，他要气死了。明明是他抓到的人，齐子坤在这里装什么好人，挖什么墙脚？

"滚滚滚！"袁思阁一脚朝齐子坤撅起的屁股踹去。齐子坤反应迅速，飞快替刘连生松了绑后跳到一边。

"不要火气这么大嘛。"齐子坤笑嘻嘻地说，目光落到走下来的方可胜身上，"哎呀，光顾着跟老朋友打招呼，忘了这次的正主。"

"来，小方，给你介绍一下。袁思阁，搞IT的宅男，这是他的两个助手Linda和小五。老袁，这是小方，你就算没见过也听过，全有集团原基因办公室的主任，当然，现在就更是了。不仅如此，还跟咱们俩一起掌控全有集团。"齐子坤笑道。

"呵呵！"袁思阁冷笑一声。掌控全有集团，他一个人就够了。

"哎呀，你不要想着一个人吃独食嘛，再说了，全有集团这么大，你吃得过来吗？你看，你搞核心系统运作，刘连生秘书长搞秘书工作，小方搞好基因实验工作，我来当万金油后勤部长，是不是分工明确、合作愉快呀？对吧，刘秘书长？"

刘连生一愣，被松绑后他没有第一时间发难，何况现在系统和武装力量都掌控在对方手里，他一个人也孤掌难鸣，既然花总和大小姐没有事……

"好。"刘连生点头，又看了一眼方可胜。

齐子坤开心地拍巴掌一笑，说道："这就对了嘛！识时务者为俊杰，大家都不想看到全有集团这么个庞然大物就此衰败不是？当然能用多久用多久嘛。至于'巨人号'，这样的玩意儿老师要多少有多少，连土星空间站这种大疙瘩都被拔掉了，其他都是小事。"

袁思阁神情一冷，说道："哼，某些人还真当搞掉了空间站就有免死金牌了？"

齐子坤并不理会袁思阁的挑衅，而是笑道："噢，对了，小方还有任务在身吧？"

"是。"方可胜微微点头。

"那行，都不闹了，现在咱们要齐心协力，以小方的任务为主。他可是老师计划里的关键角色，耽误老师的大业会有什么后果，老袁你知道的。"齐子坤笑得有几分阴冷。

提到方可胜，袁思阁更是气不打一处来。一个喜欢四处招摇卖乖的齐子坤就够受了，又来个惹人厌的方可胜，关键是当初老师为了设计方可胜倒戈，还颇费了点功夫。

想到这里，袁思阁冷哼了一声，说道："走吧。"

方可胜走下台阶，来到办公室的大厅，与此同时，露台关闭，莲花样的金属叶合拢，天花板再度恢复成光洁的镜面。

这是一个没有花锦年和花流年的董事长办公室，有的只有常用秘书刘连生，以及两个自以为是、鸠占鹊巢的家伙。

方可胜一向对刘连生都不太客气，此时自然也没将他放在眼里。在他看来，刘连生从来都只是执行者，而发号司令的人才是实际的掌权者。

现在，全有集团再也没有压在自己头顶的人了，齐子坤和袁思阁不

第七章 好整以暇

过是两个实验品而已,只要是实验品,生死就掌握在他的手中。

方可胜在齐子坤、袁思阁和刘连生的注视中,慢步走到花锦年常坐的位置坐下,十分有仪式感地环视所有人,不出意外地看到刘连生面色一变、袁思阁神情阴冷、齐子坤似笑非笑,但这三个人都没有说什么。

他拍拍手,说道:"打开全景地图。"

刹那间,天网系统产生反应,一幅巨大的中心市 3D 全景地图立刻出现在半空中。

他满意地一笑,走到落地窗边,说:"云散。"

霎时间,云开雾散,脚下万家灯火连绵成片,尽收眼帘。

他的目光陡然如幽火般亮了起来。此时此刻,他终于有了自己成为全有集团主人的感觉。

方可胜像个得到玩具的孩童,兴奋不已。

"下去吧,去地下基因实验室。"心情愉悦的方可胜,来了工作的兴致,率先朝外走去。

齐子坤和袁思阁对视一眼,交待 Linda 和小五看住刘连生,也跟着走了出去。

地下基因实验室。

基因融合大厅。

整座大厅面积开阔,大厅主位中摆了五个倾斜的基因融合舱,四周围立了两百四十度方位的十二个光屏,每一个光屏对应一组常规实验体。而此处的实验体,是更换最频繁的。

自从十多年前完成分合食料理机的研制,方可胜就开始了长达十多年的基因专项研究,发表过无数行业内顶尖论文,多次获得重大奖项,虽然年纪尚轻,但几乎可以称得上当世基因领域第一人。

只是方可胜对此从不满足,虽然他厌恶花锦年,但他与花锦年有着极为相似的地方,就是想要做出举世瞩目的伟大成就,想要改变整个人类的未来,想让所有人铭记他们的名字!

兴许是最近方可胜不在,人体基因的研究也暂时搁浅,原本十二个光屏对应的研究槽此时空无一人,若是以往,方可胜恐怕会大发雷霆训斥其他工作人员,但对现在的方可胜来说,再好不过。

"咔嗒。"方可胜走到一方基因融合舱边,轻按侧边按钮,融合舱上方的透明晶体盖立时打开。

"来吧,谁当第一个?进去试试。"方可胜带着蛊惑性地说道。

最后一步他很早就想实现,却由于花锦年一直阻止,从没真正完成。他也清楚,花锦年之所以阻止,是因为如果一旦七传人基因与普通人基因融合成功,就有了成熟的替代者,对于花流年等七传人来说,是一个巨大威胁。而花锦年之所以又一直专注于此,是为了未来万一何想等人不配合,所准备的后手。

只是花锦年恐怕想不到,他所有的准备,都是为他人做嫁衣。

方可胜的任务,齐子坤和袁思阁当然也很清楚,他们过来也正是为了使用它。可临到要实验时,二人又不由自主地希望对方先来。毕竟谁也不知道躺进去后会是什么情况,有人先做给他们看看,心里才算有个底。

就在二人僵持间,一个俏皮的声音传来:"嗨,几位帅哥,方便我进来聊个天吗?"一道穿着繁复的复古裙装、扎着彩色双马尾辫的靓丽身影,带着盎然的生机与春意,轻盈地飘进大厅,给机械而冰冷的大厅带来无限青春与活力,在场的几个男人顿时眼前一亮。

跟着她一起到访的,还有一个身材颀长、温和的脾气中带着一丝谦卑的青年。

听到声音,方可胜顿时如遭雷击,愣在当场。

是她?

怎么会有她?

方可胜心中顿时充满狂喜。虽说在被老师救治、赋予他重生的时候,他就决定此生追随老师的梦想,可当亲眼看到他梦寐以求的美丽女子出现在他眼前,他就更加确定,他的决定是对的。

原来老师早就安排好了一切。

第七章 好整以暇

"哈喽!哪里来的小姑娘,这么可爱,看到你感觉就像沐浴到阳光,浑身都暖洋洋的。"齐子坤飞了一个风骚的口哨,立即笑道。

"呵,只要是个母的,你就殷勤。这么容易冲动,小心英年早衰。"袁思阁鄙视地说道。

"噢——你嫉妒我肾好,我懂的。"齐子坤一脸恍然,又担忧地看向袁思阁。

"你放屁!"袁思阁怒瞪。

"咯咯,几位帅哥感情真好呀,是准备进去吗?"梅之心身形纤长,她轻盈一转,仿佛繁花盛开,来到齐子坤和袁思阁的中间。她的眼睛灵动而充满情感,仿佛一湖清水,波光潋滟而又欲语还休,只要看上一眼,就感觉其中有道不尽的爱恨、说不完的情仇,让人不由自主沉浸其中。

梅之心眼珠子一转,就对眼前情况有了大致判断,娇声笑道:"难道……你们是在烦恼谁当第一个吃螃蟹的人?你们不要发愁了,交给他就好啦!"青葱嫩白的小手一指,勾人心弦。

被指的青年立即腼腆一笑,充满迷恋的目光落在梅之心身上,仿佛能为她上刀山下火海,舍弃一切包括生命。

"好。"青年也不多话,十分迅速地按要求躺入基因融合舱中,接着舱门关闭,舱体内开始不断注入基因液。青年安静地望着梅之心笑了笑,很快陷入沉睡。当基因液充满整个舱体时,整座融合舱骤然震动,青年身上的服饰迅速融化消解,整个舱体黯淡下来,再也看不透内部情况,只有标识数据逐渐出现在对应的光屏上。

"哎呀,怎么这样?"梅之心可爱地鼓嘴,故作严肃道,"你们融合舱也做得太不讲究了,必须对方小哥你严正提出批评。"

原本方可胜早就看惯了这些场景,可不知怎的,此时被梅之心一批评,竟然也面红耳赤起来,几度想要解释,又有种不知从何说起的感觉。

见他抓耳挠腮的着急模样,梅之心扑嗤一笑,转而对其他两人道:"我不管,反正我要最后一个,你们俩先来。"

被梅之心这么一指，齐子坤顿时一激灵，虽然纵横花丛多年的他本能感觉有些不对，自己怎么能被女人一挑逗就上钩，可是内心里始终有个声音，不断告诉他"听话吧，照办吧"。在他的眼中，眼前这个可以打8.5分的美女瞬间变成人间绝色，让他愿意倾尽一切为她付出。没多犹豫，齐子坤就主动跳进第二座基因融合舱中。

不仅是齐子坤，袁思阁也感觉自己浑身上下都不对劲。他平时是一个对女人不怎么"感冒"的禁欲一族，此时却大感吃不消，仿佛吞了催情剂，不由自主地用下半身思考，毫无理智地按照对方的吩咐去做，等他稍稍回神，人已躺在融合舱中，再想出去，已经晚了。

"咯咯！"见自己旗开得胜、魅力不凡，梅之心开心不已，媚眼一飞，落到方可胜身上，歪着脑袋看着他，大而明亮的眼睛仿佛在说：是你自己进去呢？还是我请你进去呢？

"我，我自己……"虽然梅之心什么也没做，但方可胜已经面红耳赤，他最后贪婪地盯着梅之心看了一眼，体会到袁思阁说的浑身发热的感觉，害怕她会看出，便忙不迭钻进融合舱里。

基因融合舱中，方可胜闭上眼睛之前，不由得想：可惜没有抓到花锦年，不然真想看看他此刻的表情。

"好啦，现在一切就绪，只欠东风。"梅之心笑着，低了低头，忽然呢喃，"东风呢……"

两天后。

高高的全有集团高高的塔顶，一如往常般高高地耸立。

与之正对着的、低矮的好景常在典当行，矮小又逼仄地挤在一大堆店面之间，两相对望，谁也不会碍着谁。

两天时间过去，如今全有集团外面依旧挤满了各种游行的人群，游行的条幅每天都在换，从最初的抗议全有集团危害人类、滚出地球，到后来的抗议抚恤金低廉的政策、要求提高金额、照顾孤儿寡母，中间几经变换，充分展现出广大市民墙头草的逐利本质。

第七章　好整以暇

之所以会这样，也是全有集团这两天全面补救的结果。

两天前，全有集团公开表示，董事长花锦年和总裁花流年在一天之内同时失踪，集团内部在经过短暂的混乱后，暂时由秘书长刘连生负责日常工作，并针对所背负的各项条款一一进行核实与赔偿，并对广大民众实时公布，希望大众监督。

具体赔偿细则一出，整个风向顿时为之一变。毕竟人死不能复生，经过近三天的时间缓冲，大多数民众也已接受现实，与其一再谴责全有集团令其倒闭，不如最大范围内追求补偿。

除此之外，全有集团忽然大力为基因研究办公室的主任方可胜进行形象宣传，将他营造成一个因跟董事长花锦年学术理念不一而被打压乃至重伤差点死在宵小手中的科学家。短时间内，各种有关方可胜的视频及采访经各个频道播出，说基因科学家方可胜往昔在全有集团多受折磨，被逼迫研制非法药物，但方主任不愿意做更多伤天害理之事，从而与董事长花锦年决裂，在被买凶重伤后为人所救，一直躲藏起来，现在终于有机会重出江湖、回归集团，并致力于扭转被基因药剂伤害的人群的基因修复工作。并指出，目前工作已有初步进展，几例被部分改造、情节不严重的基因人的身体各项指标已经恢复正常，被各大频道争相实况转播。

对此，何想只觉好笑。

此时，何想躺在典当行大厅中的躺椅上，身边摆着分合食制作的果品和饮料，捧着一本纸质历史书，看得津津有味。

虽说前几日全有集团被大肆攻讦，其中分合食料理机也是榜上有名，但对于大众来说，分合食早已深入大家的生活，一时间根本找不到其他替代品，就算再如何存在损伤人类精子、卵子的可能性，吃饱才是第一诉求。在生存面前，其他都得靠边站。所以对民众而言，骂归骂，吃归吃，两不耽误。

"老大，你快看，这则新闻……喂，你怎么又在看书？你关注点时事，有点紧张感好不好？现在外面都闹翻天了，你还在看古早时期的历史书？

你逗我呢？还是生病了？"樊力从沙发上飞弹而起，来到何想身边，举着腕表终端让他看上面的网页新闻，又伸手去摸何想的脑袋。

"去。"何想拍开他的手，懒洋洋地问道，"又怎么了？"

樊力瞪眼，对何想懒散的姿态十分不满，说道："老大你这样子，真的还能好好当七传人的老大吗？正经点，努力点，有激情点，好不好？"

"哪里不正经，哪里不努力了？你有事快说，别打扰我看书。"何想摆手说道。

樊力说道："哎，你别忙着看这破书，快看看新闻，又有频道在报道方可胜那小子的丰功伟绩，说花锦年和花流年不干人事了，这样搞真的没问题？"

何想头也不抬："正常，一朝天子一朝臣嘛。既然要把花氏兄妹打下去，可不就得扶新的起来。"

"可也不至于扶方可胜吧？"樊力想不明白。

"你说的对。"

"啊？"

"我说，确实不该扶方可胜。所以你大姐头昨天就跑去找他了，方可胜不知道又在哪里整出么蛾子，你大姐头迟早得被他害死。"何想担忧地说道。

"啊呸呸！女魔头虽说恐怖了点，不过罪不至死啊。老大，你太恶毒了，竟然咒她。"樊力极不赞同，"不过最近女魔头好像情绪很低落，她是不是那个来了？"

何想似笑非笑地瞥他一眼，反问道："你说呢？"

"肯定是，女人每个月都有那么几天。"

"一边去。"何想气笑了。

"对了，我听花大小姐说何老头昨天回来了？"这两天，樊力始终坐立不安，连打游戏时常都能看到论坛里大谈空间站的爆炸和对人类未来走向的忧虑。按理说，花锦年既然被人打得惨不忍睹，就说明黑仙传人比他还要高明无数倍。强大的敌人就在眼前，结果作为守护者的七传人

第七章 好整以暇

的老大，天天窝在家里看旧书，真是皇帝不急，害他这个太监急死。

关键是，他们现在除了花流年的宝物还在身上，其他人都成了光杆司令，身上连根毛都没有，怎么跟所谓的黑仙传人力拼？

老大不靠谱，他只能亲自出马，时常溜出去观察下情况。这不，就这么短短的半个多小时，就跟何老头擦身而过。

"嗯，回来了一会儿。"何想头也没抬地应道。

"他就没说什么？"樊力狐疑。

"没有，就大呼小叫了一阵，说我们是败家子，暴殄天物，不懂得爱惜东西，竟然将那么重要的宝物都丢了，他都要被气死了，等等。"

"……还真是他会说的话。"樊力点点头，说道，"还真是没一点有建设性的意见，白对他期待了！"

谈到何子天，何想的目光突然从书上移开了一刻，其实昨天何子天说的话远不止这些，但是其他的，他有点不知道该怎么说。何老头不仅骂了他们，问过七传人的现状和未来的打算，还在临走前心痛地给了他一张卡。据说是他老人家攒了一辈子的棺材本儿，本来准备拿来养老，不给何想增添负担。现在何想既然困难重重，未来还不知道会遇到什么艰险，就勉为其难拿出来应急一下，事情过后一定要加倍奉还他。

何想哭笑不得地想把卡还给他，还被他又打又骂，又说何想见外，又说何想看不起他老头子，非要把卡塞给何想。

不仅如此，一向鄙视何想想卖了典当行出去闯荡江湖的何子天，昨天头一次语重心长地交代道："中心市现在也没那么安全了，实在不行，你就把典当行关门，出去避一段时间，房子再怎么样，也没有人重要。"

如果说不感动，那肯定是假的。何老头有多抠门、多固执，作为从小跟他一起生活的何想，了解得不能再深了。可真当危机来临，何老头最初想的还是以保全何想为主。

关键是，何想事后查了查卡里的余额，有一百多万，这很有可能真的是老头子的棺材本儿。

卡握在手中，何想感到了滚烫的温暖。现在大家都习惯用电子货币，除非是少量高端场所的身份认证，用实体储蓄卡的人已经越来越少。只有何子天一类的老古董才喜欢将钱握在手中的实在感。

看着何老头逐渐斑白的鬓发，何想突然意识到，何老头是真的老了。

不过，何老头人老心不老，在何想劝说他在家休息一段时间的时候，他反而上蹿下跳地表示一天到晚在外面奔波，还不都是为了给家里的小兔崽子多攒点老婆本儿，真是不识好人心！

"何想，天大地大，一辈子这么短，没去过的地方多了，趁有时间，就要来一场说走就走的旅行。看看花锦年，天天窝在全有搞建设，这下不是全玩完了？"带着这句话，何老头又挥挥油腻腻的衣袖，潇洒地走了。

"扑哧——"何想轻笑出声。

"你干吗笑得跟放屁似的？"樊力古怪地瞧他，"啧啧，你看你，一脸春色，是不是又想邪恶的事了？快说。"

"滚！"何想脸色一沉。

下一刻，又带上几分怅惘。也挺好，何老头没心没肺地过着，也不用跟他说太多，也不要再给他增加麻烦了。

不过，他要做的事确实很多。何想没有料到，前几天只不过出门了大半天。再回来时，放在阁楼盒子中的羊皮卷会不翼而飞。恐怕又是黑仙传人的手笔。

既然如此，恐怕即使他不出门去找黑仙传人，黑仙传人也会自动上门来找他。毕竟，剩下的最后一个七传人还未浮出水面。更何况，花流年也在他的身边。与其主动出击，不如以逸待劳。

何想合上书，坐起身子，恰好瞧见樊力对他撇嘴。

"喊，让你能，我去找光光，让她来治你。"樊力扔下这句话，抬手就给温之光打电话。

"老实点。"何想低喝，想要阻止他。

樊力却更快一步，电话接通，开启语音外放模式，笑道："光光，在

第七章　好整以暇

干吗呢？有没有想你何哥哥呀？"

对方微微一顿，清越的女声怒道："樊力，你又皮痒了是不是？什么何哥哥，叫何想给我出来！"

"哈哈哈——"樊力暗笑个不停，冲何想指了指腕表端，贼兮兮挤眉弄眼道，"喏，找你的。"

何想："……"算你狠。

何想将电话转接到自己腕表客户端，一边跟温之光搭话，一边朝后院走去。

"小光？"何想打了个招呼。

"你找我有事？"温之光十分爽利地说。

何想一噎，有点气弱道："没事就不能找你了啊？"他听到不少嘈杂的声音，"你在忙？"

"最近不是游行闹事嘛，人一多，浑水摸鱼的就多起来，踩踏的、偷盗的、扯皮干仗的，每天都有好多起。我都快以警局为家了，天天连轴转，一点休息时间都没有！"

"小光确实辛苦了，你也要注意安全，保护好自己。"何想柔声道。

温之光似乎被何想的温柔撩拨到，顿了顿，声音也放低了，但还是有些可爱的喧嚣，说道："你不要担心啦！我你还不知道吗？厉害着呢。几个偷鸡摸狗的犯罪分子对我来说都是手到擒来，只有乖乖跟我回警局认诛伏法的份儿！倒是你，最近还好吗？感觉都有段时间没见你了。"温之光的声音忽然嘟哝起来，又嚷嚷道："当然我也不是一定非要见你不可啦。"

"扑哧。"何想轻声一笑。

"喂！你笑什么？不要以为我没听到，敢嘲笑我，我现在就挂你电话！"电话另一头，温之光张牙舞爪。

"没有没有，不敢不敢。"何想连忙否认，说道，"我也觉得，最近我们聚少离多。"

"那也没办法呀，大家都很忙嘛。"

"嗯，等不忙了，天天待在一起。"何想说道，眼睛笑成了弯弯的线。

"呸！美得你。"温之光啐他一口，但是心里美滋滋，像掉进蜜糖里。

警局附近的大街上，温之光飞快地在原地转了个圈，开心地说道："你最近还好吗？全有集团出了那么大的事，土星空间站也毁了，空间通道的事是不是就告停了？"说着，她声音又变得低落，"而且花锦年和花流年奇怪失踪，却把刘连生推到台前，还让方可胜大出风头，也太诡异了。各种猜测都有。现在实在太忙了，我都没来得及跟你打电话。"

说到正事，何想立即正色道："你现在方便说话吗？"

"方便，你说。"

"我本来打算等风头过两天再跟你说，也免得你分心着急，反而容易出错漏。花锦年确实失踪了，我们也没有找到他，但花流年目前在典当行，外面有原老爷子以围护全有集团安全、保护治安为由派了重兵把守，暂时没有问题。"

"什么？那她现在不是跟你住在一起了？"温之光敏锐抓住了"重点"，说话声音瞬间拔高，眼睛瞪圆，看起来紧张兮兮。

"说的是哦——"何想一顿，故意拖长了调。

"可恶！你这个无赖、流氓、猥琐的浑蛋！我不要跟你说话了，挂了——"温之光气呼呼地骂道。

"哎，等等！"何想一噎，失笑道，"你想到哪里去了，逗你的。她跟可水姐一起回来的，她们俩一人一间屋子，我跟樊力睡大客厅。"

"是吗？哼。"有方可水在，温之光立即放心许多，但还是有些恼怒，死何想臭何想，竟然耍她。她嘟着嘴，在大街上用脚尖磨着地面。

何想却觉得很开心，他喜欢温之光的简单直接不做作，喜欢她在意自己，喜欢她不拐弯抹角，不阴阳怪气，不胡搅蛮缠，充满无限青春活力。

何想问道："那你什么时候能忙完？要不等——"

然而，不等何想说完，电话中温之光忽然高声冷喝起来："站住！住

第七章 好整以暇

手！你们干什么？还反了天了？——抱歉，何想！我这儿有事，等下再给你打回去。"

电话啪地挂断，何想的听筒中传出一阵忙音。

何想眨了眨眼，失笑地摇头，慨叹道："还真是个大忙人，看来，还要再过两天才能见面了……"

何想靠在院落里打拳用的木桩上，闭上眼睛。最近他只要一放下手头的事或者书，他就会下意识开始琢磨，尽可能假想黑仙传人的性格习惯，可是手中的消息还太少，他的解析并不完善。之前他曾联系过赵珞，可是都没有回应。前天一大早，他还亲自去地下拳场吊唁过青者，也没能单独跟赵珞说上话，反倒有个跟在赵珞身边的女人让他有些在意。

难道赵珞其实也不方便说话？

何想不由得睁开眼睛。原战曾说过，之前他们故弄玄虚设置的两名伪装成潜在七传人的特种兵已经失踪，很明显是黑仙传人的手笔。

理论上，如果不算上无人知晓的温之光，剩下的七传人还有两名，所以，黑仙传人对全有集团发难，显得太过着急了。毕竟就算万事俱备，假如七传人不到位，一切也白搭。

又或者……

其实最后一名七传人早就在黑仙传人的身边？他要找的，也只剩下最后一个人？

何想眉头倏地蹙起，越想越觉得可能。

毕竟以黑仙传人表现出来的实力，要做到这一点并不困难，这样也能解释，为什么他始终找不到最后的七传人。

而对黑仙传人而言，恐怕最后一人他也有了目标。所以，他才敢如此肆无忌惮！

何想再度闭上眼睛。越是这种时候，越不能自乱阵脚，更不能过于频繁和温之光联系，又或者将她保护起来。毕竟知道温之光是七传人的人还不多，但他也得琢磨一下，如何才能引蛇出洞，至于诱饵嘛……

此时，樊力的屋中。

花流年在屋子里停停走走，不时坐下又站起，整个人心神不宁。

两天时间过去，她一直守在屋中，除了偶尔出来跟何想等人一起吃个饭，魂不守舍地聊聊天，基本都一个人想着心事。她担心哥哥的安危，又挂念全有集团的现状。

新闻上报道的消息让她焦躁无比，她几次想联系刘连生询问具体情况，都被何想以不能打草惊蛇为由制止。王重倒是跟她及时汇报，却连哥哥的影子都没摸到。虽说何想总说没有消息就是最好的消息，但她无论怎样都控制不了内心的躁动。

全有集团在她和哥哥手中被人抢夺，可他们除了躲起来一点办法也没有，说出去都叫人不敢相信。想必现在她和哥哥已成为全世界的笑柄，她偏偏又不敢且不能站出来承担，她不仅是全有集团的总裁，更是唯一宝物在手的七传人。如果她出了什么事，情形只会更加糟糕。

花流年看看被封闭起来的窗户，又看看眼前狭小得只有十几平方米的房间，一时间，只觉得身陷牢笼，无处可去。

一股窒息般的压抑和烦闷将她彻底笼罩，她再也受不了在屋内待着，几乎逃离般打开房门，匆匆跑了出去。

后院中。

何想灵光一现，想明白内心一直觉得蹊跷的地方，正准备回大厅，就见花流年神色郁结地冲过来，一头撞进他怀里。

何想一愣，扶住她，笑道："怎么了？这么匆忙，后面有鬼在追你？"花流年低垂着头，柔顺的长发凌乱而随意地搭在肩头，一袭墨绿色长裙衬得皮肤白皙胜雪，只是此时，美则美矣，却多了几分狼狈和忧郁，如同暴雨过后，被雨水打过的娇艳花朵，有种凄凉而零落的美感，让人不由自主地心生怜惜。

"鬼？"被挡住去路，花流年有些迷茫地抬头，看清眼前的人后，说道，"何想？"

何想一笑，说道："何想是何想，但何想可不是鬼，你见过这么英俊

第七章 好整以暇

潇洒、足智多谋又正气凛然的鬼吗？身上还是热的。"

被何想一打岔，花流年眼神也恢复了几分精神，想要开口，又忽然闭上嘴巴。

"想说就说，想笑就笑。我们典当行，别的不说，言论绝对自由，就算你上骂天皇，下骂地母，中间骂水浒，也绝对没人说个不字。不要憋，憋着会出毛病的，像什么内分泌失调、青春痘、痤疮、痔疮，都是憋出来的毛病……"

"去，少恶心了。"花流年忽然一笑，幽幽地道，"天皇地母，你总是这么古旧且天真，老爱幻想些不存在的。"

"怎么能说不存在？"何想轻笑道，"看来真是有必要纠正一下你错误的思想了。如果说看不到摸不着的东西都是不存在，那么无线电波你也看不到，难道它不存在？漫天不发光的黑色天体你也看不见，难道它们不存在？不能因为你看不见，就认定没有，也许只是你的智慧和眼界还不够，不足以发现它们的存在。"

智慧和眼界？花流年微微一愣，是说她不够聪明，才发现不了敌人，被打得如同丧家犬一样吗？

"你们不也弄丢了七传人的宝物？"花流年不服气地反驳。

"这都哪儿跟哪儿……"何想失笑，又凝神道，"不过天皇地母说不定并不是神话传说，而是外星人呢？比如我们地球亿万年前跟土星的地貌情况差不多，恰好遇到智慧程度极高的外星文明来播种，将大地沙漠化为绿洲和大海，将天空飓风化为白云和水雾，又将日月调整到恰当的位置，便于繁衍生息。然后他们开始观察生命的演变、人类的文明进程，偶尔还会加以引导，所以留下了天皇、地母的传说，难道不觉得很有趣吗？"

"你怎么到现在还有心思说这些有的没的。"花流年心烦意乱，丝毫趣味性也感受不到，反而觉得何想颠三倒四的。

何想看了看她，笑道："你想说什么？"

"你有哥哥的消息吗？"花流年美丽的双眼充满忧虑，全神贯注盯住何想。

"没有。"何想淡淡道。

"怎么还没有呢？他真的没事吗？要不我们还是出去找找他？"花流年看起来六神无主，短短两三句话间，眼神已经飘忽数次。

"不用。"何想依然冷淡。

"为什么不用？"花流年竖起眉头，声音拔高，说道，"难道你还是在记恨哥哥之前对你做的事？"

何想叹了一口气，打断她，说道："你想多了。现在不宜乱动。"

"又是不宜，什么时候才宜？"

"过两天吧。"

"又过两天？上次问你，你也说过两天，可两天过去了，你根本没有任何动作。如果你们不想去找他，我自己去！"花流年被激起了火气，生气地说道。

"你去你就能找到？"何想微微皱眉。

"也比什么都不做要好！"

"贸然行动，打草惊蛇，再被黑仙传人抓走？"

说到黑仙传人，花流年一惊，越发担忧，问道："你说，哥哥会不会已经被黑仙传人抓走了？"

"不会。如果抓走了，早就来威胁你了。花锦年也很清楚，所以他一定会把自己藏好，连我们都找不到，他就安全了，你也就安全了。"何想相信他对花锦年的判断正确。

"可我们根本就没有找——"花流年低声道。

"我们不找，他才不会动摇，他不动，就不会露出痕迹，黑仙传人也就找不到他。相反，我们应该先将黑仙传人找出来，将危机从源头扼杀。"

"可是怎么找呢？就算找到了，我们真的能对付得了他吗？就连青者都被……你们的宝物又不在手上。"花流年情绪低落地说道。

何想仔细凝视花流年一瞬，问道："你害怕？"

第七章　好整以暇

花流年的手指忽地一颤，脑海里瞬间浮现两天前在全有集团被人形机器人疯狂堵截的场景，鲜血泼洒，残肢残臂，她只要一闭上眼睛，就会噩梦般地不断重复，而她对此无能为力。七传人的宝物说起来好像能拯救地球，可在她手中，也不过五十米的范围而已。又能做什么呢？

她甩甩脑袋，说道："不是害怕的问题，黑仙传人的实力确实很强，我们不知道他背地里还有多少盘根错节的势力，潜伏了多长时间，做了多少布置。以我们几个人的力量……"

"仗还没开始打，你就开始怕了？"

花流年双目圆睁，显得愤怒又胆怯，说道："你到底在说什么？我只是在担心哥哥的安危！"

"你的担心对他有用吗？"

"你什么意思？"

"你这样，很难看，如果我是花锦年，我也不会选你。"何想忽然重重地叹息一声。

"何想！"花流年猛然尖叫一声，大叫道，"你到底想说什么？你在说什么？你到底发什么疯？"

"我发疯？难道不是你吗？"何想好整以暇，淡定说道，"左顾右盼，六神无主，像个疯子一样到处乱转，说话毫无逻辑，看看镜子里现在的你。"

何想错身，指着练功用的正衣镜里花流年的身影，眼眶青黑，神情仓皇，手指正下意识地卷着裙摆，哪里有往日里优雅明丽又自信大方的大小姐模样？

花流年一怔，如遭雷击。

"要知道，男人选老婆，也不是光看脸的。"何想继续打击花流年，"家世背景、性格习惯，无一不重要。你向来厌弃古旧的东西，但古早时期华夏曾有一句谚语，娶妻娶贤。越是家族大妇，越是要临危不乱，越是家中无人，越要鼎力支撑。别人都不行，但你必须行！如果你不行，你就不配坐在高位上！"

何想越说越严厉："我知道你一直以来都跟在父亲和哥哥的身后，在家中备受宠爱，你嚣张且自信的气焰，来自你从小背后有强大的支撑，一旦支撑轰然倒塌，你就会惶恐且无所适从。抛开花大千金的身份，你还是花流年啊，你博学多识，见多闻广，你美丽聪慧，擅用资源，就算没有全有集团，你依旧可以重振雄心，东山再起。更何况全有集团不曾倒……它还需要你去利用自己的聪明智慧，谋求夺回。"

"可是……"花流年带着颤音，带着为难。只有她一个人，真的可以吗？她独自支撑得了全有集团吗？

"没有可是。"何想打断她，"你在怕什么？怕死吗？"

"我……"花流年讷讷地说。

"如果是温之光，她就不会怕。"

"什么？"花流年一怔。

"如果是温之光处在你的境地，她一定会气得发狂，大发一顿脾气，然后想尽一切办法，利用一切资源，去挑战去反夺，即使是死也要撬掉对方几根骨头，绝不会让对方得意和好过！"

"如果是死的话，死了不就什么都没有、什么也看不到了吗？"花流年情绪激动，目光顿时尖锐，她可以容忍何想批评她不好，但绝不能容忍何想将她跟别的女人比较，尤其是温之光！

"况且温之光有什么好？"花流年继续道，语速极快，"除了蛮力，就是无脑，最擅长给人制造麻烦。她要不是有个副总警监的父亲，你真以为她能在警局混得下去？"

"恰恰相反。"何想继续力挺温之光，说道，"要不是温叔叔一直压着她，她早就一路升上去了。你是真的对小光的破案成绩毫无了解啊。更何况，温叔叔逝世后，她的所作所为你不是很清楚吗？"

花流年一噎。

何想继续进攻，说道："不自怨自艾，不让人担心，立即积极投身查案，力求最快速度找到凶手。当其他事件出现后，又能暂且放下，配合其他案件和事件的调度安排……"

第七章 好整以暇

"够了！"花流年喝止一声，"说来说去，你们就是觉得她好，连哥哥都欣赏她。"

连哥哥对温之光的态度都与众不同，难道真觉得温之光比她好？他们才见过几面？这让花流年心痛得不能自已。

"没错。"何想正面承认，说道，"至少从你现在的所作所为来看，你远比不上小光。如果是她，她宁愿自己一个人孤军奋战到死，也绝不会去给花锦年拖后腿。"

"不是的！"花流年又高喊一声，她的表情懵懂而无助，眼中泪花隐现，仿佛想要反抗却又不知该从何做起，脑子里不断回想从前跟花锦年的种种过往，心乱如麻。

见花流年又开始胡思乱想，何想神色淡然，隐隐的有些冷漠，转身离去，叹道："流年，你这个样子，我真的对你很失望。"

轰隆！

刹那间，花流年仿佛被巨石劈中，整个人呆立当场，丝毫动弹不得。

流年，我对你很失望。

流年，我很失望……

流年，你不要再拖累我……

流年！

"不是的，不是的，不是你说的样子！"花流年忽然奔跑起来，去追已经离开的何想。她极少有过这种失态的模样，可她已经顾不上其他。她脑海里闪现过许多从前的画面，父亲临走前殷切的反复叮嘱，哥哥一次又一次无奈的叹息，或许她从前真的一直在让人失望？或许她一直引以为傲的东西都来自外界的其他附加？没有了这些，她难道真的什么都不是？不是的，不是的！

她也不知道自己为什么要追何想，是要找他理论？还是要向他重新证明自己？

何想说完话就离开院落，朝大厅大步走去。他知道今天说的话很重，但重病需猛药，就留她自己一个人好好想想，他没想到的是，花流年立即追了上来。

"何想！等一下……"

花流年喊得急，何想不得不停步，没想到花流年跑得也急，见何想突然转身，一个没停稳，推着何想倒入阁楼门中，两个人"砰"地摔在地上，撞得头晕眼花，再爬起来时，四周景象瞬间为之一变！

逼仄阴暗的阁楼消失不见，取而代之的，是广袤的天穹与浩瀚的群山。

周围都是崇山峻岭，抬眼看去，望不尽的山峰，高低错落，连绵成势。山上构建了数不清的大大小小的尖塔形建筑物，在太阳的映照下，闪烁着耀眼的金属光泽。

他们此时所处的地方，是一座巨大山体的山顶上多出的一块空地上。

这是哪里？他们怎么会突然现身此处？

何想有点蒙地从地面上爬起，下意识收起背后展开的双翼，还熟练地检查金属双翼有没有损坏。他有些愣，他在做什么？他为什么突然长了翅膀？花流年呢？

恰在此时，人声鼎沸，从身后潮水般冲来，差点震坏何想的耳神经。他晃了晃耳朵，抬头就见十多个背生双翼的人从天空中朝他俯冲而来，"砰！砰！砰砰！"一连七八个"鸟人"一头栽到地面上，跌了个狗啃食，或惨叫或呻吟地陆续爬起来，也有几个人在距离平台百米开外的地方就开始缓慢降速，并快速扇动双翼抵抗引力，优雅自如地降落，再对何想等人报以善意的笑容。

"抱歉，我还没来得及提醒你们，你们就先下来了。"其中一名看起来二十岁出头的女孩温和地笑道。

栽落在地的人们似乎也没人认为对方可能在嘲笑自己，纷纷朝她客气地摆手或点头示意。检查过金属双翼的损坏程度后，顿时有好几个人都哀痛连连，很明显双翼都有不同程度的损耗，他们也不多停留，立即三三两两地离开。

何想站在原地，愣怔地环顾四周，发现他们正站在一条商业街的起

第七章　好整以暇

点入口处。不断有来自四面八方的背着各式各样金属双翼的人飞来他所在的平台,巨大的金属双翼颜色各异,流光溢彩,会聚到半空中,形成一道美丽的风景。人们落到地面平台后,快速收起翅膀,也不停留,迅速进入商业街中。

这里的交通工具是……翅膀?

第八章　神奇世界

何想与花流年晕晕乎乎来到集市，虽然此时有了目标，但依旧感觉自己仿佛踩在云端，有种不真实感。他们始终感觉自己忘了什么重要的东西，需要快点想起来，否则会迷失自我，但脑海里仿佛笼罩了层层迷雾，怎么都想不起来一些事情。

此时何想的脑子异常迟钝，他感觉眼前的一切都不合理，可不知为什么，潜意识又觉得理所当然。两种认知冲击着他的大脑，让他一时有些没反应过来，直到花流年的声音将他惊醒。

"何想？"

"流年？"何想一怔。眼前的女孩看起来和记忆里的花流年似乎有所不同，可具体哪里不同，他一时间又说不上来，仿佛记忆系统发生混乱和进行更新，新旧交替，不太稳定。

对花流年来说眼前的状况也同样如此，她注视着何想，总觉得眼前的人十分陌生，长得还很奇怪，人类不应该是长这个模样，可人类该是什么样，她一时又想不起来。但她知道，面前的人是何想。

得到何想验证，花流年心中稍稍放松，露出笑容。

见到花流年笑，何想的眼中流露出惊艳之色，虽然早就知道花流年长得漂亮，可不知为什么，她现在的样貌比以往任何时候都要美丽，整

第八章 神奇世界

个人像发光一般，引人注目。

发光？

何想定睛一看，可不就是发光？此时花流年身上大的关节处都镶嵌着由能量金属衔接的细小晶石，在她行动时波光流转，熠熠生辉。

怪就怪在，何想下意识觉得此时才应该是花流年真实的模样，可她原本是什么模样，忽然有些想不起来了。

"我们怎么会在这儿？"问出这句话，何想心中感觉更加怪异。他不应该在这里，他应该在哪里？

花流年一愣，她也不知道。眼前的一切如同梦境般，却又感觉那么真实。

"你们俩怎么还没入城？"说话的女孩是刚才降落在平台、对众人抱以歉意的女孩，她跟同伴商量好入城采购计划后，就看见何想与花流年呆呆地站在原地大眼瞪小眼，她问道："难道你们是第一次来主城，不知道该怎么逛？"

主城？

何想一怔，点点头，说道："对，不好意思，我们是第一次来。"

女孩绽开笑容，热情地说道："要不我来给你们当向导？"忽然，她注意到何想无名指上的黑色戒指，以及花流年胸前挂着的黑色吊坠，立即惊叫道，"难道你们是？"

"对，肯定是！"女孩惊喜地说道，"你们是来核验七星联盟的执法资格的，对不对？"

执法资格？

何想脑中灵光一闪，没错，他是来核验资格的。他已经通过了分区的执法队资格考核，今天就是来主城区宣誓并领取资格证的。如果不出意外的话，以他远超一般人的优异成绩，他还极有可能获得一对可以进行远距离航行的"大翅膀"！从此以后，他再也不用一直困在一颗星球上，而可以畅游星盟，遨游星际！

他怎么会连自己的梦想都忘了呢？何想觉得自己太不应该了，立即带着七分兴奋、三分自得地回应道："是的，没错。"

花流年也开心地点了点头，整个人看起来都鲜活了许多。

"哇！太棒了！你们也太厉害了吧？执法资格巨难考的，而且对公民的积分要求也高，基础分不够的话，连入学资格都不具备，你们俩的出身一定也很良好吧？"女孩充满羡慕地看着他们，她的几名同伴对何想二人的态度也越发友善，一同上前与何想、花流年交谈。

"你们俩的金属翼质量真好，从那么高的地方栽下来，竟然一点磨损都没有，应该花了不少金属币购买吧？"另一名年纪稍长的女孩赞叹道。

"尤其你手上的还是'星能戒'，目标应该是成为七星联盟执法队的守护者，真是厉害。"几人中最年长的那位说道。

"真好啊，出身好，积分高，就是不一样。"年纪最小的少年嘟嘴道。

"哈哈，也不光是出身，后天的努力也很重要。"最年长的那人摸了摸少年的脑袋，笑道，"你不是也听说过不少出身普通，但是积累了巨额积分、获得崇高地位的名人吗？"

"说是这样说啦……"少年鼓起嘴巴。

整个七星联盟，主要以积分和金属币作为准入通行资格与货币基础。积分越高的人，拥有的权限就越高，可以出入多种高档场所，进修需要较高积分才能学习的课业，进而进入相应的高端职业，做出成就，获得更高积分。而积分较低者，则有诸多限制，社会地位也相对较低，只有突然做出卓越成就，获得高积分，才能摆脱原始位置。

在大众熟知的所有职业中，星盟执法者又是地位最高、要求最高同时危险性也最高的职业，但高风险有高回报，执法者每成功完成一次任务，都会收获大量积分，令普通工作者望尘莫及。

见何想和花流年有些愣，显然不擅长应对场面上的客套话，女孩立即将二人归结为命好的书呆子类型，笑道："如果你们是来核验资格的，那就要赶快了，我记得光明主城是正午时分对外开放，现在时间已经不多了。"

"好的，谢谢。"何想与花流年一同道谢。

第八章　神奇世界

"我先带他们转转，你们先采买吧。"女孩跟同伴们打了个招呼，带着何想、花流年一头扎进集市。

何想与花流年晕晕乎乎来到集市，虽然此时有了目标，但依旧感觉自己仿佛踩在云端，有种不真实感。他们始终感觉自己忘了什么重要的东西，需要快点想起来，否则会迷失自我，但脑海里仿佛笼罩了层层迷雾，怎么都想不起来一些事情。

集市上来往的行人很多，每个人身后都背着一个小背包，看起来行色匆匆。

何想和花锦年几乎是下意识跟着眼前的女孩，听她不断介绍主城区的风景名胜，看着道路两旁各种风格迥异的建筑物。建筑物主要由金属和土石构建而成，无论是主体还是装饰物，几乎没有用过其他材料。

很快，三人来到号称七星联盟最高主脑系统所在的光明主城的山脚下。

一抬头，就看见上千级阶梯自眼前拔地而起，阶梯的尽头，一座以山体为根基、气势宏大的主城大楼展现在众人眼前。

"对不起哦，后面的路我就没法陪你们走了，我积分不够，不能进主城大楼。预祝你们顺利通过核验，成为新的执法者。"女孩笑得灿烂。

何想与花流年依旧充满了不真实感，他们冲女孩点点头，说道："谢谢你。"二人没多停留，继续朝前走。

在踏入阶梯的瞬间，何想与花流年身上的黑色戒指与吊坠光芒一闪，二人一个愣神间，人已经到达千层台阶的顶端，再回头，城楼大门已经与他们遥遥相对。

一秒过千层？这是什么技术水准的自动电梯？

何想与花流年对视一眼，都看到对方眼中的骇然。

"你们两个！站在台阶边上的！还不快过来？发什么呆？还不快来集合！nesiyr 大人都等不及了！"不远处，一名穿着军官服饰的中年男人厉喝。

何想与花流年如梦初醒，nesiyr 大人？

奇怪的音节，读起来十分绕口。不知为什么，何想脑海里瞬间反应出相应的解释和名字,是"氪七"大人。不仅如此,刚才替他们带路的姑娘叫"钬十",内心不平的少年叫"钆十二"……似乎,大家的名字都是元素加上数字的排列?

意识到这一点,当召集准入资格人员的军官出现在面前,并盯着他喊"钚一"时,何想瞬间反应过来是在喊自己。

"到!"何想立正站好。

军官盯住何想两秒,锐利的目光才从他面上移开,又扫了一眼有些紧张的花流年,却没有多为难:"行了,你们俩根据自己的编号归队吧。"

"是。"何想二人应道,立即混入人群中,开始找自己的位置。

时值正午时分,金色的光明主城在太阳的照耀下显得异常光明广大,气势巍巍,主城建造得大开大合,并不十分高,占地面积却极广。面前的广场也面积辽阔,广场两边竖立着两座高大的金属碑,一座白金色,一座黑紫色。

白金色的金属碑主要用来记录各种功绩,有排名最前列者的积分系数,有最高执法者的各项功绩,以及日常执法者的任务系统、完成度及排位。黑紫色的金属碑则正相反,记录了各大罪犯的犯罪记录、破坏成果和负分值。

一般来说,七星联盟以积分作为基础通行准入标准,积分越高者所得到的福利也越好。普通公民的积分值都是正分,倘若违法犯罪,积分便会依据犯罪的程度进行不同程度的降低。如果是情节恶劣的犯罪,极有可能一次清零甚至进入负值。黑紫色金属碑上,记录的全都是穷凶极恶的负值积分罪犯,负值积分罪犯也是执法者追捕的目标。每一个被缉拿归案的罪犯,都将被中央主脑判处刑罚,然后流放到资源匮乏、文明体系低下的第八星——罪星。

每一个到达主城大楼前的准执法者都会瞩目和仰望两块截然相反的金属碑,大家或多或少会对白金色金属碑流露出喜悦和羡慕的神色,又对黑紫色金属碑流露出厌恶和凝重的表情。历来七星联盟的执法者都是一个备受尊敬的高危职业,死在执法任务过程中的执法者也不计其数。

第八章 神奇世界

由于七星联盟的医疗技术已经进入顶尖水平，生物体基本不会因为生病而死亡，只有两种死亡方式——星际灾难与他杀。

执法者，是所有职业中死亡率最高的。

因为虽然星盟中央主脑和光明主城代表了以积分系统为主的公开透明的公平性，但执法者才是保障和执行公平性的先驱。

他们是法则的化身，是神圣而不容侵犯的存在！

没来由地，何想跟其他仰望金属碑的准执法者一样，对自己的职业生出了极为崇敬的心情。没有担忧，没有恐惧，只有热忱与憧憬。

"咯！"一声轻咳，通过广播，响彻整片广场。

一个展开金色双翼的人影缓缓降落在广场中央的高台上，他的身后，巨大的光屏清晰地照出他的身影。他说道："大家好，我是此次执法者准入资格核验的考核官，氪七。很高兴见到你们，我亲爱的朋友们，未来的同僚们，荣光与你们同在！"

"荣光！荣光！——"巨大的欢呼声，刹那间响彻整个广场，数百名准执法者们呐喊欢呼。

何想与花流年混在众人中间，仿佛受到感染，口中也不由自主高喊起来。

考核官扬起双臂向下压，待安静下来继续说道："我知道大家现在都激动无比，因为过了今天，不，过了现在，只要在广场上对着主城和金碑宣誓，大家就会成为正式的执法者。从此以后，被赋予崇高的使命，守护七星联盟，是你们毕生职责所在！"

"守护星盟！守护星盟！"新一轮的欢呼再度被点燃。

考核官的声音充满激情，说道："你们都是经过千挑万选被选拔出来的人才，拥有优秀的才能。唯有你们，才有资格拥有真正的大翅膀，通行星盟，遨游宇宙！现在，被我念到名字的人依次站到队伍最前列的五十八个光点上。"

随着一个个名字被点到，何想的心情又期待又忐忑，当听到自己的名字"钚一"时，他感觉自己的灵魂都激动得飞跃。

他飞快地来到队伍的前列，看着高台上身影高大的考核官，充满了他所没有过的孺慕之情。

他应该认识讲台上的人？

何想的心中产生些许疑惑。是叔叔？对，好像是的。可他有叔叔吗？他又陷入更深的疑惑。

考核官看着面前被他念到名字、站得极为分散的五十八名准守护者，尤其在看到"钚一"时，微微一笑。

"现在，就由你们，带领大家站在光明主城的前面，对着自己未来的伙伴——大翅膀，宇宙双翼，宣誓吧。"

在考核官说出"大翅膀"三个字时，广场之上，五十八名准守护者的身前，忽然闪现出道道光华。五十八只高大的收起羽翼的雏鸟形状飞行器忽然出现在众人身前，都有着圆滚滚的身材、灵活转动的脖子以及灵动的大眼睛，它们周身都布满了色泽艳丽的金属羽毛，美丽灿烂，纤毫毕现。

在看到眼前晶莹剔透、灵动可爱的"大翅膀"的瞬间，何想只觉得浑身血液飞速流淌，心脏疯狂震动，欢欣雀跃的心情将他掩埋，喜悦蔓延至四肢百骸！

刹那间，他感觉自己彻底融入这个世界，他就是真实地存在于此。

噢，他的大翅膀，独属于他的，能翱翔宇宙星际的大翅膀！

一股无法比拟的荣耀感、自豪感和满足感，霎时填满何想心中所有的空缺，让他开怀，让他忘忧。

与他有相同想法的，还有在他身后不远处的花流年。

在看到"大翅膀"后，花流年的视线再也移不开，努力多年、为之奋斗的东西，终于近在咫尺，从今往后，她的天空就再也不限于绿星，她终于可以领略时空的无穷魅力！

花流年笑得无比灿烂，而一直萦绕于心间的淡淡忧虑，有关全有集团，有关花锦年，终于彻底消失……

第八章 神奇世界

中心市。

警视厅附近。

花锦年穿着破烂人字拖鞋、破洞长裤、脏污的T恤，头发油腻，乱糟糟如同鸡窝，一个人在大街上漫无目的地走。

两天多以来，他一直都这么没有目的地乱走，走到哪里算哪里，走累了就坐下来休息下，偶尔还会有人朝他身边扔点东西，算是施舍。

花锦年也没有浪费，能吃的东西都吃掉，遭人白眼他也不在乎，吃饱了继续不停地想。

在过往三十多年的人生里，他从没迷惘过，但现在很迷惘。有些问题他始终没想明白，可他就是这么一个钻牛角尖的人，不想明白不罢休，拼了命地去分析论证和假设猜想。

街道上气氛和往日不同，伴随民众大量无规则游行的，是急剧飙升的犯案率，好在花流年此时邋里邋遢，平时又极少出现在公众场合，故而没人能认出路边邋遢徘徊的流浪汉是花锦年，所以他现在反而很安全。

其实，也不那么安全。

"喂！小子，喊你呢，就是你，看什么看？"三名混混儿堵住花锦年的去路，将他团团围住，个个凶神恶煞，盯住花锦年的模样贪婪且不怀好意。

"真是，知道这儿附近是谁的地盘吗？谁批准你在这儿浪了？还接别人东西，我让你接，让你接！"为首的混混儿边说边抬脚踢向花锦年，见他只是后退躲避没多少反应，又伸拳朝脸上揍他。其他两名混混儿也迅速加入殴打队伍。

花锦年却有些蒙，若是以往，他只要打个电话，所有对他不利的人都会被迅速带走，可现在，他不仅不能主动联系任何人，还得躲藏起来。一个人前后的境地如果发生天翻地覆的变化，一定是他犯了不可挽回的巨大错误，才会跌落尘埃。那么，他到底错在哪里？

他不该建设土星空间站？他不该修建载人飞船？他不应该研究空间通道？还是他不应该寻找仙星？

可这些璀璨的研究成果不也给人类带来了许多便利？这些事情即使他不来做，未来不也有其他人会做？历史是往前推进的，没有花锦年，恐怕也有林锦年、叶锦年。那么，他究竟错在哪里？

如果他没错，为什么又会落到如此地步？

是他不够谨慎？还是他太过轻敌？或许都有……

花锦年在脑海中推演了一次又一次，可是每一次推演最终都以败局收场。究其原因，是他不了解暗处真正的黑仙传人是个什么模样，拥有什么实力，甚至他心中隐隐地期待过自己就是黑仙传人，只不过还未苏醒。

那么，他现在该做什么？他又能做什么？如果他现在回全有集团，他是否会立刻遭到背叛？

或者联系几个朋友相助？可他发现，这些年自己从未有过真正的朋友，也不存在真正值得信任的人。即便是他一直信赖的助手刘连生，也在他离开的瞬间转投敌方的怀抱。

难道说，是他过往对人太不用心了？可时间那么少，哪有空花费在不重要的人身上呢？

"砰砰砰——"击打在骨骼和肌肉上的沉闷响声回绕在花锦年的耳边，让他的思维越发困顿，他感觉自己缠绕在一个死胡同里，左冲右突，却始终找不到出路。

正如他现在被人围殴，却没有半个人可以援手……

忽然，"住手！"一声清晰的怒喝，在花锦年的耳边响起。

"你们这群混账，叫你们住手，听到了没有？还反了天了？"熟悉的女声在花锦年耳边炸响。

温之光眉头一挑，抓住一个揍人的混混儿手腕，往后一拉，一脚踢到对方后腰上，在他的痛喊声中将人往后一甩，又一把抓住另一个混混儿手臂，向后一拧，再踹上他屁股，将他踹倒在地，再对上最后一个转身攻来的混混儿。

不等她动手，在对方看清她的容貌后，先吓了一跳。

第八章　神奇世界

"是，是，是你？"混混儿大吃一惊，脸色骤变，立即回头，大喊，"快跑！别打了，快跑！"

温之光眉头一皱，刚准备上前抓人，眼睛的余光却下意识朝花锦年身上一瞟。

不看不要紧，一看她也吓了一跳，说道："等等，你？"

花锦年狼狈地坐在地上，头发凌乱，脸上瘀青，勉强对她一笑，说道："温小姐，人生何处不相逢，没想到这么快又见面了。"

温之光一愣，眨眨眼，立即反应过来，上前拉住花锦年，说道："你先起来。你怎么会在这儿？"

"我该在哪儿？"被温之光用力一拉，花锦年痛得眉头一抽，笑问道。

温之光觉得花锦年笑得怪怪的，好像明明是想哭却又不得不笑，怪异得不得了。

"你怎么回事？"温之光压低声音凑近他，问道，"新闻上可是说你失踪了。你现在是逃跑？就一个人？对了，花流年现在在典当行，跟何想他们一起。"

"是吗？那我就放心了。"花锦年微笑道，说着后退了一步，"我也该走了。"

"等等！"温之光瞪眼，迅速抓住花锦年，"你去哪儿？"

"温小姐想抓我？"

"得了，你不要笑得一副诡异的样子了，不想笑就不要笑，还有谁逼你不成？当然，自己也不要逼自己！"说着，温之光皱起眉头，"你一直都是这副样子在街上乱晃吗？没被人抓住也真算你运气好。你……算了，警局也不能回，要不我带你找个地方躲起来？或者我们直接去典当行？反正多你一个人不多。"

不等花锦年回答，温之光拍板，说道："就这么办！我们走吧。"

她伸手去拉花锦年。

花锦年躲开她的手，站在原地不动，看着温之光，笑容消失，说道："我不去。"

"为什么？你一个人瞎晃是很危险的，还是说你打算找机会再潜入全有集团夺权？"温之光睁大眼睛，又自问自答，"当然，也不是不可以，不过你一个人还是太危险了，有头绪吗？有人接应你吗？"

看着温之光带着关心的真诚目光，花锦年发现，虽然周围有太多东西发生剧变，但温之光好像还是温之光，她并不因为你的身份地位发生变化，对待你的态度就随之改变。

如果是温之光，可以相信吗？

"哎呀，你不要再犹豫了，我们先上车，然后你再想到底要去哪里，我们在街上聊天太显眼了。"温之光拉着花锦年就往回走，边走边说，"我得先跟我的搭档陆七打个招呼，毕竟是中途离队。喏，消息发好了，你看看？"

温之光笑得灿烂，将手机毫不掩饰地举到花锦年眼前。

花锦年眼皮一动，并没有说什么。

坐上车，温之光发动车辆，瞅了一眼副驾驶上的花锦年，说道："现在可以说说你的打算了吧？"

花锦年微微沉默："我还在想。"

"你在想？"温之光匪夷所思，"你在想什么？"

"我有问题没想明白。"

"什么问题？"

"我错了吗？"

"什么？"

"这就是我的问题。如果我错了，什么才是对的？"花锦年又陷入思索。

温之光眨巴眨巴眼，又看了看他，忽然觉得"天才跟疯子只有一线之隔"，这句话说得简直太对了！

"你就是因为想不通才在街上乱晃？"温之光不懂地问。

"嗯。"

"叫我说你什么好呢？你这个问题……"温之光本来想说"不是明摆

第八章 神奇世界

着吗？"，又想到父亲说的"同样一个问题，看问题的角度不同，结果完全不同"，不由得闭上了嘴巴。

想了想，温之光还是说："是非对错本来就没有一定的评判标准，从不同的角度来看，结果天差地别。你执着在对错上，是钻牛角尖了。"

"继续。"花锦年抬头，摆出倾听的姿势。

被一个统领全有集团、决断成千上万项目的"大佬"喊继续，温之光的倾诉欲望也被极大激发，继续说道："你想啊，寻找仙星、开启空间通道，从拓宽宇宙视野、寻求星外机遇来说，当然是好的；但对地球居民来说，未知代表了不安定和恐惧，一不留神也可能招致灾难，就是不好的。对你来说，全有集团给了无数人工作机会，也间接带动了各行各业的发展，它就是好的；但是被可恶的黑仙传人利用，给民众带来死伤，就展现出不利的一面。这些事情，不是你一个人的对错，也不是你一个人就能担当的。它是诸多的缘分结合在一起，万千人的意愿和努力共同构建，你只是领航者、驾驭者。"

"那么，我是驾驭翻了船？"花锦年低声道。

"可以这么说吧。不过，人非圣贤，孰能无过。错了就改，只要没死，就再重来嘛！"

"那些因此死掉的人呢？一将功成万骨枯？"花锦年凝视温之光。

温之光恍然大悟，说道："原来你在内疚啊……看来你真的是个好人嘛！"她笑了，目光明亮，又看向前方，"我这么说你可能会觉得无情和离谱，但自从老爸过世后，他以前说的很多话，我渐渐都能明白了。他说，普通人之所以和伟人不同，是因为他们的承受能力不同。普通人如果背负一两条人命，恐怕会寝食难安、日夜难眠，一直活在痛苦和恐惧中，再不然就会变得麻木、病态，甚至人性陷落，毫无底线。伟人则不同，责任越多，重担越多，他们会不断修正，越发谨慎，但谨慎不代表畏首畏尾，而是目标明确，思路清晰，尽力完善，考虑到方方面面。该大刀阔斧地干，依旧要干，不要怕，脑袋掉了不过碗大的疤！"

"在我看来，你还没有完全失败，你只是被打了个措手不及而已。"

温之光忽然发现自己有当老师的潜质。

"我还要再想想……"花锦年道理都懂，但情绪难平。

"你还想啊？要想到什么时候？时间不等人的！"温之光一脸认真地说。

"我知道。"花锦年神色平静，毫无波澜。

"呃，"温之光眨眼，"那你决定去哪里了吗？"

"你现在放我下车吧。"

"不行，要是你遇到危险怎么办？"温之光不依。

"我不会去典当行的。"

"你怎么这么固执？"温之光有些无语。

"我以什么身份去呢？我既不是黑仙传人，也不是七传人，只要流年安全就可以了，我并不重要。"

温之光张了张嘴巴，越看花锦年越觉得十分诡异，这家伙该不会是中邪了吧？以前他不是一直都一副不可一世的模样吗？真的是被打击太狠，变成咸鱼了？不要这样吧……

"让我下车吧。"花锦年慢条斯理地从裤子口袋里掏出一支钢笔型枪支，对准了温之光。

温之光愕然片刻，微微沉默后，问道："你认真的？你确定知道自己在干什么？我不让你下车你就拿枪威胁我？你有枪你怎么不早说？刚才那些家伙打你的时候你怎么不拿出来？还挨那么久的打？你在逗我吧？"

温之光感觉自己快被他气死，这家伙不按常理出牌，脑回路清奇啊！

"行了行了，我知道了，我不会带你去典当行的，你不用摆出一副宁死不屈的模样，我有点接受不了。"见花锦年不说话，温之光被气得爆粗口。

"但我也不会就这么让你下车。你不是想好好想问题吗？行，我带你去个地方，让你一个人安全地慢慢地好好想！坐好！加速了！"不等花锦年回应，温之光猛地踩足油门，车辆飞速前进。

强大的后座力撞得花锦年一怔，最终还是无奈叹气，毕竟他和温之光都知道，他绝不会向她开枪。

第八章 神奇世界

半个小时后。

城西，军区大院，别墅区。

一进门，温之光就将鞋子踢到一边，吩咐机器人管家多准备一套男装、两双鞋，一双给花锦年穿进门，另一双留给他换洗用。

"行了，你也别四处打量了，赶紧去洗手间冲个澡，你现在也太脏了，到底是怎么忍受的？"温之光推着花锦年往前走，给他指了洗手间的方向，一副嫌弃的模样，弄得花锦年有些尴尬。

"发什么愣？还不快点？手脚这么不麻利，怎么混上集团董事长位置的？要不然找机器人搓你！"温之光理所当然地威胁。

花锦年心中好笑，建议道："你最好断掉机器人和家庭主脑的电路，不安全。"

温之光一愣，说道："知道了。"她回头看了看守候在不远处的机器人管家，只见他红色的电子眼闪烁了两下，看起来和平时也没多大差异。想想全有集团曾经遭遇的机器人袭击，她听话地拔掉了所有自带智脑系统的家电电源。然而她不知道的是，在她带着花锦年回家时，所有相关信息早已通过智脑上报传输。

十分钟的时间，花锦年出浴，除了头发还湿漉漉的，穿戴已然十分整齐。他站在陌生的客厅里，看着周围奢华又温馨的混搭装修风格，琢磨着是谁的手笔。

"速度呀！"温之光端着餐盘从厨房里走出，赞叹道，她将菜品端上桌，"家里的男装都是我爸的，给你穿的是未开封的新衣服，好在你们俩身高差不多，看起来还算合身，就是你瘦了点。"

花锦年看了看一身居家运动服的自己，又看向温之光，说道："谢谢。"顿了顿，又道："你以后还是不要随便带男人来家里。"

"随便？没有呀，除了你也就是何想来过。不过根本不用担心啦，像你们这样的，我一个打五个，不，打十个都没有问题，哈哈。好了，来吃饭，这可是我精心准备的分合食料理大餐，还有前两天新出的甜品，保准你都没吃过！"温之光拉开椅子坐下。

花锦年也一同坐下。没错，自从十多年前分合食料理机研制成功，他就很少再将心思放在上面，有什么新品出现，他也极少亲自品尝。他做事通常都是将大的框架搭建好，后续的修饰和补充，都是其他员工的事。

或许他这一点以后也要改改？花锦年插起一块甜品送入口中，味道很甜，很香，入口绵软。

"嗯，好吃！每次吃到这么好吃的甜品，就感觉很幸福！"温之光的笑感染了花锦年，让他紧绷的内心也不由得柔和少许。

"看你吃饭，确实会让人感到幸福。"花锦年忽然说道。

"哎？"温之光眨眼，"你是说我吃得很香，自己也想多吃几碗吗？哈哈，我老爸也总是这么说。"说到老爸，温之光又眨了眨眼睛，不可避免地情绪有点低落，但很快又排遣开，说道："快吃吧，吃饱喝足睡一觉，问题就迎刃而解了！我好多次都是这样的。"

"嗯，那我也试试。"花锦年优雅而快速地吃着食物。

"咦？"

"怎么？"温之光的目光实在逼人，花锦年不得不抬头看她。

"我发现你现在好像很容易接受别人的意见。"

"那也看是谁。"

"哈哈！"温之光又笑，"那我不是很荣幸？"

"确实。"

"哈哈，自恋鬼。哇！你吃饭速度好快，你是魔鬼吧？简直跟我爸有一拼！"

"你再不吃就没了。"

"你认真的？？第一次来人家家里做客，就让主人没有饭吃，你果然不是一般人，你是二班的。"

"呵。"

"你！行了，不跟你废话，我要加入大战了，让你看看我多年练就的虎口夺食的威猛。"

第八章　神奇世界

两个人好似将这几天积压的消极情绪尽付饭桌上，风卷残云般扫荡了所有的食物。

吃完饭，温之光迅速将餐桌一收，然后摊在沙发上，花锦年又开始发呆想问题。

温之光看得有趣，问道："你之前……是真的想让大家都能长生吗？"

"嗯。至少也延长寿命，减少遗憾。"

"因为你之前也失去过什么人吗？"温之光记得花锦年小时候好像是个孤儿。

花锦年目光垂下，有几分怀念地说："我义父花天下，他是个很了不起的人，这样的人，不应该离开太早。"

"噢——"温之光微微停顿，问道，"是不是在你眼里，只有厉害的人才应该活得更久啊？"

"真正厉害的人都是人类的瑰宝，离世太早，对世界来说是一种损失。"

"如果资源只有一份，却有两个人摆在面前让你救，你肯定是救更厉害的那个？"

"当然。"

温之光本能想要反驳"如果其中有你爹呢？"，又想到他是个孤儿，就算是他义父，那也是花天下，天底下能比花天下还厉害的人又有多少？这么一想，花锦年会长成这样的性格也能理解了。

"唔，好吧。"温之光突然没辙，说道，"不纠结这个了。还是来说说你是怎么逃出来的？"

"我能逃出来，也算是意外。"花锦年简单讲了一下前两天发生在全有集团内的事情，以及借助仓库杀招干掉人形机器人、自己在护卫机器人的帮助下逃离的事。

"其实护卫机器人现在就在附近，它的外形多变，不是真正的危机情况，我不会让它暴露。毕竟一个流浪汉拥有单独的机器人护卫太过可疑，而且在暗处，它也可以帮我监控危险……"说着，花锦年神情微微一怔，"示警？"他看了看自己腕表端闪烁的微弱蓝色信号。

下一刻，潜伏在温之光别墅外、伪装成垃圾桶的机器人电子眼急促闪烁，它发现一群黑衣人飞速从四面聚拢，飞身跳上别墅二楼的露台。它飞快将录制图像和图片发送到主人客户端。

别墅内，花锦年坐在餐桌边，看着客户端上传来的图片和短视频，面色微变，猛地抬头。

与此同时，温之光似有所感，抬头看向二楼窗户处。

恰在此时，"嗒嗒嗒嗒嗒——"一阵急促的射击声，密如急雨的子弹疯狂射入。十多名黑衣人同时撞入二楼落地窗，举枪，朝下，射击！

"小心！"温之光惊叫一声，抓住花锦年就朝里冲，同时瞬间控制腕表装置。

"砰砰砰！"从别墅顶层到二楼半露天观景台，再从观景台到客厅大门，一连串合金闸轰然落下，险而又险地将一群黑衣人阻拦在外。

短暂的喘息时间，温之光拉着花锦年撞入一楼走廊拐弯处的卧室内，砰地关上门，落下合金闸，室内灯光倏忽亮起，他们待在一个密封的空间。

"先别着急，闸门还能挡几秒，我们先找到武器。"温之光快速说道，并在梳妆台的抽屉里翻找起来。

卧室外，客厅里。

在短暂的数次撞击合金闸却遭遇高压电磁流阻扰后，众多黑衣人改为爆炸攻击，"砰砰砰砰——"一连串爆炸声此起彼伏，"轰隆！"合金闸只维持了几秒，就炸裂开来。众多黑衣人迅速闯入，分别攻向各个卧室。

拐角处卧室内。

温之光拉出整整两个抽屉的武器，除了几个基础样式的军用器械外，其他所有武器都是颜色各异的胸针型武器。

"身上挂几个，红色主爆炸，黄色主射击，蓝色是带毒匕首，绿色主治疗，黑色是纳米绳。"温之光抓了一串胸针扔给花锦年，自己则翻出抽屉内壁里的一个夹层，从中掏出一枚墨绿色胸针挂在自己脖子上，塞入衣襟里，又将其他胸针都倒入军用背包，背在身上。

第八章 神奇世界

花锦年也毫不含糊,一口气挂了七八枚胸针,又塞了几枚到裤子口袋,手上则直接拿起一挺制式机枪。

"我学过射击。"花锦年举了举机枪。

"好。你的背包,接着。"

花锦年接住温之光扔来的另一个体积更大的背包,很显然,这是属于温景阳的。

"砰!砰!砰!砰——"一连串爆炸声从屋外各处传来,头顶上也传来脚步声,显然有的房间已被入侵。

"事不宜迟,走!"温之光掀开床板,"跳进去。"

花锦年微讶,没想到温之光竟然不选择正面战斗,他毫不犹豫跳入床板内。温之光也接着跳了进去,盖好床板。

就在此时,"轰隆!"卧室的合金闸门被炸毁,三五名黑衣人手持机枪,闯入卧室内,却一个人影都没见到。他们开枪将室内每个角落疯狂扫射一遍,确认没人后又退了出去,对其他卧室内出来的同伙摇了摇头,没有发现目标。

就在温之光和花锦年落入床板内三秒后,整个别墅忽然开启全封闭式自毁模式。所有露天窗口迅速合拢,阻断一切逃跑可能,绝无生还的恐怖爆炸,从内部自动开始。

"轰隆!隆隆隆——"

远在地下几十米外的地方,温之光和花锦年感觉头顶传来剧烈震动,面色微变。

"图像传来了。"花锦年在逃跑之初就下令让护卫机器人逃离,此时护卫机器人在地面上远距离摄像别墅情景,实时传送给花锦年。

"自爆系统?"温之光也有些意外,咬了咬下唇,说道,"应该是我老爸设置的。一开始住进来时,老爸就说过,万一被敌人入侵,按照我们刚才的路线逃跑。没想到老爸还玩了这么一手……"

"不过也不管那么多了,逃跑要紧。跟上。"温之光抓住花锦年的手腕,再度加快速度。

温之光的果决，令花锦年混沌的脑袋瞬间像被一道光刺破。他呆呆地几乎是机械性地跟着她跑，凝视着她的身影，忽然，眼中的迷雾散去，一抹黑亮透出。

"成大事者不拘小节，要尽量考虑周全，减少伤亡，可非常时期非常对待，一个人难以算无遗策，但责任来临时，抵挡住，再前行就好……"花锦年的声音很低，平静温和得仿佛在念书本上的一段句子。

温之光却听得很清楚，不仅听清楚了，还笑着在前面回答道："没错，不要戾，就是干！要的就是百折不挠的气势，实力不够，就增强实力，胆魄不够，就豁出命！"温之光大笑，潇洒恣意。

花锦年发自内心地笑了，只觉压在心头的巨石顷刻间化为齑粉，心中前所未有地轻松。

"温之光，你很好。"花锦年又说了一次。

再抬眼，他已重回冷静。

军区大院，别墅外围。

从爆炸与战斗打响，到特种兵小队集结赶到别墅外进行灭火抢救，总共不过一分十秒的时间。可就是短短的一分多钟，前副总警监温景阳的别墅已经付之一炬，内部人员生死不知，看着眼前熊熊燃烧的大火，想到即将大发雷霆的总司令原战，小队队长不由得越发头疼。等这个月过完，他一定要请几天年假，不然再这么下去，他真是承受不了。

温之光与花锦年的速度极快，特种兵小队刚赶到别墅，他们已经出现在别墅外东侧八百米开外的树林里。虽然还在军区大院内部，但已经到了别墅区的边缘、另一侧可供出行的小门附近。门边有一个小型停车场，稀稀拉拉停了十几辆车。

温之光四下里扫视一圈，确定没有埋伏，拉住花锦年手腕，说道："走，我们上车。"这条线路温景阳很早之前就规划好，特意停了一辆车在此处，偶尔会命人打理一下，但始终无人知道真正的车主是谁。

花锦年目光落在温之光拉住自己的手上，白皙修长，骨节分明，并不多么柔软，却十分好看有力，心情莫名地好了一些，仿佛刚刚被人追

第八章　神奇世界

杀也并不是多么令人难挨的事。

温之光没有料到的是，她才拉着花锦年走出几步，一辆警车忽然驶入小门，飞速停到他们面前。温之光的手一紧，另一只手下意识地伸入上衣口袋内，握住一枚胸针型枪支。

车门打开，从车内下来的人是陆七。温之光顿时松了一口气。

"你搞什么啊？一惊一炸的，我还以为……"温之光瞪他一眼，抓住花锦年的手也松开了。

陆七奇怪地瞥了一眼打扮成大学生模样、看起来满脸无害的花锦年，又关切地看向温之光，说道："你才是吓我一跳好吗？突然说有事离队，联系最近出的一些事，我不放心，就跟了过来。他是谁？你们又是？"

"我堂弟，温像。"

"你还有堂弟？"陆七惊讶，第一次听温之光提起家里亲戚，以往从未听过。

"哎呀，你管那么多干什么？"温之光不耐烦地说。

陆七有些无奈："我能不管吗？我刚过来就听说别墅区内发生爆炸，前门立时被禁止出行，我只好走后门，恰好碰到你们。你们怎么会在这儿？爆炸又是怎么回事？"他又瞅了瞅二人背后的军用背包，眼中的担忧越发浓厚，"该不会是你们干的好事吧？"

"哎呀，一时半会儿说不清楚，咱们先上车，OK？"温之光推着陆七往车边走。

"好，好，先上车。"陆七转过身，投降一般朝车门走去，不想在他转身瞬间，温之光猛地一个手刀劈在他的后颈，指缝间一枚麻醉针顺手刺入他的皮肤。

"你？"陆七眼一黑，虽然感到惊诧焦急，身体却不受控制地软倒，被温之光一把接住。

第九章　执法者

没想到的是，年轻人也是一名执法者，还是七种职业中的记录官，恰好与何想、温之光都来自不同的星球。他积分颇高，由于上任小队的队长在任务中失败丧命，团队解散，他现在是独身一人，也在寻找团队。

"真是麻烦。"温之光嘟哝一句，又喝道，"还愣着干什么？快开门！"花锦年迅速打开车门，帮助温之光一同将陆七塞进司机座。

关好车门，锁上车，温之光说："行了，我们也走吧。不用担心陆七，跟我们在一起，他才更危险。"

二人迅速上了不远处的另一辆车，车辆发动，迅速且平稳地驶离别墅区。

高速公路上。

"我们现在去哪儿？"说出口，花锦年才恍然发现，自己竟然也能把"我们"二字说得如此流畅。

"去另一套不记名的别墅。不用担心，俗话说得好，狡兔三窟嘛！"温之光露出狡黠笑意。

"对了，在此之前，咱们还得先换一套身份。喏，东西在侧面，你掏出来研究下。瞳孔、指纹、样貌都要进行改装，这是老爸很早就设计好的，而且，我们伪装的人还真实'存在'于这个世界上，每个月都有纳

第九章 执法者

税记录哦！算是便宜你了。"温之光调皮眨眼，似乎是想到自家老爸实在准备周全，非常了不起，还哈哈大笑三声。

"你快一点，弄伪装应该不费力了，你弄完了来开车，换我弄，这是辆逃跑专用老爷车，连智脑和导航系统都没有！只能人工驾驶，考验技术的时候到啦，别告诉我你不会哟！"

温之光的活力感染了心如古井的花锦年，让他如平静无波的湖面般的情绪泛起涟漪。他笑了笑，开怀地说："别太小看我，别说老爷车，就是老式飞机我也会开。"

"是吗？看不出来呀！"温之光感到惊喜，现代人太依赖智脑了，活成了巨婴加废物。可以想象，哪天要是机器人真的如同电影里一样产生了独立自我意识，80%的人类恐怕会在瞬间被圈养。

"嗯，早年为了体现自己优秀，我什么都会学。"花锦年淡笑道。刚被领养进全有集团那会儿，他所有的科目都要力争第一，并要求自己远远甩开第二名，只有这样，他才有被人看重的价值。

"啧啧，学霸的世界我们平凡人果然不懂。哎呀，你果然弄得很快，快给我看看。哦哟！很帅嘛。哈哈，老爸那个恶趣味的家伙，故意搞了这么帅的一张脸。噢，你本人也是很帅的，放心。"温之光最后补的一句让花锦年微微一顿。

"谢谢，你也很漂亮。"花锦年真诚地说道。

"哎？"突然被夸，温之光感觉很不好意思，"咯！那是当然的啦！唔，是真的吗？"

"哈哈。"花锦年乐了。

"喂，你别光笑啊，回答我啊！"

"你好好开车，不，还是换我来吧。"

在笑闹中，车辆朝目的地驶去。

夜。

明月高悬。

清冷的月辉洒照在全有集团高高的塔顶上，给塔顶镀上一层柔和的光泽。

方可胜独自一人坐在塔顶的董事长办公室的座椅中，仰望着顶头的苍穹，忽然感受到少许花锦年曾感受到的寂寥。

办公室里没有人，刘连生常驻秘书室，齐子坤与袁思阁两个跳梁小丑在完成基因融合后就窝在核心中控室不出来，梅之心也不知所踪。

办公室时常没有人？以前花锦年都坐在这里做什么呢？成天处理各部门汇报上来的各种无聊的事项和数据吗？

方可胜瞥一眼天网系统上会聚的各种待处理事项，庞大而烦琐，要花费好多时间。

"真是够无聊的，还不如做实验来得有趣。"

方可胜的身影很快消失在办公室中。

全有集团，核心中控室。

巨大的浮空光屏中，成百上千个小光屏监控着全有集团各个关键点的实时状态。

袁思阁瞅着塔顶董事长办公室里方可胜起身离开的身影，嘲讽道："呵，总算腻歪了？不是那盘菜，就不要坐那个位置。"

"叮！"电子门打开，两名身着特种兵服装的年轻男人快步走进，到齐子坤面前行了一个军礼，又小声对他说明情况。

"人又丢了？"齐子坤笑得随性且爽朗，忽然，猛地一脚将身前一名特种兵踹翻，又出拳将另一名特种兵打倒在地，"我叫你们弄丢！让你们弄丢！这么多人搞不定一个废物跟个女人，要你们有什么用？"

齐子坤对两名特种兵拳打脚踢，沉重且密集的拳脚声，击打在中控室内每一名工作人员的心上，所有人都不由得肝胆俱颤。自从两天多前这群人选择通宵加班后，他们就再也回不去了。尤其是吞了齐子坤带来的黑色金属药丸，他们已经无路可走，要么死，要么老实坚守工作岗位。

"呵呵——什么事这么不高兴，讲出来让我高兴一下？"袁思阁笑眯眯地看着齐子坤揍人，兴味盎然，"哎哟，看着都痛，打死了没？加把劲，

第九章 执法者

都打这么久了,你行不行啊?"

齐子坤最讨厌别人说他不行,是男人就不能不行,但他更讨厌被袁思阁看笑话,又踢了二人几脚,骂道:"滚!"

两名特种兵显然也很扛揍,很快爬起来,狼狈跑出去。

齐子坤轻松地笑笑:"老袁,你有没有听说过一句话?爱管闲事的人都活不长,看你脑袋大、人中短的,啧啧,英年早逝之相啊。"

"放屁!"袁思阁目露凶光地说。

齐子坤轻笑,懒得跟他玩大眼瞪小眼的游戏,虽说之前老师并没有怪罪他放跑了花氏兄妹的事,但他自己想起来总是不得劲,才一直暗中搜寻,发现目标就立即出手。没想到大几十号人抓不住两个人,还折损了大半进去,抬出来都只剩烧焦的骨头了。就算他家中背景够深,一下搞出这么大的烂摊子,也会硌硬好久。

算了,老师都不追究了,他还执着个屁。

齐子坤决定将这件事抛诸脑后,当断不断,必受其乱。老师的大业才是最重要的事,花锦年不过是个小角色而已。

想通这点,齐子坤的心情迅速平复,紧绷的身体放松,又恢复了往常的轻松写意,恣意潇洒。

只是他的轻松并未能维持多久。

"什么人?"齐子坤面色骤变,几步跃起,猛地踹开楼梯间的大门,门后空无一人。可他敢确定,刚才门缝后一定有双眼睛在偷窥,这是他行军多年的敏锐直觉。

"来人,追!你们负责监控!"话未说完,齐子坤人已消失在楼梯间的过道里。

"呼——呼!"王重全力地高速奔跑。自从七八年前因为身藏宝物手环而加入全有集团,他这些年每天都在自我锻炼,企图改善自己原本并不十分健壮的体魄,可他一方面锻炼起步的时间太晚,一方面又没有良师指导,日常事务也十分烦琐,基础并不牢固。原本宝物手环在身时并不觉得,此时光凭借自身力量,与从小就打好基础的锻炼者的差距很快显现出来。

近了，更近了，有四个、五个、六个……不，七个人的脚步声！

王重心中的惶恐遽然增加！他不能被抓住，否则不就一点意义都没有了吗？他留下来是为了找到和帮助花总，或许可以重新夺回全有集团，如果他就这么被人抓住，那他不成笑话了？他还是七传人，虽然现在连宝物都没有，但他至少不能主动送上门拖后腿！

一想到花流年在知道他被抓消息后流露出的失望，王重就懊恼得不能自已，痛恨自己的无力，可这些于事无补。他明明在摸索过来前就已经毁掉道路上的监视器，可对方似乎依旧有能力找到他，到底怎么做到的？还是说，是他太没用？

"咚咚咚咚——"急促的脚步声从前后两个方位夹击而来，已经来到楼梯转角，马上就要跟他正面撞上。这么多人，他不行的……他就算打倒了他们，还会有更多，还有机器人卫兵的存在！

正当王重决定破釜沉舟、冲出楼梯间，进入主楼监控区时，光洁的黑色金属墙壁上，突然伸出一只手，一把抓住王重的后领，将他往后一拖！

刹那间，人影消失，金属墙壁又恢复如初。

齐子坤带着人赶到目标所在的楼梯间，却一个鬼影都没看到。

"怎么回事？"他立即通过腕表端质问身处中控室的袁思阁。

袁思阁盯着目标楼梯间所在的监控光屏，上面漆黑一片，很明显事先有人破坏过监控。

"不知道。"袁思阁懒洋洋道，"怎么，人又丢了？"

"人又丢了"，四个字像是狠狠打在齐子坤的脸上，他的脸色霎时间阴云密布，却没有发作。"找！"一声令下，见其他人散开，他才慢慢转身，伸手在光洁无瑕的金属墙壁上摸了摸，满是疑惑地回了中控室。

金属墙壁内部，另一重狭小的电梯空间。

电梯门无声开启，陈元泽拉住王重的后领，猛地向前一扔。一个一百四十斤的汉子被他徒手扔出了三四米远，撞得实验员居所里的固定

第九章 执法者

金属床发出沉闷声响。

王重被撞得发蒙，抬头看见是陈元泽，越发觉得自己脑子不清醒了。怎么会在这里看到何想的机修师父老陈？他又怎么会对全有集团的机关设置如此了解？

王重在全有集团也待过多年，更是花总和大小姐的左膀右臂及心腹，但他都不知道集团的楼梯间还有暗路。

"你到底是什么人？"王重盯住陈元泽，问道。

"我是什么人不要紧，重要的是，我救了你。"陈元泽冷冰冰地说道。

王重一噎。事实如此，容不得他反驳。

"你来全有集团做什么？等等，难不成你本来就是全有集团的人？"王重突然反应过来。毕竟全有集团员工上下几十万人，他也不可能一一认全。

"还不算太笨。"陈元泽走到桌边坐下，从抽屉里翻出两盒牛奶，一盒递给王重，却被王重拒绝。他索性放在桌上，自己打开另一盒喝了起来，边喝边说，"体格不够强大，还不喝奶，孺子不可教。"

"……"王重感觉被鄙视得有点深。

顿了顿，王重问道："你现在留在全有集团打算做什么？"有老陈这么好的身手以及对全有集团超乎常人的了解，按理说，他想出去应该是很简单的事。

"你打算做什么，我就打算做什么。"陈元泽道。

"我想做什么，难道你会知道？"

"不就是夺回全有集团吗？"

"……"沉默一瞬，王重失落地说，"可我现在知道，个人的力量是很微小的。"

"还不是太蠢。"陈元泽评价道。

王重更郁闷了。

"你有什么打算？还是说，跟你一样不愿意受制于他们的员工还有不少？"王重突然燃起一丝希望。

"我看起来像是烂大街的货色？"陈元泽看傻子一样看着王重。

王重又蒙了，反问道："难不成就你和我？"

陈元泽点头，说道："还需要一个最重要的队友——机会。"

"……"这回换王重把他当傻子了。

"好了，你也被吓得够呛，吃点东西，好好休息一下。上面的床铺是你的，这两天你就老实待在这里吧。"陈元泽也没有多解释，而是打开自己腕表终端的初版集团3D结构图，重新研究起来。

王重怔了怔，又问了几个问题，见老陈确实没兴趣再跟自己说话，才满腹怀疑地找了张椅子坐下。老陈的出现太过蹊跷，他明明记得上次见面时说老陈消失了很久，之前还教导过何想两年，按理说全有集团不会允许员工挂职那么久，何况他既然在外面，又是怎么进来的？难道和他一样，找薄弱点突破进入？甚至就是跟在他们背后偷偷进来的？

奇怪，太奇怪了。

可王重脑子乱成糨糊，内心的焦躁又无以复加，使得他根本无法冷静思考。他想做点力所能及的事，到头来却发现自己什么也干不了。种种自我否定的负面情绪不断冲击着他的大脑，让他异常消沉。

陈元泽瞅瞅浑身散发着消极气息的王重，暗自摇头。他确实是当天尾随何想和王重等人进入集团，原本打算趁乱接手集团科研部，没想到方可胜半路杀了回来，还跟袁思阁、齐子坤伙一道，控制集团。他索性伪装成工作人员躲藏起来，伺机而动，捡到王重反而是个意外。

他很清楚，要夺回全有集团，除了武力以及恰到好处的时机外，其实还需要一个领头人。

或许……武力可以叫上何想、樊力几个小子，领头人，还是得把花锦年找回来。

好景常在典当行。

大厅中的旧式古典钟表指示在晚上八点整。

樊力一个人窝在沙发上，嘴里啃着零食，手指疯狂敲击着光屏键，

第九章　执法者

戴着游戏头盔战斗得如火如荼。

"上！杀啊！还等着干什么？……我去，你们也太慢了吧？又被 boss 给推了，说好的来推 boss，总是被逆推，要不要这么享受被压迫的快感？你们都被虐狂啊？"副本攻略失败，樊力气得破口大骂，张牙舞爪。

就在这时，外面有人询问道："有人在吗？哈喽——"

大门外，一个扎着红蓝双色双马尾、穿热辣超短裙的美丽女孩探进一个脑袋，朝门里看了看。她有一双忽闪忽闪、好像会说话的大眼睛，秀挺的鼻子微微皱起，丰润的红唇嘟起来，说道："没人？"再定睛一看，目光落到樊力身上，"明明有人嘛。"

"就只有你吗？何想不在吗？"女孩像小鸟般飞到樊力的身边，白皙修长的手指戳了戳樊力。

"别打岔，正忙呢。"樊力看也没看，摆摆手，拒绝被打扰。

"哼！"女孩鼓起嘴，两手一伸，将樊力脑袋上的头盔拿下来。

"我去！"樊力刚召集好新队员，正准备进入新副本，冷不丁从全息投影中脱出来，气恼地想发火，却看见面前双手举着头盔、身材凹凸有致、腰肢窈窕的梅之心，顿时气焰顿消。

"你！你？你……"樊力瞬间结巴，一脸惊恐加惊喜，像个受惊的兔子般"嗖"地跳起，和她保持四五米的距离，这才敢继续说未说完的话，"你来干什么？你有什么目的？我告诉你，我老大就在屋子里，你敢乱来的话我就叫了啊，我真叫了啊，你不会得逞的！我去，你怎么会突然到这里来？"

"扑嗤——"梅之心一笑，天真又妖娆，有着少女和熟女两种气质完美融合混搭的奇异魅力。她腰肢一摆，贴近樊力的身边，鼓着红润的唇，委屈又哀怨，还带着勾人的笑，说道，"你这么怕我吗？我有那么可怕吗？难道我长得不美丽，性格不可爱，学识不出众，家世不良好？你怎么见了我就跟见了鬼一样？叫人多伤心啊——"

"停停停！"梅之心拖长的"伤心"二字喊得荡气回肠，樊力被搞得浑身寒毛直竖，代表"抵抗力"的血槽顿时告罄，"不要再说了！我的姑奶奶，你到底想干吗？你就直接说吧！"

樊力带着哭音，没办法，梅之心的厉害他早就领教过，现在又是非常时期，跟她扯上关系准没好事。

"咯咯——"梅之心笑得花枝乱颤，继续说道，"什么嘛，人家从头到脚看上去都是个可爱的大姑娘，哪里像老奶奶了，就你爱乱喊。其实呢，我也没有什么事，是你们典当行自己开门营业嘛，我就进来转转。怎么？难道你们还挑客户，别人能进来，我就进来不得？"

梅之心妩媚的大眼睛一翻，一个白眼也翻出千娇百媚来，酥得樊力全身骨头都软了。

樊力越发如临大敌，跟梅之心打交道就是这么酸爽，让他想看又不敢看，想听又不敢听，偏偏还张着耳朵听、眼神飘忽地看。而且他无论怎么看，从哪个角度看，都觉得梅之心简直是上天的宠儿，是可爱又完美的女神！偏偏女神还时不时来撩拨他一下，每次都把他迷得晕头转向。

剧毒！只可远观，不可亵玩。

"我们打烊了，八点就打烊，正准备关门！"樊力梗着脖子喊道，企盼在屋子里跟花大千金卿卿我我的老大能靠谱一点，听到他的呼唤出来救他。他快要抵不住了！

"哼，又骗我。果然是男人的嘴、骗人的鬼，你刚才明明大开着门打游戏，你就是不乐意见到我。"梅之心幽怨地瞥了樊力一眼，一双美丽的大眼睛泫然欲泣。

"我——"樊力一个冲动，差点说出"不是"两个字，好在他及时刹车，双手像举着扫把扫地一般不断往门口挥舞，用行动将梅之心往外赶，嘴巴却紧紧闭着，怕自己一个嘴贱，就说出挽留梅之心的话来。

"咯咯——"看着樊力心口不一的傻瓜模样，梅之心笑个不停，笑着笑着，神情又显出几分落寞，"你啊——"

她坐在何想日常打盹用的躺椅边上，一个人自顾自地说道："其实人家今天是心情有点不好。"

"为什么？"樊力迅速问道，说完又面色一变，自己抽了自己一个嘴巴子。让你嘴贱！

梅之心扑哧一笑："你不要再打自己了，我今天不是来欺负你的，就想找人聊聊天。可是想来想去，竟然没有合适的聊天对象，听起来都没朋友，好惨的。"

"呃——"樊力一滞，有心安慰，却挥了半天手也说不出一个字来，干巴巴地来了一句，"还好吧？平时你游戏里不是被好多宅男捧着吗？"

虽说后来樊力不再和梅之心组队打游戏，但时常关注着她的游戏账号。

"咯咯，你也说是宅男了，那些家伙又没有心，还不是哪里有萌妹子就往哪里贴。"

"心？"樊力一愣，没想到一向注重实际，在游戏里撒娇卖嗲、收礼物收到手软的梅之心，也会说出这么文艺的话。

梅之心也好像自知失言，按住话头没再说，反而换了话题，说道："对了，上次你救了人家，人家还没来得及报答你呢。"

"救？噢，你是说残缺基因人那次，镰刀手？哎呀，都是小事，不值一提。"虽然这么说，樊力却笑得很得意。

"也对。男人可不生来就是保护女人的？"梅之心一只手撑在下颌，水汪汪的大眼睛波光流转，笑得既纯真而又充满风情。

樊力暗道招架不住。

"只可惜呀……有些人嘴上说着保护，心里还不知道怎么想的。"

"啊？"樊力一愣，觉得今天梅之心着实有些古怪，难道她受情伤了？看起来不像啊，还能有人让梅大魔女受情伤？她不出去坑人就不错了。

见樊力没什么反应，梅之心也有点恼了，说道："你这人怎么这么呆呀？"

"啊？哦，也不是啊，也有的人说到做到的。比如樊大爷我，要是开口，肯定——"樊力拍着胸脯打包票。

"会保护我吗？"梅之心忽然欺身而上，吓得樊力直往后退。

"喂，喂，保持距离，男女授受不亲，你这样太靠近了，不好，不好！"樊力急得满头大汗，脑袋后仰，眼睛左躲右闪。

"会吗？"梅之心贴得更近，整个人几乎跟樊力贴合在一起。

感受到身前的柔软，樊力脑袋里嗡的一下，整张脸瞬间爆红，一直红到脖子和耳根，几乎都搞不清楚自己在说什么，一直重复道："会的，会的，肯定会……"

"骗人。"梅之心又突然撤离，转身有些落寞，"要是连你自己都保护不了自己，又怎么可能保护我？"

樊力顿时感觉自己脑袋回转，却越发摸不透她的想法，问道："出什么事了？"

"你会想要保护所有人吗？"梅之心忽然问。

"啊？"

"会吗？"

这都什么跟什么……樊力有点蒙，好在他还有常识：女人发起疯来是不讲道理的，顺着她说就可以了。

"会吧？不过也要看情况的，看我能不能保护得了，看有些人值不值得保护。"

"什么是值得？什么是不值得？"梅之心不依不饶地问。

"呃——"樊力抓了抓脑袋，觉得问题有些难回答，毕竟他的人际关系就那么一丁点，算来算去也只有寥寥几人，如果情况允许的话，救救不相干的其他人也不是不行。一咬牙，他说道："我高兴就值得，我不高兴就不值得！"

樊力的回答令梅之心微怔，问道："高兴？你救我的时候高兴吗？"

"当然高兴！"樊力发自内心地咧嘴笑，笑得极其具有感染力。

"如果当时救的是别人呢？救其他很多人呢？"

"别人啊……应该也会高兴吧，只要不是我讨厌的家伙，就算是陌生人，估计也会得意一下。"想了想当时的场景，樊力嘚瑟地摸下巴。

梅之心也露出笑容，说道："你还真是好懂。"

第九章　执法者

"哈哈，是吗？大家都这么说。"樊力受到了夸奖，不好意思地挠挠头，"其实照我说，人就应该活得简单嘛，成天算计来算计去，累都累死。你看看青者，啧，虽说大爷以前很讨厌他，但他活得也太窝囊太辛苦了，我都不知道他为什么！"

想起青者，樊力眉头皱起，青者最后留给何想的信给了他极大的震撼，让他对青者整个人的看法都反转过来，每每想起心里都有股揪起来的感觉，可是到底为什么，他又说不清楚。

或许是因为跟梅之心开始正常交流，又或是重新回想起青者，樊力的防备不由自主放松，然而，就在他稍稍放松之际，梅之心突然上前，一把抓住他的胳膊，踮起脚在他脸上亲了一下。

"你你你？"樊力如遭雷击，被女神亲吻，他第一反应不是惊喜，而是惊惧。糟了，他又要被控制了，老大，老大！快来救命！

然而梅之心并没有如他所想对他下达什么命令，反而轻轻向后一退，带着几分笑意和羞涩，轻声说道："就当是你前段时间救我的谢礼，便宜你了。"

说完，梅之心抛了个媚眼，又轻笑着像只可爱的燕雀，不带走半分云彩，轻快地离开了。

直到她离开许久，樊力依旧站在原处，有些蒙，回味着刚才那一个吻，下意识给了自己一巴掌，又摸了摸脸上被亲过的地方，"难道真是来特意亲我的？大爷什么时候这么有魅力了，哇哈哈哈！"樊力突然像个傻瓜似的大笑起来，笑声远远传出大门外，使得门外行人以为遇到神经病，频频加快步伐离去。

"等等，怎么老大还没出来？"樊力忽然醒悟，他跟梅之心在大厅废话这么半天，老大不可能没察觉啊，难道真的跟花大千金相处渐入佳境，别的什么也顾不上了？

"不行，我得去看看，坚决不能让老大犯原则性错误，一头栽进花千金的温柔陷阱中，而弃光光于不顾。"樊力不再留恋梅之心的温柔香吻，一溜烟往后院跑去。

典当行，阁楼中。

阁楼的大门在无声无息中关上，何想与花流年的身影也消失无踪。

此时他们二人正站在光明主城外宽阔的广场上，毫无自觉又充满热忱地跟众多前来宣誓的准执法者一起，听着高台上氪七高声朗诵的对光明主城与中央智脑以及笼罩一切的法则永不背弃的誓言，一句一句地跟念。

"尽我此生，爱敬全知全能的主脑……尽我此生，遵守高于一切的法则……我们的宗旨，是成就自我，利益他人，二元一体……"几百人的声音会聚一起，在广场扩音器的加持下，显得洪亮而神圣。

宣誓完成后，氪七的笑容明显比之前更满意几分，对五十八名站在队列前方的执法者说道："你们是新一届被选出的佼佼者，也是被'宇宙双翼'大翅膀选中的领航者，今天我赐予你们执法者中'守护者'的称号！守护大翅膀以及全队的安全，是你们的职责！"

"从现在起，你们可以自行选择队员进行组队，执法小队以七人为一个小队，守护者即队长。注意，必须是七星联合小队，每一名队员必须来自不同星球，团结是星盟神圣的宗旨。原地解散！"

"哇！"新晋的执法者们顿时欢呼，飞快地相互攀谈起来，企盼能迅速找好各自的队伍。

氪七对一直仰头看着他的何想笑着点了点头，在高台上瞬间消失。

何想有些懵懂地看着氪七消失的地方，再将目光回落到大翅膀身上时，瞬间充满了欣喜。他隐约感觉到，他好像忘记了什么重要的东西，但四周热闹喧嚣的欢呼很快将他的一丝疑虑淹没。他的心中奇异地生不起丝毫怀疑、担忧、不安等诸如此类负面的情绪，有的只有平静、坚定，充满希望与愉悦，仿佛这一切都理所当然。

在这里，所有的事物——善恶、是非、对错都有主脑判断，中央主脑神圣伟大，能深入所有人事的方方面面，细致入微，公平正义，绝无差错！

第九章 执法者

"钦一！"来自花流年的喊声也充满喜悦，她像是完全忘记何想本来的名字，笑着跟何想攀谈。她与何想虽然来自七星中不同的两个星球，但早在之前共同的星际课业中成为朋友，她问道："需要新伙伴吗？"

"当然，hardelis。"何想很自然地称呼花流年为"hardelis"，翻译过来是"钦九"，他感觉这么称呼花流年有点奇怪，但仔细想想又没有什么不妥。

"欢迎加入，钦九！有你加入真是太棒了，我正发愁该怎么找队员呢。"何想热情说道。

七星联盟的执法小队通常由来自七颗不同星球的七种不同职业的成员组成，队长是"守护者"，执掌"星能戒"，其他依次是医者、记录官、司法官、武者以及时之管理者和空之管理者两人，合起来并称"时空管理者"。每个人都有各自的钥匙，用于辅助开启执法飞船"宇宙双翼"，大家喜欢亲昵地称呼它为"大翅膀"。医者的钥匙是星能胸针，记录官的是星能耳坠，司法官的是星能玉，武者的是星能腰带，时之管理者的是星能坠，空之管理者的是星能环。

不同的钥匙负责不同的职能，对于执法小队来说，每一个都至关重要，缺一不可。

"谢谢你，钦一！早在星际课业中我就知道，以后我们一定会成为同伴的，毕竟你的成绩那么优异。"

"哈哈，你也很优秀啊，在班级里的时之管理者中，你可是当之无愧的第一。"在七星联盟，互相称赞是一种美德，也是大众常见的交往方式，何想笑道，"你稍等，我先注册一下大翅膀，然后你来登录，等我们认证成功后，再开始找其他伙伴。"

"好的。"

何想将自己的客户端及星能戒连接到大翅膀上，注入能量，激活大翅膀。可爱的雏鸟瞬间展开美丽梦幻的巨大羽翼，微微振翅，飘浮到半空，五彩瑰丽的羽翼在阳光的照耀下熠熠生辉。

在其他守护者还在研究如何启动大翅膀又或者展开单色双翼腾空时，

何想的五彩双翼显得尤为突出。同样是守护者，但不同守护者的积分级别和课业修炼程度不同，星能戒级别及储蓄能量也不同。五彩双翼几乎是大翅膀所能达到的第二级别高度，最高级别是七色双翼。纵观整个七星联盟，七色双翼极其稀少，每一个都由知名执法队所有。何想不过是一个初出茅庐的执法者，竟然也能拥有五彩双翼，可以想象，只要不出意外，未来必定前途无量。

霎时间，几十名执法者一同上前围住何想，纷纷开始自我介绍。

"你好，我是钼五，一名司法官，很高兴认识你。"

"我是铂二，你好，你的大翅膀好漂亮啊，不知道我有没有荣幸加入你的团队？"

"我是钐十，这是我的积分，您看一下……"

花流年瞬间被人挤到一旁，错愕地看着被人堆淹没的何想，不由得失笑。

好一会儿，何想才以"先不考虑，需要休整"为理由从人堆中挤出，在一堆人的遗憾中收好大翅膀，拉着花流年溜之大吉。

主城区，一家餐饮店中。

何想心有余悸地坐在最靠内的一张桌边，伸出脑袋朝外瞅了又瞅，问道："应该没有人了吧？不会有人追这么远吧？"

"扑嗤。"花流年看着他一笑。

何想有些尴尬，说道："你还笑，没看我被追得很惨，嘲笑他人可不是一种美德。"

"哪里是嘲笑，是羡慕好吗？谁叫你现在是大红人，我要不是定得早，恐怕连排队都排不到了。"

"噢，对，还没帮你登录，星能坠呢？"

花流年掏出自己的星能坠递给他。

何想拿出一个罗盘状的金属盒，打开盖子，将星能坠嵌入其中，金属盒微微闪光。

"好了。"何想将星能坠还给花流年。

第九章 执法者

"刚刚是大翅膀的登录星盘？"花流年惊讶道。

"没错，这是它的初始形状，平时不使用时也可以变换成其他形状，方便携带也降低遗失率。"在七星联盟中，执法者代表了崇高的社会地位，相应地，能操作宇宙双翼的星盘自然价值不菲，市面上也时常发生执法者星盘被盗案。后来光明主城索性改造了星盘技术，可以随守护者意愿变换星盘的形态外表。

见花流年盯着他看，何想疑惑地摸了摸脸颊，问道："怎么了？怎么这么看着我？"

花流年一笑，说道："没什么，我只是有点意外，还以为你会在广场上就找好队员。"

何想摇了摇头，说道："没必要那么急，广场上都是新晋的执法者，积分系数和经验都相对不高，唯一的好处就是人够多，但人多的地方是非多，很可能导致判断失误。如果绑定登录后又觉得对方不适合再剔除，就弄得太难看，得不偿失了。"

"我也这么认为。"花流年笑道，"一方面人多容易眼花缭乱，另一方面，也难以在短时间内对对方进行综合评判和了解，虽说在星盟找人最简单的方法就是直接翻看对方的积分和课业成绩。"毕竟积分高意味着功绩多、福利好，通常这样的人各方面都不错，品德也绝对差不了。因为没品德的人特别容易被扣积分，当然，也会存在少数精于计算者，每次卡着扣分临界点行事，让人不好评判，要是遇到这类家伙就很倒霉了。

"而且我也尽量想找高积分的队员，不局限新老执法者，只要合适就可以。毕竟团队的合作积分越高，做事就越方便，大多数地方还是积分准入制。"何想赞同花流年的说法。

"不错。"花流年笑得开心，自认为找守护者的眼光还算不错。

虽然两人都是新晋执法者，但都自信满满，并且完全忘记了原本的目标，全身心融入当下角色的生活中。

"你们好。"一个如泉水般动听的男声传入二人耳中。

花流年与何想讶异地抬头。

来者是一名样貌极其俊秀的年轻男人，他轻轻一笑，介绍道："我是氢一，方便坐下来聊聊吗？"

花流年注视着他，微微一怔，脸迅速变红了。眼前的男人实在太好看了。

何想注意到花流年的反应，笑道："好啊，一起坐吧。"成人之美也是高积分者必备的美德嘛。

没想到的是，年轻人也是一名执法者，还是七种职业中的记录官。他积分颇高，由于上任小队的队长在任务中失败丧命，团队解散，他现在是独身一人，也在寻找团队。

中央主脑历来对执法者较为宽容，倘若上次团队任务结束，通常会允许有为期三个月的假期。倘若是执法小队因事故解散，执法者们可以带薪休养一年时间，然后再重新组队。除非超出期限，中央主脑会根据你的积分值随机给你安排相应的执法队，让你继续回到工作岗位。

随着交谈的深入，何想对眼前的执法者感到满意。对方经验丰富，实力强劲，积分比他们二人更是高出一大截，竟然会直接找上他们新人，也算是难得。

"其实每年新晋执法者宣誓时，都会有无数人关注，也会有一些大积分团寻找好苗子加以培养。我想，你们恐怕不会想加入积分团受制于人，那么个人积分高就是你们唯一的选择了，我说得对吗？"年轻男人神秘一笑。

何想和花流年讶异地对视一眼，笑道："没错。"

"我们表现得这么明显吗？"何想笑道，有些不好意思，毕竟他们是新人，不低调反而另类嚣张，不是主流所喜欢的。

"实力优异的人自然有更多选择。"

"那么，欢迎加入！"何想起身，朝年轻的伙伴伸出手。

"合作愉快。"年轻男人握住何想的手，轻笑道。

有了第一个新加入的伙伴，后面的进程也变得极为顺利。短短一个月之内，除了记录官外，何想与花流年还顺利地找到司法官、武者以及

第九章 执法者

两名时空管理者,唯一一直悬而未决的是七人队中的"医者"。

医者向来是七人队中可选择人数最多,但精品率最低的职业,它对精密度要求极高,前期积分积累速度很快,故而很多人选择从事医者的职业,到后期,哪怕有一次小操作出错,都会扣除大量积分,这使得真正高积分的医者并不多,这也让他们变得极为抢手。

何想等人也是在一次小任务中遇到一名合适的医者,还跟其他小队动手干了一仗,才把看中的医者抢到手。

到此,七人小队终于集齐,执法队终于拥有了跨航星际的资格,开始接手真正的执法任务。

他们没想到的是,他们第一次真正意义上合作接受的执法任务,就是抓捕从七星联盟外的第八星罪星上逃逸的特级罪犯,代号"黑衣人"。而此类任务,通常会被标注为"极度高危级别",一般新手执法者绝不会选择,也不会被中央主脑允许接触相关任务。

第八星,罪星。

小陨石带附近。

辽阔的宇宙星域,面积宽广得让人望不到边际,目之所及的,只有点点星光,以及令人心悸的广袤深邃的平静与黑暗。

自从集齐全员、获得跨航星际的资格,何想等人的宇宙双翼"大翅膀"也已在星际中飘行了三日。这次的任务十分古怪,任务发布者要求执法小队不走空间通道,而是远距离飞行,运送一样东西到罪星。东西的级别为"机密",也就是不允许任务执行者知晓。

作为新人执法队,何想等人虽然积分足够高,但是刚开始也必须接几个中央主脑派下的小任务练练手,这样才会逐渐有大客户找上门。所以虽然很无聊,但几人也并未拒绝。他们一边聊天,一边设置大翅膀按照既定的轨道飞行。

大翅膀内,七人各自坐在自己的位置上,有人看书,有人看剧,两个美女在探讨护肤心得,唯一在舱内来回打拳的是队伍里的武者。他每天都有无穷的精力需要消耗,一刻也闲不住。虽然有些吵,但他的实力毋庸置疑，其他人也就容忍了他的小毛病。

记录官是七人中年纪最长的，又是除何想、花流年外第一个加入团队的，相对资历较老，威信较高。他开口说："队长，等货物送完后，要不我们到罪星转转，实地考察一番？以后我们跟罪星打交道的机会很多，了解他们的习惯和特性很有必要。"

罪星，顾名思义，是专门流放和收押罪犯的地方。不同于主星的物资丰饶，是一个物质匮乏、能源稀缺、医疗水平低下的矮星。当公民积分变为负值，并持续一年毫无改变后，就会由中央主脑发配罪星。通常情况下，如果没有七星联盟的人主动赠送积分给罪星居民，替他们清除负值，一般被流放者有生之年都无法离开。另外，虽然目前主星科技水平已能解决一切疾病，但是罪星不管居民的健康问题，流放到罪星的居民基本自生自灭。

七星联盟有完善的功过体系，极其注重规则，用通常意义的标准来说，做有利于社会和人民的事，就能增加功绩，提升积分，作奸犯科者则按照情节严重程度不同扣除相应积分。积分高者拥有相应高级别的衣食住行和社会福利待遇；相反，低积分者生活和行动都极其受限，很多人虽然是七星居民，但可能一辈子也没有离开过自己的主星。

"大家认为呢？"何想问道。

身材高大、肌肉发达的武者，一边打拳一边回道："我无所谓。"

"我赞成。"司法官是一个看起来有些冷艳的美女。

花流年有点担心地说道："会不会有危险？"

武者一拍胸膛，保证道："放心，有我在。"

花流年笑道："好吧，一起去看看也可以。"

空之管理者头也没抬，说道："我弃权。"

医者是一名身材娇小的少女，犹豫着说道："既然大家都想去……我也只好跟随了。"

"就这么定了。"何想做下决定，又笑道，"既然如此，全速前进，为了留出充足的空闲时间！"

第九章 执法者

大翅膀瞬间加速。在全速情况下，又航行了近一天时间。

"前面就是陨石带，预先做好路程规划，允许降速60%。"何想下令道。

"是。"时空管理者同时接话。

记录官看着光屏上的行程记录仪，说道："距离陨石带还有三十九万公里！接触陨石带，降速60%……"

"轰隆隆——"一连串小型陨石擦着大翅膀的边际而过，大翅膀不断震动，众人的神色反而明亮起来，隐隐带着几分兴奋。

大约经过一分二十九秒时间，"通过陨石带！"记录官汇报，同时带着轻松的笑意说道，"恭喜大家，从现在起进入罪星的星域范围内，大家需要按照程序出示宇宙星领准入许可证，方可顺利入内。"

调侃的话未说完，罪星的星领总台发来示警通信，要求出示许可证。

何想调出中央主脑发配的许可证，给对方发送过去，经过核实，允许通行。

"速度还挺快。"记录官笑道。

何想点头，说道："恐怕陨石带外围早就布置了探测器，一有航天器通过就会示警提醒。"

"谁说不是呢？不过距离到达罪星还有近一天的时间，正可以美美睡上一觉，养足精神，才好转悠。"记录官躺倒，将座椅调整成睡眠模式，侧头对同伴们一笑，"晚安。"

只可惜，今日他注定难以安眠。

就在记录官躺下没多久，强烈的红色示警突然闪烁。星盟示警色通常分为三色，蓝色是低级警戒，通常代表低危；橙色是中级警戒，代表中危；红色是高级警戒，代表高危，而红色闪烁不仅代表高危，还代表紧急，是临时征召附近的执法者加入紧急任务的意思。对执法者来说，任务并不是非接受不可，紧急任务的积分回报通常会异常丰厚，但是红色警戒的危险性也可想而知。如果自认为实力不足，也可以拒不应召，尤其是何想这类新晋的连星级都没有的执法者团队，中央主脑并不会怪罪。

红色示警灯在大翅膀内不停闪烁，中央主脑下达的指令光屏瞬间跳出："现在公布一条红色警戒任务，一名代号'黑衣人'的罪犯刚杀害到访罪星的绿星长官，并抢夺其飞行器，经小范围空间通道逃出罪星，目前赶往紫星中轴线东偏南37.5度方向。凡附近七十万公里内三星执法者团队，务必协助追捕叛逃罪犯！其他执法团队，酌情应对！"

记录官瞬间坐正身体，眼睛危险地眯起，说道："还不让人睡觉了？"他的目光瞥向何想。

其他人也第一时间看向何想，因为他们所在的方向，恰好就是紫星中轴线东偏南37.5度方向，如果不出意外的话，恐怕会和恶徒正面碰上。以他们的实力，虽说在场的每个人都极其自信且自负，但七人中有三人从未真正经历过实战，以往都是在学校进行模拟演习，上来就挑战高危任务，还是太过勉强。积分和荣耀虽然重要，但生命安全排在第一位。以他们的医疗和种族来说，寿命长过千年，生命衰老得极其缓慢，但在太空战中如果遇到粉碎性打击，一样会死。

是迎战？还是避开？决定需要何想来做出。

情况不允许他们多做商讨，就在何想凝神的瞬间，面前的空间突然出现扰动，一架小型却精致的单人飞行器，赫然通过空间通道，出现在众人视野内，直逼众人而来。

何想面色骤变，喝道："攻击！"

所有队员联动，武者主控射击，记录官负责调控方位，时空管理者负责封锁对方位置，司法官与医者监控待命。

"轰轰轰——"一连串炮火攻击，虽然对方的飞行器灵巧如游鱼，穿梭在炮火之中，不断逼近，但在对何想的大翅膀反击多次却不见成效后，对方果断放弃攻击，全速逃离。

"掉头，追！"何想再不犹豫，所有成员毫无异议，短短的交战过程已经将众人的血性激发出来，既然已经接触，绝没有让敌人溜走的道理。

但记录官微微蹙眉，罪犯所驾驶的飞行器他从未见过，要么是私人

第九章 执法者

改装过，要么就是全新还在开发中的新机型！如果是后者，恐怕罪犯所杀的是个大人物，那他绝无翻身的可能，一定会拼死到底。在七星联盟，每杀一个人，自身都会倒扣与对方全部积分同等的积分值。此人积分越高，代表可能做出越高的功绩，谁杀了他就是危害大众利益。所以一旦所杀伤的人拥有超高积分，超过一定极限值，即使是法律并不主张死亡的星盟，也会公开处决犯人。

以他过往的执法经验来看，罪犯不可怕，但亡命之徒最可怕！

只可惜情况紧急，记录官来不及多对何想示警。

"全速前进！不，超速30%。"何想目光沉静，下令道。

时空管理者二人忽地抬眼，大翅膀最高超速界限就是30%，一旦超过此界限，会有机毁人亡的危险。但众人什么也没有说，默契加速并攻击干扰对方的行动。经过短短的交锋，众人发现，对方控机技术极高，在他们全速状态下，对方还能在被攻击情况下将距离越拉越远，如果不提速，根本追不上。即便是医者和空之管理者这类比较保守的成员，也严阵以待，谁也没有提过"退出"二字，他们的骄傲也不允许。

"滋——"很快，中央主脑发送的光屏自动跳出，并一连跳出七八个光屏，都是附近赶过来的执法者团队，希望他们能紧追逃犯，并实时公布他们的坐标点。因为逃犯显然早有布置，经小型空间通道逃离的方向恰好是此时罪星巡逻的盲点，赶来需要时间，可追捕机会稍纵即逝，如果让罪犯逃亡其他星球，对无辜人员造成伤害，罪星的责任更重。

谁也没想到，何想等人的大翅膀正好在附近，通常此地根本无人通行，何想等人的存在让众人燃起希望，如果他们能将逃犯拦下，就能最大限度降低损失。

同时，所有赶来的执法团队也在瞬间查询到何想等人不过是新晋的执法团队，连星级都没评定过，如此艰巨的任务交给他们，不知会有怎样的后果。

所以同一时间，各个执法者团队都简短地对何想等人表示慰问，进行嘱托。

"新晋的执法者团队你们好，对你们明智且伟大的举动，在此予以高度赞扬……"

"代号'黑衣人'的罪犯极度凶恶，你们在追击他的同时要保护好自己……"

"等着！我们很快就赶到，坚持住！荣光属于你们……"

一时间，何想等人心中感动，热血沸腾，独自追击罪犯的紧张和压力在瞬间得到释放。

"收敛心神，开启广域雷达，我来应对。"何想看着广域雷达显示的不断赶来的众多大翅膀光点，平复情绪，简短且迅速回复所有人，"收到！全速前进！"

此时，何想已彻底沉浸在即将到来的战斗里。他就是钚一，钚一就是他，他再也想不起任何自己的身份。

当开启最高速度权限后，何想等人的大翅膀仿若真的扇起魔法的翅膀，五彩光翼在黑暗的宇宙空间中仿若炽亮的明星，全速逼近黑衣人的飞行器。

近了，更近了。

"前面是陨石带！"记录官提醒道。

"咻咻咻——"记录官话音刚落，陨石带的边缘，罪星高层布置的暗桩探测器顿时发出一连串射击。

黑衣人飞行器瞬间掉转方向，避开攻击。就是这么一个短暂的阻截，何想等人的大翅膀终于追上了黑衣人。

"射击！把他逼入陨石带！"何想打的主意是进入陨石带，所有人都被迫降速，就给其他执法者团队留出足够的追赶时间。

只可惜，事与愿违，黑衣人仿佛察觉何想等人的意图，在掉转方向避开攻击的同时，忽然，四周空间再度被扰动，巨大的氤氲涟漪荡漾开来。

"他这是？"花流年微微一怔。

"空间通道……"何想下意识接话。

第九章 执法者

"老大，他开启了空间通道！"武者急道。

关键是，附近靠近陨石带，根本没有空间通道的接入口和定位点，更没有任何固定航道。他强行开启空间通道逃窜，只可能是开启未知航道。

"他疯了吗？"医者惊道。在茫茫宇宙中开启未知航道，无异于自杀行径，因为你根本不知道会被传送到怎样恐怖的境地中。可能是恒星的边缘，也可能是宇宙飓风的中心。就算你有意想不到的好运气，被传送到空白空间带，也可能相距遥远，茫然找不到方向，最后在宇宙中因耗尽物资而死。

"不行，不能放走他。"何想下意识说道。

情况刻不容缓，眼见黑衣人要在众人眼前逃离消失，所有人脑袋瞬间一炸，他们冒着风险追击这么久，难道要看着对方逃之夭夭？抱着万分之一的侥幸心理，时空管理者几乎是下意识锁定黑衣人的飞行器，点开"连锁追击"模式，将大翅膀与对方飞行器绑定起来。武者疯狂攻击，企图阻拦对方强行开启空间通道的进程，只可惜收效甚微。司法官保持实时通信系统畅通，不断发射信号给其他执法者团队及中央主脑。

做完这一切，大翅膀已经被黑衣人的飞行器一起拖进空间通道的范围内，眼看四周一片黑暗，大翅膀颠簸不已，内部指针乱窜，航路路线紊乱不堪，众人却什么也做不了，心头不由自主升起一丝茫然。

他们做了什么？他们追着黑衣人进了乱序空间通道？没有目标，没有方向，飘到哪里是哪里？又或者在过程中就会自毁？

强烈的危机感让众人的心高高悬起，再无暇顾及其他，此刻唯有疯狂锁定黑衣人的飞行器，跟着他的航路走，或许他并不是众人想的那么莽撞，或许他是有目标地前进，或许他们还有机会抓住他，将他绳之以法！

只可惜，他们的愿望，可能只是一种奢望。

第十章　不听老人言

何想脑中一个个分散的点，此时终于连接成线，血色渐渐回归面庞，低声说道："原来如此。从一开始，全有集团的事业就是个幌子，就不可能成功，你所有的目的只不过是……"忽然，他微微停顿，"不对，时间不对，时机很重要，如果你缺少其他七传人配合，你还是开启不了空间通道！"

在强硬地锁定黑衣人，并在空间通道中度过了短暂而漫长的恐惧时间后，新的星域空间终于出现在众人眼前。

一颗炽亮的正处于中年阶段的恒星，以及围绕它旋转的八大恒星和众多卫星，构成了一个完善的系统。

几乎在顷刻间，大翅膀对新的恒星系统做出信息捕捉和基础判断，并提示黑衣人飞行器正全速朝距离最近的围绕恒星旋转的第三轨道蓝色星球冲去。

"跟上！"虚惊过后，何想出了半身冷汗，立即下令道。

不知为何，他隐约觉得眼前的蓝色行星是那么眼熟且亲切，仿佛自己早已在上面生活过多年，可他们明明第一次来到这片陌生的星域，大翅膀上的星域航路也一片空白。

短暂的凝滞，大翅膀又紧跟黑衣人飞行器，眼见面前的蓝色星球越

第十章 不听老人言

来越大，众人的目光不由得越发明亮，尤其是大翅膀监测系统提示这颗蓝星上有生命体征存在，这更是让人惊喜。

"这小子走狗屎运啊，你们说发现新的生命体恒星系的功绩，够不够他抵扣负分值的？"劫后余生，记录官再度有了心情调侃。

"那得看新恒星系的价值如何了，看起来文明程度不太高。"医者温柔一笑，说道。

"星外没有任何武装力量，恐怕还处在初级甚至原始时期。"司法官说着，开始在大翅膀上建立新的航路信息，坐标定位点"未知恒星系－蓝星大气外"（备注：蓝色恒星存在低级生命体），连接"罪星－陨石带边缘"。

系统提示："航路建立成功！距离7037.28光年。"

"7000光年？"武者瞪大眼睛，"假的吧？就刚才那一会儿，我们跨越了7000光年？"他长这么大，所经过的所有路程加起来也没有0.1光年啊。

何想自然说道："空间通道里没有时空概念。他进入蓝星大气层了，我们也跟上。"

"嘀！蓝色警戒：能源仅剩10%，请及时补充。"大翅膀提示众人道。

众人面面相觑。

半响，"喀！"何想轻咳一声，"我们看能不能在蓝星补充下能量。大翅膀，查看蓝星地质结构。"

"是，探查开启。"在俯冲追击黑衣人飞行器、不断冲向蓝星表面的过程中，大翅膀中射出一道能源探测光束，直入蓝星地表。一秒钟后，初步分析得出，"蓝星内核主要由土石合金构成，符合能源需求，但星球表面70%以上覆盖水源，属小行星体积，陆地面积不足，地磁能量较弱……"

听着大翅膀的分析汇报，记录官偏头道："看来黑衣人还真是有意识地行动，找了这么个地方。"黑衣人恐怕也是孤注一掷，因为就算逃到已知的其他星球上，也要面临星盟的联合追捕，永远不会有安生日子。但是未知的星域不同，尤其是低级文明星域，以他们现有的科技水平，会被低级文明称为神。

"他这么着急，恐怕也是去补充能源。"医者说道。

武者说道："大翅膀不是分析了蓝色星球的能源不足吗？够咱们补充吗？"

何想摇头："先不管那么多了，下去看看，不要放弃攻击。"

花流年担忧道："能源不够了。"

何想孤注一掷："也不差这点了。"

记录官笑道："左右是不够的，耗尽能源之前先打掉碍眼的家伙也不错。"

"追击！"七人同时道。

霎时间，整个蓝星高空出现各种奇异的光彩。何想等人追着黑衣人在高空中展开无数战斗，从大气层打到陆地，从陆地打到海洋，从海洋打到高山，又打到江河湖泊。

他们发现蓝星有着与七星联盟完全不同的景色，异常多姿多彩，灵秀美丽。七星联盟每一颗星体都极其巨大，但主要成分是土石合金，整颗星球的环境以高山为主。可新发现的蓝星不同，它最大的特点就是有含量极其丰富的水资源。

不同于他们的物质形态，蓝星的生命体含水量也非常高，并且十分爱喝水，倘若三天以上不喝水，就会发生生命危险，令众人惊叹造物主的神奇。

黑衣人在发现甩不掉何想等人时，又想重新开启空间通道逃离。没想到的是，蓝星体积小，土石合金的能量级别以及磁场都较为薄弱，飞行器对于原始能量的转化层级也不尽如人意，想要吸收足够的能量供远距离空间通道用，势必造成蓝星磁场流失、内部结构崩坏。

黑衣人并不在意蓝星的毁坏与否，但早已开始广泛搜集蓝星信息、了解到星球上文明进程的何想等人不能接受。

星盟有规定，任何人，只要是星盟的一分子，不得因任何理由蓄意

第十章　不听老人言

毁坏任意星球，不得干涉星球的科技水平，尤其是严厉禁止为了给自身种族带来更广袤的空间、获得更充足的资源而破坏星球的行为！

毁坏其他文明的恶行，将被全星盟公开处刑！

黑衣人飞行器与何想等人的大翅膀能源才补充到30%，蓝星的地磁场就产生振动，山崩地裂，火山喷发，大海掀起滔天巨浪。原本安居乐业、勤劳淳朴的土著居民万分惶恐，四散奔逃，死在灾难中的生命不计其数。

何想的心仿佛瞬间被烫了一下，眉头皱紧，下令道："改变策略！全力进攻！阻止黑衣人开启空间通道！咱们撞过去！"

众执法者早就备受煎熬，不再犹豫，向黑衣人疯狂攻击，打断了他补充能源的布置，强行逼迫黑衣人正面迎战。在激战中，黑衣人的飞行器测试程序出现故障，被何想等人逮住机会一举击毁。

空间通道开启失败，黑衣人的飞行器又落入大海中。众执法者一时间不知道他到底是失事死亡，还是躲藏起来，而大翅膀自身能源又不足以开启远距离空间通道，众执法者只好暂居蓝星，并尝试向星盟发送信息。可是7000光年的距离太过遥远，等星盟收到信息，恐怕也是7000年后，远水救不了近火。他们还是要想办法在蓝星附近其他星球看看，是否能找到出路。

接下来，何想等人一方面让大翅膀建立蓝星的全球资源模块并寻找黑衣人的信息，一方面开始走访相邻的其他几个星球，只可惜其他星球的能量情况都不理想。不是土石合金成分太低的气态巨行星，就是体积过小磁场能量不充足的小行星，蓝星竟然是星系里最适合的能源体。

众人逐渐接受了记录官对黑衣人的推断。

可黑衣人依凭什么判断7000光年外陌生星系中的蓝星可以作为安全能源，也令众人百思不得其解。

记录官猜测，或许是黑衣人的新型飞行器中有不完善的新装置，可以扫描和检测区域范围内的恒星及行星大致情况。因为星盟的主要能源来自土石合金及磁场效应，黑衣人很明显是一个有计划、有准备的罪犯，他的逃跑过程虽然仓促，但应该也做了简单的甄别和筛选。他很清楚，进行远距离空间通道的跨越后，飞行器能量必将不足，为了生存下来，必须找到能够补充能源的地方。

检测可生存性星球的核心标准就是铁石磁场的厚度，恐怕有一个并未公布到大众范围的区域值。如果低于区域值，会遭遇恒星或气态巨行星，那里气候环境恶劣，生物根本无法存活；如果超出区域值，有可能遇到中子星甚至是黑洞。过低和过高的都排除后，就容易探索到适合着陆和补充能源的新行星以及新星域。

蓝星被选中，是偶然中的必然。

只可惜普通的大翅膀中并没有同样的搜索模块，黑衣人的行为模式，他们并不能随意复制。

"假如真如你所说，我们也可以想办法拿到黑衣人的搜索模块。"司法官说道。

记录官说道："没错，前提是模块没有损坏。毕竟黑衣人坠落海中，是死是活还不清楚。"

提到生死，医者有些低落，说道："逃到陌生的星域，死在遥远的地方，感觉好凄凉。如果我们一直找不到补充能源的方法，会不会也……"

医者的话令众人一怔。

何想立即道："不会的，我们肯定会找到方法，不要放弃希望。"

花流年说道："说的没错，现在放弃还太早了。"

记录官轻松笑道："我倒是觉得，蓝星是个很有趣的地方，留在这儿多观察原始生态下生命体的发展过程，也是件有趣的事。"

司法官冷冷道："还有星球的地理形态、物质结构的变化。我们之前与黑衣人的战斗已经对这颗星球造成一定程度的损坏，恶果也逐渐显现出来。"

武者说："你是说自然灾害导致物质匮乏，土著居民因为争夺资源而产生争斗？"近些天，武者一直关注着蓝星土著居民间的争斗，只可惜星盟有规定，不得随意干涉其他行星的内政与斗争，以免引发连锁反应。

第十章 不听老人言

司法官说道:"没错,他们没有至高无上的中央主脑进行公平合理的物资分配,自然就会形成混乱无序的分配状态,导致巨大伤亡。如果没有我们影响,他们的暴乱也不会这么快展开,还会有相当长的和平期。'民风'也不会这么快从淳朴变为暴虐。"

司法官的话说得众人心中沉甸甸的。

医者不由得越发担忧,问道:"我们可不可以……替他们医治一下?"她也密切注视着蓝星土著的变化,却碍于规则,不敢妄动。

所有人的目光一下又回到何想身上。

何想微微沉吟:"治!"

他的回答令众人感到惊讶,还有人有些不安。

空之管理者立即反对道:"我们已经对蓝星实行了错误的干预,继续下去,恐怕会……"

何想摆摆手,不知为什么,他莫名有种感觉,他应该这么做,甚至说,也是他们跨越7000光年来到蓝星的使命,安慰道:"不用担心,一切责任我来背负。既然我们对蓝星土著造成损伤,我们就有理由也有义务对其进行治疗,但是该怎么治疗,我们还需要好好计划。"

何想想了想,说道:"大翅膀开始分析蓝星现有资源,有哪些常见疾病和损伤,相应就地取材,寻找可疗伤药品。"

"是,现在开始搜索,建立资料库、药材库……"大翅膀忠诚地完成所有交代给它的任务。

何想说道:"我们人数太少,一个个治疗也太费力,最好能以土著居民能接受和理解的方式教导他们自行医疗。"

医者目光一亮,同意道:"没错。"她微微琢磨,"不如我们一起改变外形,与土著近距离接触,传授知识?"

"好啊!"记录官第一个赞成,有些兴奋地说,"你的主意不错,成天待在大翅膀上,我都无聊死了。放心,我观察过土著的文化风俗,他们有一整套自己的语言文字系统,我们可以让大翅膀分析解读一下,再装入我们的记忆金属芯片中,交流的问题就解决了。"

司法官及时补充，考虑周到地说："我们就需要取几个符合土著思维模式的名字，还需要几套模拟外衣。"

"哈哈！"武者笑得爽朗，"我还可以教他们作战方法和格斗技巧。"

"你们……"眼见众人对蓝星土著的热情越来越高涨，空之管理者深感忧虑，可对天生的乐天派，他也十分无奈。

"不要担心。"记录官笑道，"我们可是在中央主脑达到不了的遥远星系，放松点。"

空之管理者嘴角一抽："我有充分理由怀疑你刚才的言论触犯了最高法则。"

"请删除记忆，哈哈。"记录官笑着公布，"亲爱的朋友们，我要开始改造外形了。"

他手一挥，蓝星土著各种不同特征的脸出现在大翅膀内的光屏上："到底选哪个比较好呢？"

医者说："我觉得第三个不错。"一张虬髯大汉脸。

司法官说："还是第五个吧。"一名披散头发的少女。

武者说："我觉得哪个都好，只要能快点落地……"

在众人还在探讨长相的时候，记录官已经看着大翅膀搜集的各类资料，连连点头道："看来真得好好观察做记录，写报告，等回到星盟，相信我的星球观察研究论文一定会大放光彩。"

司法官说："以后有机会还可以返航蓝星，毕竟蓝星土著之所以陷入无规则的混乱斗争，导致大量伤亡，归根结底是没有健全的法制法规，假设帮助他们建立法规……"

何想立即道："法规我认为没有必要，毕竟蓝星还处在原始阶段，强行提高科技水平，会给他们带来巨大灾难。你应该读过中央主脑的早期日志，曾经星盟有过类似历史，最后阶级斗争和其他外部势力入侵导致的结果极其惨烈，所以才有了星盟'新星保护法'。"

"也是。慢慢来吧。"司法官认同了何想的说法。

有了前期的准备工作，众执法者与蓝星土著的建交十分成功。武者

第十章 不听老人言

化名蚩尤来引导部落战争，形成统一的格局；医者化名神农，演一出尝百草的好戏，普及大众基础医疗知识；何想制作渔网教导打猎；司法者创造了法典；花流年推广了乐器……

与蓝星土著相处得越久，执法者们被同化得就越深。大家舍弃了大翅膀上按照营养配比制作的营养剂，反而越来越喜爱同土著们一道饮水食肉。

渐渐地，众人发现自身体内的含水量逐步增加，但操控超纯物质钥匙、启动大翅膀的能力与速度却减弱了，这些改变一度让众人感到恐慌。然而一旦接近水，水就仿佛拥有致命的吸引力，令人无法舍弃。

除此之外，蓝星土著的情感也令他们感到惊讶。

在星盟，由于种族的寿命漫长，因为物资有限，必须严格控制种族的群体数量，居民是不允许拥有自主生育权的，想生养孩子的夫妇必须积攒足够的积分，等获取中央主脑发布的权限，才能培育后代，往往排队的过程极其漫长。

在这一点上，蓝星则拥有绝对的自由，甚至因为生育存活率低下，十分鼓励和提倡生育。

何想等人因为初始外貌设置精良，多次受到土著异性的求爱。众人中，记录官第一个与土著异性建立恋爱关系，他每日都将爱情神奇的体验记录下来，准备到时候带回星盟。

此时众人还未放弃寻找回星盟的方法，同时，众人也加紧搜寻黑衣人。对目前尚算孱弱的土著来说，一个黑衣人就足以形成灭顶之灾。

没过多久，他们在海边一座岛上遇到黑衣人。黑衣人化身成一名普通的土著，在接近他们的瞬间发难。时空管理者二人同时受伤，记录官与司法者也重伤濒死，如果不是在与何想交手中黑衣人的力量被压制，加上武者及时赶来，重创黑衣人，令他负伤逃走，恐怕一行七人都要栽在黑衣人手中。

此次战斗令众人重新认识了黑衣人的强大。多亏医者，大家才捡回一条命。

这时，众人终于意识到，他们不仅操控超纯物质钥匙的能力下降，就连身体的体能和战斗力都减弱很多。在蓝星上的生活逐渐瓦解和蚕食了他们强健的体质，松懈了他们的防备。

这一认知令众人都凝重起来。

此后很长一段时间，何想等七位执法者再也无人脱队单独行动过，因为一旦他们中有一人出事，恐怕其他六人将永远滞留蓝星。他们越发努力搜寻黑衣人的线索，可黑衣人像断了尾巴的壁虎，深藏不出。

又过了几年，何想等执法者也曾遭遇过几次黑衣人攻击。每次黑衣人的设计都愈加复杂，但七人合力也算有惊无险。众人判断，黑衣人的飞行器定然损毁，他无法再使用，所以将主意打到大翅膀身上。既然如此，大家反而不必要成天绑在一起，因为缺少他们中的任何一个人，大翅膀都无法启动。黑衣人只会绑架而不会杀害他们，假设分散，反而可以分散黑衣人的注意力，也不至于被一网打尽。

自此，七位执法者各自分开行动，只是时常碰头聚会，交换信息及交流近期心得。渐渐地，回星盟的事已经很少有人提起。

又是几年过去，记录官突然在一次聚会中，向大家宣布，他打算尝试着和土著建立家庭生育后代。他认为生育课题不仅有趣且十分有意义，会是非常棒的体验。毕竟星盟为了保持人口的出生率与死亡率平衡，基本是一人死亡，空出名额，才允许出现新生者。只有罪星上才没有严格的人口控制，但罪星医疗条件差、物质匮乏，人口出生后得不到良好照顾，基本自生自灭，犯罪率高，死亡率也出奇地高，生育体验实在太差。但以他的积分，在星盟内恐怕又要排队许久才能有生育机会，不如先在蓝星上尝试一番，未来再考虑要不要回星盟生子。

记录官的决定令众人感到惊讶，但惊讶之余也可以理解。自从他们各方面体能下降，催动大翅膀也比以往困难许多，更何况大翅膀的能量一直有减无增，起初他们还去蓝星临近的卫星及小行星上吸取部分能量，可这远远不够，且几个小星球上的活火山都逐渐偃旗息鼓，渐渐地，众人也歇了心思，注意力逐渐转移到蓝星的建设与土著的教化上。

第十章 不听老人言

记录官的离开只是一个开始，渐渐地，另外几名执法者也相继离开，有的尝试性答应了土著的求爱、与之结合，有的去了更远的地方，探索星球上的未知点。何想也找了个非常可爱的女孩在一起，有了血脉的延续，大家心态越发不同，平时只有得到有关黑衣人的消息时才会聚在一起，去完成使命。

随着滞留蓝星的时间越长，蓝星低层级物质能量使得众执法者越来越难以维持他们身体的状态，像是被病菌污染般，体魄结构衰弱，脏器衰竭，千年寿命不断减少，除非立即想办法离开蓝星，否则寿命将大幅度衰减，和蓝星土著一样会在短短百十年间死亡。

在经过几次反复商讨和认证后，他们确信，只要与七种开启大翅膀的钥匙绑定的基因存在，他们乃至他们的后代都有可能集齐七人开启大翅膀。只是他们的基因越稀薄，吸取蓝星能量的能力越差，一旦开启空间通道，对蓝星的损坏会更严重，届时恐怕不只是产生灭世灾难，甚至可能从结构上破坏整个蓝星。

相对来说，黑衣人恐怕受到蓝星的污染最少，从他们近几次与黑衣人交手感到越来越吃力就可以看出来。

随着与蓝星土著打交道越深，尤其是逐渐有了自己的孩子，众执法者心态发生巨大变化，从时时刻刻想回到星盟，变得一两年也想不起一次星盟。

记录官曾经还说："原来养育后代是一种如此神奇的体验，会让你思维方式发生翻天覆地的变化，不再视中央主脑为至高无上的唯一，而更重视'家'。"

司法官说："所以中央主脑通常会在个体进入成熟期几百年后才会让你排队领到生育资格，感情不断被弱化，秩序的概念却根深蒂固，才有利于星盟的统治。"

对此，何想只是一声叹息。

爱情，家庭，子孙……这一切的代价是加速衰老，不断走向死亡，他们深感无奈，却并不觉得可惜。他们将自己保护蓝星大地的意志传递给后代，在大翅膀的帮助下将传承信息刻入七种超纯物质钥匙中，通过血脉基因予以激发。

随后，在最后一次利用黑衣人对乐谱的爱好，设计重伤黑衣人后，他们带着各自的族群，默契地进行大迁徙，相互之间离得越远、藏得越深越好，期盼彼此各自安好，再不相见。

若是相见，必是黑衣人再发难时！

自此开始，何想眼中的时光倏然加快，他感觉自己忽然变成了各色各样的人，好像附身在星能戒上，又不断化身为它的主人，去短暂而又迅速地体验他们的一生，走马观花般经历各个不同的朝代、时局，成为或重要或不重要的历史角色，留下无数或凄美或壮烈的神话与传说。蓬莱仙山、八仙过海、黄巾起义、通天塔……再从一战、二战，变更世界格局……经济与科技的极大提升，建立地球圈……直到现在，慢慢变成他自己，变成现在真正的何想。

好景常在典当行内的阁楼中，何想幽幽地醒来。

醒来之后，整个人有些蒙。他还沉浸在各色各样的人生经历中，心情久久难以平复。

我是谁？我在哪里？我在这里做什么？我还活着？

我是钚一？不，钚一已经死了。那么，我是何想？

对，我是何想！

何想猛地甩了甩脑袋，想要起身，却发现身上正压着一个女人。他定睛看了半晌，才认出压住他的人是……花大千金？花流年？

这里是……典当行？

何想倏然惊醒，终于想起他为什么会在这儿。他是跟花流年吵架后，被她追上来撞倒，然后失去意识，结果大梦一场。

是梦吗？未免太过真实！他甚至清晰地记得许多细节，就好像真实经历过。无数细节与他自身的经历混杂在一起，让他头昏脑涨，分不清哪个是他、哪个是钚一，以及其后各色各样的人。

第十章 不听老人言

但他们无一例外都是星能戒的主人。

星能戒？

何想下意识地看向自己的手指，手指上却空无一物。

何想的心，顿时空落落的。

不行，要赶紧去把戒指找回来。

"醒醒！流年，快醒醒——"何想伸手拍了拍花流年的脸颊。

花流年嘤咛一声，长睫微动，缓慢地睁开迷惘的眼睛。

典当行大厅内。

好不容易赶走来闹事的梅之心，又没有见到何想和花流年的人影，樊力狐疑了一下，觉得大好时光，必须拿来打游戏。

又是一夜通宵奋战，时值早上五点，大多数人还在熟睡，大街上偶尔有清扫机器人巡查作业，发出轻微的响动。

樊力刚刷完凌晨五点的副本，正觉得身心俱疲，靠在座椅上跟战友嘚瑟刷到的极品道具，拿下游戏头盔，准备吃点零食填肚子。

忽然，他感觉四周围的墙壁在发光。晶亮的光泽，极有节律地，一闪一闪。

"啥情况？"樊力坐起来揉揉眼睛，怀疑自己是不是打久了游戏有点眼花，游戏特效在视网膜还有残留。

可四下转了转，定睛一看，没错，典当行就是在发光闪烁。

"什么鬼？"他怪叫一声。难道有什么外部攻击？

樊力下意识冲出典当行查看，却发现典当行整个震动起来，外墙迅速开始脱落，扑簌簌的石块和金属灯带不断掉落。他吓了一跳，连忙又冲进典当行，大喊起来："老大！花千金！你们在哪儿？你们到底在不在屋里？"

顶着掉落得叮当响的各色杂物，他飞快地一个个踹开门查看，又到院子转了一圈，回到阁楼里，一开门，就见花流年压在何想的身上，二人躺倒在地。

"我去！要不要这样？都地震了你们还在卿卿我我，不要命了？"樊力瞪大眼，一副见鬼的模样。

"怎么回事？"何想立即将花流年扶起来，花流年还有点没回过神，一脸懵懂地看着何想和樊力。

"轰隆！"典当行猛地一震，阁楼顶上的吊灯忽然脱落。

"小心！"何想拉住花流年，推着樊力往外一扑，堪堪躲过吊灯，又被典当行的震颤带着晃荡。

"快出去。"何想神色凝重，三人飞快跑出典当行。却发现典当行外并未遭到任何攻击，四周围也一片安静，唯有典当行自身不断震颤，周身的土石金属块迅速掉落，露出里面银白色的金属内壳。

仿佛鸡蛋剥壳一般，典当行像只好不容易钻出壳子的小鸡仔，浑身抖了又抖，形态在抖动中不断变化，由方变圆，再由圆变化成各种形状。

最后，竟在何想、樊力、花流年三人面前变成了一只刚从蛋壳里孵化出的缩成一团的小鸡……不，巨大的小鸡？

三人目瞪口呆地看着眼前新生的典当行小鸡像吐垃圾一样吐出家电及用品，发出肠胃消化不良般"咕噜咕噜"的声音，随即歪了歪头，一脸呆萌地发出"咕"的一声。

"？？？"樊力满脑袋问号，整个人痴傻地仰头看着面前的大鸡，脑袋里全都是"变形金刚"四个大字，忽然回过神，怪叫道："不对啊！别的变形金刚都是变成车，你怎么变成鸡了？老大，你的房子变成鸡了！"

何想嘴角一抽，同样不可思议地看着眼前卖萌的金属雏鸟。他完全没想到，大翅膀竟然会伪装成典当行本身，一直留存下来。怪不得七传人的祖训一直让守护者必须守候在典当行，恐怕也是因为当初的执法者发现随着他们自身寿命的衰减、能力的减弱，已经无法自如收放大翅膀。

等等，登录星盘呢？

开启大翅膀，必须要有集齐七种宝物的登录星盘作为钥匙，缺一不可。

何想心中一颤，总觉得自己忘记了最关键的东西。他记得星盘可以转化为其他形态的物质，便于保存和收藏，但记忆里关于星盘最后的形态和收藏地点……他竟然想不起来。理论上最后一个收藏星盘的人应该是上一任守护者何夏，何夏干了什么？何想焦急回忆。

第十章 不听老人言

"大翅膀?"花流年呆呆地叫道,她的脑子此时混乱无比,各种人生的经历在她脑海里乱成一团,弄得她头痛欲裂。在看到典当行变成的大翅膀"宇宙双翼"时,她的脑海又一片空白。

她刚刚经历的那些都是真的?还是说,只是大翅膀自身的记忆?

他们在远古时候,确确实实是被大翅膀从遥远星域带来的七名执法者?

当五千年前的传说真切地摆在眼前时,带来的震撼和感慨,如此强大!

樊力瞅着眼前体形巨大的雏鸟,下意识伸手在它身上敲了敲,质感非金非木,坚硬却又柔韧无比,一片片银白色晶体状的羽毛更是栩栩如生,纤薄却不易碎,剔透中带着迷幻的色彩。他有点想不通,怎么好好的典当行一个晚上就变成一只幼年版的巨鸡,他该不是还在做梦吧?

樊力用力捏了自己一把,"嘶"地抽气,很痛!

"我去,生化危机了?还是典当行成精?老大?"樊力五官都皱扭曲了,扯了扯何想。

"是大翅膀。"何想道。

"什么鬼?还有名字吗?"樊力惊愕道。

花流年恍然转头,有些惊慌地问:"何想,它……"

何想点了点头。典当行就是飞行器,所以守护者传承里才一直说不要暴露飞行器的存在,他现在是不是该把大翅膀收起来?否则一旦被黑仙传人知道……

然而,不等何想想办法让大翅膀恢复成典当行原状,一声长笑从街边传来。

何子天一身黑色练功服,带着几个人从街对面大步走来。

一大清早,五点多钟,路上行人十分稀少,原本该在不远处扎营巡逻的特种兵却一个也没看到。正因此,何子天等人的出现显得尤为明显。尤其让何想感到奇怪的是,为什么方可水、曾如风以及梅之心会与何子天一同前来,他们几个人又怎么会凑在一起?怎么看怎么觉得怪异。

"何老头？"何想露出讶异的神色，又回头看了看变形成功的大翅膀，一时间有些纠结，该如何对大家解释。

忽然，何想注意到何子天手中拿着的一个罗盘。罗盘的盖子是合上的，灰黑色金属材质，看起来就好像……

有什么东西，飞快地在何想心头掠过。

仿佛是验证他的猜想，何子天大步走到何想近前，笑眯眯拍了拍他的肩膀，说道："小子，干得不错。"随即两手背后，仰望近在咫尺的大翅膀，说道，"终于找到了，总算落到了我的手中。"

何想的双眸倏然睁大，不可思议地瞪着他面前的何子天。一瞬间，竟然感觉何子天的面貌遥远而模糊，显得如此陌生，如此的……相似于黑衣人的模样！

"是你？"何想呆呆问道，一时间喉头哽咽得发慌，顿时感到呼吸困难。

"是我。"何子天笑眯眯地道，"很意外吗？"

何子天大笑起来，几分潇洒，几分恣意，还有几分猖狂。

在他的笑声中，方可水与曾如风默默走到他身后半步位置，脸色如常，好似看着何想，又好似根本没将他放在眼中。

"什么是你是我？你们在说什么？"樊力一脸茫然，弄不懂这群人在打什么哑谜，"喂，你们不要玩你猜我猜都猜猜猜的游戏了，你们都瞎了？这么大只鸡放在家门口，你们看不到吗？根本就是房子变成鸡啊！"樊力依旧心大无比，傻呵呵地把自己逗乐。

花流年面色一变，她也明白了面前的局面，立即靠近何想，下意识地像"梦境"中几千年来所相处的方式一样，询问他道："怎么办？"

"我去！你们两个狗男女又……"樊力瞪大眼，顿时对何想恨铁不成钢起来，私底下跟花大千金耍耍就算了，你的官配是光光啊！怎么能当着这么多人的面……

樊力大摇其头，说道："啧啧，光天化日，朗朗乾坤。老大，你实在叫兄弟都不知道怎么说你！"

第十章 不听老人言

"闭嘴！"何想眉头蹙起，目光紧盯何子天手中的罗盘，盘算如何抢夺过来。可何子天的身后还有方可水跟曾如风，两个人没一个好对付的。怎么会突然变成这样？

"呀嗨？"没想到何想还发起脾气了，樊力气乐了，"老大，可别怪我没告诉你，要是——"

"他是黑仙传人！"何想怒喝。

樊力一愣，问道："你说什么？谁是黑仙传人？"

"是何子天！"花流年立即接话，紧张地看着何子天。她猜想过任何人，却从没想过会是何子天，事实偏偏就这么离奇。还有曾如风，曾经全有集团绞尽脑汁都想请来的知名教授，竟然也是何子天的走狗？这么说……

"你果然是七传人？"花流年脑中灵光一闪，盯住曾如风，惊疑不定地问道。

曾如风瞥她一眼，既没说是，也没说不是。

"谁是七传人？又是谁？你们说清楚！"樊力晕头转向，好端端的，何老头变成了黑仙传人，他还没消化完，又多出个七传人？

何子天已经没兴趣再看他们表演，递了个眼神给梅之心。

"咯咯——"梅之心娇声一笑，窈窕的身形如燕雀般轻盈飞到樊力身边。

何想顿时面色大变，喊道："樊力小心！"

"啊？"樊力一愣，神情却瞬间从防备转为呆滞，仿佛有什么暗示或开关被启动。他呆呆地看着身前贴来的梅之心，只见她肤若凝脂，笑意嫣然，他的脑袋轰然炸响，所有理智一时丧失，仿佛天地间只剩下他与梅之心两个人，只要是她的要求，他上刀山下火海在所不惜！

"樊力！"何想焦急不已，伸手朝樊力抓去。

梅之心却笑意转冷，说道："去，把花千金的吊坠抢来。"

"是。"樊力双眼迷离，机械性地听取命令，轻飘飘躲过何想的手，错身向前一步，一掌打昏惊慌失措的花流年，手一扯，花流年脖子上挂着的吊坠应声而断。他将花流年往地上一扔，又迅速回到梅之心的身边，献宝一般将项链呈交梅之心的手上，露出痴迷地等待夸奖的神色。

"不错。"梅之心也不吝于夸奖，笑得甜美而疏离，又将吊坠恭敬地转交何子天。

何想只来得及一把搂住即将坠地的花流年，看着像条哈巴狗般围着梅之心打转的樊力，又看了看露出满意神色将吊坠装入罗盘中的何子天，露出错愕的神色。

把他养大的何老头是黑仙传人？教导他武功和课业的可水姐与曾教授是卧底？就连樊力，都从兄弟变成敌人？……短短的几秒钟时间，何想只觉天地变色，周遭一切都颠倒翻转，快得令他反应不及，瞳孔不由得有些涣散迷离。

然而，在星盘打开的瞬间，独属于星能戒的熟悉能量令何想惊醒。他看着何子天手中变大的罗盘，他的星能戒正安稳地落座罗盘的中央。星能戒的四周还有六个卡扣，其中五个都已被填满——吊坠、耳坠、手环、腰带、玉佩，还剩下一个空位。

星能戒！过来！何想紧盯自己的宝物戒指，意念刹那间发动。

星盘中，星能戒似乎感应到主人意志，轻轻晃动，似乎要脱离开来，然而，"啪嗒！"何子天迅速合上盖子，星盘重新回复巴掌大小。

何想与星能戒的联系就此中断。

"原来失踪的羊皮卷就是星盘。"何想猛然想明白了其中的关系。

"失踪？"何子天轻轻一笑，"不过是物归原主而已。"

"原主？"何想嘲讽一笑。

"难道不是？包括你手上的星能戒，都是我交到你手中的，你还是我养大的，难道这么快就忘了？"何子天轻蔑地笑道。

何想神色一沉。没错，连他都是何子天养大的……他的一举一动、所思所想，何子天都了如指掌。从一开始，何老头就是故意把星能戒交到他手中，让他去打开局面，找到和引出其他的七传人，然后再一网打尽！

"哈哈。"何子天大笑，"不要沮丧，何想。要不是你，我怎么能这么

第十章　不听老人言

快搜集到其他法宝？我还得多谢你，现在只剩下最后一个超纯物质法宝了，相信也能很快找到！"

"花锦年也是你设计的？"何想神色沉郁地说。

"不错。说起来，恐怕你们俩都不知道，其实你们并不是孤儿，而是真正的堂兄弟。不过，时局所需，既然星能戒选择了你，另一个娃娃也不能浪费不是？好在花天下那个老家伙有到大街上乱捡东西的好习惯，让他领养何像，我来养何想，等你们长大了，再一起为返回仙星的事业而奋斗……"何子天又大笑出声。

何想脑中一个个分散的点，此时终于连接成线，血色渐渐回归面庞，低声说道："原来如此。从一开始，全有集团的事业就是个幌子，就不可能成功，你所有的目的只不过是……"忽然，他微微停顿，"不对，时间不对，时机很重要，如果你缺少其他七传人配合，你还是开启不了空间通道！"

"臭小子还是有些机灵劲的。"何子天笑道，轻拍手掌。躲藏在暗处的其他几人相继走出。

齐子坤、袁思阁、方可胜以及陆七，一群人走到何想近前，将他团团围住。

"陆七？"何想眉头一皱，又突然失笑，末了笑道，"何老头，我以前真是太小看你了，你还真是……无孔不入。"他看了一眼方可胜，又下意识扫过方可水，只见方可水目露担忧，目光恰好和他撞在一起。方可水立即移开视线。

何子天从鼻孔里哼出一声，说道："知道不听老人言，吃亏在眼前了吧？你要是现在乖乖跟我老人家走，还有得救，毕竟你从小跟老头子长大，不是父子，也胜似父子。我们一起回仙星，用地球人的话讲，也叫落叶归根。"

"根？"何想一声轻笑，"你一个从罪星逃走的罪犯，也好意思说根？"

何想只是本能地按照大翅膀中的记忆记录反驳何子天，没想到何子天面色骤变，刹那间阴云密布，森冷的杀机勃发，他的声音冰冷得令人一哆嗦，叫道："钚一？"

何子天昂起下巴，漆黑的眼睛忽然眯到极致，眉头皱起盯住何想，带着三分疑惑、七分忌惮。

何想心头一跳！

钚一？他怎么会知道钚一？难道黑衣人的传承中还会提及守护者的名字？

"你不是钚一。"何子天目光冷沉，再无笑意，"你从大翅膀里都看到了什么？"

"开启空间通道需要七人齐聚，基因血脉越差，开启的条件越高，能量聚拢越困难。"何想心中一动，终于明白六万个宇宙观测装置的意义所在，忽然有些不安。

他话锋一转，说道："其实……要我答应跟你一起开启空间通道，也不是不可以……"

"哦？"何子天目光一亮。

方可水惊讶地抬眼。

曾如风依旧气定神闲，笑得神秘莫测，只是在看向大翅膀时，才带着一丝深藏的狂热。

陆七则四下里看了看，意外没有看到温之光的身影。昨天他得到消息去抓捕花锦年，却被温之光打昏扔在停车场里，也不知道温之光是看穿了他，还是误打误撞。

梅之心原本低着头玩弄着像哈巴狗一样蠢的樊力，却飞快地瞥了一眼何想。

"但总得把戒指先还我。"何想笑道。

何子天点头道："那是当然，星能戒肯定由你来操控更合适……"

袁思阁冰冷的眼神突然扎到何想身上，杀机迸发。

"不过嘛——"何子天拖长音笑道，指着大翅膀，"咱们先进去，坐下来慢慢聊？"

何想眉头一动："好啊。"说着，他笑着走近何子天，何子天也笑盈

第十章 不听老人言

盈等着他。

然而，在距离何子天只有一步时，何想突然加速，一只手飞快伸向何子天手中的星盘。

只可惜，方可水和曾如风的速度比他更快。两人如残影掠过，一左一右架住何想，并迅速出脚，以迅雷不及掩耳之势将何想踢得跪下，他的两条胳膊瞬间脱臼。

冷汗从何想额上滑下，巨大的痛楚令他咬紧牙关。曾几何时，方可水说过，要学会打架，首先学会挨打。可以说长这么大，对他动手最多的人就是方可水，现如今他依旧是栽在她手中。

何子天哈哈一笑，说道："小子，你的招数都是我教的，还拿来对付我？班门弄斧，搬石头砸自己的脚，疼吗？哈哈，走了，进去再说。"

何子天率先朝大翅膀内走去，身后跟着梅之心、樊力以及齐子坤、袁思阁等人。

方可水与曾如风也架起何想，紧跟上去。

然而，就在这时，局势突变，"咻咻咻——"几条细如蚕丝、晶莹剔透得看不见的丝线，从从天而降的魍魉手中，迅猛射向何想、方可水、曾如风三人。与此同时，"嗒嗒嗒嗒嗒——"急猛的子弹也伴随着行进的军队，从三面方向疯狂射来。

齐子坤面色微变："老师，封锁被突破了。"

何子天面色不变："不管他，走了。"

两条丝线飞快钩住何想的双腿和腰腹，柔柔拉紧，另两条丝线缠住方可水和曾如风的胳膊，却迅猛如刀，利落收缩！

方可水神色一凛，迅速拔刀斩断丝线，可衣服的袖子已经被丝线割断，手臂也擦出两道血痕。曾如风同样如此。他们手一松，何想被快速拖了回去。

方可水和曾如风也不恋战，迅速随何子天一同退入大翅膀中。

"嗒嗒嗒嗒嗒——"密集的子弹和炮火疯狂扫射大翅膀，大翅膀却纹丝不动。

"不要停，继续攻击。"一辆战车驶入大翅膀所对应的街道，原战坐在战车上。方才接到何想的求救短信，他以最快的速度赶来。埋伏了这么久，总算给他们逮到机会。可连他也想不到，好端端的一栋屋子，竟然能变形成一只巨大剔透、栩栩如生的金属雏鸟，难道这就是传说中仙星的科技？

原战隐隐觉得，绝不只是这么简单。

原战的猜想不错，在轮番用轻型武器到重型大炮轰击过后，金属雏鸟依旧没有多少反应，从外观上看，似乎连少许伤痕都不曾有。所有强力攻击仿佛打进某个虚空，而面前的雏鸟不过是一道连接虚空的幻影。

在被魍魉用丝线拖回后，何想脱臼的双臂第一时间被接上。

"怎么样？"魍魉问道。

何想连连摇头，说道："我没事，这次多谢。花流年呢？"

"放心，人也拖回来了，原战带来的医疗团队正照看她。"魍魉又道，"杀害青者的凶手找到了？"

何想眉头一皱，心中难过的情绪迅速蔓延，把他抚养长大的何子天是处心积虑的黑仙传人，还是杀害青者的凶手，这些年的照顾与温情全是假象，巨变的现实始终让他有些难以接受。

何想点了点头，面无表情，说道："找到了。"

魍魉继续道："虽说是你自己找到的，但任务二，已完成。"

何想喘了一口气，吐出胸中淤积的浊气，说道："放心，还有任务三。我已经想好了。"

话音刚落，不远处的大翅膀突然震颤起来，仿佛在一连串强力攻击下终于出现裂缝，离地而起。

"糟了，他要逃！"何想急道。

原战军队的火力同时骤然加大，十多枚追踪导弹一齐发射。

刹那间，大翅膀倏然腾空，收缩的羽翼张扬开，巨大的银白色羽翼遮蔽了大片天空，在半空中居高临下地俯瞰地面所有的战车军备，以及一条又一条宽阔的街区。

第十章 不听老人言

清晨五点多的世界，本该静谧安详，可持续了近半分钟的炮轰，使得周围绝大多数居民被惊醒，各种窸窣的起床动静细密而不被察觉，只有偶尔一两声喊叫声能够微弱地刺破黎明。

破晓时分，大翅膀悬浮于尚且昏暗的天空，银白色剔透的光泽像一片独立于世的洁白浮云，又像从天而降的圣洁天使。

如果天使没有挥动它代表毁灭的翅膀。

半空中，大翅膀忽然扇动羽翼，仿佛是一个信号、一项开关开启，澎湃的能量突然从四面八方以摧枯拉朽之势汹涌而来，所到之处，任何电子器件都发出尖锐的爆鸣，"砰"地爆炸。

整个中心市内，以全有集团与中心广场为中心的八大方位，八个冠名为宇宙观测装置的实际蓄能体被同时激发。高能反应瞬间开启，高频能量以难以计量的速度疯狂脱离，涌向市中心大翅膀的所在之处。

大翅膀像是个饱尝饥饿苦果的贪吃孩子，在张开双翼后，整个机身散发出晶亮的光泽，仿佛开启了成千上万个微小吸盘，不断隔空吞吃着从四面八方传递来的海量能源。

"嘭——"短短两秒的时间，不仅典当行附近的街区，庞大的全有集团本身，乃至整个中心市的能源装置，都在顷刻间报废。

仿佛是呼吸之间，四周围被爆炸吵醒亮起的灯光又再度熄灭。原战带来的装甲军队能源全无，形同废铁。号称是不夜城的全有集团也彻底无光，全年二十四小时无休、绝不受停电干扰的高能电磁实验室偃旗息鼓。

大地灰蒙蒙一片，唯有天边散发出缕缕属于太阳的曦光，即使是太阳的光芒也显得太过微弱。

一时间，所有人都被灰暗笼罩。

暗淡无光的全有集团中。

刘连生正站在塔顶董事长办公室内，利用天网系统观察着典当行异变的情景，突然陷入一片黑暗，除了腕表上微弱的生物电池，所有的备用能源全部失效，他一时愣怔。

地下研究所，工作人员休息室。

伸手不见五指的黑暗中，陈元泽的眼睛却如明灯幽亮，笑道："呵呵，等了这么久，机会终于来了。"他喊了几声王重，却发现王重早已不在屋中，"哼，急性子，成不了气候。"他的身影也消失不见。

中心市，高空。

原本待命守在附近空中的直升机与战斗机能源告罄，从半空跌落。

方圆百里之内，唯独大翅膀独霸高空，凛然俯瞰大地。

此时大翅膀内，六张座椅围绕正中央独属于守护者的蛋壳式座椅，座椅的前面升起一根支柱，牢牢托住上盖打开的星盘，露出其内六样超纯物质钥匙。

何子天靠坐在蛋壳式座椅中，方可水、曾如风等人围坐四周，六张椅子还空出了留给医者的座椅，除了分别代替何想、樊力、花流年、王重四人基因的袁思阁、齐子坤、梅之心、陆七外，方可胜单独坐在大翅膀金属壁边伸出的客椅中，神色阴沉。

众人不约而同将目光落在中央的星盘上，感受着澎湃能量疯狂涌入大翅膀，再被仿佛无底洞般的星盘与星能戒吸收利用，再反哺大翅膀，形成一个奇异的循环。

果不其然，星能戒就是吸能器！又或者说，它控制着能量的收缩与释放。

短短的几秒内，何想与原战等人眼睁睁看着大翅膀越来越亮，从银白色变成剔透晶莹，再带上点点幻彩，巨大双翼的尾端甚至晕染出五彩色泽。

"轰——"突然，跟随魍魉行动的狂上加狂不死心地舍弃激光枪、追踪弹等能量武器，采用最原始的手动机械操作方式，射出一枚导弹，笔直冲向大翅膀。

然而，在所有人期待的目光中，导弹在即将碰到大翅膀的瞬间崩碎，化为齑粉，能量仿佛被吞噬，导弹自身却飘散无形。

这一幕令在场的人心中狠狠一震。

第十章 不听老人言

何想瞳孔一缩！

魍魉双眸眯起。

"见鬼了！这他妈还怎么打？"狂上加狂怒骂道。

战车上，原战喃喃说道："或许是武力级别不够破开对方防御……卫星？卫星攻击！快，传令中央导弹系统，进行卫星攻击！"

秘书老李早已焦急地多次尝试通信，却发现信号波被不知名的磁场干扰，根本无法连通。

不等原战布置，大翅膀再度挥舞它神奇瑰丽的双翼，只是这一次，不可思议的巨大能量自双翼透出，大翅膀于无声中振翅高飞，一飞冲天，扶摇直上，以所有人意想不到的速度，没入云层之上！

等大翅膀飞走，两秒钟后，周围的磁场干扰终于消失，中断的通信恢复，秘书老李立即将原战的意思告知军部，申请卫星监控及攻击。

军部早已在中心市发生能量异动时就开启监控，几秒钟后，卫星系统捕捉到有不明飞行物进入大气层，立即紧急向其发出"升空资格"的认证，否则予以卫星层打击，击落不明飞行器。

可大翅膀对于入空警告不予理睬，以最快速度疯狂升空，再升空。

未得到回应，又有原战发来的攻击申请，军部再不犹豫，开启地面和卫星双重攻击。没想到，地面导弹根本追不上对方的速度，而卫星层的追踪弹也被轻易避过。

大翅膀仿佛一个飘忽不定的幽灵，灵巧地在大气层内变道变速，其间电闪雷鸣，无数能量如游龙会聚，支撑它蓬勃地上升。

终于，凭借远超现今所有飞船的速度，大翅膀顺利脱离大气层，直逼卫星层，随即高高振翅，又戛然而止，飘然滑翔，停留在卫星轨道上。

它像一只飞出地球的鸟儿，拥有巨大的美丽双翼，不可一世地俯瞰着整个地球。

第十一章　末世乐园

此时何子天的演讲已接近尾声，他的激情已被耗尽，声音有些低沉，显得落寞。

他可以看到地球上的每一个角落，人类对他的反应各不相同，有的木讷，有的谩骂，也有人好奇，甚至崇拜。

安静。

摆脱了一切追踪与阻拦，大翅膀安静地悬浮在大气层外。

四周围一片静谧，除了黑暗与星光，就是如圆盘般亘古不变的地球，散发着明亮的蓝色光芒。

同样安静一片的，还有华夏军情处，巨大的光屏横亘半空，光屏中央是闪着清冷光辉的大翅膀，美丽而令人心生寒意。

不仅是华夏军情处，其他周边国家与同盟体的情报局也同样安静。他们同一时刻观测到异样升空的大翅膀，不仅是因为它没有报道、毫无征兆的出现，更是因为它令人不可思议的恐怖速度。

各国太空部、中央情报处几乎同步监测到大翅膀升空的速度比当今世界最快的飞船速度还要快上十七倍！这是不可能出现的事，偏偏出现了。

一时间，各大太空监管部门安静无声。

第十一章　末世乐园

下一刻，各国部门纷纷向邻近国家求证，是否数据有误，尤其不约而同地向不明飞行物定位起飞的华夏发来通信问候，了解具体情况。

然而，令人心悸的安静并未持续多久。

中心市西面，群山深处，一场剧烈的坍塌忽然发生，山体震动，乱石滚落，因为距离市中心较远而无人察觉。紧接着，中心市南面的郊外庄园，"轰隆——"仿若一连串爆炸炸响，整座庄园连同附近的观测装置一齐震颤，大地忽中开裂出一条地缝，将庄园与装置彻底隔开。庄园瞬间倾斜，客人惊叫不止，仓皇逃窜，有速度快的发动车辆，在大地的震动当中颠簸逃命。

相似的坍塌和震动接连在不同地方发生，城镇里、山川中、江河里、湖海中……同一时间，以六万个吸能装置为中心点，由点到线，由线到面，如针织网，以疯狂之势，延伸、扎根、拔起大地！囊括整个地球！

"轰隆！隆隆——轰隆——"恐怖的爆炸，在全球范围内同时展开！

顷刻间，各大气象台、地震观测台收到数不清的地震汇报，热线电话瞬间被民众打爆。

有离居民区较远的震动，一时还未给附近生活区造成影响，但也有极少量的宇宙观测装置设置在市中心，巨大的震动瞬间带来毁灭性打击，高楼坍塌，房屋倾倒，路面上各种公共设施被砸得七零八落。由于时间尚早，路面上行人不多，正因为不少人还在沉睡，突如其来的爆炸与震动令他们连反应的机会都没有，就被彻底掩埋。

世界各地，同样的情况一再上演，并且愈演愈烈。地震、海啸、飓风、火山喷发、电闪雷鸣……在极短的时间内，各种灾难频出。而在市内，灾难的发生造成更为致命的后果，地震和雷电导致的锅炉爆炸、化学物泄露、生物污染等等，严重威胁当地居民安全。市政府在茫然中紧急组织驱散民众，封锁危险区，并强行截断受污染河流，阻止危害扩大。

各个气象灾害观测站紧急统计受灾情况以及潜在危险，发现满屏红色警戒，一时间竟不知道该先救哪块区域才好。

有些人已陷入绝境，没有生还机会；有些人疯狂地逃出受灾点，在劫后余生中痛哭流涕；有些人还不知道发生了什么，正幸福且安静地躺在温暖的被窝中；还有一些未受灾的年轻人，正欢快地组队打着游戏，过着醉生梦死的生活。

在世界和平、科技飞速发展的今天，谁也想不到，灭世级的灾难，会突然且悄然降临。

很快，新闻频道开始大面积播报各地的受灾情况，有关死伤和损毁的统计数据飙升。人们发现，此次灾难并不是一城乃至一国受灾，而是世界范围性的灾难。一时间，关于灾难的各种猜测众说纷纭，再也无人关注全有集团的些许"闹剧"。

此时，华夏国，中央军情部、太空部、军方司令部，三司会议。

参会人员身处各地，通过3D视频开会，目前原战缺席状态，由秘书李贤代为交代具体事宜。

而原战本人，正坐在司令部的办公室里，皱着眉头听何想讲述关于大翅膀的具体情况。

魍魉、狂上加狂等三名杀手堂而皇之地或坐或站在何想身边，呈护卫姿态；另三名杀手则潜伏于司令部外围，随时待命。

明明军部和警方一直高价悬赏的超级杀手就在眼前，原战却完全没工夫管他们，大翅膀与黑仙传人的存在如利剑悬在他的头顶，尤其是亲眼所见大翅膀升空。他虽然来得迟，但最后何子天进入大翅膀一幕，尤其在他心中刻下深深的烙印。

几十年的老朋友，有朝一日却被认定为人类最大的叛徒，不由他不怀疑，或许从一开始，何子天接近他就是别有用心，就连最初对他的帮助也是为了今天埋的伏笔。

原战没有时间心乱，却不得不感慨，这些年老朋友们相继离世，仅剩的几个也大多分道扬镳，像老何这样没有纷争、没有利益纠葛的朋友是多么难得。事实证明，这都是他的奢望。

第十一章 末世乐园

"你的意思是说，你跟花流年在昏迷状态下被那个什么大翅膀灌注了几千年前的记录？"原战皱眉道。

"没错。大翅膀毫无疑问是5000年前留存在地球上的飞行器，只是今天再度被激活。"何想说道。

"5000年前，呵呵——"原战笑得有些沉抑和勉强，又摇头长叹道，"罢了，既然你确信的话，算了，不信也不行，实际情况摆在眼前。"重武器攻击无效，连擦伤都没有，速度是当今飞船最快速度的十七倍以上，还不知道这是不是它的最高速度，或许人家不过是牛刀小试，他们就已经如临大敌了。

"你有什么想法？嗯？作为外星人的后代？"原战笑着问道，他自问年纪一大把，一辈子经过多少风浪，就算面临绝路，也要笑着应对，"我记得你们的祖训好像是集齐七传人，对付黑仙传人？"

何想点头。

"现在，七传人好像已经倒戈了三个？集不齐了吧？"原战调侃。

"老爷子有什么打算？"何想挑眉问道。

"老头子能有什么——"原战刚准备回答，秘书老李匆匆走进办公室，"老爷子，他们急着见您，说您不到场，会没法继续开。"

"行。"原战立即站起，对何想道，"你先坐会儿，我去应付一下。"随即大步走出。

何想也站起来，来到办公室隔壁的休息治疗室中，恰好看到花流年从治疗床上坐起。

"醒了？"何想面色一缓，对花流年身边收拾医药箱的医生露出感激的笑意。

花流年点点头，立即道："我刚听治疗的医生说不明飞行物升空，是大翅膀吗？"

"不错。何子天带着他的人和大翅膀一起飞到卫星轨道上了。"

"卫星轨道？难道他准备……？"花流年目露惊骇，腾地站起。

何想调出腕表客户端的网页光屏，在花流年面前排了一列："这些是各地灾难报道，不过好像已经平息下来了。"

新闻视频中，主持人一脸严肃地报道："大家好，我是主持人林泽。现在为大家播报最新消息。十五分钟前，全球范围内各地出现程度不同的灾难，山洪、海啸、地震、火山、飓风毫无征兆地爆发，好在灾情主要集中在人烟稀少区域，伤亡情况并不严重，但也有极少部分人口密集区也出现地震、地裂情况，目前正在紧急抢险中，其中近沿海地带受灾最严重。唯一的好消息是，现在灾情已得到控制，各地气象局、地震观测台正在分析灾难发生的具体原因，希望能尽快找出——"

花流年愣了愣，又翻了另几个新闻光屏，无一不是报道各地险情与受灾情况，陆续地，也有新的报道说各地突发的灾难已经平复，并没有产生进一步危害。据气象局观测，就连紧密捕捉的几股海上飓风，也在短短两分钟的时间内消散无踪，引得网友们调侃，说灾难来得快去得也快，可能只是地球的一阵咳嗽，毕竟年纪大了，有点小毛病也正常。

何想与花流年却知道，只要大翅膀不放弃吸取地球能量，灾难就永远不会真正消弭。此时的停止，恐怕是为了酝酿新的开始。

花流年下意识想握住自己的吊坠，一伸手却摸了个空，顿时想起樊力朝自己扑来的情景，惊疑地看向何想。

何想无奈说道："樊力受梅之心控制，抢了你的吊坠交给何子天，一起上天了。"

花流年一愣，凝神看了何想两秒，忽然失笑，抬头道："还真是上天。"

何想微微一怔，他发现花流年似乎有些不同了，不再纠缠于自己狭小的情感旋涡中，好像心结已解开，脸上阴郁的神情也一扫而空，看起来泰然自若。

花流年问道："你打算怎么做？"

何想："跟老爷子再聊两句就离开。"

花流年惊讶地看着何想。

"怎么了？"何想笑道。

第十一章　末世乐园

"我以为你会充分利用原总司令的力量，毕竟现在的情况……"花流年欲言又止，她不清楚何想跟原战的关系到底如何。

何想摇了摇头，说道："如果老爷子能够解决这次的问题，不用我说他也会解决，万一解决不了，我说再多也没用。不如另寻办法，齐头并进。"

"说得也是。"

"花锦年？"

"不用担心。"何想刚开口，就被花流年截断，她低头笑了笑，又抬头看向何想，目光带着信赖，如春日下明净的湖水，"他应该没事。如果有事，你肯定会告诉我。"

何想微微凝滞，也笑了，说道："哈哈，行啊你，看来星盟一梦，我们的钬九小姐也看开了，豁达了。"

"那必须的。"花流年学着钬九的态度抛了个媚眼，说道。

何想被电得一愣，不由得又笑了起来。

司令部，会议室。

原战站在会议室的正前方，面前是三个分散的竖立光屏，分别是太空部、军情处以及中心市政府的最高长官及其秘书。

有了秘书李贤事先汇报，三方已有初步了解，但对于李贤所说的七传人和黑仙传人的争斗，他们始终无法完全相信。

虽说前段时间全有集团将"仙星"和"空间通道"的概念吵得沸沸扬扬，列举了无数史料记载，但是对此，举世还是持两种态度，并主要以"不相信"为主。尤其三天前土星空间站发生爆炸，全有集团的总负责人忽然失踪，留下一个秘书长主持大局，又将一名科研人员推到前台大肆渲染，一系列糟糕操作让全有集团的信誉瞬间降至冰点，愿意相信"仙星"概念的人又减少了大半，余下的所剩无几。

李贤突然这么说，让三方觉得夸张且搞笑，尤其他还代表着军部最高总司令原战的意思。如此一来，李贤顶不住，只好将原战请了出来。

原战了解过情况后，也没有多废话，说道："对于刚才小李说的，我有两点补充。第一，仙星确实存在，距离我们仅 7000 光年。第二，上面的飞行器确实是 5000 年前七名仙星人遗留在地球的仙星飞行器，目前被代号'黑衣人'的罪犯后代夺取，他想吸取地球能量补充自身，重启空间通道，回到仙星。以上我说的全都是事实，如果不信，我们不用谈了。"

原战最后补的一句令众人一噎，想质问的话哽在喉咙，吞也不是，吐也吐不出。毕竟相处这么多年，原战的臭脾气大家都很了解，他是说一不二的性子，说了不谈就真的不会再谈。

顿了顿，还是军情处的长官发话，他跟原战是几十年的牌友，交情不错。他带着八分严肃、两分戏谑道："你是说，刚才发生的世界范围内的动荡，就是那架不明飞行物吸取地球能量造成的？"

"不是不明飞行物，是 5000 年前的仙星飞行器，名字叫'宇宙双翼'，简称'大翅膀'。"原战固执地解释道。

"行，行，就当你说的对。"军情处的老头有些无语，"既然如此，就是说地球科技对战外星科技的局面了，你准备怎么办？"

"把它打下来。"原战言简意赅。

"……"军情处老头再度被噎，咂吧一下嘴，目光往旁边一瞟，"老林，换你。"

说话的空隙间，又有几人连接上视频会议，是周边国家及同盟的代表人，经询问后申请加入，参会人数立即翻倍。

接话的老林是太空部现任最高负责人，他跟原战打交道的次数不多，却深晓他的急脾气，于是绕着弯说话："打，也不是不能打，就看怎么打，为什么而打。真要打，原老司令有把握打胜吗？"

"没有。"原战直接回道。

"那你还说？添什么乱！"军情处老头恼火道。有这么个不顾任何拦截、冲上卫星轨道的东西在，也不早通点气，现在被国外的军方注意到，还不知道增加多少麻烦。

"怎么不说？难不成被动挨打？"原战反唇相讥。

"Excuse me, may I interrupt？（抱歉，我能打断一下吗？）"插话的

第十一章　末世乐园

是M国军部最高长官，在吸引了注意力后，命秘书用汉语与众人对话，"非常抱歉打扰你们的谈话，虽然有些冒昧，但我想我的问题应该也是其他几个代表的问题，也是我们加入此次会议的目的。刚才我们监控到一架以最高速度升空的飞行物从贵国起飞，还曾经遭遇贵国多番拦截，但最终成功飞入卫星轨道层，请问那架飞行物是什么来历？"

随着科技的飞速发展，全世界越发推崇科学无国界的原则，只要不涉及军事机密，一定范围内的科技成果与信息共享，这一原则是被世界公认的。M国长官的问题并不算过界，但华夏也有权保持沉默。

原战微微皱眉，认为此事没有隐瞒的必要，恐怕也隐瞒不了，想了想，他将有关大翅膀的信息和盘托出，并重新简洁地讲述了5000年前七仙人与黑衣人的古老传说。

有原战这种重量级的人物来讲故事，再联系大翅膀远超现今科技水平的事实，以及在不久前发生的地球大震动，三件事结合，七传人和黑仙传人的故事总算有了几分可信度。

"按照原司令说的，那么大翅膀上面的人就是仙星人与地球人的后代，叫作七传人？他们可以通过基因密码开启空间通道？"M国长官似笑非笑地问。

"不，七传人只有三个在上面，还有四个在地球上。"原战回答道。

M国长官偏头，耸了耸肩，一副无可奈何的模样："你能把剩下的七传人都请出来见见吗？"

"有两个人，你们可以见见，恐怕其中一个，还是你们的老熟人。"原战不以为然地说道。

何想与花流年被秘书老李请到会议室，两人一到，会议室里立时出现不小的骚动。

"流年小姐，竟然会是你？真是叫人意外。"M国长官露出惊讶之色。

随着花流年的出现，气氛顿时热烈起来。毕竟这些年花流年作为全有集团的总裁，负责金融方面的工作，一直是海内外知名的铁娘子、冷美人，以往也有不少人打过她的主意，但无不是吃了暗亏，此时看她已家道中落，再出现时又是什么七传人之一，众人心思各不相同。

A国总理倒是毫不意外，说道："见到你很高兴，流年小姐，听说你们一直致力于研究仙星和空间通道，现在看来，你们全有集团的研究并没有完全失败。"

E国总统笑道："失败？怎么可能？我们的流年小姐从不说失败，之前在跟大家玩躲猫猫的游戏，现在被人找到了，不知道有什么奖励要带给大家？"

Y国首相调侃道："难道是债务太重，令纵横商场的流年小姐也需要休假散心才能重新面对？"

面对众人或善意调侃或恶意嘲讽，花流年落落大方，笑着对众人点头示意，说道："大家好，我是花流年，在场的多数都是老朋友了，我长话短说，将我知道的信息告诉大家。首先，虽然事发突然，但我们全有集团并不无辜，毕竟我们无知地被裹挟成帮凶，不仅间接导致土星空间站的爆炸，极大地拖累了世界各国的经济和科技，还因个人问题使得集团内部发生暴动，造成员工死伤，偌大的集团拱手他人，我为我的无能向大家道歉。"

花流年是从不在公共场合说"错"的人，此时公开向各国领导道歉，说得诚恳且直白，反倒让众人一愣，原有的怒气也无形中消散了少许。

"我知道诸位都是十分自信的，但是我们此次的敌人不同以往，我希望以我和全有集团为例，引起大家的重视和警戒。黑仙传人是我们有史以来遇到的最麻烦的敌人，他在地球潜伏数千年，渗透各行各业，拥有无数追随者。他们中很多人都是行业中的佼佼者，乃至政府机关的领头人。这些人聚在一起可以形成强大的力量。

"当然，现在说这些为时已晚，虽然大家不愿意相信，但黑仙传人抢夺了仙星飞行器大翅膀、进入卫星轨道层是既定的事实，想必大家也已窥探到他的厉害，否则也不会参与这次的会议。希望大家能够拿出应有的态度来。

"我并不是危言恐吓，也并不怕大家笑话我，因为就在两天前，黑仙

第十一章　末世乐园

传人给我以及全有集团毫无招架之力的迎头痛击，确实差点将我击溃，我充分感到自己的无知和渺小。但我现在站了起来，并和我的同伴们一起对抗黑仙传人。"说到这里，花流年笑了笑，"给大家介绍一下，这是我的伙伴，也是我们七传人的老大——守护者何想！"

何想跟众人简短地打了个招呼，也不废话，直接打开腕表终端上的信息表，在半空中排列开，说道："大家请看，最上面的是黑仙传人何子天，他的个人信息不用我多说，相信大家可以轻易查到。他的旁边一共有八人，七人中有三人是真正的七传人，分别是万方集团的大小姐方可水、号称人类物理学家巅峰存在的曾如风教授、地下拳场打黑拳出名的樊力。除此之外，还有四人是通过基因融合技术制造的伪七传人，分别是袁思阁、齐子坤、全有集团资助培养的孤儿梅之心，以及中心市特警陆七。"

"他们是认证七种超纯物质钥匙的关键，没有他们，超纯物质钥匙就无法启动。最后一人就是这两天名声大噪的基因研究专家方可胜了，是他帮助另外几人融合的基因，他也是全有集团基因研究办公室前任主任。"何想在"前任"二字上重音。

"我知道，大家肯定还会有所怀疑，但时间可以验证一切，在此之前，大家不妨当成搜集信息。"何想目光巡视一圈，笑道，"通过我刚才的介绍，想必大家已经清楚，目前何子天已集齐六把钥匙，还剩下最后一把。而剩余的四名真正七传人中，有作为守护者的我、时之管理者花流年、空之管理者王重，还有一人目前下落不明。在没有集齐七人前，何子天不会随意开启空间通道，也开启不了。"

M国长官抱臂挑眉说道："按照你们的说法，对何子天来说，最关键的是最后的七传人？"说着话锋一转，"你们华夏被这个黑仙传人渗透得很严重啊，保密工作做得也太差了。"

原战脸色一黑，哼道："话不要说得太早。"又瞪了何想一眼，没事介绍那么清楚干什么？

何想接话，笑着说道："我们先不要忙着打嘴仗，我之所以强调他们的身份，是要警示在场的诸位，你们身边的每一个人，都有可能是何子天的人。"

此话一出，会议厅内顿时骚动起来，不少与会人员与身边的秘书交头接耳。

"我不是危言耸听，因为真实的情况只可能比我们想象的更糟糕，或许我们现在开的紧急机密会议，也在实时同步被传送到何子天的面前……"

"不可能。"M国长官打断何想，严厉道，"何想，用你们华夏人的话说，你现在在混淆视听。不明飞行物一直潜伏华夏，华夏才是它的根据地，你们应该严查自身情况，而不是毫无根据地扩大麻烦，企图把事情推到其他人身上……"说着，似乎想起好笑的事，带着轻蔑的神情，"还是说最佳的故事就是先骗过自己，再欺骗别人？"

此话一出，会议厅众人都笑了起来。

原战的脸色黑成锅底，瞪着何想，似乎在说：你还跟他们废什么话？

何想不疾不徐，平静地环顾四周一圈，收起半空中的人物卡信息，笑道："看来你们还真是忘记六万个宇宙观测装置了，还是说忘了半个小时前的世界性范围大灾难？看来对大家来说，以上都是小事情，一点也没伤到筋骨。"

M国长官微微一滞，周围的笑声也渐渐淡下来。

何想继续道："大家不妨再去好好调查一下那六万个宇宙观测装置，看看它们的分布点以及周边情况。要知道，如果没有各国长官们的全力配合，何子天的吸能装置又怎么可能借助全有集团遍布世界的各个角落？无论是人烟罕至的大海，还是上千万人口的市中心！"

何想这句话仿佛一枚重磅炸弹，轰然炸开。会议厅立即炸开了锅，嘈杂的议论声顷刻充斥了整个大厅。

何想将要说的话说完，再不做声，他原本就没有指望远在异国的首脑能帮上什么忙，只要他们能认清事实，就算不错了。

见何想退回来，花流年对他一笑，带着鼓舞的欣赏之意溢于言表，

第十一章　末世乐园

小声说道："你真让我惊讶。"

何想也小声回道："没办法，不给他们来点狠的，他们不知道厉害。"

"扑嗤。"花流年一笑，但她刚才想说的并不是这一点，她回想起来都感觉有些不可思议。两年前，何想还是个成天窝在典当行、爱耍赖，又没见识的小混混儿，一千万就足以令他卑躬屈膝，舍弃尊严。如今，他在各国大佬齐聚的世界级会议，仍能谈笑风生，分寸还把握得刚刚好。他两年间的变化已经无法用"进步"来形容，只能说是"脱胎换骨"了。

有了何想和花流年的一番话，原战也不想再与众人说更多，他的态度很简单，就是主战。但他也很清楚，其他国家的首脑恐怕不这么想，或许依旧不当回事，甚至还有与以何子天和大翅膀为代表的外星科技及势力进行交涉的心思。没有亲自面对过大翅膀，他们不会明白大翅膀在重型武器下岿然不动、连一丝擦痕都没有的可怕。他们只会把它当作机遇，甚至妄想何子天此番作态是为了博取全球的关注，本质上还是想与地球人民一起想办法，开动全人类的智慧，最终实现以最小损伤共同前往仙星的美好未来。

只可惜，愿望是美好的，现实却很残酷。

既然 5000 年前的七仙人因为找不到充足能源，只能留在地球，没理由 5000 年后基因血脉大幅度衰减的所谓的七传人可以不损害地球而做到。

只要何子天不放弃开启空间通道，地球必定会毁灭。既然如此，根本没有商谈的余地。

"还交流学习……"听着这些人越来越偏离主题的讨论，原战腹诽不已，虽然他也能理解这群人为何不敢轻易谈及打仗，是因为一旦开打，假如输了，就是全盘皆输，但对方也只有一架滞留于地球 5000 年的飞行器，未必有充足的武器装备可以统治全球，如果……

"原总司令，"M 国长官忽然开口，问道，"难道说他的意思，就代表原总司令的意思，也是华夏的意思？"说着，M 国长官笑意加深，似乎对华夏如此儿戏地找了个名不见经传的年轻人出来讲故事，还奉此为真理的行为感到十分可笑,这么想着,他笑出声来,"啊,不好意思。"

见他如此作态,其他参会者也有人露出笑容。

原战的眉头皱到极致,这就是他讨厌国际会议的原因,怒到极点还不能随意掀摊子。

仿佛感应到原战的怒意,四周围的音响设备忽然发出"嗡"的爆鸣声,紧接着是"滋滋"的嘈杂声,好像有什么东西在干扰。

不仅原战所在的司令部会议厅如此,参会的其他人员所在的会议厅及办公室同样如此。所有人在同一时刻感受到尖锐的爆鸣声,忍不住捂住被刺痛的耳朵。

"怎么回事?"原战眉头皱起,问道。

秘书李贤飞快询问司令部中控室,可中控室此时也手忙脚乱。他们发现司令部的中央智脑被不知名的病毒入侵,病毒扩散极快,轻易突破层层防火墙。他们想尽办法也阻止不了,短短几秒的时间,所有防御全线崩溃,整个中央智脑已不在他们操控之中。

突然,一道黑色光屏竖立在中控室的中央,与此同时,但凡有屏幕的地方,全都被代表同一个声线符号的黑色屏幕所代替。

原战所在的会议室以及每一位参会人员面前的光屏同样如此。

黑色光屏中间,代表声线振动的一条白色线条轻微抖动,一个低沉、清晰、有些玩味的男声响起:"大家好,我是何子天,代号黑衣人,来自仙星……"

"什么?"何想猛地抬头,凝重的双眸仿佛刺破顶上的天花板,看向遥远的星际。

"不可能!"原战双目瞪圆,额上青筋跳起,气得下颌胡子都在颤抖。

花流年惊呼一声:"怎么会?"情绪激动之下,双眸中隐隐泪花闪动。

"Oh, my God……"M国长官一愣,发出惊叹,立即指挥下属反监控,可短时间内根本无法追踪。

同样一幕发生在各个与会成员国中,可大家只能眼睁睁看着面前的黑色屏幕手足无措,被迫听着何子天的演讲。刚才有多轻松,现在就有

第十一章 末世乐园

多惊怖。

唯独原战当机立断，下令道："立刻攻击，不得有误！"

与原战有同样决断力的，还有 E 国总统，也下令启动最高武器进行攻击。

"咻咻咻——"数架攻击型卫星立即掉转方向，一连串追踪型导弹以及激光炮急速射向太空中的大翅膀。

"砰砰砰！"大翅膀鬼魅般左躲右闪，轻描淡写地躲开攻击，同时精妙地利用自身的恐怖速度引得来自两个国家的追踪弹相撞，在太空中炸出朵朵火花。

被大翅膀戏耍的状态被多个国家卫星监控捕捉，可没有人对此幸灾乐祸，毕竟华夏和 E 国都是当今世界武力水平顶尖的大国，如果连他们都被玩弄于股掌，其他国家更不能幸免。

这架外形古怪的飞行器到底什么来历？越来越多的通信连接华夏，可华夏尚且自顾不暇，哪里有时间多管其他。

司令部的中央系统已被全面入侵，被动听着何子天的演讲。

与此同时，中心市其他的电频电台与政府部门也同样被剥夺控制权，"滋滋——"何子天一身黑衣的形貌如幽灵般入侵所有屏幕，无论是电视频道、网游终端，又或者广告网页……只要有光屏的地方，就有他的身影。

"我靠！"一名正打游戏打得如火如荼、即将在下一秒推翻 boss 的玩家一个眼神恍惚，面前情景陡变，变成个糟老头子侃大山，气得破口大骂。而不少正在看剧、浏览新闻网页的居民也一个愣神，以为是视频跳台、网页错乱，却发现几乎所有看得见的网页与视频全都被替换成一个黑衣老头，大家都被迫听着他的演讲。

"大家好，我是何子天，代号黑衣人，来自仙星……相信你们对仙星一定不陌生。没错，仅与蓝星地球距离 7000 光年的文明所在地，你们称呼它为仙星，我们叫它星盟……"

何子天的演讲，以恐怖的速度、各种不同的语言如瘟疫般蔓延全球。

全球范围内，所有音频、视频、图像相继跳转，居民们愣怔地放下手中的事情，看着屏幕上这个个子矮小、有些酷、玩世不恭的黑衣老头。

"……你们对我，也不会太陌生。炎黄之战、通天塔、圣子降临、八仙过海……都少不了我的身影。算起来，我们也认识几千年了……今天，是我们的再会！"

"咻咻咻——"太空中，数不清的来自数个国家的顶级核武弹及激光炮不停歇地攻向大翅膀。大翅膀灵巧地变换身形，却丝毫不影响何子天的演讲。

突然，所有的攻击型卫星一时禁止，太空陷入一片寂静。

在所有卫星捕捉的监控屏幕中，大翅膀身形毫无预兆地消失，再也搜索不到。

下一刻，所有卫星权限被一齐突破，地面太空站只能接收太空讯息，却被禁止任何操作。所能看到的，只有何子天气定神闲的身影、意味深长的笑容，以及张狂而冷漠的神态。

华夏司令部会议厅内，原战怒到极致后，反而冷静下来。秘书老李惊恐而哆嗦地不断联系和催促中控室解决困局，得到的回应始终是"无能为力"，他像个被神抛弃的信众，露出一脸孩子般的沮丧。

在最初的惊愕后，何想一脸平静地看着光屏中何子天的身影，听着他的声音，却一个字都没有听进去，因为不用听他都知道何子天会说什么。他很庆幸，他一直没有让温之光暴露，否则此刻他们真是毫无筹码。虽然小光目前安全，但恐怕也离暴露不远了。

因为何子天说："今天，我将演绎新的传说——地球毁灭，通往新纪元！蓝星的土著们，进行最后的狂欢吧！当然，我不喜欢没有希望的地方，你们大可乘坐飞船逃离，有多远跑多远，努力在黑暗的宇宙中不迷失……"

在何子天的笑声中，何想带着心情沉重的花流年一同退出了会议厅，悄无声息地离开司令部后，与魍魉、狂上加狂和智脑一起去往众杀手在司令部附近的潜伏根据地。

第十一章 末世乐园

半路上，他第一时间联系了温之光，并让花流年联系花锦年，询问他们的现状。

温之光显得十分惊讶，惊叫道："原来还能打通电话？噢，对，我真是傻了！看视频都看呆了，竟然每个地方都是何老头的影子，他居然就是黑仙传人，见鬼了。他竟然能控制所有的电频电台和政府及军警方的主脑系统，到底怎么做到的？谁给他的能力，创世神吗？"

温之光噼里啪啦以极快速度说了一堆，充分展现了她的震惊。

听到温之光充满活力的声音，何想一笑，严肃的眉眼不由得温柔起来，笑道："你听起来状态还不错，还没有被困难打倒。"

"废话！我是谁？中心市第一警花兼大姐头好吗？是最令犯人害怕的恐怖存在。敢作奸犯科？得罪了我，保准让他们吃不了兜着走，从此后悔在世界上活过！不打得他们生活不能自理，哭着跪求进监狱洗心革面，我就不是温之光！"温之光挥舞着小拳头，耀武扬威道。

"哈哈，你也就是逞嘴皮子利索了。"

"胡说！谁是逞嘴皮子，咱是真刀实枪地干好吗？哼，臭何想，我有权以名誉袭警的罪名逮捕你。快，跟姐到警局好好接受一番教育。"

何想轻笑出声，说道："行，等了结这次的事，别说是警局了，跟你回家关小黑屋都行，你想干什么都依你，我绝不反抗。"

"呸！下流、卑鄙、无耻、没脸没皮！谁要跟你关小黑屋，我有那么饥渴吗？"温之光红着脸骂道，"哈，你真是越学越坏了，都是樊力那家伙教的，看我再见到他怎么收拾他！"

"哈哈——"何想闷笑一声，为远在大翅膀上的樊力默哀。想到樊力，他的神情又微微低落，说道，"樊力已经在天上了，你暂时打不到了。"

他快速将自己与花流年在典当行阁楼的奇遇以及大翅膀形态变化引来何子天带人围攻并夺走大翅膀的事情说了说。

这次，温之光没有丝毫无理的纠缠，快速且严肃地说道："你有什么打算？何子天的能量超出想象，他既然能控制所有的音频视频，恐怕卫星层面也……"

"已经控制了。"何想平静道。

"……"温之光微微一怔,"那你……?"

"我只希望你平安。"何想轻声说道,令温之光心中一软。

深知他们的对话恐怕也处在被监控状态,温之光默契地没有提任何有关七传人的话题,而是说道:"我现在跟花锦年一起,到全有集团门口了。"

"全有集团?"何想微讶,忽然明白,"花锦年想夺回全有集团?"

"是的,他有些事想做,我也觉得很有必要。既然何子天把全有集团舍弃了,也不能便宜其他外人不是?毕竟是花氏兄妹的心血。对了,花流年呢?"温之光问道。

"她在联系她的锦年哥哥呢。"何想轻笑。

"扑嗤,还锦年哥哥,你真恶心。对了,昨晚我和花锦年也遭到袭击了,不过现在应该没事了,关键人物都升天了,我们地球的小市民老实捡漏就可以了。"温之光笑嘻嘻地说道。

"好。你们注意安全,我先祝你们顺利夺回全有集团。"何想顿了顿,还是没有提醒温之光不要被何子天激出来。他相信小光,会做出最正确的判断。

"嗯嗯,你也是,快去忙吧,不要担心。"温之光笑着催促道,挂断电话后,脸色忽然沉了沉,转头看见花锦年也挂断电话,笑道:"我们走吧?"

"嗯。"花锦年点头,也没多说,转身光明正大地朝全有集团大门走去。

温之光掏出武器装备,毫不犹豫地紧跟其上。

司令部附近的潜伏点外。

众杀手已经断电腕表终端,进入潜伏点。何想也同样操作,对花流年道:"想去找花锦年吗?"

花流年微微一滞,想起刚才哥哥关于她安危的嘱托,摇了摇头,说道:"我现在帮不了他什么,就不去添乱了,你有什么想法,我跟你一起。"

第十一章 末世乐园

何想满意一笑,说道:"关闭终端进来吧。"

进了潜伏点,何想抬头一扫。四面是坚实且原始的土石墙壁,没有丝毫电子产品,唯一用作照明的是明亮的火堆,映照得众杀手的面容森冷可怖。何想反而因此轻松了些许,他冲众人点点头,说道:"想必魍魉已经跟大家交代过,我有第三件任务。"

众杀手如秃鹰般盯住何想,无人开口。

"想必你们也有所预料,第三件任务就是,把天上的东西打下来。"

"我靠!你来真的?"狂上加狂直接爆粗口。

"来来,给钱给钱,我说得没错吧?他的任务肯定是这个,哈哈。"亿万大笑着喊道。

李白和铅笔郁闷地瞪了何想一眼,纷纷表示:"欠着,等出去了转账。"

何想失笑,没想到这时候他们还有心情赌钱。

魍魉说道:"不打下来,我们都会死?"

"没错。"何想说道。

"逃离地球呢?"魍魉问道。

"没有补给,出去一样是死,顶多晚死几天而已。"

见魍魉看过来,智脑轻轻摇头,说道:"级别相差太大了,反控不了。"

"哈!也有你不行的时候啊?"狂上加狂大笑讽刺。

智脑摊手,耸了耸肩,一副躺平任嘲的模样。他坦然认输反倒令狂上加狂认识到情况的严重性,他挠了挠头,有些烦恼。

"你也别卖关子了,有什么办法,你就说吧。"狂上加狂冲何想说道。

"嗤。老狂也有敏锐的时候啊。"亿万嘲笑道,却收敛了轻狂的神色。开赌局是他的爱好,也是面临巨大压力时的习惯,唯有看着账户上飙升的数字,他才能稍微缓解压力。

"去你丫的,别打岔。"狂上加狂骂道。

"我的要求很简单,你们找两个人伪装成我和花流年,按照我的吩咐与原战一起行动。最好是智脑或者伪装者扮成我，另一个你们随意。我跟你们调换身份。"何想说着想好的办法，"另外，魍魉跟我走一趟，我要去取一样东西。还有，我需要一辆不被监控的老爷车。当然，你们最好三三两两分开行动，我会给你们指定几个路线。最后所有人到全有集团会合。"

"好。"魍魉替众杀手应道。

何想又从怀中掏出一张纸，飞快地写了一长串的符号，交给魍魉，说道："你找个人把它交到花锦年的手中，他会知道怎么做。"

"现在收拾一下，准备出发。"何想一脸严肃。

司令部，会议厅。

等原战注意到时，何想已经带着花流年离开。他担忧这小子会不会一时冲动做出什么错误决定，匆忙电话联系他，却发现一直占线，等再拨打时，却显示"您拨打的电话已关机"，顿时气不打一处来。

此时何子天的演讲已接近尾声，他的激情已被耗尽，声音有些低沉，显得寂寞。

他可以看到地球上的每一个角落，人类对他的反应各不相同，有的木讷，有的谩骂，也有人好奇，甚至崇拜。

然而，不同肤色的人类、各种不同的反应他实在看过太多，就像他曾经掀起过战乱时代，疯狂杀人，然后又疯狂救人，无论是恐惧憎恶，又或者感激讨好，都看腻了……

不过，他终于要离开困住他几千年的、令人厌弃的野生牢笼了。

难道这不是一件值得高歌一曲的事吗？

兴之所至，何子天又高兴起来。他拿出自己钟爱的小提琴，他的服装在瞬间变换，一身裁剪合身的黑色燕尾服。他透过光屏，对着全世界的每一个人，优雅地鞠躬。

"现在，我为大家演奏一曲——末世乐园。"

悠扬的曲调从何子天手中的琴弦传出，美丽婉转，如泉水叮咚、溪水跳跃，随即逆流而上，乘着船漂荡到大海，既孤单，又寂寞，偶尔见

第十一章 末世乐园

到不一样的神奇风景,欢快旋转;不时遭遇狂风暴雨,凄凉飘零。

遥远的路啊,不知在何方。

什么时候才是尽头呢?

曲调低沉婉转,如泣如诉,勾起人丝丝缕缕的心绪,让人哀婉低迷,灰心丧气。

终于,近了,近了,看到了,看到了!

目标在远方,道路在眼前。

快些,再快些!终将到达终点!

曲调瞬间从低泣转而激昂,波澜壮阔,波涛汹涌,飞扬直上!

高涨,再高涨,令人迷醉的音乐陡转高亢,仿佛要激起人的无限向往、无穷勇气,热血沸腾,直想摧毁一切!

"轰隆!隆隆——"伴随着高亢音乐,大地再度震颤起来,地动山摇,飓风席卷,海水倒灌,岩浆喷涌……

何子天的手每在琴弦上挥舞一下,曲调就拔高一分,而大地的震动就更猛烈一分,仿佛应和着曲调,奏出一首地脉震颤、混合着杀戮的血腥乐曲。

末世乐园,降临人间。

哭声、叫喊声、坍塌声、砸毁声……声声震动。全世界各地人民,陷入突如其来的恐慌与灾难中。救援队好不容易将工作进行到三分之一的程度,又突然全军覆没,连吊车一起陷入地裂深渊中。大楼在尖叫中不断颤动,扑簌簌的乱石如雨落下,来不及从楼内跑出的人永远埋葬在倒塌的废墟中。陆地、大海、山川、湖泊……有生灵在的地方,都遭受着死亡的威胁与煎熬。

痛苦、悲壮、寻求生路……末世乐园,既然是末世,又怎么可能是乐园?

尚且在安全地带的人们被惊醒,机械性地进行地脉地动的能量监测,而在司令部的会议厅内,原战面沉如水,紧盯光屏中的何子天。

他忽然发觉,自己从未真正认识过何子天。他知道何子天是个邋里邋遢、爱占便宜、油滑世故还得理不饶人的臭老头，却不知道他也会身穿燕尾服、气质孤傲地拉一首激昂的小提琴曲。他潜伏了数千年，更换了无数身份，扮演了无数角色，恐怕连他自己都忘记了原本的模样。或许只有成为黑衣人，他才能找回自我。

　　与原战相对的，其他与会成员所在的地方都乱成一团。秘书与助理们紧急协商各部门处理灾难造成的事故，但参会人员没有一个人离开自己的位置。他们知道，一旦何子天结束"表演"，他们将恢复通信，虽说他们的通信可能早就在对方监视之下，但此时此刻，相互了解和商讨变得无关紧要，却也至关重要。至少，他们需要互相支持，以及信息共享。

　　一曲终了，何子天闭上眼睛，久久沉浸其中。

　　随着乐曲的终结，大地再度恢复寂静，一切咆哮和震动停止，地球上的人们仿佛做了一场噩梦，梦醒之时，有些懵懂。

　　何子天睁开眼睛，愉悦地笑道："音乐果然是美的享受、灵魂的洗涤，是蓝星最高的成就。既然如此，我给你们个机会，七传人中最后的医者，又喜欢自称为贤者的，自己出来吧。不要让我费力了，我费力，你们也不讨好。这样，我每天用核武瞄准蓝星一块地方，作为礼花送给你，直到你出来见我，如何？哈哈，不要再躲藏了，和我一起回到仙星，你会领略什么叫伟大和壮阔！蓝星，太渺小了……根本不足以装下你的胸怀。"

　　"何想！"何子天突然当众喊道，带着意味不明的笑意，"我们多年相依，情同父子，虽然你一时跟老头子置气，我又怎么会怪你？只要你带着医者来找我，我可以不计前嫌，带你一起回仙星。千年寿命，畅游宇宙，有太多神奇你不曾领略。你不是喜欢看书吗？仙星有数不尽的资料，有化腐朽为神奇的科技，你们理论上的点石成金、七十二变、上天入地，星盟在五千年前就已经成熟。别人不知道仙星的辽阔和强盛，难道你还不知道？"

　　何子天拔高声调，显得有些激动。

　　忽然，他又平复情绪，带着蛊惑说道："当然，其他人也一样，只要带着医者来见我，也有相同奖励，飞升成仙？哈哈哈——"

第十一章 末世乐园

一阵大笑声中，光屏陷入黑暗，下一刻，世界各地的光屏恢复到原本频道，看电视剧的人接着看着剧集画面，广场上浏览广告的呆滞看着明星介绍，游戏中卡顿的全息场景再度恢复，可玩家们已被 boss 打得落花流水，遍地哀号……所有人都被刚才的演说弄得晕头转向，什么七传人？什么仙星？什么医者？什么核武？刚才的老头说地球要毁灭了？开玩笑吧？反应快的人立即上网搜寻起相关资料，稍显迟钝的还在整理脑子里过于爆炸的信息。

司令部，会议厅。

原战等人的跨国会议再度恢复通信，众人看着眼前出现的各国首脑，心情沉重。

此时再也没有人会去嘲笑全有集团与花氏兄妹，因为面对如此强大的敌人，换成他们，恐怕也不会做得更好。

收拾了心情，原战率先开口："有想法的快说，不然老头子忙去了。"

M国长官彻底收起之前的轻视，严肃道："原总司令，我为我刚才的态度向你道歉，请你再将何想与流年小姐请出来，一起商量对策。他们与何子天接触较多，他们的意见非常具有参考价值……"

"晚了。"原战打断他，"他们刚才已经走了。"

原战摆摆手，心中既恼怒又欣赏。臭小子很明显就知道后面有人等着他，所以先跑路，就是不知道打算做什么。

"走了？"M国长官错愕，"可以把他再追回来，年轻人受到了委屈，气闷离开也可以理解。"

"这么说，长官是打算给我道歉了？""何想"带着惯常的笑容推门走进，冲有些错愕的原战点头。他的身边，跟着露出忧虑之色、默不作声的"花流年"。

原战没想到何想会去而复返，本能觉得不太符合臭小子的性格，但四下里看看，发现一直跟在他身边的杀手消失不见了，想来何想是有事吩咐他们，所以离开了一下。

M国长官顿了顿，说道："何想，假如你能有解决问题的办法，我给你道歉一百次都没问题。"就在刚才，他收到消息，由 M 国政府与世界知名财团合建的地球中心研究所发来确认，伴随着两次巨大的全球范围性的灾难，地磁场能量被瞬间抽取 0.017%。看起来 0.017% 并不多，但对整个地球来说，地磁场每消减一分，其上生命体的生命威胁成倍增加。

众所周知，地磁场被认为是地核熔融状态类铁镍物质的发电机效应所产生，理论上，地核约在 23 亿年后才会冷却到无法支撑铁镍物质的流动，地磁效应随即破灭，将导致一系列可怕后果。

地磁消失，首先地表会直接暴露在太阳风中的高能粒子以及宇宙射线双重轰击之下，人类遭受的辐射将大幅度上升，各种疾病发生的概率随之飙升。

其次，太阳风袭击大气层会导致地球高层的散逸层大气逃逸，原本这是一个漫长的过程。假如地磁场被毁坏，逃逸速度将大大超过大气的补充速度。地球气候会极速恶化，干旱笼罩地球，水汽疯狂蒸发，大量的水汽蒸发后还会造成极度的温室效应，地表温度可能瞬间超过 400 摄氏度，同时还会遭受太阳风的无情吹打，大气会迅速剥离。毫无疑问，未来地球将变成金星或者火星那样！

人类历史上曾多次研究过为何火星的大气被剥离，磁场为何会消失殆尽！

况且从十九世纪以来，地球磁场发生倒转，一直在稳步下降中，虽然过程极其缓慢，但倘若有外力加速下降，恐怕灾难会迅速降临。或许用不了多长时间，等不到所谓的黑仙传人吸取足够的能量开启空间通道，人类就需要保护才能暴露在室外。

不等"何想"回答，M 国长官将得到的消息迅速公布于众，说道："现在不是我们再窝里斗的时候了，全球应该立刻建立统一战线，选出最高司令官，一致对抗黑衣人。我建议由我们 M 国来担任最高司令官的职位，从科技水平和武器装备来说，我们 M 国最先进。"

E 国总统冷冷说道："这句话我无法赞同，事是从华夏闹出来，华夏还没发言，你们 M 国是不是太心急了？"

第十一章　末世乐园

Y国首相说道:"以现在的情况来说,武器装备已毫无意义,连卫星与防空飞船都被对方控制,难道你认为普通的武器还能奏效?"各国太空部及情报单位也相继传来消息,继土星空间站外,邻近的火星空间站也发生爆炸。何子天嘴上说着不会赶尽杀绝,实际上阻断了人类所有后路。

与之相对的,人类的监控卫星却失去了对方的身影,大翅膀仿佛在太空凭空隐形,任何装置都搜索不到。倘若连目标都找不到,他们还如何对其进行分析,并与之对战?

"按照你的意思,我们是不是该收拾好东西,屁滚尿流地爬进飞船,逃离地球,卷铺盖走人了?"M国长官反唇相讥。在说话的短短时间内,M国军方已多次尝试调动卫星进行攻击,却发现任何指令都不起作用,倘若在地面范围内进行攻击,却能够奏效。也就是说,对方全面将地球武力压制在大气层内。

不仅如此,能源学家还监测到,地球能量和磁场的减少并没有随着地脉震动的停歇而停止,依旧处在微弱却持续地丧失过程中,并通过六万个吸能装置不断传送到大气层上。如果继续保持这种散失速度,保守估计,恐怕不会超过六个月,地球生命体就要完蛋了。

M国长官分享过情报,厉声道:"时间不等人,我们必须尽快做出决断……"

"喀!"原战清了一下嗓子,打断令人烦躁的争吵,皱眉道,"如果你们要说的只有这些,那么——"

"请等一下。""何想"开口道,"老爷子,让我说两句。"

由伪装者扮演的"何想"惟妙惟肖,无论神态动作还是语言习惯,都与何想如出一辙,他面对众人,打开属于何想的腕表终端上的信息,排列到空中,说道:"大致的情况大家已经知道了,与其争执谁来当老大,不如先看看有什么问题。就目前来说,不外乎三种方案:第一,想办法把天上的东西打下来;第二,乘坐飞船逃离即将毁灭的地球;第三,跟随何子天一同进入空间通道。第一种肯定十分困难,毕竟在全球被监控的情况下，任何动作都逃不过何子天的眼睛，但并不是说难，我们就不去做，相反，我们很可能要跟他打一场旷日持久的战争，首先，就是破坏六万个假借宇宙观测装置之名的吸能装置，很显然，它们是何子天的媒介。在全球智脑遭到何子天操控的情况下，这个过程想必不太轻松，但这是诸位的事情。不管是重启古老而原始的火枪大炮，还是用人命去堆，大家按照国土面积划分，各分一摊，拆除装置，应该没问题吧？"

见众人没反驳，"何想"继续道："其次，乘坐飞船逃离，最主要的问题就是物资补给跟不上，这不在我的考虑范围内，各位要是有本事解决难题，也大可以一试。第三，跟随何子天跨越空间通道，虽然我不知道开启空间通道的具体原理，但我想，肯定有人比我清楚，至于在全球范围内来说，谁在这项研究上最有发言权，应该不需要我来指认了吧？……"

"何想"微微一笑，众人的脑海中顿时浮现一个名字——全有集团花锦年。

伪装者装扮的"何想"在司令部侃侃而谈时，真正的何想与花流年、魍魉，正坐在一辆没有导航也没有智脑的旧式老爷车中，一路朝远方奔去。

何想扮成伪装者，花流年则扮成魍魉的杀手团队中唯一的女杀手的模样，两个人摆出一副唯魍魉马首是瞻的态度。

何子天控制全球视频进行演讲的段落在极短的时间被人复制上传网络，花流年看着腕表终端上的视频，久久没有说话。何想也琢磨着最佳路线，以及如何能更加高效地避开监控。他安排众杀手分别行动，去往三个不同地方，找到他指定的东西，但他真正要做的……

何想将手伸进裤子口袋，按住冰锥型能量体，心中稍定。所以说，人永远都要给自己留后路。

"他是不是其实在痛恨人类？"花流年忽然开口，但维持着少女杀手面无表情的冷酷模样。

何想一怔，想了想，说道："大概吧。七仙人当初不就是为了人类才

第十一章 末世乐园

阻止他吸取地球能量的吗？"

"你觉得他结过婚，有过孩子吗？"花流年问道。

"好像没听说过。"在大翅膀记录的记忆中，从未有过黑衣人具体的家族情况。他从来都是独来独往，但没有家族就无法延续后代，除非黑衣人本身就拥有某种意识转移的方法。

"好像有点可怜。"太孤独了，花流年心想。

何想轻笑："呵，同情敌人可是毁灭自我的大忌。"

花流年："我也就是说说罢了。"记忆里的黑衣人挑起过无数次战争，因而导致无数人死亡，比起可怜，更加可恨。只是对黑衣人来说，他一直一个人面对一群想要抓捕他甚至毁灭他的人，他的人生从没有爱，以前在仙星也是被囚禁在罪星。他疯狂地想毁灭一切，倒也不是不能理解。

"如果在他这些年的人生，遇到过一个真正深爱他的人，会不会？"花流年疑惑道。

何想失笑，女人就是这样，总是这么异想天开，以为爱可以拯救一切，事实上，有很多事情不是努力就可以成就的。

"事实是，他没有遇到。"何想说道。

"也是，又有谁会去爱一个疯子。"花流年忽然有些意兴阑珊，她不由得想到她与花锦年，在他们的关系里，她是不是也显得丧失理智，太过疯狂？

其实她大概也是不懂爱的吧。真正的爱，不是一味地站在自己立场上自以为是地付出，而是站在对方的立场上，真正地为对方着想。爱也不是付出了就一定会有收获，有时候可能是很长期的攻坚战，也可能很早就错失，无论如何努力也得不到对方回应。

所以爱也需要理智，需要睿智，才能让自己和他人都感到快乐。

"我想通了。"花流年说道。

何想笑道："这不是挺好？"他没有问花流年到底想通了什么，但他知道，当迷雾拨开，真相还原，人有很多东西会突然看透。

"人生有很多种选择，人生最重要的也是选择，选好了路，就努力。

失败了，进行反思和吸取教训，再继续就可以了。这是我从一对父女身上学到的道理。"

说完，也不等花流年回答，何想喊道："魍魉老大，咱们商量个事，三个小时轮换一次怎么样？一人开车实在太累了……"

全有集团。

在重新供电后，偌大的全有集团终于从黑暗中复苏。刘连生作为集团中第一个通过天网系统观测到何子天与大翅膀动静的人，在恢复电力后第一时间赶往中控室去解救被袁思阁和齐子坤关押控制的人。他没想到，他们在舍弃集团、飞往太空后，还留了一手，竟然在集团内制造动乱。如果不是王重和陈元泽及时赶来，一个想办法压制住集团内的强化人，另一个直接启动全有集团建造之初设置的原始程序病毒，报废了集团内的智脑机器人，恐怕又要将集团再毁坏一次。

不同于王重，刘连生认识陈元泽，虽然陈元泽的外貌变了很多，但他强硬的做派和目空一切的神态将他瞬间拉回二十年前他刚进入全有集团实习的那段时光。

那时候陈元泽已经是全有集团核心研究组的主任兼组长，在集团内几乎是一人之下万人之上的地位。他学术成果卓越，对人十分严厉，听说他带过的实验员就没有没哭过的，也就全有集团的实际掌控人花天下能在他面前说得上话。听说他们私交甚笃，有过命的交情。

刘连生第一次见到他的时候就被他训斥研究人员的威势所慑，只敢低着头听招呼，半个字也不敢多说。

最早，刘连生读的并不是秘书管理类专业，而是机电学。因为他缜密细致的思维与出色的工作能力，很快被陈元泽推荐到花天下麾下，并顺利进入董事长秘书室，再然后青云直上，坐上秘书长的位置。

他是最佳秘书，却不是最佳决策者，决策者所背负的压力跟秘书不可同日而语。在这一点上，陈元泽跟他说过相似的话。那是有一次他负责送资料到董事长办公室，在办公室外就听见陈元泽与花天下争吵。花

第十一章　末世乐园

天下建议陈元泽技术入股，进入董事会，参与集团的最高决策。陈元泽却抵死不同意，并坚持说自己是一名技术人员，技术人员就要有技术人员的样子，不参与政治斗争，不把时间浪费在玩心眼上，拿自己的短板去跟人家长处比，是非常愚蠢的行为。

他说自己可以当花天下手下最锋利的刀、最牛的科研部部长，但没法跟他平起平坐。这句话给刘连生留下极其深刻的印象，以至于成为他日后在集团内自我定位的准则，就像是为他量身定做的。

刘连生没想到会在这种时候再见到陈元泽。老陈离开得实在太久了，自从花天下过世，空间通道的研究资料全面销毁后，他带着手底下几个得力的人消失，这么多年都没有透露过踪迹，怎么会在这时候出现？难不成……也是受什么人指使，趁机夺权？

刘连生又下意识否定了这个可能性，以陈元泽的孤傲，他不至于也不应该会这么做。

"小刘是吧？"控制好集团智脑、令其处于休眠状态后，陈元泽终于腾出空儿，向有几分忐忑的刘连生投来一瞥。

"是。"刘连生本能应道。

"你不错，还算利落，就是摆着一张丧脸，这几天没少躲起来哭吧？"陈元泽面不改色地说道。

"……非常抱歉，我立即改。"这人还是那么毒舌。刘连生心中淌泪。

王重有些愣，他见过刘连生很多种表情，冷酷的、无情的、淡漠的、矜持的……就是没见过他这么鲜活的模样，真是叫人感觉见了鬼。

"你们认识？"王重问道。转念一想，刘连生不比他，记忆力超群，恐怕集团几十万人，他得眼熟一半。

这话问得刘连生有些疑惑，他见王重和陈元泽前后脚出现，以为是王重请老陈来的。也对，凭王重的水准，又怎么可能请得动？

见二人目光落到自己身上，陈元泽很淡然，说道："少发愣了，迅速查看集团情况，安抚员工情绪，再发声明召集员工回岗。现阶段，在地球没有彻底毁灭前，全有集团就是最安全的地方。"

中心市所处的地理环境，西面环山，其他方向一片坦途，理论上不会有地震、海啸类隐患。但全有集团在建设之初，仍旧采用了全世界最高级别的防震材料，1400米高楼的根基打得更是结实无比。

想通这点，刘连生立即吩咐下去，毕竟袁思阁、齐子坤二人掌控的是中控室，秘书室还是留给他来处理。

做完这些，刘连生听到陈元泽说："你辛苦了。"一时间，他有些愣。

记忆里的陈元泽从不夸人，每每对人都是非打即骂，再不然就是打回去返工，即便偶尔你做得令他满意了，他也一个微笑都欠奉，只会让你滚回去干活。研究室里的工作人员都在背地里称他为"元魔"或者"泽鬼子"。

注视着陈元泽面上的淡然神色，刘连生一瞬间感觉自己眼睛模糊。这几天他确实经历了难以想象的巨大压力和身体与精神的双重折磨。即便如此，他也不得不撑着继续努力，不管是为了他命悬一线的小命，还是为了拯救即将分崩离析的全有集团。他对未来恐惧而忧虑，他本来就是习惯性设想最差局面的悲观主义者，所以他才是最完美的秘书和最糟糕的决策者。

刘连生的表现，陈元泽都看在眼里。他很清楚，光凭一个刘连生支撑不起全有集团，但现在有王重负责安保系统，他来管理科研体系，又有刘连生做秘书后勤，全有集团不会垮，他也不允许花天下的心血付诸东流。

但他们还需要一个人，一个像花天下那样可以统领全局、令所有人信服的人。

"你们在等我？"一个熟悉的声音响起在众人耳中。

第十二章 跟时间赛跑

何子天听着音乐,关注地球上的争斗冲突打发时间。曾如风安静地看书,依旧拥有着与世独立的优雅。樊力像个快乐的傻子围着梅之心直打转,世间的一切对他来说都没有眼前的小姐姐重要。梅之心则百无聊赖地戏弄他,偶尔看着地板或者更远的地方发愣。

花锦年的声音一如既往地清爽、温和,可听在刘连生的耳中,如雷震响。他猛地转头,不可思议地盯住门边淡笑的花锦年,好似做梦一般。他情绪激动,嘴唇发抖,听见王重惊喜地叫出"花总",陈元泽淡然说着"你来得正好",他才反应过来,上前鞠躬,极力克制,用比平时大几分的声音说道:"花总好,您终于回来了。"

说出口的瞬间,有一种如释重负的感觉。原本心中的忐忑、不安都消散了,不管接下来要面对什么,是斥责也好,驱逐也罢,他总算在花总不在的时候支撑了下来,没有毁掉集团。

"嗯。"花锦年微微点头,却没有任何评价刘连生的话,而是看向陈元泽,有些讶异,笑问:"陈老师也回来了?要助我一臂之力吗?"少时,陈元泽一直是他的科研导师,这么称呼无可厚非。虽说多年不曾见面,但对陈元泽的初心,他毫不怀疑。

"哼,你小子无耻的架势,还真有几分老花的风采。"话虽然这么说,但能看出陈元泽并不是认真的。

花锦年错身一步，露出身后正警戒四周的温之光，将她拉到身侧，笑道："给大家介绍一下，温之光，温警官，也是中心市最著名的警花，你们相互之间应该也很熟悉了。"

刘连生微微一愣，没想到花锦年也会用如此调侃的口吻与人说话。

温之光瞪他一眼，说道："夸人就夸人，为什么油嘴滑舌的？"一句话说得花锦年失笑。

"接下来温之光会负责我们的安保工作，以及与警方的合作调解，必要时你们都协助她一下，尤其是连生，你心思缜密，可以补足小光的不足。"花锦年的笑容明朗而自信，仿佛前几天集团的暴动与陷落，并没有给他带来丝毫损伤，不，反而令他有所成长。

"是。"刘连生愣怔一瞬，立即与王重一同应道。刘连生的眼中泪花闪现，却极力压制下去。

"我还要监视你们，让你们不要耍花招！"温之光双手叉腰，气势昂扬地说道。

花锦年一笑，说道："悉听尊便。"

陈元泽眉头一挑，但没有说什么。

"都还愣着干什么？开始工作吧。"温之光催促道。

花锦年打开腕表客户端，重启董事长独有的特殊模块，下令道："天网开启，启动自查系统。"

几秒钟后，天网系统机械冰冷的声音回应："自查完毕，超纯物质检索模块毁坏，其他一切正常。"

花锦年再次下令："检索方才从好景常在典当行升空的飞行物，命名'大翅膀'，找到后，锁定它。"

花流年给他打的电话虽然匆忙，但大致情况已解释清楚。5000年前遗留在地球的仙星飞行器，直到现在也保有跨越空间通道的能力，如果可以，他想把它打下来，好好进行研究，或许人类的科技水平将发生质的飞跃。关键是，地球上凡是智脑系统都被何子天控制，难道是因为曾

第十二章 跟时间赛跑

如风？毕竟当今世界 90% 以上的智能芯片都是曾如风的公司所生产，即便不是，芯片的核心技术也是采用他公布出来的技术方式制造的。

另外，地球的能量和磁场不断损耗，他们以及地球在时间上是否能与黑衣人耗得起。至于如何战略部署武力攻击，是军队的事。

"嗯？"腕表终端上有信息自动跳出，温之光眨了眨眼。

"怎么了？"花锦年问道。

温之光说："有个人说要来给你送东西，是何想安排的。"

"让他上来。"花锦年道。

"李庆？是你？"看着走进来的杀手智脑，刘连生微微讶异道。他并不清楚智脑的杀手身份，但他知道此人是全有集团中央中控室十几名核心成员之一，名叫李庆。由于集团封锁，这几天他并不在公司内，他竟然带着何想的东西来？

"要给我什么？"花锦年面色如常。

温之光上前一步，将花锦年挡在身后，说道："交给我就可以了。"

智脑一笑，调侃道："哟，移情别恋了？"

温之光瞪他一眼，说道："少废话，不然打爆你。"

智脑耸了耸肩，从口袋里拿出一张写满不明符号的纸递给温之光，说道："不用看了，你看不懂的。"

温之光皱眉，她还真看不懂，转身交给花锦年，只见花锦年微微一怔。

"怎么？你也看不懂？"温之光狐疑道。

"不是。"花锦年下意识回答，脑海中不由自主浮现出小时候跟何想一起流浪、打架抢食、在地上写写画画的情景。那时候，他们没有受过什么系统教育，但又十分羡慕别的孩子可以读书写字，于是两个充满天赋和幻想的少年决定自创文字，就有了手中这套除了他们以外、任何人都解读不了的独一无二的符号密码。

"上面写了什么？"温之光问道。

"要我好好努力。"花锦年笑道。纸张密密麻麻写满了符号，主要是解释"反向解能装置"的基本原理。没想到何想与他想到一起，而且很明显何想已经研究颇深，只是遇到了瓶颈，但论技术，他才是专业。何想的设想很好，很有创意，只要他接着尝试与推进，恐怕用不了多久就会有成果。届时，困扰全球的地磁能量散失问题就能得到解决。

"啥？"这值得大费周章写一堆鬼画符吗？温之光有点郁闷，明明就是你不想说。

花锦年在心中微微叹了口气，何想这么做，显然不相信各国军队可以轻易毁坏那六万个吸能装置，想要采用迂回的办法。

看到最后，花锦年也没有在纸张上看到任何拜托他、相信他的话，最后却写了一句"我去取回我的翅膀"。

花锦年轻笑一声，心情瞬间愉悦起来。

"好吧。"花锦年说道。你攻我守，还真像回到了小时候。

"什么？什么好吧？"温之光睁大明亮的眼睛，好奇地看着他。

"你留下来吧。"花锦年对智脑说道，"你的实力很强，全有集团需要你这样的人才。欢迎你的加入。"花锦年笑着朝智脑伸出手。

"花总！"刘连生着急提醒，他担心花锦年还不知道智脑就是内鬼。

花锦年冲他摆手，依旧朝智脑伸出手。

智脑抱臂偏头瞅着花锦年，感觉这家伙是不是这几天受到的刺激过大，脑子坏了，看不出他是内鬼吗？

但是，很刺激，他喜欢！

"哈哈，这可是你说的，以后可不要哭。"智脑笑着握住花锦年的手。

花锦年说："那么现在，重启集团。李庆修复中央主脑的错误，陈老师把科研班子拉起来，刘连生负责人员核查及一切后勤，王重负责恢复集团安保设施，保障所有人的安全。温之光跟着我。现在，解散！"

见众人迅速离开，温之光眨眼，问道："我们干吗啊？"

"我们去高能电磁实验室，有一件很重要的事需要确认。"花锦年保持着腕表上的天网系统模块实时开启，很快来到重启的高能电磁实验室中，打开飞船跨越空间通道的模拟实验，观摩了一会儿，又给陈元泽发

第十二章 跟时间赛跑

了一条消息。

"带几个有用的人,来高能电磁实验室,分析经过空间通道的人体保护条件,这项工作没人比你更适合了。"

地处西南,大山深处。

古朴而气势恢宏的方家老宅。

方老爷子方远东独自坐在家中主宅的茶室中,一个人烹茶,看着面前袅袅茶烟,如云如雾,在升腾过程中又逐渐消散,一如他这几年做下的决定,命令方家子弟全力参与有关仙星与空间通道的实验研究,并为其修桥铺路,扫除障碍。原本这项研究一路高歌猛进,却在上升的过程中前功尽弃。

研究失败后,虽然世人主要攻讦的是全有集团,但作为这几年与全有集团密切合作的万方集团,也遭到来自多方面的谴责与攻击。万方集团世代威名,一朝毁在了他的手中,弄得声名狼藉。

不仅如此,他还在同一时间失去了重要的孙女与孙子,令他们成为人类的敌人,举世唾骂!

其实他的初衷只是简单地希望子孙能够走出家门,增长见闻,甚至走出地球,拓宽宇宙,他们家族有几千年的传承和记载,理应肩负着人类的使命。或许,他确实老了,既然老了,就不该再如同年轻人一般莽撞,老了,就要服老啊……

方老爷子的眼中透露出一丝暮气沉沉之色,他的身侧,一个小型光屏上不断回放着何子天狂放的演说。同样是个老头子,对方却嚣张至此,果然成王败寇。

方老爷子暗叹一声,腕表处微微震动。

是陈元泽发来的消息:"闲得没事,就从山窝窝滚出来,到我这里,缺人,速度。"

看着消息,方老爷子露出笑容,眼纹笑得皱起来,说道:"呵呵……这是不让老头子消停啊,看来老人家还是有点用的。"

方老爷子眼中精光一闪,也是时候再见见何想了。

"医者仁心。"方远东从座位上站起,"来人,让族中子弟收拾一下,跟我老头子出门救人。"

在两次发生世界级的巨大灾难后,全世界骤然陷入恐慌,有关高层要舍弃地球逃离太空的猜想很快席卷全球,各个城市的政府热线几乎被打爆。

对各国军政高层并不是没有列出过危急关头的出逃方案,但茫茫宇宙中的补给问题一直难以解决,除非强行冬眠一批人类最优秀的人才,送入太空,保留人类的种子。如果是处在活动状态下,人类根本坚持不了多久。

除此之外,他们还认真论证过跟随何子天一起进入空间通道的可能性,只可惜提案再度被否决。谁也不知道空间通道内部的具体情况,人类现今飞船的水准是否能抵抗空间通道内可能存在的巨大压力。至少,就华夏曾对大翅膀进行过的轰击来看,大翅膀拥有难以想象的硬度与防御力,在重型武器攻击下能做到连擦伤都没有。

另外,谁也不敢相信何子天所说的不干扰人类飞船逃离地球的话是否属实,一旦飞船在升空过程中受到影响坠毁,对人类来说更是毁灭性的打击。而要重新制造一艘完全脱离现今主脑系统、智能芯片的全新飞船,也不是一两天的事。

尤其是派出去拆毁吸能装置的先遣部队已遭受自身地面武装力量的袭击,伤亡惨重,更令各方感到棘手和懊恼,多次想要与何子天联系,进行商谈交涉,可发出去的通信毫无回音。

此时,卫星轨道,大翅膀内。

何子天靠在蛋壳式座椅内,闭上眼睛,享受着全息音乐会,对于不时传来的交涉消息看也不看,甚至不胜其扰后索性屏蔽。

在他眼中,即使过去了5000年,蓝星土著依旧如同未开化的原始人一样,他与蓝星土著,就好比人类跟野猪的差别,根本不可同日而语。

第十二章 跟时间赛跑

不同于何子天的两耳不闻窗外事,大翅膀内其他七人暗流涌动。

原本一直未下定决心、只是迫于形势不得不跟从的梅之心,一脸无聊加无谓地逗弄着像狗一样围着她转的樊力,让他干什么就干什么,听话得像条被程序控制的机器狗。

饶是如此,一边靠在墙壁上的齐子坤始终带着意味不明的笑意,不怀好意地盯住樊力。他是樊力的基因替代者,有樊力在,他的重要性就没法保证。他也曾多次半开玩笑半威胁性地提出将樊力扔出去,却一直被梅之心以"不过是条狗,人何必跟狗计较,还是说你也想变成狗?"为由避开。

虽说梅之心没有多少攻击力,但是她的吻控能力令他深深忌惮。他曾问过何子天,为什么梅之心明明不是七传人,却拥有如此神奇的能力。何子天的回答是,每个人从基因中带来的天赋不同,在经过激发加成后,表现出的能力各不相同。全有集团制造出的各色各样基因强化人就是最好的例子。当然,也有一些废物毫无天赋,他们都变成了被舍弃的怪物。

望着身边把自己当成忠犬乖巧蹲在她脚下护卫她的樊力,梅之心的心中感觉空落落的,毫无着地点。眼前的樊力明明百依百顺,世上再也不会有男人如此恭顺且不会有反抗心理,她却感觉,反而没有之前躲躲藏藏、嚣张跋扈来得鲜活可爱,令人心动。

梅之心不由自主地回想起在方可胜的别墅外,她命悬一线时,樊力从天而降保护她的身影……眼中露出些许不自觉的笑意。

相较于梅之心时而忧郁时而轻松的心情,方可水的内心无比沉重。她顽固地看着方可胜,却发现方可胜十分厌弃地移开视线,除此之外,方可胜脸上都是无所谓的表情,仿佛地球毁灭在即对他并没有丝毫影响。甚至于,如此糟糕的世界,毁灭才是它应有的归宿。

方可水又将目光落到曾如风身上,曾如风依旧是一身充满古典气息的唐装,一头飘逸的黑色长发,他安静地坐在椅中看书。既不与人交谈,也没有丝毫情绪,整个人像一幅画一样,宁静安详。她以前觉得曾如风五官精致,显得柔柔弱弱,过于女气,如今她知道,或许他们几个人中,只有曾如风才是心志最坚定的人。

方可水再扫一眼闭目养神的袁思阁和陆七，收回目光。她是错了吗？不，如果她不在，阿胜的安危无法保障。方可水又看了一眼毫无信号的腕表，终于也闭上眼睛。

在经历了混乱的白日后，黑夜终于降临。

时值晚上23点42分，忙碌了一天的人们疲惫地钻进被窝，但真正能安眠的人很少。大多数人躺在新搭建的帐篷或者救援简易房中，睁着眼睛默默发呆，脑子里因混乱而显得有些空白。

大家会死吗？

地球会没事吗？

七传人到底找到没有？

找到以后疯老头会离开吗？

仙星原来真的存在，对方科技水平还这么高。

如果仙星大举进攻地球，是不是大家都要完蛋了？

有很多人睡不着，于是有很多人小声聊天，有的人则打开腕表客户端，不停地浏览网页，才能稍稍缓解心中的烦躁不安。

没有人知道，更不会预见到，何子天会选择在此时发难。

"喀！"一声轻咳，惊醒了很多正在看视频和新闻的人。所有图像、音频、视频，在同一时间整齐划一地跳转成何子天的形貌、声音。不少人惊得从被子中跳起，脑子里昏沉全无。

何子天出现在光屏中，背景是一片黑暗，他是其中唯一的光："一天时间了，医者还没想好？何想还在犹豫？"

何子天带着奇异的笑，似乎有些无奈，有些叹息。人类这种生物不见棺材不落泪，不到黄河心不死，即使都是徒劳的挣扎。

"那就不要怪我了。"低沉的声音响起，"蛋糕party……开始了。"一个带着黑色箭头的3D地球仪模块图像出现在众人眼前，不断滚动，出现各大洲的地理形貌，一个愉悦的笑声响起，"先从哪里开始好呢？"

临近午夜十二点，在挣扎、救援、喧嚣了一整天后，全球大地一片

第十二章　跟时间赛跑

寂静，唯有各国政府机关与军情部门彻夜忙碌着。然而，此刻，所有人被迫停下手中的工作，惊疑地看着眼前的 3D 地球模型。

他想干什么？

难道真的想……？

众人心中的疑惑很快得到印证，何子天轻松愉快地说道："就让神来决定这个概率事件吧。"

"啪"的一声，地球仪被快速拨动，不断旋转，又慢慢停下来。面向众人的一面是美洲，黑色箭头的方位指向丑勺。

"噢，不！"身在丑勺的人们顿时惊恐骚动起来，但心中还抱有万分之一的期望，希望今天只是一场噩梦，明天一早醒来就会恢复正常。

M国当局紧急启动防空方案，令人惊惧的是，所有操控瞬间失灵，中央智脑反复提示"对不起，您没有操作权限"。

与之相对的，高空中，与丑勺经纬度相对应的战斗卫星与飞船，同一时间出现高能反应，瞄准丑勺。

"Shit[①]！""What's to be done[②]？"看着眼前出现在光屏上并被实况转播到全球的卫星及飞船的战斗形态，M国当局陷入一片慌乱。这世上再也没有比无能为力更让人懊丧的事了。

"轰——"一道炽热的白光突然从高空落下。在众人眼中，不过是一条细长的光束，当它落在丑勺市，突然爆起一团巨大的半圆形光芒，将整个丑勺笼罩其中。

"滋滋——"恐怖的能量干扰信号发出杂音，光屏不断发生微小震颤，剧烈的半圆形白光持续了近三秒，忽然收缩、消散。

刹那间，粉碎性的烟尘遮住了所有人的视线，等烟尘消散，整个丑勺市被夷为平地，寸草不生，寸瓦不存！

没有房屋，没有树木，没有高山，没有流水，连人也没有，毫无生机，一片死寂！

---

①"胡扯"的意思。
②"怎么办"的意思。

仿佛这片大地，从来没有过城市，从亘古以来就是如此荒芜！

"不！"见此一幕，大人惊叫，小孩哭号，寂静了片刻的世界又骤然沸腾。无数人从被子里爬起，如无头苍蝇般胡乱收拾东西，准备逃离所在的地方。可到底要去哪里，根本毫无头绪，至少，要离开人多的地方，或许存活下来的概率高一些。

M国当局一片寂静，难以置信地看着眼前一幕，呆立当场，颓然无力。曾与原战等人开国际会议的那名长官，跌坐椅中，惊惶呆滞地看着眼前的地面，觉得一切仿佛在做梦。他们是最强大的存在，他们一直这么认为。从没想到，有一天，他们也会被当成鸡仔一样屠戮，毫无反抗之力。一整天的高压工作，分析对策，拆除吸能装置的工作进展并不顺利，只要他们稍有动作，就会招致自身武装力量的背叛。除非舍弃所有智脑系统，全凭人工操作。有些国家就通过这类方式，牺牲人命毁掉了二十多座吸能装置，举世震惊。

可M国当局还有一股难言的愤怒，为什么？凭什么他们是第一个被选中的？这不是华夏惹出来的事吗？

眼睁睁看着一座数百年如一日繁华的城市，在顷刻间消失殆尽，华夏当局也震惊且哀恸。唇亡齿寒的道理大家怎么会不懂，今天是M国，明天可能就是华夏。在确定智脑系统必须全面舍弃后，华夏召集了数百名顶尖科学家与工程师，共同用人力和最原始的机械臂，进行精密计算，打算在旧体系下的攻击型飞船上进行改造革新，制造出全新体系的以人为主操控的攻击型飞船，这恐怕需要十天乃至半个月时间完成。

在此之前，唯有全力降低地球的磁能损耗，才能为人类争取更多时间。

可大家没想到的是，何子天采用恐怖袭击的方式，摧毁众人的心智，谁也想不出他下一个目标会选取什么地方。最可怕的是，众人甚至无法完全解析他的攻击方式。

果不其然，尽管各国当局不断控制局面，但当天夜里，从各个省市出发逃往人烟稀少的乡镇的车辆成群结队，形成巨大的热潮。道路中不

第十二章 跟时间赛跑

断发生打砸抢夺的恶意伤人事件；车辆频频发生碰撞，造成翻车事故；交通管制彻底瘫痪，在出逃过程中死伤的人不计其数。

不仅是平民，不少官员也私下进行转移。

在恐惧与动乱中，清晨的阳光终于升起。

城市中的移民狂潮逐渐进入白热化阶段，并波及中心市。受到感染，市内的居民也有不少全家外出，从全有集团大楼外的街道上经过的车辆排成长龙，拥挤不堪。

全有集团内，花锦年以高薪和高安全保障召回部分科研人员，与陈元泽一同带领团队进行穿越空间通道条件的分析研究，并在表面工作下，暗自根据何想的设想，大量生产小型但高密度数量的解能装置。同样的大型解能装置研究在军部实验室同时进行，然而程序出错，装置尽毁。负责这项工作的"何想"严查内部人员情况，又带着其他科研工作者费尽心力重新组装。

早在丑勺市被摧毁的瞬间，温之光就拉着好不容易勉强整顿完集团治安的王重，带人一起到街上巡逻。由于机器人卫兵全面瘫痪，治安人员急剧稀缺，警方早已捉襟见肘，何况不少警卫人员自身都深感不安，面对激动疯狂的群众，疏散工作极其困难。温之光凭着往日积累的威信，联系警方带着大喇叭出现在中心市街头巨大的广告牌前，借助全有集团的天网系统进行调度工作。刘连生气得直瞪眼，却也无可奈何。

军方司令部。

原战听着秘书李贤汇报中心市内高层领导离开的情况，点了点头，说道："老李，你如果担心的话，也可以走。"

秘书老李笑着摇了摇头，说道："我也六七十了，儿子孙子都有了，还有什么好放不下的。要是有，也是想办法和您一起扳回一局，咱这仗打得太憋屈了。"

原战的神色缓了缓，哼了一声道："那些蠢货，听到风声就吓得逃跑，不知道现在中心市才是最安全的地方。只要最后一名七传人一天没找到，何子天就一天不会妄动。"说着，他问道："你看这两天何想忙来忙去的，半点也不提七传人的事，他到底是找到了还是没找到？"

秘书老李笑道："您认为呢？"

"八成找到了，但那小子装糊涂。而且……"他总觉得有什么不对的地方。原战皱了皱眉，并没有多说。

此时，正被原战等人惦记的何想，与花流年和魍魉开车进入大山深处，舍弃了行车不便的老爷车，开始沿着隐秘的山路徒手攀爬。由于花流年行进速度较慢，魍魉索性拿根绳子将她绑在自己身上，三人速度加快。

第二天，在紧锣密鼓的工作和迁徙之中，缓慢而又迅速地过去。这一天半夜时分，在全世界人的眼中，位居华夏的下江，成为第二个消失之城。举国上下一片哀恸，各种疯狂的言论散播开来。有鼓吹世界末日的，有叫嚣政府是外星人走狗的，甚至有人背着古老的炸药包冲进人群殉道，说是神因为人类深重的罪行降下惩罚，只有毁灭人类，才能保存地球。

上千万人在眼前忽然消失，对所有人来说都是个巨大的打击，大家心中或多或少都产生过相似的念头：或许世界末日真的来临？如果有神，他真的能够救护世人吗？如果有，就让他快点出现吧！

下江的消失平息了 M 国无来由地愤懑，在震惊过后只有悲哀，悲哀的尽头剩下无助的麻木。对于普通人来说，什么也做不了。

接下来很快迎来第三天，被选中的是 R 国的京都。在原本的庆幸、现在的绝望中，京都消失于世。

三天时间，三座举世闻名的世界级大都市，毫无预兆地顷刻间烟消云散。

三天时间，已经足以挑战所有人的神经。精神脆弱的人们濒临崩溃，而一些日常就有暴力倾向却受法规压制的人群，开始蠢蠢欲动。当出现大面积作奸犯科者，并高举末日前的狂欢旗帜，极端分子已经按捺不住，开始大肆犯罪。尤其是电子监狱被莫名打开，无数穷凶极恶的罪犯逃狱，杀伤大量狱警的同时成为巨大的安全隐患。社会各界为之震惊，而警方已无力压制。无奈之下，军方只好出动特警部队进行搜寻罪犯、维护治

第十二章 跟时间赛跑

安的工作。

整个世界变得越发混乱，抢劫案、杀人案、强奸案……各类案件急速飙升，多到政府当局反应不及。人们笼罩在令人窒息的恐慌与绝望中，谁也不知道下一个消失的是不是就是自己。

在这种时候，关于七传人的讨论瞬间变得热烈，到底谁才是七传人？为什么七传人到现在还没出现？如果谁有七传人的消息，赶紧把他交出去啊！让恶魔离开地球，不要再折磨大家了！

一小股将仇恨转嫁到七传人身上的意识导向悄然滋生。

与之相对的，另一批较有理智的人则引据科学数据进行论证分析，谈及地球能量不断通过六万个吸能装置流失，并不完全是一个七传人就可以决定人类生死，关键还是要想办法消灭黑衣人。何况，一旦真的交出最后的七传人，黑衣人就更可以毫无顾忌地毁灭地球。

所以，一种是长期的折磨，一种是瞬时的毁灭，选什么才会更好？

关于如何战胜黑衣人，不仅各界人士忧心忡忡，各国军方更是为此头疼。

要摧毁黑衣人和大翅膀，首先得精准地找到它。对此，大家一直没有太多头绪。虽然大翅膀在对三大城市进行攻击的瞬间，会暴露它的位置，但只是瞬时的位置。谁也不知道它下一次会在什么地方出现，也就无从下手。除非能形成网面打击，瞬时攻击一片区域，强迫它暴露身形。

其次，需要武力值足以瞬时摧毁它。毕竟现今世界范围内的卫星及飞船都被绑架，等于它拥有了大量保镖，如果不能使智脑体系脱离控制，就只能采用反侦察、隐形并偷袭的方式，并且一旦暴露身形，恐怕会遭到恐怖攻击，所以很大程度上是一场有去无回的行动。

又或者，大家利用最后一名七传人的存在诱骗何子天离开大翅膀，众人予以逮捕。但是否可行，还是未知数。别看今天大家还坐在桌前开会，明天开会的人和地点还存不存在，都是个疑问。而这些，都需要时间来布置。

可人类现在最缺的，就是时间。

太空，卫星轨道层。

不同于地球上的压抑与困苦，大翅膀内的几人此时显得十分轻松。

何子天听着音乐，关注地球上的争斗冲突打发时间。曾如风安静地看书，依旧拥有着与世独立的优雅。樊力像个快乐的傻子围着梅之心直打转，世间的一切对他来说都没有眼前的小姐姐重要。梅之心则百无聊赖地戏弄他，偶尔看着地板或者更远的地方发愣。

在大翅膀放开网络信息搜索而不能发布状态后，齐子坤不时搜索着齐家的消息，看他们有没有准备外逃。袁思阁恨不得地球能更热闹些，感觉现在的戏完全不够看。方可胜烦躁地盯着花锦年的最新研究，因为方可水的存在，连与梅之心共处一室的美好都荡然无存。

而方可水，只能不断地提醒自己并没有选错。她面无表情，盯着方可胜的眼睛，心里沉重又复杂。

何想到底在干什么？

看到"何想"在军部科研所进行的大型解能装置研究，所有人同时不由自主地对身为守护者的他感到失望。

七传人祖训，遇到危机时带着宝物来到典当行，齐聚一堂，共抗强敌！

即使是何子天，对于自己带大的何想，也多抱了几分希望。毕竟他与七传人已经争斗了数千年，他对超出常人意料存在的守护者了解之深，远超其他七传人。要不怎么说，最了解你的人，永远是你的敌人。

下意识里，何子天期望他能再努力些，再挣扎点，不要让事情变得这么无聊。这些年他实在是太孤单，连个对手都没有……何夏轻轻松松死掉，何想被他完全握在手中，整个世界毫无变数，而他最讨厌的，就是一成不变的东西。

只可惜，他处心积虑把何想养成一个废物的目的或许真的达到了，大家都太高估他了？

群山，密林，绵延成片。

第十二章 跟时间赛跑

郁郁葱葱的森林中，茂密的植被以及何想等人身上的热能屏蔽衣遮挡了一切探测。

何想、花流年与魍魉三人趁着黑夜，在经过一条狭长的岩壁带后，总算进入一个巨大的洞窟中。如果是以往，何想乘坐直升机过来，顶多花费半天的时间。可今时不同往日，任何可能暴露身份和地点的事都要慎之又慎，否则东西没取到，却遭来一记卫星攻击，弄得小命玩完，就得不偿失了。

"到了。"何想低声说道。

三人没敢开灯，借着一丝透入的微弱月光，大致看清了眼前的情况，一艘拥有流线型机身、透着森冷金属光泽的高大飞船。

"这是？"花流年发出一声惊呼。

"没错。"黑暗中，何想勾起唇角，笑道，"要不怎么说，狡兔三窟呢？你老爸，确实是个厉害的老爸。"

中心市。

地下拳场。

同样是过了三天，对于别人来说，是世界末日无端降临，是恐慌、是压力、是惊惧地四散奔逃；对于赵珞来说，他在地下拳场的大厅内，守灵守了三天。

第一天还有不少人过来吊唁青者，往日跟青者打过交道、受过他恩惠的人大多来走了个过场，道两句节哀，然后匆匆离去。

第二天基本没什么人来，毕竟丑勺的凭空消失给所有人狠狠一击，能够跑得了的，无不抓紧时间逃命，有谁还想得起死得蹊跷且令人唏嘘的青者。

再厉害的人，只要死了，就变得毫无价值。他的帝国，如果没人守护，就会分崩离析。

所以赵珞不会走，既然何子天不杀他，而是让他主持地下拳场和接管青者的众多产业，他当然不会傻到自己去送死。

更何况，还有宋星儿监视他。

看着腕表终端上的新闻，赵珞想，恐怕何子天自己都没料到他会那么快获得契机，带人乘坐大翅膀升空，这都要得益于何想和花流年提前启动了大翅膀。

想到何想，赵珞又翻出何想给他发来约见面的短信，但赵珞一直没有回复，包括葬礼第一天何想前来参加，并想和他单独聊几句，也被他找借口挡下。

他的一举一动都在监控之下，要动，就必须要有十足的把握。这也是他跟随青者老大多年得到的教诲。

青者老大曾说：“如果已经做过完全的准备，还是失败，那是时运的事，天注定，不可强求，而要顺时放下，日后再徐徐图之。”

他放下了，他也在等，只是他跟何子天一样，没想到机会这么快就来到，虽然这机会看起来十分渺茫。

在少数受过青者无数恩惠、为了替青者收尸而留下来的兄弟的帮助下，赵珞顺利地将青者的肉身冰封在地下深处的防空研究所中，并没有按照青者的吩咐第一时间让他尘归尘土归土。因为他要先让青者看着他干掉仇人，再让他安心入土。整个过程，宋星儿连面都没有露一下。

赵珞清楚，她是心虚，她要是够狠，她就能一脸沉痛地参加了。

眼见赵珞收拾好准备出门，宋星儿拦住问道："去哪里？"

赵珞微微眯眼看了看她，忽然笑了，一如从前般阳光且天真，令宋星儿微微一怔。

赵珞笑眯了眼，近几天略显削瘦的娃娃脸因笑意而显得圆润："这里不安全，当然要离开。宋姐姐的主人都抛弃你升天了，难不成你还要枯守等死？"

宋星儿眉头一动，带着冷意，似笑非笑："挑拨离间？这种小伎俩就不要玩了。"

赵珞无辜地耸肩："人家说事实，偏有人不信。不过也是，他是你家破人亡后收养你的救命恩人，你就算被当成垃圾一样丢掉，想必也心甘

第十二章　跟时间赛跑

情愿，毕竟连最疼爱你的人都能舍弃你，更不用说其他人。"

"闭嘴！"宋星儿目光一沉，杀机毕露，"凭你也想挑衅我？"

"我是不能的。毕竟何子天是你的信仰嘛，你的命是他救的，他要你的命，你不过是还给他而已，对不对？"赵珞轻轻一笑，声音带着缥缈，"不过嘛……以你四肢发达、头脑简单的程度，你肯定没搞懂，为什么自己幼年会被入室抢劫，家破人亡变成孤儿。喏，看看你的好义父做过什么事。"

赵珞发送一封邮件到宋星儿的客户端，一打开就是当年失踪杀人犯被绑后招认的过程以及交易记录。

以往没人知道宋星儿真正的来历和过去，一旦有了苗头，以地下拳场的力量，又怎么会找不出端倪？说到底，宋星儿一直都彻头彻尾地以假面对待他们而已。

"当然。"赵珞笑得天真且残忍，"你还可以认为他是看重你，才杀你全家，就是为了带走你嘛。反正你这种人三观早就碎了，不是吗？哈哈——"

"滚！"宋星儿瞬间怒发冲冠，大吼道，"现在滚！立刻！马上！不然杀了你！"

"得令。"赵珞唇角一勾，麻溜地滚了。

宋星儿站在原处，呆呆地凝视着小时候的自己与父母一家三口开心的照片。

中心市，中心广场。

谁也想不到，短短三天时间，原本热闹喧嚣的中心市此时已清冷凋零，一大半原住民紧急撤离。谁都知道，大翅膀是从中心市飞升入空的，曾经与军方发生过武力冲突，一旦何子天哪根神经被绊动，恐怕下一个遭殃的就是中心市。

虽说这样活得十分窝囊，但能活一天是一天，好死怎么也不如赖活着。

这几天，大多数居民都做过"太阳坠落，地球毁灭"的末世梦，仿佛成为另一种预兆。所有人都对地球的命运不看好，除了依旧奋斗在各地前线的军事家与科学家。

尽管现今市面上流传着各种各样有关"挪亚方舟"的传说，说空间通道一旦展开，会有三艘巨大的飞船跟着一同跨越，去往美丽梦幻的长寿仙星，但有资格的非富即贵，普通民众压根儿无法获得船票。各种各样的说法使得群情激昂，混乱且喧嚣，好在各方军队还算训练有素，极力控制了事态，不至于恶劣发展。三天时间足以击垮普通民众，但军队意志尚未瓦解，但继续下去，五天、十天、半个月后呢？没有人敢打包票。

继续下去，或许没有被来自太空的攻击摧毁，人类自己的意志就先瓦解了。

全有集团。

不同于外界的愁云惨淡，此时全有集团内反而响起一阵欢呼。经过三十多个小时不眠不休的工作，花锦年、陈元泽带领的团队不仅成功模拟出穿越空间通道的基础条件，并且制造出一种名为"蚂蚁"的微小装置。这种装置舍弃了大容量的优势，采用化整为零的方法，用巨大的数量去蚕食大象，让这些微小的装置进行能量追踪，从地表及地面两个方向"爬行"到六万个吸能装置处，反吸附及搬运能量，并且强大自身后进行重组，呈几何倍地提升分流和倒能的效用。待吸足能量后，去往地层深处，回归和沉寂于大地，无须回收。

这种设想是花锦年观摩过大翅膀与六万个吸能装置间的关系后得到的启发，大型的复杂机构他一时半会儿制造不出，但微小的单元结构还有几分把握。

花锦年第一时间联系原战，将这类装置隐秘地运输到各地。与此同时，世界各地的科学家紧急制作出各式各样的加强型搜索器，试图在何子天第四次发动攻击时捕捉到他的位置，并加以定位攻击。

夜。

时间是晚上22:03。

第十二章　跟时间赛跑

以往这个时候，不少人已钻进被窝，进入梦乡，然而此时，全世界人民几乎都在等待。有的站在广场的巨大光屏下，有的坐在屋子里盯着笔记本，有的看着腕表终端上的视频……眼神专注而紧张、恐惧且麻木。关于政府不作为的谩骂从未停止，但民众也知道，事情早已超出控制。

花锦年结束了几十个小时的工作，此时终于稍稍空闲，喝了一杯暖咖啡，也下意识看了看办公室里的光屏。

"现在，就看何想的了。"花锦年对走进屋的温之光笑道。

温之光眨了眨眼，她也几十个小时没有睡，此时双眸中布满血丝，却并不减损它的清亮。

"你好像很相信他？"温之光歪头笑道，有些欣喜。

"你不相信他？"花锦年反问。

"唔，也不是啦，不过他这几天都没多少动静。"温之光嘟嘴。

花锦年笑道："没动静才好，动静太大了，就什么也做不了。"

"说是这么说，但时间可不等人。"陈元泽走进屋内，冲站立一旁的刘连生点了点头。

"对呀！"温之光赞同道，"何想可不能再拖了。"

花锦年说道："根据七传人的祖训，一旦遇到危机，必须立即赶到典当行，同守护者会合。既然他是守护者，我们要做的，就是相信他。"

花锦年话音刚落，中心市上空，一架流线型黑亮如水的飞船赫然刺破暗蓝色的天幕，以俯冲之势直逼全有集团而来。

"嘀嘀——"天网系统疯狂示警，巨大的光幕横亘半空，一架头部射出两道银白色光晕、沿着机翼像两条闪电划过的战机飞船，以迅猛势头不断逼近。

"嗒嗒嗒嗒嗒嗒——"来自多个方向的地面反击系统，毫无征兆地自动射击。

何想操控着机身，在枪林弹雨中左躲右闪，实在躲不过，便打出一连串射击，空中发生无数爆炸，他操纵着飞船从爆炸中冲出，继续冲向全有集团。

花锦年目光如电，瞬间下令："全面展开塔顶，启动平台战斗模式。"

1400米高的全有集团塔顶，终于第一次展露它不同的风貌。只见整个圆弧形塔顶像一朵盛开的莲花，向四面不断铺展，并分裂出朵朵金属莲瓣弥合缺口，形成一张完整的巨大圆形金属平台。平台的中央，一个四方镜面空间内，花锦年、温之光、刘连生、王重、陈元泽静静站着，凝神看着高空俯冲来的战机飞船。镜面空间的四周排列了一圈反战系统，巨大的高压电弧将整个圆形平台包裹其内，强电弧不断闪烁，甚至肉眼可见一个巨大的电球体状。

忽然，电球体打开了一道门，俯冲到全有集团附近的战机飞船骤然减速，缓缓进入平台内，在它进入的瞬间，电球体再度关闭。

"轰轰轰——"一连串攻击撞击到电球体上，炸出无数火光，却无法寸进。

花锦年看着战机飞船流线型的机身侧翼打开一道门，何想从中走出，他笑着迎上去，张开双臂。

何想目光一亮，也笑着和花锦年来了个拥抱。阔别已久、处于对立阵营的兄弟，终于尽弃前嫌，携手共进。

"你很好。干得不错。"花锦年说道。

何想笑道："必须的。我是谁？何像的兄弟！能差得了吗？"

花锦年开怀一笑，说道："是差不了。"

花流年与魍魉也相继走下来。

"大小姐！"王重一眼看到她，连忙迎上去。

花流年点点头，目光看向花锦年。

花锦年温和一笑，说道："回来了，流年。"

"是的，哥哥。"花流年欢欣且鼓舞，好似再遇自己阔别多年、思念已久的恋人，眼中充满了思念。

"总算记得把它找出来。"陈元泽哼了一声，"下一步打算怎么做？"

"这是艘不在编制、不使用中央智脑系统、不会被控制的飞船？"刘连生目光一亮，问道。

第十二章 跟时间赛跑

"没错。"何想笑得很开心。

"何想!"在满眼星星地摸过战机飞船的流线型机身后,温之光惊叫一声,满心欢喜地朝何想扑来,捏了捏他的脸颊,又拉开他的手臂看了看,笑道,"小样儿,不错嘛!刚说到你,你就来了,是不是长了顺风耳、千里眼呀?"

何想无奈地笑着捉住温之光的手,故作严厉地低喝:"好好说话,别动手动脚。"

"哈哈。"温之光大笑,兴奋地指着战机飞船,"是不是就是你之前说过的战机飞船?哇!酷毙了,帅呆了,我也好想要……但是以前臭老爸没让我考飞船驾照,说我用不到。哼,我觉得他犯了严重错误,断送了我的大好前途。"

何想挑眉,说道:"没事,以后我教你。"

"真的吗?"温之光笑得一脸灿烂,"就这么说定了,不许反悔!"

"嗯嗯。"何想连连点头。

看着二人亲密无间的互动,不知道为什么花锦年感觉心中有点闷,但小情绪他从来不会在意,决策者就是要摒弃自身情绪,做出最正确且理智的决定。

何想接着回答刚才陈元泽的问话:"下一步很简单,我要上去,和何子天谈一谈。在此之前,我们还需要再等一个人。"

陈元泽看了他一眼,问道:"方远东?"

"不错。"何想说道,瞥了一眼腕表上的信息,"而且,说曹操,曹操就到了。"

众人没想到的是,同方远东及方家子弟一同前来的,还有军部总司令原战以及恢复了身份的伪装者。

一进门,原战就高声骂道:"何想!你这个臭小子,你骗得老子团团转,很好玩是吧?"

何想笑着迎上去,先上前与方远东握手,说了一句"方老爷子,欢迎",又对原战道:"不好玩,咱们可是拿着生命在玩耍,刺激是很刺激,但是不好玩。"

"哼！"原战冷哼一声，抬眼就看到眼前的战机飞船，双眸微眯，精光一闪，"你把它开到全有集团，是打算怎么做？"

"排除其他干扰，上去和他谈一谈。"何想说道。何想拥有的战机飞船，是二十多年前花天下留下的唯一一艘独立于当今体系下的飞船，不受控制，没有编制，是一艘彻底的私人飞船。

为了避免被入侵操控，何想甚至并没有打开飞船外网，只凭借飞船雷达和自身判断与操控力，一路飞回中心市。所以路程中各方发来的消息他一律没有收到，就算收到了，他也不会回应。

此时，任何势力对他扔来的橄榄枝都是阻碍，既然不想徒增烦恼，索性就不接收。

原战没有怪罪何想的不回应，说道："你们最后一名七传人找到了？有把握吗？"

"只准成功，不准失败！"原战严厉道。

何想看了看他，忽然明白，原战承受的压力有多大，恐怕他会过来不是他一个人的意思，还带了其他很多命令，但他都没有说。

"我无法跟您保证，因为谁也料不到后续发展，只能说随机应变吧。"何想话没有说死，坚定中带有悲壮。

原战不由得皱起眉头。

"呵呵，好一个随机应变。"方远东笑道，"老头子也不耽误时间了，喏，东西给你。你带上飞船，就明白怎么操作了。是几十年前的技术，你不用担心。"

方远东交给何想一个金属圆球，看了一眼原战，又朝天上看了看。

何想明白他的意思，说道："多谢方老爷子了，劳您这么远跑来。"

"不远，不远，老头子也很久没有活动了，出门一趟，收获挺多。"为了避免飞行器半途故障不安全，方家一行人都是开车出行，又遇到大迁徙，在路上不免被耽搁了许多时间。一路走来，方远东感慨万千，有很多东西，从网络上了解与真实看到，是完全不同的感受。

第十二章 跟时间赛跑

"行了,你们也该出发了,时间不早了。当断不断,反受其乱。"方远东拍拍何想的肩膀,告诫似的说道。

"我明白。"何想应道,又看了一眼原战,原战烦躁地挥挥手让他赶紧滚蛋。

何想环视一周,说道:"我点到的几个人,准备随我一起上船。王重、花流年、花锦年、温之光、魍魉。"

陈元泽不满得眯起眼睛。

何想说出了心里话:"老陈,你以往受过重伤,身体不宜上太空。"

陈元泽拧眉不语。

何想想了想,看向花锦年,问道:"有没有方便行动的战斗型宇航服?就跟樊力以前用过的类似?"

"有。"花锦年说。

"按照各种体型,多准备几套吧,或许有用。"

太空,大翅膀内。

何子天饶有兴致地看着出现在全有集团的何想的一番安排布置。何想声东击西,找来不在编的飞船,确实出乎他的意料,但故事唯有波折才会精彩,如果一眼能猜到结果,不如趁早睡觉。

兴致一起,何子天忽然对大翅膀内的众人说道:"你们知道,为什么大翅膀会选择化身典当行,而不是其他东西吗?"

"因为它稀有?"齐子坤笑道。

"不,那是现在,放在以前,典当行随处可见。"见众人不清楚,何子天越发有兴致,"大翅膀的原名叫宇宙双翼,除此之外,还有个别名叫时空鸟。顾名思义,它可以跨越时间和空间,在极短的时间内进行远距离传送。仙星有一个行政组织叫作星盟,星盟以中央主脑作为至高无上的判断准则,它能真正深入每一个居民的方方面面,但它只是判断准则,真正用武力强制执行的,叫作执法者。每七个人一组,加上大翅膀,就形成执法小组。大翅膀不仅是军事单位,还是行政单位,甚至承担了贸易和商业的职责。

"星域是广大的,有些已开发过的星域,虽然基础货币不同,但可以以物换物,民营商业到了一定级别,也可以雇用大翅膀帮助寄卖和采买。当初钚一会让大翅膀化身典当行,也是想让大翅膀记录地球的发展和各项事务。他们坚信,7000年后,当仙星收到来自蓝星的求救信号,未来一定会有新的大翅膀来到地球,发现他们曾经的足迹,跨越久远的时空,为中央主脑贡献新的日志与资料!"

说着,何子天话锋一转,笑得热切,继续说:"不过,他们不需要再费力等待了。因为,我们即将回去!"

光屏中的何想突然抬头,对何子天说道:"等着,我现在就上来了。"

何子天大笑,目光一转,森然说道:"要是何想也来的话,人就有点多了呢。"

一句话,令大翅膀中众人一怔。

安静,突如其来地降临。

齐子坤首先看了看樊力,目光森冷,杀机毕露。梅之心身形一僵,一只手忽然攥紧。袁思阁眉头一挑,目光一沉,如果何想真的来了,他就没用了。方可胜心跳骤然加速,他突然想到何子天曾问过他有没有兴趣干掉方可水,如此,或许他会成为新的七传人。他没想过,他是很讨厌她没错,却没想过让她死。难道姐姐真的非死不可吗?方可胜心中充满惶恐。

见众人不说话,何子天哈哈一笑,说道:"我是开玩笑的,你们还挺认真。"

说完,他又盯着何想的各种安排准备,像是在欣赏一部作品。

众人一阵后怕,但并没有相互交谈,反倒心思各异地琢磨起来。

地球,中心市,全有集团。

一切安排就绪,众人关闭腕表,准备登上飞船。

"等一下。"刘连生突然出声,"有个电话,指名要找何想,说他是

第十二章　跟时间赛跑

赵珞。"

"赵珞？"何想有些讶异，接过电话。

"我马上上楼，等我一下。"赵珞急匆匆地说。

几分钟后，赵珞出现在众人眼前，第一句话便是："带上我，我就是最后的七传人。"

"哈？"温之光一愣。

"什么？"花流年惊呼。

王重讶异地看他一眼。

花锦年眉头微动。

何想点了点头，同意道："成，上飞船吧。"

"等等！"温之光叫道，瞪住何想，意思是他是七传人，那我是什么？

何想笑着拍了拍温之光的后背，说道："别耽搁时间，先登船再说。"又对原战说道："老爷子辛苦，多担待了。"

"哼。"原战冷哼一声，目送何想等人登上战机飞船，迅速升空。直到飞船没入云层，肉眼再也看不到，他才收回目光，低头看了看腕表客户端上世界各国政府发来的通信信息，无不是要求他拦截并征用无编制战机飞船。

原战翻了翻信息，一概不理，又关闭了页面。他想得很明白，除非是何想带着最后一名七传人上去，如果是其他人，恐怕还没靠近，飞船就会被击沉。

他想到自己曾经觉得全天下这么多人，怎么会指望几个七传人拯救地球？古老的故事传说太不可靠。

现在想来，自己才是真可笑。

望向暗夜长空，原战微微叹了口气。如果他们失败，地球就真的完了。自己的举动还是太疯狂了。但假如没有何想，或许就没有转机。

说到底，地球人的对外战争，还需要地球人自己来打。

原战清楚联合国已经做好两手准备，一方面保存种子，逃离地球；另一方面背水一战，两方面的人员都已选好。接下来，就是跟时间赛跑了。

第十三章　豪赌

"哈哈。"何子天大笑,"这才对嘛。你我虽是师徒,其实情同父子,一起去仙星,才是最该做的事。古话说得好,君子藏器于身,待时而动。和整个广阔的宇宙空间相比,一个小小的蓝星又算得了什么?心量无限,世界就无限。何想,不要太小气了啊。"

高空。

战机飞船不断攀升。

何想坐在主驾驶位,花锦年坐副驾驶位,二人手控操作,第一次合作,却出乎意料地配合默契。

"原来你说会开飞船是真的呀!"温之光惊叹,"不过我们怎么找他们呢?不是说一直捕捉不到大翅膀的位置吗?"

"关键就在这儿了。"何想指了指摆在驾驶位旁边架上的金属球,"小光,启动它。"

"哦。"温之光也没问具体如何启动,拿起来金属球就研究起来,四处按了一圈,并没有找到启动开关点,想了想,她再度用力旋转。

忽然,她藏在衣服中的胸针微微发出绿色光泽,金属球仿佛呼应般,闪出蓝色微光。

下一刻,结构致密的金属球突然展开,变成一个张开圆形双翼的小

第十三章 豪赌

型雷达，雷达的正中央，稳稳卡住一枚水滴形耳坠。

"可水姐的耳坠？怎么会在这儿？"温之光讶异。

何想笑道："既然是耳坠，当然是两只。"

"可她耳朵上不就是两只？噢，我知道了，你是说另一只是假的，真的在这里，它们会形成定向追踪？"温之光目光一亮，问道。

"嘀嘀，嘀嘀——"一幅标注了精密距离的网格图像出现在半空，搜寻信号的提示声不断响起，很快，网格不断缩小，变得极为致密，一个蓝色光点终于出现在图像上，距离显示还有 2.02 万千米。

"哇！太棒了。"温之光欢呼，眼睛亮晶晶，开心地道，"我就知道可水姐不会随便倒戈的，她是一开始就预见了现在的状况吗？"

"这我就不知道了。不管她到底怎么想，一声不吭地跟人家跑了，最起码也是对我们的不信任。等她回来以后，必须好好教训她。"何想咬牙道。

"哈哈，没错，算上我。"温之光挥舞手臂，同意道。

花锦年扫了坐在最后一排、面无表情的赵珞一眼，又掠过闭目养神的魍魉，看向何想问道："最后的七传人是谁？"

听到这话，赵珞倏忽抬眼。

花锦年淡笑，说道："我知道不是你。"

何想笑了笑，说道："其实也可以是他。"毕竟多一重伪装，对众人来说，也多一重保护。原本他打算这个角色由魍魉来担当，既然有更适合的人选，他也不会拒绝。

"小光，给他装扮一下。"何想朝温之光笑了笑

"噢，对对！"温之光立即醒悟，跑到赵珞身边，往他手里塞了一枚菱形的胸针，笑道，"从现在起，你就是最后一名七传人了！"

"是你？"赵珞有些意外，低头看了看手中的胸针，"也对。是假的吧？"

"我是真的，胸针当然是假的。"温之光点头。

"是假的就好。"赵珞轻笑，手指轻轻拂过胸针。

花流年与王重也备感意外，没想到最后一名七传人早就在身边，唯独花锦年觉得正该如此。

"现在想来，"花锦年说道，"土星空间站必然失败。即使借用七宝钥匙开启大翅膀，获得仙星的定位，但大翅膀的定位坐标是从仙星跳跃到地球，假设自行将起始点改为土星，即使在以毁掉土星为前提下吸收足够能量，恐怕也难以准确到达仙星，失之毫厘，谬以千里。"

"不错。"何想明白花锦年在说什么，"三维世界中的两个距离点，只有在弯曲链接之后才能瞬间达到，等于是物质变成一个点，超越光速，进入四维空间，然后到达目的地。前提是，需要有准确的时空连接点。"

说到这里，何想停顿片刻，又咂嘴感叹了下："大翅膀、时空鸟、时空典当行……呵呵，如果没有准确的航道及目的地，可能去往任意地点，也可能迷失在茫茫宇宙中。太冒险了。"

"你不会也想去仙星吧？"温之光突然发问。

花锦年摇了摇头，说道："能量问题解决不了，肯定不会去。何况地球附近的火星、金星等星球地磁场能消失，火山变死，或许就是大翅膀在5000年前的杰作。除了太阳系，近距离的没有合适的能量补充场所，基本上不可能。"

何想却不这么想，说道："也不一定，还有一种可能，仙星飞行器飞来地球，带来能量。"

花锦年笑了笑："7000光年的距离，恐怕还需要2000年才到吧？第一批的七名仙星人不是已经发出过信号了吗？"

"这么说的话，就算没有何子天搞事，2000年后也会有外星文明入侵？"温之光睁大眼，听明白了后果。

"不一定是入侵。"一直未开口的花流年说道，"也可能是友好交往。"

如果按照大翅膀内的记录，以及七位执法者的为人来看，建交比殖民的可能性要大得多。

"噢！那挺好。"温之光点头，"不过2000年后，咱们地球人的科技水平也会再度提升吧？说不定在高速发展下还赶超他们了呢？这谁说得

第十三章　豪赌

准呀，哈哈。"

"小光说得不错，我们要用发展性的眼光看待事物。"何想表示赞同，但他也清楚同时仙星的科技也在高速发展。

花流年轻轻叹气，暗自摇头。温之光这么说，她还能理解，何想也凑趣，就让她感到无奈了。

跟随雷达上的光点，一群人在紧张中逗着趣，不断逼近何子天所在的大翅膀。

近了，更近了。

突然，高空中出现密密麻麻的数百个由卫星与飞船构成的光点，后面有一架展开了银白色羽翼的金属雏鸟，仿佛被众多保镖围绕，如王者般孤高悬浮。

出现了！大翅膀！

地球，各大地面观测站同时捕捉到大翅膀身影，顿时引起巨大骚动。

然而，相对于地球各地的军事家与科学家的布置来说，大翅膀出现得实在太早了点，大家的武器装备与衔接并未完全准备好，毕竟从地面发射攻击到太空，考虑到重力因素，恐怕需要三重接力，才能对大翅膀予以重击，假如仓促上阵，十有八九会失败。但只要大翅膀现出身形，众人就看到希望。

太空上。

伴随着大翅膀一同现身的，还有众多如卫兵排列环绕的攻击型卫星和飞船。

卫星及飞船形成军事化布阵，列队两边，仅留出中间的道路供何想等人的战机飞船经过。

看着面前的阵仗，饶是何想等人心理素质过硬，也不由得有些发怵。毕竟随便来几颗卫星围攻一下，他们都要吃不了兜着走。

"简直太刺激了。"何想笑着说道。

"这待遇，一般人不能有。"温之光吞了吞口水，紧盯住眼前，反而有些兴奋。

王重紧张且不安地四处环顾，当他看向花流年时，他的目光又定了下来。如果真的要死，他一定要比大小姐先死。

"买卖亏了，收得太便宜了。"魍魉忽然开口，清冷的声音还是没有多少起伏，却比平时多了几分凝重的味道。

"哈哈，"何想一笑，"不要紧，回去以后我就把青者留下的钱全都转给你，铁定叫你不亏。再不然叫花千金给你转账，她管钱的，钱包鼓鼓，金币多多。"

魍魉想了想，勉强接受道："好，一言为定。"

花流年无语地扫了两人一眼，突然发觉，她竟然把钱看得比命还重要？不然怎么这么不爽呢？

花锦年轻笑一声，说道："看路了，该准备了。"

"没错。"何想说道，"大概也该换衣服了。"

众人早就将战斗宇航服准备好，放在手边，此时一声令下，自然以最快速度穿上。

只可惜，个人体质差异巨大。魍魉、温之光与王重适应良好，连赵珞、何想、花锦年也还不错，唯独花流年，顿时感觉自己变得无比沉重，走上几步都十分困难。

"要不流年还是别穿了，留守飞船内。"花锦年建议道。

花流年立即反驳道："不要，我不能总特立独行。大家都可以，我不能掉链子。"

何想笑了笑，说道："用不着强求，毕竟花大小姐只要负责漂亮就行了，一般人还没法担当这项重任呢。"

"哼。"温之光瞪他一眼。

何想轻咳一声，立即道："没事，小光负责有用。"

"呸。"温之光鄙视他。

花流年也白了他一眼，显然很不满。

"……"我这招谁惹谁了？何想一句话得罪两个人，他感到很无语。

"兄弟，你还是闭嘴吧。"花锦年拍了拍何想肩膀，对此深有体会。

第十三章 豪赌

"也是，跟女人没有道理可讲。"何想小声笑道，不出意外温之光又冲他张牙舞爪。

对于何想和温之光之间的微妙互动，花锦年有些不自在，但他又说不上来什么。此时也不是想这些的时候，他扣好宇航服的钩锁，看向何想。

何想朝他点点头，说道："别着急，很快了。"

果不其然，来自何子天和大翅膀的邀请通过四周围的战斗卫星发出。大翅膀很快变换形态，从底部留出一个通道，可供进入。

何想微微琢磨，说道："接下来，我说一下留守人员名单，其他人跟上我，进入大翅膀。温之光……"

"为什么是我？"温之光立即反驳。

"少安毋躁，你先听我说完后面两个人的名单，你的任务是保护他们。"何想说道。

"哦。"温之光。

"花流年……"何想继续说道。

"不，我要跟你们一起去。如果我不在，七传人不到齐，就算你说赵珞是最后一名七传人，何子天也不会相信的。"花流年也不同意。

"她说的有理。"赵珞开口。

"好吧，花流年一起跟随，王重负责保护她的安全。"何想只好妥协，说道。

王重哼了一声，说道："不用你说也会做。"

"温之光带着最后一样超纯物质钥匙，和花锦年一起留下吧。"何想做出决定。

"欸？为什么啊？"温之光反问。

花锦年说道："因为你是真正的最后一名七传人，底牌，不应该一开始就暴露。"

"没错。"何想笑道，"小光乖，不要闹了，会有你的出场机会。"

"好吧。"温之光接受了这种解释，一旦被识破身份，他们几人会有危险，她提醒道："你们小心点。"

何想点头："记住，我们的任务并不是真的谈判，而是夺回超纯物质钥匙，抓住何子天。赵珞和我负责拖住何子天，魍魉负责抢超纯物质钥匙，王重和花流年与其他人周旋。至于其他，大家随意发挥了。"

"出发。"

赵珞打头阵，王重排第二，花流年紧跟其后，何想在第四位，魍魉压轴走在最后。

一行人拉着伸缩带、排成长龙，接连进入大翅膀的通道入口。由于过程中花流年行动不便，出了点岔子，使得大家稍有耽搁，但并没有耽误多少时间。

战机飞船内，一直观察何想行动的花锦年，神情一松，对温之光道："他成功了。"

"什么？"温之光疑惑道。

"等他们都进去，我们就行动。"

"哈？哦。行，你说了算。"温之光决定很快。

大翅膀内。

赵珞作为第一个进入的人，拿掉头盔，与何子天面对面地打量彼此。

何子天的眼神充满戏谑，还有点意外，假如赵珞真是最后的七传人，他的确隐藏得太好。

赵珞看着何子天，面色沉静。距离太远，他需要机会，要再近一些。

很快，何想等人也进入大翅膀，通道入口闭合。

见到何想，何子天哈哈一笑，说道："怎么，臭小子想通了？"

"不想通也不行啊，你当着全球的面喊我来，我还能不来吗？"何想轻松笑道，目光扫过何子天胸前的黑色面具。

"哈哈，来得好，来得刚刚好。你留在地球只有死路一条，跟老头子一起去仙星，未来天地广阔，可以畅游宇宙，不比缩在一个蓝星要好？"

"说的是。"何想点头道，"还有漫长岁月可以慢慢探索，不至于死太快。"

第十三章 豪赌

何想的回答令何子天感到满意,说道:"好了,把最后一样超纯物质钥匙交出来,是时候结束无聊的游戏了。"虽是对何想说,目光却落到赵珞身上。他能感觉到,赵珞身上有某种类似超纯物质的能量波动,这也是他为什么会相信赵珞有可能是最后一名七传人。因为人可以作假,但独属于超纯物质的能量波动不会。

"去吧。"何想说道,故作一派轻松。

赵珞起步朝何子天走去,神情平静,边走边从口袋里掏出温之光赠予他的菱形胸针。

何子天好整以暇地站在原地看着赵珞走来,他丝毫不担心赵珞胆敢反水。如果是别人,他恐怕还会多防备几分,但赵珞,某种程度上可以说是"自己人"。毕竟是吞吃了他的黑色金属丸的人,只要他一个念头,就足以让对方死无葬身之地。但凡爱惜小命的,就不会那么莽撞。

从赵珞以往的表现看,他显然很惜命。

"哎,何——"花流年面色一变,没想到才一个照面,何想就让赵珞把东西交给何子天。

何想冲花流年摆摆手,示意少安毋躁,目光又四周一扫,不出意外撞上方可水和梅之心的目光,而樊力依旧围着梅之心转,对外界的一切毫无察觉。

随着赵珞走近,何子天看清了他手中的菱形胸针,越发满意。不错,剩下的最后一种超纯物质钥匙的卡槽形状就是菱形。

"呵呵——"在赵珞伸手将菱形胸针朝他递来时,何子天笑了起来。

然而,下一刻,赵珞猛地将胸针一捏!

"嗖!"谁也没有想到,胸针陡转,一枚高能激光弹瞬间从中射出,射向何子天!

"嘭!"如此近的距离,何子天几乎没有躲避的可能,被高能激光弹直接射中!

令众人意想不到的,何子天并没有被激光弹击飞,反倒是赵珞猛地倒飞回去,"砰"地撞上大翅膀的墙壁。

"噗！"赵珞一口鲜血喷出，整张脸上黑色青筋暴起，整个人痉挛不已，眼球突出，七窍流血，腹部更是直接破开了一个巨大的血口，鲜血瞬间在地板上淌开。而一个黑色金属小虫，直接从赵珞腹部飞出，滴着鲜血，飞向何子天所在的地方。

"赵珞！"何想第一时间飞奔过去，想要施救，奈何赵珞腹部的伤口极大，他一时间不知道要堵哪里，只能迅速掏出口袋里准备的止血剂。

花流年也连忙跪下，说道："我来帮忙。"

何子天负手而立，面色顿时变得极为阴沉，他的胸前，黑色面具飘浮半空，散发幽幽黑光，上半张面具完好无损，下半部分却碎裂成粉末。不难想象，刚才危机之时，面具自动护主。但是真正的面具，本来就是半张，下半张只是何子天刻意补全。

见此一幕，王重本能想要动手。魍魉更是直接出手，晶莹剔透的丝线迅猛射出，直逼正中的星盘。只可惜魍魉的速度快，曾如风的速度同样不慢，在他出手的瞬间，曾如风抬手一挥，数道细小而锋利的风刃直接将缠绕到星盘上的细丝切断。

与此同时，其他人也站起，目光或凛冽或逼人地围上何想等人。

刹那间，大翅膀空间内，六种能量一时震动，冰锥、风刃、极强的重力、令人梦幻的时空错位……多股能量在半空肆虐，狂放的气势使得王重身形一滞。他没忘记，当拥有超纯物质法宝在手时，会令人变得多么强大，他根本不可能战胜得了。

但他已经出拳，也不可能再收回来。

王重以劲猛之势，飞速砸向星盘所在的方向，可曾如风的速度比他更快，一步飘然，来到星盘旁侧，一手握住王重的手腕，借力打力，将他的拳力卸了个七层，又飞起一脚踢中他胸骨。"咔嗒。"王重几乎听到自身骨裂的声音，胸口骤然痛到极点，以至于不及反抗便被甩向一边。

曾如风以行云流水般的动作做完这一切，一身唐装，悠然站立，仿佛刚才他不是出手伤人，而是兴致高昂，准备赋诗一首。

魍魉再度出手，身形如鬼魅般飘忽，一掌将阻拦的齐子坤击倒，却

第十三章 豪赌

被方可水拦在星盘之前。

在齐子坤被打倒后,樊力忽然动作,一溜烟跑到星盘边属于"武者"的位置上,刹那间,星能带易主。

"樊力!"齐子坤怒到极致,勉强爬起来。樊力却不理会他,而是飞快回到梅之心身边,傻兮兮地笑着邀功。

"去,废了他们。"梅之心瞥了一眼何子天,朝何想等人一指。樊力立即神色转冷,凶悍地朝何想等人扑去。

"住手!樊力!"何想怒吼,却被樊力迅猛欺身上前,一拳将他击飞。

"何想!"花流年惊叫道。听到花流年喊声的王重立即回援,却再度被樊力重伤。

要论武力,失去超纯物质法宝的众人又怎么会是从小打黑拳且宝物在手的樊力的对手?

对方已经有六种宝物在手,并且有相应的真假七传人对应,可他们这边,只有温之光一位拥有法宝的七传人,甚至还不在场,他们不可能赢的。王重心中,惊疑、恐惧、忧虑瞬间飙升,自我的空间被压缩到极致。

何想等人也神色凝重,花流年不由自主朝何想靠了靠,面对眼下的情况,她也备感无力。

魍魉一击没有得手,便收手不再攻击,退回何想身边,目光警惕地看着何子天等人。

"呵——哈哈哈!"何子天突然大笑起来,"看来,何想,你还是不到黄河心不死啊。"

何子天漠然地看着赵珞半死不活的模样,劝道:"不用再折腾了,既然他不是医者,就没有活下来的可能。看来,你没有带医者来,又或者,真正的医者还在飞船上?"

何子天话音刚落,大翅膀四周的攻击卫星及飞船全都掉转方向,正对何想的战机飞船。

然而,令何子天意外的是,战机飞船竟然趁刚刚众人发难的瞬间,飞快地偷偷潜到大翅膀的底部，并且与之成功衔接。倘若此时贸然攻击战机飞船，以如此贴近的距离，飞船的爆炸极有可能影响到大翅膀。

"呵，你倒是好算计。"电光石火之间，何子天已经想明白关键，是何想动的手脚。

"不打没有准备仗，还是师父你教给我的道理。"换花流年与王重按住赵珞腹部，何想缓缓站了起来，双手沾满鲜血，面上却一片笑意。在离开飞船前，何想就跟花锦年商量好，一旦有机会，就要让飞船与大翅膀连接在一起，别人不知道大翅膀的弱点和衔接关键结点在哪儿，作为继承了大翅膀与钚一记忆的何想却再清楚不过。

原本普通的大翅膀并不具备衔接点，但钚一当年得到大翅膀后，有一次在任务中为了救助别的能源被毁掉的大翅膀，曾经对自己的大翅膀进行过改造和安装。

毕竟守护者本来就是天生的机修师。

在被众多攻击型卫星和飞船瞄准后，饶是温之光心大，花锦年足够沉稳，也都被吓了一跳。

对接成功，花锦年冷静地对温之光说道："扣好宇航服，准备进入通道。"

二人来到衔接点的接口处，打开飞船的出入口，抓住裸露在外的大翅膀底部通道口。

大翅膀内。

"呵呵呵——"何子天冷笑起来，看着何想充满欣赏，"不错，有了几分当年钚一的味道，但你还差得太远。"

"开火。"何子天淡淡道。

"等一下！"何想立即制止喊道，惊出一身冷汗，好在何子天说着开火，周围的攻击卫星和飞船却并未动手。

何子天轻轻一笑，漫不经心地，傲慢地道："既然没有最后的七传人，飞船也就没有存在的必要了。"

何想迅速沉下心，他不信，何子天会这么近距离地开火，一定只是

第十三章 豪赌

吓他。

何想笑了笑,鲜血与汗水使得手心变得黏腻,说道:"谁说医者没有来?何老头,你把通道打开,医者自然就来了。"

"哈哈。"何子天大笑,"这才对嘛。你我虽是师徒,其实情同父子,一起去仙星,才是最该做的事。古话说得好,君子藏器于身,待时而动。和整个广阔的宇宙空间相比,一个小小的蓝星又算得了什么?心量无限,世界就无限。何想,不要太小气了啊。"

何子天说话时,通道口再度打开,温之光与花锦年走了进来。

一进大翅膀,温之光首先注意到满身是血的赵珞。此时赵珞一脸青黑,青筋暴起,已奄奄一息。

"怎么回事?"温之光面色一变,立即赶到赵珞身边,一只手下意识捂住他的伤口,淡绿色的光华从她身上泛起,顺着手掌滑入赵珞的体内。

刹那间,赵珞隐隐颤抖的身形突然平复,痛苦得到极大缓解,体内细胞受到激活,杀死病毒,并迅速自我修复。

赵珞睁开眼睛,目光聚焦在温之光的脸上,嘴唇动了动,哑声道:"给你添麻烦了。"

"不麻烦。"温之光说道,却有些恼怒,说道:"何想,你给我解释一下。"

见赵珞情况好转,何想的心终于放下来,笑道:"我没什么好解释的,本来我跟何老头谈得好好的,他们偏要冲出来,冲出来也就罢了,还被人一招秒掉。我也很无奈啊。"

此言一出,在场的人都神情微妙。

王重顿时沉下脸,一脸怒意,只见花锦年和花流年都没开口,只得按捺住自己。

花流年一脸惊讶,花锦年目露思索。

赵珞目光一冷,索性闭上眼睛。唯独魍魉,始终毫无表情。

何子天目光闪动,有点不确定何想葫芦里卖的什么药。

温之光十分直接地说道:"你要投靠何子天?"

"怎么能说投靠？"何想鬼魅一笑，"识时务者为俊杰，既然你们连同整个地球的武装力量都拿不下一个何老头，想想，1亿比1的比例，说明什么？说明地球人实在太差了。既然如此，优胜劣汰，是自然的法则。原本我想跟何老头谈谈，多带些人离开，现在看来，也没那个必要了。"

何想摊了摊手，显得很无奈。

"何想！"花流年惊叫，感到不可思议。

"你疯了？"王重怒斥出声，拳头捏得咯吱响。

花锦年目光一沉，依旧没有开口。

魍魉看了看何想，又收回目光，只是往何想身边靠了靠，做出护卫姿态。

"呵呵——"何子天笑了起来，"说得不错，识时务者为俊杰，何想，你总算想通了，来吧，跟我一起，仙星才是你的归宿！"

温之光点了点头，说道："说的有道理。不过，在此之前，我有疑问，要问问何子天。"

"你说。"何子天笑眯眯道。

温之光说道："你为什么要制造一场军方驻地的爆炸？我一直想不通。"

何子天微微眯眼，又笑道："只是一场意外，当然，也是因为何想的进程实在太慢了，我这个做师父的只好操心帮他一把，他激发不了星能戒，我就替他激发。"

"星能戒？"温之光一愣，没想到是这种答案。

何想眉头一动，不错，星能戒确实是在上次爆炸中吸收了过于庞大的能量，才激发出第二形态，打通关键，成为一个能量收放自如的法宝。这么说，何子天既是蓄谋已久，又是临时起意？

"你就没有怀疑过我是七传人之一？"温之光又问。

何子天一笑，说道"我当然怀疑过你，你忘了？我还出手抓过你们，不过小丫头很谨慎，也很大胆，超纯物质法宝也不带在身上，一度打消

第十三章 豪赌

了我的怀疑。"

温之光微微沉吟，说道："我没有问题了。"

常年跟罪犯打交道的温之光知道，即使再问，恐怕也无法从何子天嘴里问出更多真相，反而可能被他恶意误导。

"既然何想同意加入，我也加入。"温之光一把拉起伤势恢复的赵珞，松开手，说道。

赵珞却一把抓住她，皱紧眉头，问道："你想好了？"

"没错。我是不会和何想分开的。"温之光缓缓地收回手，"老爸过世，我本来就没有什么可留恋了。我答应过他，会好好跟何想在一起。医者与守护者是天生的搭档，也只有我们合作，大翅膀才能真正没有后顾之忧地穿越空间通道。否则，一定会出问题！"

温之光的话，掷地有声，令何子天的眼睛危险地眯起，下一刻，他的脸上又浮现出春天般的笑意，说道："哈哈，好说，医者入位吧。"

温之光看向何想，见何想朝她点头，便义无反顾朝前走去。

"你休想！"王重面色大变，冲温之光抓去。何想却抢先一步，一把抓住他的手腕，反绞背后，膝盖顶上他的腹部。

赵珞刚动，魍魉一个晃身，拦在他的身前。

就这么短暂的耽搁，温之光已经来到星盘旁边，毫不留恋地将七宝之一的胸针放入星盘最后一个卡槽内。

"滋滋。"七种超纯物质钥匙到位，星盘上陡然射出道道电弧，交织缠绕，逐渐形成一个闭环圈。

澎湃的能量顷刻间充满整个大翅膀，大翅膀仿佛活过来一般，发出生命的能量脉动，众人的心，鼓鼓震动。

至此，何子天一颗心才算真正落下。他的脸上，疯狂的笑意见长。

"哈哈，好！"何子天大笑，见何想也要往前走，他伸手一拦，"何想，不要着急。"

见温之光真的当着众人的面加入何子天，花流年感觉像在做梦，他们不是来阻止何子天的吗？怎么会变成加入他？

王重面如死灰，浑身像是耗尽力气，变得颓然。他想抓回何想，却又不知该从何处下手，又有多少动手的必要，一切已成定局。人类完了。

花锦年目光震动，内心翻腾不已，他所认识的温之光不会这样，即使再艰难，她也会努力去帮助身边的人，怎么可能会舍弃全人类于不顾？其中有诈？可七种宝物已然到位了。

赵珞盯住何想，第一次忍不住怀疑青者老大的眼光，他到底找了个什么样的人来接班？

何想止步，笑道："我当然不着急，只是替你担心。"

"替我担心？哈哈！"何子天一笑，内心始终有所防备，数千年来，他与守护者争斗过太多次，即使到最后，也绝不能掉以轻心。

何想一脸轻松的笑意继续说道："既然地球注定完蛋，我们更应该好好另谋出路，你找的我的替代品明显不行，难道还不让我这个正主来吗？"

见何子天不为所动，何想笑道："何老头，你也太胆小了，看来在蓝星的数千年岁月，早就磨平你的心志，让你一点险都不敢冒。你再也不是当年那个敢冒着九死一生的风险开启空间通道的黑衣人了。"

何子天瞳孔猛地一缩，他危险地眯起眼，眸子里黑云肆虐，如风暴席卷，忽地，又呵呵一笑，仿佛云开雾散，笑道："你好像很着急啊？你这么着急，我就更不能让你过去了。"

"我着急？行，那你等着看吧。"何想抱臂笑道，"没有我，你就等着失败吧。"

有了温之光的加入，七种宝物及七大传人齐聚，大翅膀吸能的速度骤然加快，何子天再也无所顾忌，将大翅膀调整到能量补充的最高模式。

"滋——"一股无与伦比的强大磁场波骤然震荡，大翅膀四周围的攻击卫星及飞船像陷入磁场风暴中，不断震颤摇摆。

地球上。天灾再起，地脉震动，火山喷发，海啸席卷……一切灾难卷土重来，冲击着地球居民们因频繁受灾而略显麻木的心。

难道没救了吗？真的没办法了吗？不管是谁也好，救救千疮百孔的

第十三章 豪赌

地球吧!

无数人在灾难中跪下祈祷,涕泪横流,痛苦哭号。

中心市郊区,国家能源局。

一直密切关注地磁场散失情况的几名科学工作者高度紧张。

"0.017%……0.021%……0.026%……怎么办?地磁场流失速度突然变快了!不是说世界各地一直都在拆除吸能装置吗?怎么会突然这样?"一名科学工作者焦急不已,继续按照这个速度下去,恐怕用不了多久,地球以及地球上的所有生灵都一起完蛋。

"给军部打个电话……对,找原总司令……"能源局长的手不由自主地哆嗦,嘴唇发抖,说话都带着颤音,他快速拨通原战的电话。

此时原战紧盯着光幕上现出身形的大翅膀,看着大翅膀底部衔接的战机飞船,攥紧拳头,暗道了一声"好"。可他的喜悦并未维持多久,大地再度震颤,这一次,几乎不用能源局报告,他也知道地磁场能量正在快速流失。

何想他们怎么回事?难道失败了?他绝对想不到、也不愿意去想何想等人叛变的可能,他认为自己不会看走眼,可能源局实时传递来的地磁场散失情况,不得不清醒地提醒他一个事实:恐怕何子天得到了第七样超纯物质钥匙,已经无所顾忌了!

"混账!"原战怒骂一声,不知道是在骂何想等人无用,还是在骂自己决策失误。

深呼吸两次,平复情绪,原战带着疲惫,哑声说道:"准备卫星层打击。"所谓卫星层打击,是军部这几日研究出来的威力最强、最可能实现的攻击方式,分为三段式叠加借力攻击,一旦开启,可一击击毁任何高空轨道卫星或飞船,并且由于散射作用,可由点及面,展开网面攻击。最重要的是,它有强大的干扰磁场的作用。

原战话音刚落,"咻咻咻——"光屏忽然跳转成三份,三道笔直升空的能量柱,以迅雷不及掩耳之势直冲大翅膀所在位置!

智脑系统后知后觉地公布:"M国、E国、Y国正进行卫星层打击,均未击中。"

"没有击中？"原战面色一变，立即道，"调出图像。"

图像中，三国攻击并未偏差，然而大翅膀在关键时刻发生诡异平移，完美避开攻击。

"轰轰轰！"反倒是三颗攻击卫星被炸毁，在宇宙夜空中炸出绚烂火光。其间，大翅膀还一度隐形，然而它底部衔接着战机飞船，不能随之隐形，大翅膀又再度现出身形。

原战眉头一皱，说道："不要停，我们也上。"虽然有点对不起何想等几个娃娃，但事已至此，不能妇人之仁，与之相比，整个地球的命运更加重要。

大翅膀内。

来自地球的攻击令何子天恼怒不已，更令他惊怒的是，作为守护者替代品的袁思阁果然不行。星能戒作为七种超纯物质钥匙之首，几乎是整个星盘的能量核心，一个好的守护者，能够最大限度地发挥星能戒的力量。

如果守护者不称职，对于需要操控庞大能量的星盘来说，无异于一种灾难。这也是为什么星盟对于执法者有严格的考核制度，尤其对守护者更甚。

星盘周围，七人围坐，其中袁思阁坐在最中央。此时，袁思阁感觉浑身血脉倒流，无法自控，他感觉自身像一个水桶，明明已经装不下还不断有人往里塞，撑得他整个人不断膨胀，随时都有爆裂危险。他感觉周围的人都充满恶意，好像所有人都冲他嘲讽奚落。他听不清周围的声音，甚至视线也逐渐模糊，他只是感觉到，从温之光和方可水所在的位置，似乎有无限能量涌出，疯狂朝他涌来，想尽一切办法撑爆他。

"啊啊啊！"袁思阁突然大吼一声，星盘上电弧"噼啪"爆响，脱离星盘，在大翅膀内疯狂游走，几近失控。

"小心！"花锦年猛地将花流年拉低，躲过击飞过来的电弧，"滋——"电弧击到大翅膀内壁上，打出一个细小的痕迹。

第十三章 豪赌

花锦年心中一跳，花流年的双眸骤然睁大，拥有大翅膀记忆的她对于大翅膀的坚固程度再清楚不过。

"哥哥！"花流年一把抓住花锦年，忍不住颤抖起来。花锦年将她护在怀中，二人缓慢蹲下身。与之相比，魍魉和王重则灵巧躲过。

"滚出来！"何子天的脸色黑到极致，他一步来到星盘边，一把抓住袁思阁，将他扔飞出去，喝道："何想！"

"来了。"何想笑意盎然，提起在胸口的石头终于落下。虽然刚才他一直姿态悠闲，实则心中焦急万分，每多耽搁一秒，地球的能量就多散失一分。他不知道以地磁场的能量强度来说，撑多久不算是伤筋动骨，一旦真的突破临界值，他就是人类万古的罪人。

好在，他赌对了，他终于撑过来了。

何想故作轻快地跳上座位，一手搭在星盘上。

刹那间，游走在大翅膀空间内的电弧能量骤然一缩，沉重的压力瞬间减轻，肆虐的能量流终于循规蹈矩，安伏于星盘之内。

众人胸口一轻，沉闷骤消。正牌守护者与七传人替代品的差距，果然不可同日而语。

何子天也露出笑意，总算有一丝满意，看来他力邀何想登上大翅膀的决定是正确的。既然如此，他不妨跟地球上的蝼蚁玩一玩。他手一挥，半空中浮现出各地地面反战系统的情况，他下令道："卫星，攻击。"

见此一幕，花流年越发绝望。花锦年的心，反而沉了下来。他看见何想与温之光默契地对视一眼，又看向眼神有些飘忽的梅之心，随即冲方可水扫视了一下她身旁的曾如风。

"信我。"

花锦年看到何想的口型如是说道。

"你想做什么？"陆七反应极快，注意到了何想和花锦年的交流。

只可惜，何想毫不理会，口中如惊雷炸响，喝道："樊力！滚过来！"

电光石火之间，一道电弧突地射向樊力。他浑身一颤，不受控制地扑向何想。

"滚!"何想将他一脚踹飞,砸中陆七,一只手猛地捏住星盘中的星能戒,想要将它拔出来。

何想一拉之下,星能戒却纹丝不动。

何想面色微变,尝试操控星能戒放弃吸收,转而释放能量,并继续努力拔出。

吻控的控制被解除,樊力感觉脑袋前所未有的清晰,他看了看面露凝重的何想,又瞥了一眼眼神慌乱的梅之心,见梅之心心虚低头,再不多看她一眼,恰逢陆七反击,他直接一拳将陆七击昏。陆七虽说代替王重,但哪里有王重的实力,要对付他,樊力根本不必费太多工夫。

"哼!"何子天冷哼一声,再没管蓝星地面的情况。他没想到,何想到了现今的地步还要反水,沉声道,"何想,不要白费力气了,星盘已经被我锁定,开启强制吸能到跨越空间通道模式,不跨越空间通道,它是不会停止的……你老实点,跟我一同回仙星,一定不会后悔失望!"

然而,对何子天的话,何想不管不问,全力控制星能戒。其实他现在的举动无异于自杀,因为空间通道开启在即,一旦下达强制指令,绝无更改可能,所以通常情况下不会有人下达命令。但指令之所以存在,是为了方便执法者处理极端情况,一旦执法者自身遭遇危机无法返回,至少也可以强制遣返大翅膀,让星盟最高的中央主脑获得数据资料。只要是星盟内有常识的人,都知道这个时候绝对不可以再强行中止指令、拔出钥匙,否则轻则使得大翅膀迷失于宇宙航道中,重则直接机毁人亡。

"何想,住手!"何子天显然明白个中的利害关系。

只见大翅膀内,能量骤然紊乱,比方才更强大千百倍的电弧流肆虐冲击,樊力吓了一跳,为躲避电弧流而跌坐座椅中。

随后,"咔嗒、咔嗒——"座位上,封锁护卫装置自动开启,将一众"乘客"牢牢锁在座位上,包括一直默默坐在客座上、对众人毫不干涉的方可胜。而不在位置上的众人,被澎湃的能量突然掀翻,撞击到内壁上,再被恐怖的能量按在内壁上,无法动弹。

狂流席卷,飓风肆虐,压得众人喘不过气,甚至睁不开眼。而何想

第十三章 豪赌

等人的四周,形成了一个巨大的能量流保护圈,外面的人进不去,里面的人也别想离开。

情况出乎何想的意料,但他别无选择,唯有置之死地而后生,或许还有一线生机。

"何想,我看你是疯了。"何子天双目猩红,怒到极致,面具在他胸前浮起,散发黑色光芒。

骤然间,何子天周身形成一道能量壁,护住他自身不被肆虐的能量乱流席卷。他大步走到环绕何想等人的能量圈外,一只手强横地伸了进去,甚至半边身子跨入其中。

刹那间,星盘构筑的能量圈仿佛排斥外来能量,以迅雷不及掩耳之势会聚、暴起,将何子天活活轰击出去,并将半张黑色面具击落,掉在能量圈内,失去主人激发的黑色面具顿时黯淡无光。

何子天"砰"地撞上大翅膀内壁,撞得头昏眼花,目中露出骇然之色。

魍魉目光一闪,感觉机会或许到了。没有了黑色面具护身的何子天,就跟他们一样是普通的存在。这么多年跟青者做生意,赚得不错,或许今天他可以免费送对方一条命。

有着同样想法的,还有赵珞。

虽然赵珞此刻依旧因为失血过多而无比虚弱,但至少,他还可以再进行一次像样的攻击,唯独需要的就是机会。

感受到四周气氛微妙的变化,何子天目光一冷,盯住何想,怒道:"够了,何想!你想死,不要拖着所有人一起死!"

丢失了黑色面具,他再想跨入能量圈内,几乎不可能,除非何想停止他的疯狂行动,否则一旦大翅膀无法压制能量乱流,真有可能发生爆炸。

何想也意识到了这一点,但他的举动本身就是孤注一掷,此时也绝不可能再收手,否则前功尽弃。如果真的要走到大翅膀自毁身亡的一步,或许,拿他们几个人的命,换取整个地球的安全,也是一桩划算的生意。

忽然，何想明了了当初钚一及其他执法者的心境。

蓝星是如此美丽富饶，充满生机，又怎么忍心为了一己之欲而覆灭它？

纵然身死，纵然不复长存……但宇宙天穹里美丽的蓝星闪耀，本就是自身延续的另一种体现。

何想的心，微微颤抖。没有恐惧，没有不安，充满了宁静与温柔。

他下意识抬头，与温之光对视了一眼。

他看到温之光眼中闪耀的星光、灿烂的笑容，充满鼓励。

蓦然，何想觉得自己有勇气战胜一切。

现在还不晚，还没到要同归于尽的时刻，一定还可以想出其他办法来双赢。

"何想！你这个疯子！"见何想毫不理会，何子天怒吼出声。

他谋算了几千年，绝不是要跟何想这群混账死在这里，就算是他，没有了大气层和飞行器的保护，即使有面具在手，也必死无疑。他不应该这样，他不该落到这种下场。都是何想，何想果然是个灾星，守护者果然是最令人痛恨的存在！将他囚禁在蓝星数千年，到最后还要毁灭他的梦想！可恨！

"疯的是你！"何想也怒喝，他一边极力操控星能戒，一边与何子天对骂，脑海里高速运转，"你为了个人欲望而毁灭全球，像你这种疯子竟然存在了几千年，简直滑天下之大稽。"

"哈哈哈——"何子天疯狂大笑，"没错，我还活着，但是钚一他们都死了，他们该死！"

第十四章　总有想要守护的理由

故事显然是以何子天为主角的,说从前有一个只有高山没有河流的国家,有一个聪明踏实又肯干的年轻人,因为出身平民,并没有多少资源,但他并不放弃,而是不断努力积累资本。终于,有一天,他即将从二等公民晋升到一等公民,却因为得罪了特权阶级,而被以莫须有的罪名流放到荒芜之地。

"华夏有句古话:好人不长命,祸害遗千年。想必就是说的你了。"一直没有开口的花锦年,突然插话。

何子天神色一沉,不耐烦地道:"这里没你说话的份儿。"

"你既不是我的上司,也不是我的老板,我想说话,你还控制不了。"花锦年淡淡道,顶着肆虐的能量狂风,缓慢离开花流年的身边。

"哥哥——"花流年担忧地叫道。

"照顾好王重。"花锦年吩咐道。

花流年一愣,她没想过,花锦年会这么说,更没想过,自己要这么做。然而当她看向王重时,后知后觉地发现王重胸腔塌陷、口吐鲜血。

"你受伤了?"花流年目露惊慌,担忧地问道。

能得到花流年一声关切的询问,王重内心感叹不已,既难过又开心,但此时不是纠结这些小心思的时候,他勉强摇摇头,含血的口中说道:

"没事……"

花流年忽然醒悟道："你是刚才打斗中受的伤？"想到这里，她露出愧疚之色，忽然发觉，原来她从未真正地注意过王重，但一直都是王重任劳任怨地跟在她身边保护她。

"你等着，我过来。"花流年咬咬牙道。王重的伤看起来像是肋骨打断，可能伤及脏腑，她必须要对他进行简单救治，她这几天好好学过这方面的知识，她也不是毫无准备的。

"别——"王重焦急不已，虽然花流年在意他，让他很感动，但他更不想她受伤，可是花流年一旦固执起来，根本不是他能阻止得了的。

不同于花流年将关注点落到王重身上，花锦年目光直视何子天，虽有谨慎，但毫无畏惧。他想的没错，他的好兄弟何想，以及他中意的女孩温之光，都并没有让他失望。那么，他也不应该令他们感到失望。

花锦年收回目光，顶着肆虐的能量流，弓着身子勉力朝何想等人所在的能量圈走去。

何子天神色一沉，身形刚动，就被魍魎阻拦住去路。

"呵——，你们还真有胆。"何子天冷笑一声，阴沉地喊道，"梅之心！"

梅之心一怔，浑身僵住，脸上神色不断变换，在挣扎间抬头心虚地看向樊力，突然撞上他平静且毫无责怪的目光，忽然，她有了极大的勇气，低下头，决定装作自己没有听到。也许她会因为选错了而死，但她现在不后悔。

见状，何子天盯住梅之心的眼色阴冷如蛇。

梅之心微微颤抖，缩着脖子并不吭声。如果地球可以不毁灭，不知道还会不会有人记得她。

花锦年一动，齐子坤也站出来阻止，但赵珞举着手中机枪，说道："你的对手在这里……"又将怀中另一枚超纯物质耳坠塞入花锦年手中，"你看着帮帮何想。"

有了众人相助，花锦年好不容易爬到能量圈边，冲里面的何想招了

第十四章　总有想要守护的理由

招手。

何想看见他，焦急万分，喝止道："你不要乱来！这种能量乱流你扛不住的！"

"我来帮你。"花锦年带着微笑，淡然道。

"你受不了的，花锦年！它会绞碎你的，别乱来——"何想话音未落，花锦年一只手已经伸向能量圈，在刚刚接触的瞬间，能量疯狂席卷，一道淡蓝色光芒从他怀中的耳坠发出，笼罩住他的手臂。"砰！"花锦年整个人倒栽回去，狠狠砸在地上，砸得他头晕眼花，几近昏厥。

然而，花锦年甩了甩脑袋，用一只手臂撑着从地上勉强坐起来，看了看另一只被甩得脱臼的手臂，忽然自言自语道："果然，超纯物质钥匙的能量不吞噬自身，但我不是七传人，所以被排斥……"

何想听不太清花锦年到底说了什么，但他看到花锦年并没有一个照面就被能量流绞碎，稍稍放心，说道："你不要再乱来了。"

花锦年抓住自己的手臂，他学过极其多的知识，也在少时曾帮过别人接驳手臂，但从没给自己做过。现在，正好有这么个机会。花锦年忍着痛，皱着眉，终于在第三次成功替自己的手臂正骨，缓缓吐了一口气，额上冷汗如雨。他爬起来，对何想道："你被座椅的枷锁装置卡住，使不上力，我来帮你。"

"你……"何想微微一怔，看着花锦年一次又一次用各种不同的方式撞上能量圈，甚至有几次半边身体都挣扎入内，却还是被甩出去，摔得浑身是血，何想眼眶发热，不由得模糊。他收回视线，咬着牙盯住面前的星盘，他无论怎么用力，却始终无法将星能戒拔出，到底该怎么办才好？难道他的选择错误了？他不应该这么做？如果他反过来呢？

反过来？

何想脑中灵光一闪，没错，既然拔不出来，无法中断，为什么一定要强求拔出来？不如反其道而行之，将大翅膀发送出去不是更好？

不一定要去往仙星那么遥远的地方，7000光年不行，那么7光年好不好？千分之一的力量，大翅膀肯定足够，根本无须再等。

没错。

现在就启动空间通道，强制提前，更改地点。

开启逃亡模式！

他记得，大翅膀有个万不得已才允许启动的逃亡模式，一旦开启，根据现有能量情况，随机挑选最近距离，强制空间跳跃。

权限，我要权限！

"权限更改完成，守护者，请指示。"大翅膀亲切的提示声响起。

然而，落在何子天耳中，却如遭雷击。

"何想！你想干什么？"何子天飞快躲过魍魉的攻击，怒喝道。

此时何想精神专注到已经完全听不到外界声音，眼前只看得到大翅膀提供的附近星域图，如果他们被迫要降临附近几光年的宇宙空间内，他希望不要一头扎进别的恒星怀抱中。

如果能活着，没有人希望死掉。

或许未来几年至几十年时间，大翅膀还会回来，但至少要解决眼前燃眉之急，而且这个过程中，他们一定有机会解决掉何子天！

"好，就是这里。大翅膀，更改地址确认，立即开启空间通道！"何想决绝下令。

"何想，你疯了？"何子天怒吼，奈何魍魉如影随形，让他无法脱身。

"轰——"

大翅膀在0.1秒内估算出现有能量值，舱内能量乱流顿时一收，被顶住贴在内壁上的众人终于一松，跪倒在地。

何想等人周围的能量圈也突地消散。花锦年恰好撞进圈内，一把拖住何想，喝道："出来！"

何想感觉手中的吸力骤然减弱，眼疾手快，一把抓住松动的星能戒，猛地后仰，被花锦年抓住，顺利脱身。

然而，其他人没有何想这么幸运。

一旦大翅膀决定强行启动空间通道，为应对过程中可能出现的其他危险，七人座位被全面封锁，众人被禁锢其内。

第十四章 总有想要守护的理由

"请乘客各自坐好,逃亡模式现在开启。"大翅膀温和且机械地提示众人道。

"什么?"舱内的众人惊疑不定,逃亡模式是什么意思?会发生什么?

"……何想!"何子天目眦欲裂,怒到极致,反而沉静下来,逃亡模式……既然到了这一步,大家就慢慢磨。他目光一闪,落到何想脚边不远的黑色面具上。

"何想,将面具捡起来!"魍魉立即提醒。

何想捡起面具,又对大翅膀下令:"大翅膀,打开外部连接通道,放走其他人。快!"

微微沉默,大翅膀说道:"你只有七秒钟的时间,七、六……"

随着大翅膀开口,底部连接通道再度打开。

"快走!不要耽搁!"何想冲魍魉等人喊道。

"何想,你休想!"眼见何想竟然想带着他的黑色面具离开,何子天更是恼怒,朝何想扑来。

"哈!"何想轻笑一声,当着何子天的面将黑色面具扔进通道内,"你可以追,但你赶得回来吗?"

"花流年、王重跳进去,快!"何想一把拉住扑过来的花流年与王重,不管不顾将二人塞了进去,"还有你!"何想如法炮制,想要将一身血的花锦年也塞进去,不料花锦年打了个转,猛地撞向他。

花锦年快速且认真地说道:"我现在开不了飞船,必须有你,进去!"

何想一个踉跄,被花锦年撞进通道内,花锦年回望一眼正努力挣脱禁锢的众人,心下一沉,也紧跟着跳进去。

通道边上,何子天微微一怔,没错,他跟进去的话,还有机会出来吗?如果出不来,岂不是未来再也没可能通往仙星?如果留下来的话……

不等他多思考,魍魉丝线射出,趁何子天分神之际缠住他的腰身,往回一拉,而魍魉本人则借力飞跃,带着歪倒在一边昏迷的方可胜,一跃跳入通道中。

"砰!"何子天砸落到大翅膀内壁上,整个人瞬间清醒过来,不再强求追回黑色面具，而是冷眼看向中央星盘。

此时星盘已经彻底闭合，虽说被何想眼疾手快拔走星能戒，但其他六种超纯物质钥匙都在其中。

他并未真正彻底失败。他也绝不会失败！

此时，从地球上看，高空中突发一阵剧烈的强光，围绕在大翅膀周围的卫星和飞船陡然分散，磁场干扰使得各国卫星通信短暂失灵，光屏上一片黑暗。

没有人知道到底发生了什么，唯独各地能源局公示的地磁场消散测量数据忽然停止，给众人枯竭的内心注入一针强心剂。

甚至连街道上一些打着末日狂欢旗号作奸犯科者，也突然呆愣地抬头，看着高空中偶尔闪现的光芒。继而，一传十，十传百，到处都有人朝天仰望。

难道是神明听到了人类的祈祷，降下福音吗？

高空，卫星轨道层。

大翅膀嗡鸣震动，很明显即将发动空间跳跃。

"四、三……"大翅膀温和而又机械的提示音持续响起，仿佛催命的音符。

"砰砰砰！"樊力将能力催生到极致，疯狂捶打着座椅的封闭空间，"哐当！"终于砸穿了这层防护，一眼就看到对面期盼地看着他的梅之心。

樊力脑子一热，飞身到梅之心身前，再度替她砸破外壳。

"走！"樊力拉住梅之心，将她扔进通道内，威吓地对靠近的何子天露出狰狞之色。

何子天停下脚步，却露出森然笑意。

与此同时，方可水也破开防护罩，回身看了曾如风一眼，只见他安稳地坐着不动，一点要离开的意思都没有。

方可水再不犹豫，转而去帮助温之光破除防护罩，樊力也同样如此。然而，大翅膀在此刻忽然猛烈震颤，两人站立不稳，被甩出去，"哐当"砸到通道边上。

第十四章　总有想要守护的理由

"二、一……"大翅膀下着最后通牒。

方可水面色一变，抓住樊力就往通道里扔，自己也跟着跳下。

"关闭！"通道骤然合上。

"温之光——！"通道内，樊力本能大喊，他一脸蒙地落到飞船地板上，起来后第一反应就是揪住方可水的衣领，发怒成狂，愤怒地大吼："你这个浑蛋！你怎么可以把温之光一个人留下！你是不是疯了！为什么要抓我进来？啊啊啊——！"

樊力发狂大吼。

飞船却猛地颤抖，众人站立不稳，又感觉身子忽然一轻。

什么情况？

"大翅膀脱离飞船了……"何想忽然开口道，解答了众人疑惑。

"你说什么？"樊力一愣。

何想却不答，他坐在驾驶座上，机械地操纵着飞船远离大翅膀的磁场能量圈，每一步操作对他来说都极其艰难。

"你说话啊！"樊力扔了手中一言不发的方可水，转而抓住何想猛摇，"我让你说话你听到没有？何想！"

樊力嘶吼一声，痛哭流涕，眼泪和鼻涕顺着脸颊不断滑下，哭得滑稽而痛苦。

何想不想说话，一点也不想，嘴巴仿佛被胶水黏合住，张开口都难上加难，可他必须强打起精神，机械说道："来不及了。"

"什么来不及？哪里来不及？怎么会来不及？为什么？为什么大翅膀只给七秒钟，它只要再多给几秒，一切都来得及！"樊力狂吼，像个珍宝被抢走的孩子。

"时间不等人。"方可水突然说道，面无表情。

"什么？"樊力一愣，又转回头，冷冷地看着她。他还没有忘记，最后是她将他扔进通道的，如果她没有，至少还有他可以一起同温之光面对所有危机，而不是留下小光一个人！

"世上事本来如此，时间不等人，错过就是错过。"方可水再度说道，只是这一次，她看向樊力。

"哈！哈哈——"樊力怒极反笑，"怕死就是怕死，说什么错过？"

"樊力——"花锦年艰难地开口。

"你闭嘴！这里没你说话的份儿！"樊力怒吼，"你们不重视温之光，我重视！我他妈命都是她捡回来的！刚要不是小光在，赵珞的命不也没了？"

说到赵珞，樊力下意识一愣。赵珞呢？他好像不在。

众人才意识到，原来赵珞也没有跟众人一同回来，这么说，跟温之光在一起？在大翅膀内？

大翅膀内。

温之光好不容易费尽心力，让自己从防护罩内脱困，就发现眼前只剩下寥寥几个人。何子天、被禁锢的曾如风、重伤躺倒在地的袁思阁和齐子坤，以及终于从昏迷中苏醒并不清楚情况的陆七。而她的身边，唯有赵珞，且还算不上真正的自己人。

赵珞冲她微微点头，依然处变不惊。

温之光有些讶异，刚才的情况，如果赵珞想走，肯定走得了，那么他是……自己选择留下来的？

"哈哈哈，医者……竟然留下来的是医者，真是天助我也！"何子天大笑。

温之光心中一滞，是的，只剩她了，只有她一个人留下来，何想、樊力、方可水……他们都走了。只有她……但她一点也不会怪他们，至少他们还能逃出去，她原以为大家都要死的。只有她一个，已经是最低的伤亡了。

不，还有赵珞。

温之光看着赵珞，赵珞也同样注意着她。

"让大翅膀再开一次外部连接通道。"赵珞说道。

"什么？"温之光一愣。

"快。"赵珞催促。

第十四章　总有想要守护的理由

"慢着！你们又想做什么？"何子天阴沉地说道，身形微动，一步逼至温之光身前，想要抓住她。

"嗒嗒嗒——"一连串的攻击从赵珞手中射出。他掏出几支微型机枪，成功阻止了何子天的去势。在这一过程中，温之光已经再度与大翅膀交涉。

"很抱歉，现无法开启外部连接通道，没有飞行器防护，您在太空存活不了14秒。"

"空间通道开启在即，各位乘客请坐好，开启安全防护。"大翅膀再度提示道。

温之光一愣，原本希望的火光，再度在眼底熄灭。

"她有宇航服。"赵珞捡起头盔递给温之光，说道。

"她有必须离开的理由。"赵珞继续道，"一旦脱离大翅膀，她有任何损伤，自行承担责任。"

"是的，没错！"见赵珞继续跟大翅膀交涉，温之光疯狂点头，忽然想起来，问道，"你呢？"

"我留下。我有我的理由。"赵珞面无表情地盯住何子天。他来的目的很简单，就是何子天。只可惜，青者老大恐怕还是没法看到他的帅气。

他已经不是小孩子了，他很帅气。

但他们隔了地球与太空的距离，有点遥远。

"但是——"温之光十分担忧。

"少废话，穿好你的宇航服，时间不等人。"赵珞冷冷道。

温之光一咬牙，套上宇航服的头盔，又扣好。

何子天一直阴冷地注视着二人，他不相信大翅膀会在此时还开启通道，毕竟按照大翅膀以人为本的原则，这时候送温之光出去，跌入混乱的磁场能中，无异于让她送死。

他没想到的是，大翅膀竟然在沉默一瞬后，同意了赵珞的提议。

"为什么？"何子天惊疑不定，问大翅膀。

"走吧。"赵珞催促温之光。

"通道打开，您有三秒钟时间离开，三、二……"大翅膀提示。

何子天突然发难，赵珞抬手攻击，同时一把将毫无防备的温之光推入通道。

就在通道关闭的瞬间，大翅膀提示："倒数结束，空间通道开启。"

大翅膀忽然提速，冲向宇宙星空，一圈圈磁场能澎湃展开，又突地一缩。

大翅膀内，极强的惯性使得何子天与赵珞同时撞上内壁，大翅膀高频震颤，同时时断时续回答何子天的话："我在蓝星的岁月，观察到星盟上缺少的一样东西，法外留情……或许星盟法则并不完善，有些人可能是错……但用蓝星标准，换一个角度……情理可容……强硬删除积分，打入罪星，却葬送所有弃恶向善的可能！"

何子天微微一怔，呆立当场。忽然大笑，笑得极其张狂，笑中含泪："哈哈，机器都知道，他们却不知道，哈哈哈……"

黑色的宇宙天幕中，大翅膀骤然消失！

寂静。

无边的寂静。

漫天星空，如死一般的沉寂。

何想等人在大翅膀磁场力全开时疯狂后退，才勉强不被卷入其中。此时好不容易稳住飞船，恢复视野，众人只觉心中空落落的，又异常沉闷，仿佛飞船中氧气装置损坏，憋得众人几欲发狂。

樊力在发了一通疯之后，此时颓然无力，他不知道自己还能做什么，才有可能把温之光找回来，如果他也没回来就好了，为什么他回来了光光却没回来？可恶！

何想静静地看着眼前黑色的宇宙夜空，漫天繁星点点，但再也没有一颗是他的星星。曾经活泼的、搞怪的、趾高气扬的、容易气愤动手揍人的、平时笨蛋又突然敏锐的温之光，消失不见了！何想的胸腔突然一缩，呼吸一滞，酸涩的感觉充满鼻腔，蔓延开来……酸得他舌根发苦，刺激得眼睛都模糊了。

第十四章　总有想要守护的理由

方可水低着头，查看着昏迷过去的方可胜，想到温之光，冰冷的脸上闪过一丝难过、痛苦……脑海里浮现出温之光嬉皮笑脸的模样，忽然感悟到，小说里常说留下的人才最是难熬……果真如此。

"哥哥——"花流年朝花锦年靠近，一脸担忧又有些难过地看着他。她看得出来，哥哥也很难过，为了温之光而消沉低落。她注意到哥哥身上有多处伤口，却不敢在这时候给他治疗，但还是不放心地拉了拉他。

花锦年看了她一眼，拍了拍她，并没有做声，拖着沉重而无力的步伐走到副驾驶位置，一屁股坐上去。空间通道已经开启，根本无力回天，如果人类在未来几十年努力提升科技水平，是否还有可能自主研制出重启空间通道的方法？或许还有机会。

王重坐在座位上，一声不吭，只感觉身上无一处不痛，意识一旦松懈，便开始无限模糊。他有心想再看看花氏兄妹的情况，眼皮却感觉睁不开。

他的旁边，魍魉瞥了一眼他的情况，刚准备开口提醒何想，只见黑色星空的屏幕上，忽然出现一个移动的小点。

移动？

魍魉定神捕捉。

以他的眼力，他应该不会看错，但是宇宙中的光点基本是星体，星体又怎么会随便移动？

在他仔细观察过后，忽然来到何想身边，指着细小光点的位置，说道："放大它。"

何想微微一怔，什么也没问，依言行事。

远处光点在顷刻间被拉近放大数百倍。

"机甲？"听到动静，樊力也第一时间关注。

"宇航服？"花锦年反问。

"是温之光！"何想与樊力同时说道。

"真的是温之光！放大，再放大！"樊力激动起来，整个人恨不得手舞足蹈。

"我们赶过去。"何想当机立断。

飞船迅速推进，越来越近，温之光穿着战斗宇航服的模样已经清晰落在众人眼中。

"我出去接她！"见温之光似乎飘浮不动，樊力焦急不已，自告奋勇，立即套上宇航服，装上推进器，系好挂钩冲出去。

好一番折腾，樊力终于将温之光带回来，只见温之光处于昏迷状态，宇航服上还有不少细小划痕。

"不会裂了吧？"樊力自己把自己吓得够呛，连忙打开头盔。

"我看看。"何想手忙脚乱地将飞船停止，凑上来摸了摸温之光的脉搏，"没事，还活着。医生？"

何想本能喊着，又有点愣。温之光自己就是医者，可她的宝物已经不在。

"交给我。"花锦年迅速来到温之光的身边，一身血地跪坐在地，对何想严厉地说道，"我说，你操作。"

"好。"何想赶紧回应。

"我也来！"樊力也参与进来。

一群人想尽办法救援，弄得鸡飞狗跳。

总算，皆大欢喜。

三天后。

地球，中心市。

何想带着樊力、温之光，驱车停在好景常在典当行的门口。三人下车，看着眼前恢复如初的典当行，心中感慨万千。

自三天前乘坐战机飞船飞回地球，只见大地上一片死寂。何想等人吓了一跳，没想到下一刻，无数礼花绚烂升空，映照得黑夜如同白昼。

在受到各国政府和人民无比热烈的欢迎后，接下来几天，众人周旋于各国的军事家和科学家之间，多次确认何子天已经乘坐大翅膀经空间通道离开太阳系，目的地是7光年外的一片星域。至于何子天能不能在新的星域获得能源补充，再重回地球，何想并不能确定。

第十四章　总有想要守护的理由

但他可以确定的是，在缺少了核心钥匙的星能戒后，大翅膀的能源补充将变得十分困难，99%以上的可能，何子天不会再回来，但任何事都没有绝对可言。为此，人类科学家还需要更加努力，争取早日跨越当前科技水平的瓶颈期。

何想与花锦年还被众多知名科学家围绕，共同商讨仙星科技水平。好在有原战解救，二人又保证回去以后一定将有关仙星的所有资料整理并向世界公布，才算顺利脱身。众人又跟原战回了一趟军方司令部，何想正式答应在保留美丽大学学籍的情况下入职军部科研所，花锦年也被破格在军政二界挂了职。众人开完会，才各自分散回家。

全有集团到今天为止还是一大堆烂摊子，花锦年和花流年、王重、梅之心第一时间赶了回去。方可水简单跟何想打了个招呼，也带着受伤的方可胜回了方家。魍魉收到何想的转账，又得到花流年的尾款保证，心满意足地离开。最后剩下何想、樊力和温之光，被原战神秘兮兮地拉住，叫他回典当行看看，说不定有惊喜。

看着眼前在外表上与从前一般无二的典当行，何想心中感慨万千，短短两三年时间，他的生活发生翻天覆地的变化，数次出生入死，可谓九死一生。

无论是对他还是对整个地球来说，刚刚的一仗都算惨烈。他失去了从小相依为命的师父，又差点失去未来要相伴一生的爱人。

何想看了看温之光，拉住她的手，笑道："我们进去吧。"

温之光突然被何想牵手，心跳如鼓，有些别扭又有点害羞，但她故作镇定，有点恼怒地在樊力的闷笑中拽住何想往前走，说道："还不快走？都饿死了！"

"哈哈！"樊力大笑，边走边嘴贱地道，"哎呀，真是的，人和人真是不公平，光光饿了还可以吃老大的，我饿了就只能自己动手丰衣足食了……嗷！干吗打我？"

"死樊力，让你嘴贱，看我打不死你！"温之光恼羞成怒，追着樊力暴揍。

"啊啊啊——光光杀人了！老大救命啊——"

一周后。

在经历一周时间的调整和公示，世界各地的秩序已然恢复，罪犯被追捕和收押，居民回归了正常的生活和工作，一批批房屋被恢复和修建。灾难后，全世界一片欣欣向荣之景。

同样的事情，也发生在全有集团。

自从十天前花氏兄妹回归集团，混乱的局面便开始收拢，又由于此次全人类共抗强敌，花氏兄妹居功至伟，花锦年更是研制出能以最快时间、最少消耗、零污染降解吸能装置的"蚂蚁"，并将专利以花锦年、何想共同的名义向世界公布，而获得全世界赞誉。

在此基础上，华夏高层乃至各国政府一同为全有集团正名，揭露何子天才是土星空间站爆炸及基因怪物的罪魁祸首，以往对全有集团的多种攻击纯属污蔑。花锦年还第一次面对公众，正式录制了一期节目，对全有集团过往研究成果的利弊做出完善解析，并坦诚未来还将继续努力，探索人类与宇宙的奥妙。

除此之外，全有集团依旧表明承担土星空间站爆炸后的抚恤工作，只是这一次，获得了世界范围的认可和赞誉，各种投资资金蜂拥而至，花流年为此忙得脚不沾地。不仅如此，花氏兄妹还联合万方集团，协助政府共同建立多站点式医疗收容所，为灾后各地伤患提供治疗。

相比花氏兄妹的繁忙，何想、樊力与温之光也没闲着。何想按照之前与赵珞商量好的事项，第一时间拜访了地下拳场，见到宋星儿，并告诉她赵珞追着何子天离开太阳系，如果没有成功杀掉何子天，他不会回来。

听完何想的话，宋星儿并没有多少情绪，反倒跟何想讲了个故事。

故事显然是以何子天为主角的，说从前有一个只有高山没有河流的国家，有一个聪明踏实又肯干的年轻人，因为出身平民，并没有多少资源，但他并不放弃，而是不断努力积累资本。终于，有一天，他即将从二等公民晋升到一等公民，却因为得罪了特权阶级，而被以莫须有的罪

第十四章　总有想要守护的理由

名流放到荒芜之地。

这时，故事的旁白给出一个提问：此时公民应该奋起复仇反抗，还是就此认命，在荒芜之地了结余生？

何想回答道："99%的人都会在此时选择奋起反抗，但反抗不代表丧尽天良，你惨也不代表你害人有理，更没有理由拖着全人类陪你一同毁灭。"

宋星儿点了点头，说道："既然你是青者选中的，又是阿珞看好的，地下拳场以后就交给你来打理吧。现在也找不到比你更合适的人了。"

地下拳场与各地政商二界的关系盘根错节，以往有青者撑着，自然万无一失，后来是赵珞，已然差上许多，好在当时全世界都处在灾难当中，谁也没心情没工夫对付地下拳场。现在不同了，随着秩序的恢复，一切隐藏在内里的暗流已蠢蠢欲动，以何想如今的身份、与花氏兄妹的关系以及跟各国政府的些许情面，维持如今的地下拳场，再好不过。

"这……"何想有些犹豫。

"不然的话，地下拳场恐怕就要成为政府取缔的对象了，这不是青者想看到的。"

听到青者二字，何想微微沉默，点了点头。

"你也不用多有压力，我不需要你赚多少钱，你只要能让它风风火火、屹立不倒就好，若青者地下有知，也会很开心的。"

"我会的。"何想承诺道。

离开地下拳场，何想又去了一趟学校，将导师名字更替为另一位当代知名的天体物理学家。

物理学家也在军部科研所挂职，跟何想也算熟悉，得知经原战牵线搭桥，让何想做了自己的弟子，十分高兴，拉上何想与原战一起来了个不醉不归，第二天又投入紧锣密鼓的工作中。毕竟一天没有确认威胁消失，人类就一天不能懈怠，更何况，没有了何子天与大翅膀，未来还可能出现其他危险。茫茫宇宙，广袤无边，谁也不知道未来会发生什么。正因为它神秘而未知，才如此美丽迷人，吸引了无数人历经多少代不懈追求。

何想在科研道路上一去不复返，温之光则在警署体系中平步青云，没有温景阳压着她韬光养晦，又有此次战斗的卓越表现，温之光连跳数级，直接晋升中心市公安局副局长。不仅如此，她还拉着樊力进入警署系统，借着此次招人考核标准降低的东风，成为一名警员。自此，樊力游手好闲、优哉游哉的快乐日子终于结束，成了朝九晚九的加班狗。

又过了两天，何想收到来自花锦年的邀请，再度踏上全有集团塔顶的董事长办公室。

等着他的人有很多，除了花氏兄妹以外，还有陈元泽、刘连生、王重、智脑李庆和梅之心。

虽说梅之心从前是何子天在全有集团的卧底，但梅之心最终还是选择背叛何子天，维护地球和人类的利益，鉴于此，花锦年并未为难她，甚至还让她恢复从前的工作，并直接组建班底，做公关总监一职，并对外宣称梅之心是全有集团在何子天团队中的卧底，人类最终获得成功有她不可埋没的功劳。

有了这一宣传，梅之心的公关工作更是无往不利。下到八岁上到八十岁，几乎无人抵挡得了集清纯与妖冶于一体、甜美与骄傲并重的美女。

对此，花流年越发觉得哥哥与从前相比大不相同，变得更有人情味，也越发让她难以割舍。

"怎么这么多人？等我来开会啊？"何想一进门就吓了一跳。

"没错，就差你了。"花锦年笑了笑。

何想微微惊讶，他不过开个玩笑，敢情还来真的了？

"开会？找我？"何想目光环视一周，顺着花锦年的指引一屁股坐下，"也行，说吧，想开什么？哥们儿这几天开会多多，现在最不怕的就是开会了。"

花锦年坐下，也让其他人坐下，说道："我打算辞去董事长一职，目前正与大家商量接替者的人选。"

何想心中微微感到不妙，反问道："辞职？你想去干什么？"

花锦年微微一笑，说道："还是何想懂我，我想专注做研究，但是集团的事——"

第十四章 总有想要守护的理由

"停！打住，我不想懂你，一点也不想，我有点头痛。"何想截住花锦年话头，又说道，"以前你在我眼里是靠谱的代表，结果你现在也想当个撂挑子走人的货色？扔下这么大一个烂摊子，你想扔给谁啊？"

"扔给你啊。"花锦年理所当然道。

心中不妙的感觉成真，何想顿时想要抓头皮，牙痛地道："我说，你是不是也太抬举我了？"

"接一个也是接，两个也是接，地下拳场你都接了，也不在乎多一个。"花锦年继续无辜且纯良地说道。

何想被噎得够呛，说道："地下拳场的情况跟你能一样？你一个健在的人跟过世的人比什么比？"

"不行。"何想不由分说拒绝，他有几分本事，自己心里清楚得很，超过能力范围的事情，接了都是害人害己。花锦年这小子，简直是典型的放下心理负担就想放飞自我，呵，没门！

"不管你怎么说，这件事没商量。"不等花锦年开口，何想立即补上。

"真的没商量？其实论稳固和守天下，我比不上你。"花锦年继续做思想工作。

"少戴高帽，绝对不行。"何想板起脸。

"小光。"花锦年看向门外朝里探头的温之光。

何想郁闷地瞥他一眼，起身迎向温之光，笑如春风般温暖，问道："小光，你怎么也来了？"

温之光眨眨眼，说道："我接到花锦年的电话，他请我来的。"

花锦年点头，说道："我打算跟警方合作，选拔出好苗子，成立科学探险护卫队。"

何想用"我信你个鬼"的眼神鄙视他。

温之光带着兴奋，说道："真的要探险吗？去哪里？好玩吗？我最近坐办公室坐得烦死了，真佩服锦年兄能够天天坐着，也不腻，简直神了。"

"锦年兄……"何想咂嘴，觉得很不是滋味。

温之光有些不好意思，说道："哎呀，不要在意这点小事啦，我现在跟花锦年是哥们儿了！虽然以前他行事有点偏激，其实出发点也是为了人类真的能活得更久，做更多事，不留遗憾，本质上还是为大众在考虑。何想，你不要老是对他有意见。"

何想一脑袋问号，疑问道："我？对他？有意见？行，你说有就有吧，真是女人心海底针，以前明明是你各种看不惯他。"

"喂，你这个人怎么老抓着从前不放？人还不能改变了，不能自我提升啊？"温之光不依，"你自己还不是跟花流年卿卿我我，两个人一起经历大翅膀的漫长人生，相伴数千年，是不是别有一番滋味，感受与众不同呀？"

"你？……你怎么这么不讲道理？这都哪儿跟哪儿？"何想很头疼，古话说得没错，唯女人与小人难养也。

花流年有点蒙，她是躺着也中枪。她并未及时反驳，反而鬼使神差地偷瞟了花锦年一眼，发现他好像没有特别在意，顿时心中有点气闷。

好好的"董事长移交大会"变成了"小年轻争风吃醋会"，陈元泽眉头紧皱，智脑一边看戏一边编程，梅之心四下里一瞅，反问道："怎么，樊力没来吗？"一句话拉回了何想与温之光的目光。

温之光："没来，忙着呢。"

何想："看他忙，没通知他。"

温之光警惕地看了梅之心一眼。虽说现在除了何想外，众人已经没了宝物，梅之心也没有继续诱惑樊力的缘由，但不管怎样，被梅之心盯上，就不是件好事。温之光暗下决定，要给樊力加倍的任务，忙到他没空应付梅之心。

"好了，先不吵架，有事回家说，先应付眼前问题，OK？"何想有点无奈。

"谁跟你回家？美得你。"温之光瞪他一眼，却少了几分强势，多了点娇美。

何想一笑，举手投降道："行，行，你长得美，你说的都对，总行了吧？"

温之光笑得灿烂，说道："算你上道。"

看着何想和温之光互动，花锦年总感觉自己被什么东西塞饱，弄得

第十四章 总有想要守护的理由

他肚子里泛酸，决定晚上不吃饭。

花流年则有些羡慕，普通男女或许都是这样的关系，唯独她和哥哥……始终仿佛隔了天堑。不过，她不会放弃的，如果以前的方法不行，她就换种方法，反正哥哥是个感情不开窍的书呆子，她也不担心他会被抢走。

"总之，"何想将心收回，看向花锦年，"你的提议我肯定不会同意。毕竟你以前可以集团和科研一同兼顾，没道理以后不行。假如你一定要塞给我，比如不打招呼就对外公开，那么，我肯定会直接切断你的科研经费，没有二话。"

"这么绝？"花锦年眉头一挑，何想猜得没错，他还真有这种打算。

"没错。你对人绝，就要做好别人对你绝的准备。也不想想，你想随心所欲做研究，需要多么庞大的物力人力支撑？要不是你是全有集团的一把手，谁会随你这么玩？不管换谁来当老大，都不可能毫无顾忌支撑你随心所欲天马行空的想法。不要说不是，你认为意义重大，在商人、在政客眼中，可未必。所以，最好的办法就是你自己当老大，自己的钱自己做主，别想些有的没的，明白？"何想白眼一翻，真是不想再多说一句，拉住温之光就朝外走。

一个月后。

难得的休假，温之光叫上何想与樊力来家里吃饭，一起庆祝樊力成为警察后拿到第一个月的工资。

上次原战不仅找人恢复了何想的典当行，同时还恢复了温之光在军区大院被炸毁的别墅，连安保措施都恢复如初，说是纪念一下温景阳的"中二"设计，弄得温之光感激涕零。

"唔，少了一个人，真是很寂寞。"端上蛋糕，温之光整整齐齐地切了四块，盯着多出的一份很发愁。

"这有什么？给我就行。"樊力大大咧咧地伸手，被温之光打了回去。

何想笑了笑，说道："古时候有句诗，叫'海内存知己，天涯若比邻'。可水姐跟我们距离并不远，有时间一起去看看她。"

"嗯！"温之光顿时来了精神，"是要去看看她，曾教授走了，她肯定很难过。"

"我看未必。"樊力说道，"女魔头眼里最重要的就是弟弟，曾教授也要靠边站。"

"一边去，你根本不懂女人。"温之光斜他一眼。

"扑嗤。"樊力闷笑一声，乐了，故意拖长了音，"也是，女人最懂女人，但光光也能叫女人？"

"滚！"温之光炸毛道。

何想有异性没人性地将樊力赶到院子，又替温之光顺毛，笑道："他也就是逗你，别在意。"

"我才懒得理他。"温之光傲娇道，又在沙发上盘腿坐好，"对了，我这几天在想一个问题，黑衣人总想回仙星，那历代守护者和七传人这么多，他们就没有动过心吗？"

何想说："不管他们有没有，至少没有机会。"

"怎么说？"

"我也是最近才想起来，其实历代守护者之所以从来不考虑利用大翅膀返回仙星，是因为初代守护者钚一制定了一个自毁程序。如果自行返回，在穿越空间通道的途中，大翅膀会自毁，断绝后路。"

"这么狠？"温之光睁大眼睛，"这简直就是……你敢毁了地球，我就敢让你死无葬身之地啊。这么说，反而是你临时改了大翅膀的目的地，救了他们一命？"

"差不多。"

仿佛是有些害怕，温之光下意识蜷缩起来，双臂抱膝，脑袋靠在膝头，低声说道："何想……"

"怎么了？"何想抓住了温之光的手。

"其实那个时候……"温之光声音瓮瓮地说，"就是在太空里，我一个人的时候……不是被大翅膀扔出了磁场旋涡吗？我没有完全昏过去，

第十四章　总有想要守护的理由

但眼前一片黑，那种感觉好害怕，那个时候我一直在想，何想快来，不要丢下我一个人，一个人好可怕，这里好黑，快点来找我，不要走……"

何想忍不住用怀抱圈住温之光，柔声说道："对不起，小光……是我的错，以后再也不会出现这种情况了，我每天都看着你，不让你丢掉，好不好？"

"喊，谁会丢掉啊？"温之光咬住下唇，嘴硬地道，脑袋却埋入何想怀里拱了拱。

何想一笑，说道："以后谁丢掉谁是小笨蛋。"

"肯定是你。"温之光涨红了脸，忽然又想到什么，探出头来，"对了，你听说没有？花锦年好像跑到海底最深的海沟去了，之前地壳运动，使得地形发生变化，世界之最已经易主了。"

"……"何想默默无语几秒，低头瞪住温之光，故作厉色道，"有没有人告诉过你，你是气氛杀手？"

"哎？没有耶。"温之光眨眨眼。

"现在有人告诉你了，以后不要在这种时候提花锦年。"何想无语，又说道，"我知道，他还给我发了短信，说在海底感应到一个极强的能源体，干扰了大片磁场，正在搜寻中，相信用不了多久就会有结果。还跟我商量要恢复可耕种土地的面积，进行大面积机械化农业种植，要我想办法。他现在简直了，遇到难题就往我这里甩，真当我百事通万事灵啊？"

说归说，何想不由得也有些担心，不知道花锦年现在进展如何了。

此时。

深海。

花锦年与自己所带的团队已潜入海底一万三千多米，能源体的反应已经越来越强，几乎干扰了所有通信及探测设备，众人并不敢离潜艇太远，毕竟一旦迷失或者出现什么意外状况，恐怕就将永远留在此地。但已然潜入此地，花锦年也不愿意就此放弃，几人牵着导引索，随着潜艇缓慢前进。

忽然，一架被掩埋在海底里、只露出一角的金属物体出现在众人眼中，泛着森冷的光泽。

能源信号剧烈增强，花锦年手中的探测器不堪重负，突地爆炸。

花锦年身形一滞，说道："没错，就是它，找到了！"

与此同时。

遥远的太空。

距离地球5000光年外的地方，一架探索巡航的飞行器标注完新的区域，建立空间通道的联系后，突然收到一个陌生的电讯号，编号是7033，时间是星盟历13017年。

13017年不是5000年前吗？

飞行器的主人连忙对讯号进行解读，结果令他十分震惊。谁也想不到，星盟7000光年以外会有这样的地方，他立即查询了5000年前有关罪星和黑衣人逃跑的犯罪记录，果然找到记载。事情重大，他迅速开启空间通道，返回星盟。同时微微感慨，5000年了，当时发出电讯号的人恐怕已经不在了，没关系，如此惊人的发现足以令他在中央主脑的历史上添上一笔，荣光与他同在！

中心市，军区大院的别墅外。

被何想与温之光你侬我侬的腻歪劲儿刺激到的樊力，百无聊赖地走在别墅外的一条林荫道上，望着树上成双成对、欢快飞跃的鸟儿，心里突然有些酸。现在连只鸟都出双入对了，他还一个人形单影只，得了，他还是回家打游戏算了，虽然网上的女生可能不是女生，而是人妖，但孤单的人起码相互间也能聊以慰藉不是？

然而，没走几步，樊力就被定在原处。

"你怎么会在这里？"看着面前仅与他相距不到十米的梅之心，樊力有点蒙。

第十四章　总有想要守护的理由

"我为什么不能在这儿?"梅之心歪着脑袋,青春洋溢,穿着超短裙,高高的马尾辫歪歪扎着,显得俏皮又活泼。她整个人也像春天里一只快乐的鸟儿,正在寻找栖息的枝头。

樊力的脸突然有些热,不知道为什么,他感觉自己有些自作多情,可他就是忍不住这么想,问道:"你是来找我的吗?"

樊力的眼神四处飘忽,想看她又有些不敢看,企盼得到答案又怕被拒绝,心里七上八下。

好在梅之心并没有折磨他太久,而是爽爽快快地笑着答应道:"对呀!"

"你不来找我,我不就只好来找你了?"梅之心可爱地嘟着嘴,三分埋怨、七分娇嗔。

"啊?"樊力立即感觉脑子不转了,结结巴巴,"我……我不是,没有……我是……我……"明明他有千言万语想说,奈何紧张的情绪令他一句完整的话都说不清,急得他抓耳挠腮。

"咯咯!真笨!"梅之心笑得花枝乱颤,又有些不甘心地嘟嘴,"真是的,我怎么会看上你这么笨的家伙?是不是我也变笨了?"

樊力的心瞬间像乘坐云霄飞车,从低谷飞跃巅峰,整个人都飘起来,晕晕乎乎,找不到着地点。

"你……我……你……"

"哎呀,行啦!不要你你我我的了,快,过来。"梅之心伸出手,朝他勾勾指头。

樊力立即飞奔上前,将前爪放到她的手中。

"扑哧!说你笨,你还真笨,不会牵手的吗?是不是长这么大都没牵过女孩子的手呀?"梅之心调侃道。

"没有,没有。"樊力立即摇头表态,坚决表示自己纯净无瑕。

"咯咯!真没用。"虽然这么说,但梅之心很开心。

"好吧,主要是马上快到情人节了,这么重要的节日不想一个人过,所以便宜你了。"梅之心嘟嘴解释道。

"我可以,我接受,我怎么样都行,只要你开心就好。"樊力终于捋直舌头，说出了今天最有水平的话。

"态度不错，要是表现良好，可以酌情考虑延期。"梅之心调皮地说道。

樊力连连点头，激动不已。他终于感受到春天的气息，原来连空气都这么清新美好。

"好吧，我们——"话说到一半，梅之心突然感觉脑袋一晕，脑海里仿佛多出一个声音和一道黑色的身影。

身影既模糊又清晰，梅之心不明所以，猛地甩了甩头，终于"看"清他的模样。

何子天？

梅之心心中一惊，整个人突然哆嗦了一下。她从小被何子天带大，八岁以后才被扔到孤儿院潜伏，经过一番操作才进入全有集团的视线。何子天和她之间，有某种神秘的心灵感应。

他应该已经去了7光年以外的地方流浪，怎么会？

他在说什么？他想说什么？听不清，头好痛！

"梅之心，梅之心……你怎么了？"

耳边樊力的呼喊渐渐将梅之心拉回现实，她懵懂地看着近在眼前樊力关心的脸。

"我，我也不知道，头有点晕，可能是没睡好。"她目光躲闪，虚弱地说道。

樊力心中一紧，说道："我送你回去休息。"

梅之心被樊力扶着，深一脚浅一脚地走着，半个身子几乎倚靠在樊力身上。她头痛欲裂，眼前视野发黑，耳朵里充斥着各种各样的声音搅扰。

忽然，耳边嘈杂的噪声为之一空，一个清晰的熟悉的声音带着威严下令："监视他们，等我回来。"

"是。"军区大院的林荫道上，梅之心陡然睁眼，双眼无神，面无表情地应道。

（全文完）